# akms Verlag

# MARTIN S. BURKHARDT

# RuHiG GESTELLT

HORROR-THRILLER

**akms Verlag**

akms Verlag, Hochkamp 35, 22113 Oststeinbek, www.akms.info

Cover & Umschlaggestaltung: Mark Freier, www.freierstein.de

Lektorat: Sabine Fuhlenhagen

Druck und Distribution:
tredition GmbH, Heinz-Beusen-Stieg 5, 22926 Ahrensburg

ISBN: 978-3-384-05189-9
E-Book: 978-3-384-09511-4




Bibliografische Information der Deutschen Nationalbibliothek:
Die Deutsche Nationalbibliothek verzeichnet diese Publikation in
der Deutschen Nationalbibliografie; detaillierte bibliografische
Daten sind im Internet über http://dnb.dnb.de abrufbar.

# Prolog

Sie setzte sich auf einen bequemen Stuhl, nahm einen großen Schluck Tee und seufzte. Wie sie die Felder vermisste. Der Ausblick von ihrer kleinen Terrasse war einmal so idyllisch gewesen. Kühe weideten auf den Wiesen und Vögel spielten zwischen den Ästen der wild gewachsenen Büsche. Vor zwei Jahren war es plötzlich vorbei gewesen mit dieser Herrlichkeit. Als die Bagger aufgetaucht waren, waren auch all die Tiere geflüchtet, die sie so gern mit dem Fernglas beobachtet hatte. Die ersten neuen Gebäude waren innerhalb von sechs Monaten erbaut und versperrten ihr zu allem Überfluss auch noch die freie Sicht zum entfernten Wald. Hinter ihr knarrte die Tür und Annemarie warf einen flüchtigen Blick zurück. Thorsten, ihr älterer Sohn, war endlich aufgetaucht. Er stand da, als hätte er gestern wieder einmal zu viel Bier getrunken.

»Wo hast du denn den ganzen Vormittag gesteckt?«, fragte sie neugierig. Anstatt zu antworten, grunzte Thorsten nur lang gezogen. In seiner Hand blitzte ein länglicher Gegenstand auf, den er aber sofort hinter seinem Rücken versteckte, als sie genauer hinsehen wollte. Thorsten war schwierig geworden in jüngster Zeit. Ob es ihn störte, dass er arbeitslos war und mit Mitte zwanzig noch immer bei seiner Mutter wohnte? Annemarie drehte sich seufzend um und richtete den Blick wieder auf das neu entstandene Wohnviertel. Wie verärgert sie damals gewesen war, als all die Einzel- und Reihenhäuser vor ihrer Nase allmählich Formen angenommen hatten und schließlich die ersten Leute eingezogen waren. Ihr Klempner hatte sie in diesen schweren Wochen zu trösten versucht, indem er ihr von den Vorteilen erzählt hatte, die das Neubaugebiet mit sich bringen würde: eine größere, schön ausgebaute Straße, nette Geschäfte, Straßenbeleuchtung und eine komplett neue Kanalisation, auch für ihr Haus. »Sie sind praktisch das erste Haus, welches an die neue Leitung angeschlossen wird«, hatte er berichtet. »Das frische Wasser beispielsweise kommt zuerst zu Ihnen und geht dann erst hinüber ins Neubaugebiet.« Wie albern sie diese Argumentation damals gefunden hatte. Was hatte man davon, dass sein Haus das vorderste war, und als Allererstes mit Frischwasser beliefert wurde?

Ein Schatten fiel ihr ins Gesicht und holte sie aus ihren Überlegungen. Thorsten stand direkt neben ihr, seine Augen waren geschlossen und es sah aus, als wäre er eingeschlafen. Aber im Stehen? Doch er bewegte sich. Wie in Zeitlupe drehte Thorsten sich zu ihr hin und hob den Arm. Die Sonnenstrahlen spiegelten sich auf dem blanken Gegenstand in seiner Hand, und endlich sah Annemarie, um was es sich handelte. Thorsten hielt ihr spitzes Tranchiermesser fest umgriffen.

»Was willst du denn damit?«, fragte Annemarie scharf. Sie hasste es, wenn Thorsten ans Besteck ging. Statt zu antworten, tippelte ihr Sohn ein Stück vor, sodass sich die Klinge des Messers direkt vor ihrem Gesicht befand. Annemarie las kurz den Herstellernamen an der Seite der Klinge, obwohl sie ihn sicherlich schon hundertmal gelesen hatte, und wollte etwas sagen, als ein brennender Schmerz ihren Körper durchzuckte. Im ersten Moment war sie sich sicher, einen Herzinfarkt erlitten zu haben. Woher sonst sollten diese ungeheuren Schmerzen plötzlich kommen? Annemarie schrie den Namen ihres Sohnes und versuchte, aufzustehen. Es ging nicht. Ihr linkes Bein schien auf eine unheimliche Weise mit dem Gartenstuhl aus Holz verwachsen zu sein. Sie konnte es überhaupt nicht anheben. Ihr Blick fiel auf den Holzgriff, der über ihrem Oberschenkel leicht hin- und herschwang. Ihr Gehirn brauchte eine Weile, um die Verbindung herzustellen. Die Klinge steckte komplett in ihrem Oberschenkel! Sie war sogar auf der anderen Seite wieder herausgetreten und tief in das Holz des Gartenstuhls eingedrungen. Annemarie begann zu schreien. Hatte Thorsten das gemacht? Vielleicht war der Tollpatsch ausgerutscht und hatte das Messer zu spät losgelassen. Ihr Kopf drehte sich, aber sie konnte ihren Sohn nirgends entdecken. Die Terrassentür stand offen. War er wieder ins Haus gegangen? Womöglich hatte der arme Kerl einen Schock erlitten. Annemarie wollte nach ihm rufen, doch eine neuerliche Schmerzattacke raubte ihr fast die Besinnung. Inzwischen hatte sich der helle Stoff ihrer Sommerhose auf der gesamten Länge ihres Beines dunkelrot verfärbt. Ihr wurde schwarz vor Augen. Der Blutverlust. Wo steckte Thorsten nur? Endlich erschien ihr Sohn an der Türschwelle. Und der gute Junge beeilte sich sogar, ging so zügig, dass er um ein Haar gestürzt wäre, als er die Terrasse erreichte.

»Du musst einen Notarzt rufen«, sagte Annemarie. Ihre Stimme war kaum mehr als ein Flüstern. Thorsten steuerte weiter in ihre Richtung. Wahrscheinlich hatte der tapfere Kerl schon längst Hilfe geholt, deswegen war er auch so schnell wieder ins Haus gestürmt. Sie bemerkte das Messer in seiner Hand. Das Fleischermesser, welches in der Schublade genau neben dem Tranchiermesser lag. Liegen sollte. »Was willst du damit?«, stöhnte sie heiser.

Ohne zu antworten, beugte sich ihr Sohn vor. Seine Bewegungen wirkten seltsam abgehackt. Annemarie dachte an Science-Fiction Filme aus den Sechzigerjahren, in denen sich Roboter ähnlich mechanisch bewegten. Thorstens Augen waren halb geöffnet, dennoch schien er völlig abwesend zu sein. Ein weiteres Schmerzensfeuer unterbrach ihre Gedanken. Ihr kam es vor, als ob eine gewaltige Säge ihre Beine abgetrennt hätte. Aber ein Blick nach unten sagte ihr, dass sie ihre Gliedmaßen noch besaß. Nur steckte jetzt auch im rechten Oberschenkel ein Messer. Annemarie nahm all ihre Kraft zusammen und stieß einen gellenden Schrei aus. Ihr Sohn hatte den Verstand verloren und wollte sie töten.

*

Thorsten griff nach dem Fleischermesser. Mit einem Ruck zog er die Klinge aus der blutenden Wunde. Annemarie verdrehte die Augen und wurde ohnmächtig, ihr Kopf fiel nach vorn auf die Brust. Thorsten starrte auf den Nacken seiner Mutter. Er lächelte und hielt das Messer direkt über ihren Halsansatz. Mit einer geschmeidigen, aber kraftvollen Bewegung fuhr die Klinge durch Haut und Knochen und trennte den Kopf vom Rumpf. Annemaries Körper sackte fast augenblicklich zusammen, während aus ihrer Halsschlagader eine Fontäne hellroten Blutes sprudelte. Ihr Schädel fiel auf die Granitplatten und rollte bis zu einem Beet mit verblühten Maiglöckchen. Thorsten griff in ihr Haar und hob den Schopf auf. Hinter ihm ertönte ein Knurren. Thorstens Schäferhund war offensichtlich aufgewacht und auf die Terrasse getrottet. Jetzt bellte er mit überschnappender Stimme sein Herrchen an. Thorstens Finger lösten sich vom Haar seiner Mutter, und der Kopf knallte ein weiteres Mal auf die Maiglöckchen. Thorsten schwenkte das Messer und kam langsam auf den Schäferhund zu. Er konnte sich ein Lächeln nicht verkneifen. Der Kopf des Hundes sah viel schöner aus als der seiner Mutter.

# 1

Verschlafen schlug Lenny die Augen auf. Einen Moment lauschte er den Vögeln, die draußen vor dem Fenster den neuen Tag begrüßten. Aus dem Nachbarzimmer drangen Geräusche zu ihnen herüber. Es klang, als würden Elefanten durch den Raum springen. Sein Blick fiel auf den Radiowecker, er stöhnte, es war kurz vor sechs, viel zu früh, um aus dem Bett geschmissen zu werden. Zumindest am Wochenende. Er zog sich die Decke über den Kopf. Vielleicht würden sie trotzdem noch eine Weile schlafen können. Aber seine Hoffnungen wurden bereits wenige Sekunden später zerschlagen, die Schlafzimmertür wurde geöffnet und einen Augenblick später spürte er, wie sich die Matratze am Fußende senkte. Jemand krabbelte über seine Schienbeine.

»Heute sind wir Katzen«, verkündete eine gut gelaunte, nicht mehr müde klingende Kinderstimme. Eine zweite Stimme miaute lauthals. Nina, die dicht an ihn gekuschelt lag, streckte sich. Kurz darauf gab sie ein lang gezogenes Seufzen von sich.

»Guten Morgen, Schatz«, sagte sie und strich ihm über die Haare. Sie hob ihre Bettdecke an. Sofort krochen Justin und Emily in die warme Festung. Vielleicht hatten sie Glück und die Kinder würden noch eine Weile im Ehebett schlafen. Manchmal klappte das. Heute jedoch schien keiner dieser Tage zu sein. Während Justin an seiner Nase zupfte, miaute ihm Emily immer lauter und penetranter ins Ohr. Sie drückte ihre Hände in sein Gesicht und krabbelte auf seinen Bauch.

»Papi, wir sind Katzen«, stellte sie dabei energisch fest. »Du musst uns streicheln oder Futter geben.«

»Katzen schlafen um diese Zeit«, gab er knurrend zurück. Jemand knuffte ihn in die Seite.

»Gar nicht«, sagte Justin laut. »Katzen schlafen nur mittags.«

Nina erhob sich gähnend. »Na, dann kommt mal mit ins Bad, ihr Katzen. Und lasst Papi noch einen Moment dösen.«

Emily trommelte mit ihren kleinen Fingern auf Lennys Bauch. »Katzen mögen kein Wasser. Die waschen sich nicht.«

»O doch.« Nina lachte und schlug die Bettdecke zurück. »Die sind bestimmt reinlicher als ihr Schmutzfinken. Und nun ab ins Badezimmer.«

Während Justin laut miauend vom Bett sprang, schnappte sich Nina Emily, die daraufhin herzlich zu kichern anfing. Lenny schenkte seiner Frau ein kurzes Lächeln.

»Danke.«

»Wir wecken dich, wenn es Frühstück gibt.«

Obwohl sich kein Schlaf mehr einstellen wollte, war die zusätzliche halbe Stunde unter der flauschigen Bettdecke die reinste Wohltat. Lenny hing einem schönen Traum nach, während die Kinder im Bad laut prustend gewaschen wurden. Als die drei die Treppe hinunter in die Küche stiefelten, schwang er sich summend aus dem Bett. Sein Magen knurrte, während der Rasierer über seine Wangen hobelte. Er freute sich auf das gemeinsame Frühstück mit seiner Familie. Vor sieben Jahren wäre es ihm nicht mal im Traum eingefallen, die Rolle eines Familienvaters zu übernehmen. Eigentlich hatte Lenny sich selbst nie für besonders familientauglich gehalten. Als seine Schwester vor mehr als zehn Jahren den ersten Nachwuchs präsentiert hatte, hatte er noch nicht mal Lust gehabt, dieses zerbrechliche, schreiende Bündel in den Arm zu nehmen. Das war ihm alles viel zu suspekt gewesen. Kinder waren für die Gesellschaft wichtig, keine Frage, es war ja auch gut, dass sich Leute diesen Problemen annahmen, aber er doch nicht. Er würde stattdessen lieber etwas anderes, ebenfalls Wichtiges für die Gesellschaft tun. Ehrenamtliche Arbeiten oder so. Nur nichts, was mit Schreihälsen im weitesten Sinne zu tun hatte. Lenny schloss die Tür zum Badezimmer und ging die Treppe hinunter. Nina hatte vom ersten Augenblick überhaupt keine Zweifel aufkommen lassen, dass sie sich eine Familie wünschte. Am Anfang ihrer Beziehung hatte für ihn festgestanden, dass sie ihn irgendwann sowieso verlassen würde, nämlich dann, wenn ihre innere Uhr angekündigt hätte, dass es allmählich Zeit für Kinder wäre. Nicht mal ansatzweise hatte Lenny in Erwägung gezogen, dass Nina vielleicht darauf spekuliert hatte, dass er der Vater ihres Nachwuchses sein würde. Er war ein Mann, kein Vater. Irgendwie hatte sich beides ausgeschlossen.

Lächelnd betrat er die Küche. Was für pubertäre Gedanken. Als sie schwanger geworden war, hatten sie beinahe auf der Stelle geheiratet. Und spätestens zu dieser Zeit war in seinem Kopf irgendwas abgelaufen, was noch heute schwer zu erklären war. Plötzlich hatte er sich auf das Baby gefreut, ja er war geradezu heiß darauf gewesen und hatte es kaum erwarten können, das Zimmer einzurichten, Möbel und die ersten Kleidungsstücke zu kaufen. Anfangs war Lenny davon überzeugt gewesen, dass dieses euphorische Gefühl sehr bald wieder verschwinden würde, aber dem war nicht so. Es war geblieben, bis heute.

Justin nickte ihm konzentriert zu. Der Junge balancierte vier Frühstücksteller auf seinen Händen und wankte hinüber zum Tisch, als würde er auf rohen Eiern laufen. Emily saß auf der Arbeitsplatte und sah stirnrunzelnd zu, wie Nina die dampfenden Ofenbrötchen aufschnitt.

»Was hast du, Mami?«, fragte sie.

»Die Brötchen sind sehr heiß.«

»Warum?«

»Weil sie aus dem Backofen kommen.«

»Warum müssen die Brötchen in den Backofen, wenn du nicht magst, dass sie heiß werden?«

»Sonst würden sie nicht schmecken.«

Emily zog an einer ihrer Haarsträhnen, die ihr über die Stirn fielen, und blähte ihre Wangen auf. Das tat ihre Tochter immer, wenn sie mit einer Antwort der Erwachsenen nicht zufrieden war. Lenny schüttelte grinsend den Kopf. Er konnte sich kein Leben mehr ohne seine Kinder vorstellen.

Während sich Justin und Emily auf ihre Plätze setzten und mit ihren Kindermessern im Takt auf den Tisch schlugen, fluchte Nina leise.

»Was ist denn bloß mit diesem blöden Herd los.« Sie blickte in den Kochtopf, der auf dem rechten vorderen Ceranfeld stand. »Ich habe die Platte angestellt, als wir runter kamen, aber das Wasser kocht immer noch nicht.« Lenny öffnete den Verschluss einer Orangensaftpackung und schaute auf das Bedienfeld des Herdes. Das Wahlrad für das vordere Feld war bis zum Anschlag aufgedreht. »Ich habe nicht vergessen, sie anzustellen«, bemerkte Nina mit säuerlichem Ton und gab ihm einen Knuff auf den Oberarm. Lenny lachte.

»Ich vergesse das schon hin und wieder. Zumindest drehe ich dann nicht voll auf. Wenn der Zeiger auf drei oder vier steht, dauert es ewig.«

»Ja, stimmt, du bringst da öfter mal was durcheinander.« Seine Hand strich über ihre Wange.

»Schade, dass wir heute Morgen nicht mehr kuscheln konnten«, sagte er leise. Sie nickte.

»Vielleicht geht die Horde heute wenigstens früh ins Bett. Dann könnten wir ein wenig … so Sachen machen.« Er lächelte und gab ihr einen Klaps auf den Hintern.

Justin warf sein Besteck auf den Teller. »Was ist denn mit den Eiern? Ich habe Hunger.«

»Die Eier dauern noch«, sagte Lenny, während er und Nina sich ebenfalls an den Tisch setzten. »Wir fangen schon mal an.«

Lenny hatte gerade die erste Hälfte seines Brötchens gegessen, als Emily die Hände vor der Brust verschränkte.

»Ich will heiße Milch«, verkündete sie. Justin nickte eifrig.

»Ich auch. Wenn es schon keine Eier gibt.«

Nina stand auf. »Kein Problem.«

Lenny schenkte sich Saft nach und erhob sich ebenfalls. Sowohl Nina als auch er tranken leidenschaftlich gern Saft. Zum Frühstück brauchten sie nichts anderes, auf Tee oder Kaffee konnten sie mit Leichtigkeit verzichten. Den Kindern war der Orangensaft jedoch meistens eine Spur zu herb, mehr als ein oder zwei Schlucke nahmen sie selten. Oft verlangten die beiden anschließend nach heißer Milch. Während Nina einen weiteren Topf aus dem Eckschrank fischte, holte Lenny die Milch aus dem Kühlschrank.

»Das Wasser kocht ja immer noch nicht«, rief sie, als sie den Deckel des ersten Topfes anhob. »Da stimmt doch was nicht. Das Ceranfeld muss kaputt sein.«

»Glaube ich nicht. Gestern hat es doch funktioniert.« Lenny schaute auf das flammende Rot, das ihm unter dem Kochtopf entgegenleuchtete, streckte die Arme aus und spürte sofort die stechende Wärme auf der Haut, als seine Hände in die Nähe der Ceranfläche kamen.

»Mit dem Herd ist alles in Ordnung«, stellte er achselzuckend fest. »Vielleicht war der Topf nicht ganz sauber? Womöglich Rückstände von Geschirrspülmittel oder so?« Er beobachtete das Innere des Topfes, in dem das Wasser noch nicht einmal Bläschen bildete.

»Der Topf war sauber«, sagte Nina unmissverständlich.

Nickend konzentrierte sich Lenny wieder auf die Milch in dem zweiten Topf. Schon nach wenigen Minuten begann sie zu dampfen. Als sich die ersten Schaumkronen bildeten, schob er das Gefäß vom Herd. Nina hielt ihm Emilys Lieblingstasse hin. »Nun gieß schon ein.«

»Nur einen Augenblick.« Er nahm den Wassertopf vom Herd und platzierte den Milchtopf auf das rechte Feld. Es dauerte nur wenige Sekunden, bis die Milch erneut anfing, zu brodeln. »Mit der Herdplatte ist tatsächlich alles in Ordnung.« Er kippte die Milch in Emilys Lieblingstasse und in einen zweiten Becher für Justin. Während Nina zum Tisch ging, stellte Lenny den Wassertopf auf das Ceranfeld, auf dem eben die Milch erhitzt wurde. Wäre doch gelacht, wenn er dieses blöde Wasser nicht zum Kochen bringen würde.

»Ich will mein Ei«, quengelte Emily laut.

Nina stand auf. Ein gemütliches Frühstück sah irgendwie anders aus. »Ich hole Mineralwasser«, sagte sie und öffnete die Tür zum Keller. »Vielleicht stimmt etwas mit unserer Wasserleitung nicht.«

Kurze Zeit später kam Nina mit zwei Plastikflaschen zurück. »Wir kochen die Eier jetzt in stillem Wasser.« Sie nahm einen dritten Topf, füllte das Wasser aus den Flaschen hinein und stellte den Topf wieder auf das rechte vordere Feld. Als sie nach dem zweiten Wassertopf greifen wollte, hielt Lenny ihre Hand fest.

»Warte«, sagte er schnell. »Lass ihn auf der anderen Platte stehen. Ich will sehen, was passiert.«

Sie zuckte mit den Achseln. »Wie du meinst.«

Sie setzten sich zurück an den Tisch. Als Lenny seine zweite Brötchenhälfte gegessen hatte, brodelte das Mineralwasser. Nina legte die Eier hinein und fünf Minuten später waren sie endlich fertig. Während Emily mit dem Löffel fröhlich auf das Ei einschlug, schaute Lenny zum Herd. Warum kochte das Leitungswasser nicht? Sie wohnten in einem Neubaugebiet, keines der Reihen- und Einzelhäuser in dieser Gegend war älter als zwei Jahre. Ob tatsächlich etwas mit den Wasserleitungen nicht stimmte? Er verwarf den Gedanken. Immerhin wohnten sie schon seit über einem Jahr in diesem Haus und nie hatte das Wasser irgendwelche Probleme gemacht.

Als er eine halbe Stunde später den letzten Schluck seines Saftes austrank, weiteten sich Ninas Augen. »Schau mal«, sagte sie, nickte Richtung Herd und fuhr sich mit den Händen langsam durch ihr schulterlanges dunkelbraunes Haar.

Lenny drehte sich um. Endlich hatte das Leitungswasser angefangen, zu kochen. Das Wasser blubberte im Topf, und eine breite Dampfwolke zog hinauf zur Dunstabzugshaube.

Pfeifend holte Lenny seine Sporttasche aus dem Schlafzimmerschrank. Sonntags nach dem Frühstück ging es zum Volleyballspielen. Dieser Termin war unumstößlich. Gewisse Freiheiten musste man einfach beibehalten, auch wenn die Kinder immer ein wenig traurig schauten, wenn er seine Tasche packte. Sie hätten den Vormittag sicher auch gern mit ihrem Vater verbracht.

Emily stand am Türrahmen und machte ein langes Gesicht. »Spielst du gar nicht mit uns?«

Er gab ihr einen Stups auf die Nase und lachte. »Natürlich spiele ich nachher mit euch. Aber zuerst muss ich zum Training.«

»Volleyball ist blöd.«

Er schloss den Reißverschluss und schulterte die Tasche. »Zum Mittagessen bin ich doch schon wieder da.«

Es gab nur eine Straße, die aus dem Neubaugebiet herausführte. Als die Felder direkt vor dem Wald vor mehreren Jahren als Baugrundstücke ausgewiesen worden waren, war er einer der Ersten gewesen, der sich ein Grundstück reserviert hatte. Die Stadt Reinbek hatte lange mit der Erschließung gewartet, dabei war die Lage kaum zu übertreffen. Das Gebiet lag zwar ein wenig abseits der Kleinstadt, dafür aber mitten in der Natur. Und neben den unzähligen Wohnhäusern, die hier gebaut worden waren, hatten die Planer auch die Infrastruktur nicht vergessen. So gab es einen Supermarkt, einen Drogeriediscounter und einen Bäcker in unmittelbarer Nachbarschaft. Er setzte den Blinker und fuhr auf die Hauptstraße. Die Schule, in der das Training stattfand, befand sich am anderen Ende von Reinbek.

Fünfzehn Minuten später bog er auf den Parkplatz vor der Turnhalle ab. Obwohl sie eine Hobbygruppe waren, bei der jeder neue Volleyballfreund herzlich aufgenommen wurde, hätte Lenny sich gern etwas mehr Professionalität gewünscht. In letzter Zeit kamen vermehrt Leute zum Training, die Volleyball anscheinend als bequeme Möglichkeit sahen, mit anderen Menschen ins Gespräch zu kommen. Dagegen hatte Lenny grundsätzlich auch nichts einzuwenden, blöd war nur, dass diese Unterhaltungen vornehmlich *während* des Spieles stattfanden. Wurde Zeit, dass mal wieder ein paar sportlichere Menschen den Weg in die Gruppe fanden, sonst würde es für ihn hier bald zu langweilig werden.

»Hallo Lenny«, begrüßte ihn ein untersetzter Mann am Eingang, der genau in diese Labertaschenkategorie fiel. »Heute spielst du aber in unserer Gruppe, ja? Ich möchte auch mal gewinnen.«

Lenny vollführte eine kreisende Bewegung mit der Hand. »Wir tauschen nach einem Spiel doch sowieso immer querbeet die Leute.«

Sie gingen die Stufen hinunter und kamen in einen langen Flur, von dem verschiedene Türen abgingen.

»Ich muss noch mal wohin«, kündigte sein Sportsfreund laut an. »Ich hatte zum Frühstück gebratenen Bacon. Der tanzt jetzt ein bisschen zu ausgelassen in meinem Magen herum. Vielleicht krieg ich ihn wieder raus.«

Lenny lachte gequält. Auf diese Information hätte er gut und gerne verzichten können. Hastig öffnete er die Tür zur Umkleide und trat ein. Joachim saß auf einem Holzbänkchen und grinste ihn schelmisch an.

»Du siehst aus, als hättest du einen Geist gesehen«, stellte er fest.

»Einen Geist mit schwerem Magen.«

»Umso besser. Wir werden sie alle vom Erdboden schmettern.«

Lenny klopfte ihm auf die Schulter und setzte sich neben ihn. Joachim war in all den Jahren, in denen er in dieser Gruppe schon Volleyball spielte, zu einem echten Freund geworden. Obwohl zwölf Jahre älter, schmetterte Joachim beinahe noch besser als er. Und das sollte schon was heißen.

Joachim stand auf und reckte sich. Man sah seinem schlaksigen Körper auf dem ersten Blick nicht an, wie viel Power in ihm steckte. Sie gingen in die Halle, heute waren fast alle Leute zum Training gekommen. Sie konnten zwei komplette Mannschaften bilden. Die Aufteilung im ersten Match erwies sich als ungünstig, die Gruppe um Joachim und Lenny war einfach zu stark. Dabei hielt sich Lenny schon zurück. Wenn ein Ball nicht gerade direkt auf ihn zuflog, überließ er die

Annahme seinen Mitspielern. Seine Gedanken schweiften ab. Er dachte an das nicht kochen wollende Wasser. Merkwürdig war das schon gewesen.

Als sie den Gegner zu null besiegt hatten, machten sie Pause. Joachim holte ein isotonisches Erfrischungsgetränk aus seiner Tasche und sah ihn fragend an. »Lenny, was ist mir dir? Ärger mit Nina oder den Kids?«

»Wieso?«

»Du wirkst ein wenig abwesend.«

»Ich hatte Ärger mit meinem Kochtopf. Oder dem Herd. Oder aber dem Wasser.« Lenny grinste, als er in Joachims fragenden Gesichtsausdruck schaute, und erzählte von den Vorkommnissen während des Frühstücks. »Es dauerte länger als eine Dreiviertelstunde, bis das Wasser endlich zu kochen anfing. Da waren wir schon längst fertig.«

Joachim trank einen großen Schluck. »Ich habe mal von einem Vorfall in Holland gelesen«, begann er. »Dort wurde ebenfalls ein Neubaugebiet aus dem Boden gestampft. Plötzlich wurden viele der Leute, die gerade frisch in ihre Heime gezogen waren, krank. Man rätselte einige Tage über die Ursachen, bis man bei Bauarbeiten eher zufällig auf den Grund des Phänomens stieß.« Joachim machte eine Pause und drehte den Deckel der Flasche zu.

»Und? Spann mich nicht auf die Folter«, drängelte Lenny.

»Nun, irgend so ein Rindvieh von Klempner hatte ein Verbindungsstück eines Abwasserrohres mit dem Trinkwasserkreislauf verbunden.«

»So was geht?«

»Theoretisch wohl ja. Ich glaube zwar, dass die Rohrleitungen für Trink- und Abwasser gänzlich unterschiedlich sind, aber möglich ist wahrscheinlich alles. Jedenfalls wurde das saubere Wasser kontinuierlich mit dem schmutzigen Wasser kontaminiert. Die Leute, die das Wasser dann direkt aus dem Hahn getrunken haben, wurden krank.« Jemand pfiff. »Lasst uns weitermachen.« Joachim stand auf und reckte sich. Noch bevor Lenny antworten konnte, hatte sich der Baconliebhaber bei Joachim eingehakt und schleifte ihn auf die andere Feldseite.

»Jetzt musst du aber für uns spielen«, sagte er streng.

Es wurden noch zwei weitere Spieler ausgetauscht und das folgende Match gestaltete sich wesentlich ausgeglichener. Das lag nicht zuletzt an Lenny. Er versuchte zwar, sich mehr ins Spiel einzubringen, war aber in vielen Situationen nicht auf der Höhe. Immer wieder musste er an das Wasser im Kochtopf denken. Was wäre, wenn in ihrer Wohnsiedlung auch etwas im Argen lag? Plötzlich hatte er Angst um seine Familie. Zum Glück tranken seine Kinder fast ausschließlich kohlensäurehaltiges Mineralwasser aus der Flasche, sie mochten nichts, was nicht sprudelte. Selbst Kindertee verschmähten sie. Dennoch beruhigte ihn dieser Gedanke nicht wirklich.

Als das zweite Spiel beendet war, hatte er es eilig, in die Umkleidekabine zu kommen. Joachim lief hinter ihm her. »Ich hoffe, ich bin nicht schuld, dass du noch nervöser als vorhin aussiehst?«, fragte er.

Lenny atmete laut aus. »Und wenn bei uns das Wasser auch verschmutzt ist?«

Joachim setzte sich auf die Bank und zog sein grünes Polohemd aus. »Das kann ich mir eigentlich nicht vorstellen. Die Sache in Holland war schon ziemlich verrückt. Außerdem dürfte das Wasser dort ganz normal gekocht haben, wenn man es erhitzte. Abkochen wäre in so einem Fall sogar gut gewesen, da es viele Bakterien abtötet.«

Lenny warf seine Shorts lustlos in die Sporttasche. »Ich habe dennoch ein komisches Gefühl. Kannst du nicht mal kurz bei uns vorbeischauen? Du bist doch Chemiker. Vielleicht fällt dir etwas auf.«

Joachim nahm sein Duschgel und nickte. »Wenn es dich beruhigt.« Er grinste. »Was macht Nina eigentlich zum Mittagessen?«

Als Lenny auf den Parkplatz trat, lehnte Joachim an einem der Bäume, hielt sein Handy ans Ohr und lachte laut. »Meine Frau hat mir die Erlaubnis gegeben, heute auswärts zu speisen.«

»Und deine Töchter?«

Joachim schaute ihn einen Augenblick lang an, als hätte Lenny den Verstand verloren. »Warte mal ab, bis deine Kinder langsam flügge werden. Meine Erstgeborene weilt heute den ganzen Tag bei der Familie ihres neuen Lovers, und Melanie ist immer froh, wenn sie nicht beide Alten auf einmal ertragen muss.«

Lenny lachte. »Es leben die Kinder.«

»Das kannst du laut sagen.«

Während der Fahrt rief Lenny zu Hause an und kündigte den Mitesser an. Nina freute sich auf Joachim, sie mochte es, wenn Trubel im Haus herrschte. Lenny fuhr auf die Hauptstraße und sah in den Rückspiegel, Joachims alter Volvo befand sich hinter ihm. Er trat auf die Bremse, als der Wagen die Zufahrtsstraße des Neubaugebietes erreichte. Das halbe Gebiet war Tempo-30-Zone, die andere Hälfte war als Spielstraße ausgewiesen. Behutsam fuhr er über einen steilen, gepflasterten Hügel auf der Fahrbahn und bog in seinen Carport ein. Er öffnete den Kofferraum und wartete auf Joachim, der auf der gegenüberliegenden Straßenseite parkte. Vor dem Zaun des Nachbarhauses stand Fred Iversen mit vor dem Bauch verschränkten Armen und diskutierte sichtlich aufgeregt mit einem Mann im dunkelblauen Overall. Fred schien sich über irgendetwas furchtbar aufzuregen, auf seinem markanten Gesicht glänzte der Schweiß. Fred wirkte mit seinem massigen

Körper, der tadellosen Glatze und den abstehenden Ohren ohnehin wie ein gefährlicher Preisboxer. Fehlte eigentlich nur noch die breitgeschlagene Nase. Seine Nase war im Gegensatz zum übrigen Gesicht geradezu filigran. Seine braunen Augen bohrten sich förmlich in das Gesicht seines Gegenübers, Fred war generell ein recht aufbrausender Typ. Der Mann im Overall ging einen Schritt zurück. Hinter Fred stand seine Frau Sabine. Normalerweise sah sie mit ihren pechschwarzen langen Haaren, der Stupsnase und ihren strahlend blauen Augen ziemlich verführerisch aus. Lenny hatte sich schon manches Mal dabei erwischt, wie er ihr etwas zu lange hinterherschaute, wenn sie sich zufällig trafen insbesondere, wenn Sabine ihr charmantes Lächeln aufsetzte. Jetzt jedoch lächelte sie nicht, sondern hörte der Diskussion mit zusammengekniffenem Mund zu und hatte ihre Hände zu Fäusten geballt. Es sah so aus, als würde Sabine den armen Mann gleich verdreschen wollen. Sie blickte auf und bemerkte Joachim und ihn. Sofort entspannten sich ihre Gesichtszüge. Sabine lächelte und schlenderte auf sie zu.

»Wie war das Training?«, fragte sie und schob sich die ohnehin schon kurzen Ärmel ihres T-Shirts über die Schultern.

»Gut wie immer«, gab Lenny zurück und versuchte, nicht so sehr auf ihre braun gebrannte, makellose Haut zu achten.

»Ich würde gern mal mitkommen. Insbesondere das gemeinsame Duschen hinterher stelle ich mir cool vor.«

Joachim grinste wie ein Honigkuchenpferd. Noch ehe Lenny etwas erwidern konnte, gesellte sich Fred zu ihnen. Er grüßte ihn und Joachim kurz und stieß ein gefährlich klingendes Knurren aus. »Dieser Mistkäfer von einem Studenten«, sagte er.

»Was ist passiert?«, fragte Joachim.

»Dieser Hamster stellt sich mit seinem Lieferwagen doch einfach vor unsere Nase, um ein olles Sofa auszuladen.«

Lenny schaute auf den Bürgersteig, der am Haus der Iversens vorbeiführte. Der junge Mann startete eben den Motor und fuhr davon. »Na ja, das ist öffentlicher Parkraum«, sagte er langsam.

Erneut knurrte Fred. »Mir doch egal. Der Scheißkerl soll da nicht stehen. Versperrt mir die Sicht aus dem Fenster.« Er drehte sich halb auf die Straße und stierte dem Transporter hinterher.

»Wenn der Kerl da vorn wieder stehen bleibt, verpasse ich ihm eine Klatsche.«

Lenny seufzte. »Na, wir müssen. Das Mittagessen wartet.« Er öffnete die Pforte zu seinem Grundstück und huschte hinein. Hinter ihm schloss Joachim die Pforte gewissenhaft.

»Fred und Sabine sind besser als jedes Kino«, stellte er noch immer grinsend fest.

Jetzt war es Lenny, der knurrte. »Aber müssen sie ausgerechnet direkt im Nachbarhaus wohnen?«

»Seid Ihr schon mal aneinandergeraten?«

»Nein. Bisher nicht. Die beiden sind im Grunde so, wie man sich Nachbarn wünscht. Sie hören keine laute Musik, feiern keine großen Partys und gehen früh ins Bett.«

»Aber?«

»Fred neigt zu Streitereien. Mit mir und Nina kommt er gut aus, aber mit vielen Nachbarn hat Fred es sich bereits verdorben. Dabei wohnen die beiden erst seit einem halben Jahr in diesem Haus.« Lenny öffnete das Seitenfach seiner Sporttasche und holte einen Schlüsselbund hervor. Als sie vor der Haustür standen, knisterte es hinter dem Zaun auf der anderen Grundstücksseite. Karl Friese kniete in einem Beet und zupfte winzig kleine Unkrautpflanzen aus der Erde.

»Hallo Karl«, rief Lenny. »Bei dir hat Unkraut wirklich keine Chance.«

Karl sah auf und entblößte ein strahlend weißes Gebiss dritter Zähne. »Nicht mal einen Tag«, gab er nickend zurück.

Als sie in den Flur traten, stellte Lenny seufzend seine Tasche ab. »Jetzt habe ich aber Hunger.«

Nina steckte ihren Kopf aus der Küche. »Hi Joachim. Ihr kommt genau richtig.« Sie rief nach den Kindern und kurz darauf kamen Justin und Emily die Treppe herunter gerannt. Justin knuffte seinem Vater in den Bauch.

»Habt Ihr sie fertiggemacht?«, fragte er laut.

Lenny schüttelte den Kopf. »Wo hast du bloß diese Ausdrucksweise her?«

»Ja, wir haben sie fertiggemacht«, sagte Joachim und grinste Lenny an. »Das ist doch noch gar nichts. Warte mal ab, mit was für Worten er in ein paar Jahren um sich schmeißt.«

»Du hast es heute«, stellte Lenny fest und lachte. »Du willst mir wohl unbedingt Angst machen.«

Joachim strich Emily über die Haare und ging Richtung Küche. »Apropos Angst. Wie war das mit dem Wasser?«

»Ich zeige es dir.«

Nina hatte das Wasser nicht weggeschüttet. Der Topf stand neben der Spüle. Joachim näherte sich dem Gefäß, als könnte es jeden Augenblick explodieren, beugte sich darüber und schnüffelte laut. Dann steckte er seinen Finger hinein und rührte damit in der Flüssigkeit umher, bevor er das Licht unter einem der Hängeschränke einschaltete und den Topf darunter hielt. »Es riecht nicht«, stellte er fest und stellte den Topf wieder ab. »Und klar sieht das Wasser auch aus. Auf alle Fälle sind da keine Fäkalienrückstände drin.«

Nina atmete erschrocken ein. »Fäkalienrückstände?«, fragte sie besorgt. Lenny erzählte ihr die Geschichte aus Holland.

»Ich möchte das Wasser dennoch vorsichtshalber untersuchen«, sagte Joachim. »Ich würde gern eine Probe mit ins Labor nehmen.«

»Prima Idee«, stimmte Lenny zu. Es tat gut, dass sich Joachim so gewissenhaft um die Sache kümmerte. Wen sonst hätte er auf die Schnelle ansprechen können? Nina holte eine leere Plastik-Wasserflasche aus einem Korb hinter der Tür. Joachim stellte sie in das Spülbecken und kippte den Inhalt des Topfes hinein. Dann schloss er die Flasche sorgfältig.

»Ich möchte auch gern noch eine Probe aus der Leitung mitnehmen«, sagte Joachim. Lenny griff nach einer zweiten Flasche, hielt sie unter den laufenden Wasserhahn und stellte sie neben die erste. »Habt ihr einen wasserfesten Stift?«, fragte Joachim.

»Nein, aber kleine weiße Aufkleber«, antwortete Nina, öffnete eine Schublade und reichte ihm eine Folie.

»Ich will nur markieren, wo das ungekochte Wasser drin ist«, erklärte Joachim, während er einen Aufkleber quer über eine der Flaschen klebte. »So«, brummte er sichtlich zufrieden. Dann fiel sein Blick auf den gedeckten Tisch und seine Miene verfinsterte sich. »Was gibt es eigentlich zum Mittagessen?«

»Pizza.« Nina lachte. »Am Sonntag bestimmen die Kinder den Speiseplan. Meistens jedenfalls.«

Joachim nickte zufrieden. »Gut. Also nichts, was irgendwie mit Wasser zubereitet werden müsste. Ich möchte euch raten, auch heute Abend von jeglichem Wassergebrauch abzusehen. Ebenso morgen früh. So lange, bis ich erste Ergebnisse vorliegen habe.«

Lenny schnitt die Pizza in kindgerechte Stücke und ließ sich zufrieden auf seinen Stuhl fallen. Wie gut, dass Joachim unverzüglich seine Hilfe angeboten hatte.

Jedenfalls fühlte er sich schon viel entspannter als noch heute Morgen. Emily sagte einen Gebetsspruch auf, den sie im Kindergarten gelernt hatte. Auch Justin kannte die Verse und fiel in das Gemurmel ein. Lenny schaute die beiden liebevoll an. Er nahm Ninas Hand und drückte sie fest. Alles war gut.

# 2

Joachim setzte sich in seinen alten Volvo und gähnte herzhaft. Heute Morgen ging es früher als sonst in die Firma. Er konnte sich noch immer nicht so recht vorstellen, warum das Wasser bei Lenny plötzlich so schwer kochen wollte. Wahrscheinlich war doch nur ein Wackelkontakt im Herd dafür verantwortlich. Immerhin hatte auch die Geschirrspülmaschine bei den Eggerts bereits nach wenigen Monaten ihren Dienst versagt. Der Motor oder die Pumpe oder was auch immer war durchgeschmort. Lenny hatte es ihm erzählt, aber so einen technischen Kram vermochte er sich nie lange zu merken. Bestimmt verhielt es sich mit dem Herd ähnlich, vielleicht hatte der Küchenlieferant einfach minderwertige Ware eingekauft. Dennoch konnte er Lenny gut verstehen. Gerade wenn die Kinder noch klein waren, machte man sich schnell alle möglichen Sorgen. Und für ihn bedeutete es nicht allzu viel Aufwand, das Wasser einmal gründlich durchzuchecken.

Die Neonröhren gaben summende Geräusche von sich, als Joachim das Licht einschaltete. Wieder gähnte er. Die allwöchentliche Montagsbesprechung fand um zehn Uhr statt. Bis dahin blieben ihm noch drei Stunden. Zeit genug, um die Wasserproben ausgiebig zu untersuchen. Das alte Radio, das sein Vater ihm Mitte der Sechzigerjahre geschenkt hatte, quäkte mit einem blechern klingenden Sound durch den Laborraum. Aus einem halbhohen Schrank an der Wand holte Joachim mehrere Reagenzgläser, stellte sie in eine Halterung und öffnete die Flaschen. Das Wasser sah noch immer völlig normal aus. Es roch nicht und war so klar, wie Wasser eben sein musste. Nachdem er das Wasser zusammen mit verschiedenen Flüssigkeiten in die Reagenzgläser getröpfelt hatte, ließ er sich auf seinen Stuhl fallen und betrachtete die Proben. In zwei Gläsern leuchtete ihm eine blaue Mischung entgegen. Zwei weitere Gläser waren trüb geworden. Brummend stand er auf. Blau bedeutete basisch. Der pH-Wert des Wassers war zu hoch. Und irgendwas war da noch, sonst wären die anderen Proben nicht trüb geworden. Ein Zusatzstoff vielleicht, der da nicht hingehörte. Zwecklos, darüber zu spekulieren. Die Mittel, die ihm in diesem Labor zur Verfügung standen, eigneten sich nicht für eine aussagekräftige Analyse. Außerdem war ihm noch immer nicht klar, wonach er eigentlich suchen sollte. Sein Labor war für umfangreiche Wassertests nicht ausgelegt. Ein Leitwert-Messgerät wäre nicht schlecht. Damit würden sich Rückschlüsse auf den Fremdstoffanteil im Trinkwasser ziehen lassen. Außerdem gab es Geräte, mit denen Schwebstoffe, Bakterien und Viren leichter erkannt werden konnten. Die Kollegen in den anderen Abteilungen verfügten über ein paar dieser Hilfsmittel, die er sich nun erst einmal mühsam zusammensuchen musste. Das würde einige Zeit dauern. Dabei hatte er versprochen, sich bereits am Vormittag mit ersten Ergebnissen zu melden. In Gedanken sah er Nina das Wasser aus Mineralwasserflaschen in Töpfe schütten, nur um kein Leitungswasser zu verwenden. Und wenn alles doch ganz harmlos war? Er war ihnen eine schnelle Antwort schuldig. Am wichtigsten war zunächst einmal herauszufinden, ob eine konkrete Gefahr für die Gesundheit vorliegen würde, wenn man das Wasser trinken würde. Und da hatte er schon eine Idee.

Joachim verließ sein Labor und rannte fast über den breiten hellen Flur, an dessen Wänden moderne Kunstwerke hingen. Sie standen hier im Dienste eines Konzerns, der Düngemittel herstellte. Da gab es auch Versuchstiere. Im Erdgeschoss befanden sich unzählige Käfige mit Mäusen, Ratten, Hamstern, Hörnchen und Kaninchen. Als er vor vielen Jahren in dieser Einrichtung zu arbeiten begann, hatte er ein beklemmendes Gefühl deswegen gehabt. Aber mittlerweile hatten sich alle seine Vorurteile aufgelöst. Den Tieren ging es dort unten besser als in vielen privaten Haushalten. Sie hatten geräumige Käfige. Doch das Wichtigste war, dass sie nicht sinnlos verheizt wurden. Die meisten Düngerarten mussten umweltverträglich sein. Neue Stoffe wurden den Tieren in die Nahrung gemixt. Oft kam es nur zu allergischen Reaktionen bei ihnen, von denen sie sich schnell wieder erholten. Nur selten starben Tiere in Folge der Entwicklung eines neuen Wirkstoffes. Zwar stellte der Konzern auch Giftstoffe her, die gegen Ameisen, Pilze oder Schnecken verwendet wurden, aber damit hatte man zumindest in dieser Zweigstelle nichts zu tun. Und das war ihm auch ganz lieb. Er klopfte an eine schlichte weiße Tür. Hoffentlich war Ina schon da.

Eine junge Frau mit blonden langen Haaren, die ihr bis zur Hüfte gingen, öffnete die Tür und schaute ihn skeptisch an. »Joachim. Meine Güte, bist du aus dem Bett gefallen? Oder hat dich deine Frau rausgeworfen?«

»Guten Morgen Ina«, sagte er fröhlich.

Sie winkte ihn hinein und zeigte auf eine röchelnde Kaffeemaschine. »Gerade aufgesetzt. Willst du?«

»Gern.«

»Also, was machst du schon hier? Seit ich dich kenne, warst du noch nie vor neun im Labor.« Obwohl die Maschine nicht fertig war, griff Ina nach der Kanne und schenkte zwei Becher voll. Es zischte, als mehrere Kaffeetropfen aus dem Filter auf die heiße Wärmeplatte fielen. Joachim nahm einen Schluck und verzog den Mund. Daran hätte er denken müssen. Ina war wegen ihres stets viel zu starken Kaffees in der ganzen Einrichtung berüchtigt. Niemand trank ihr Gebräu Marke Doppel-Herztod. Trotzdem nahm Joachim noch einen weiteren winzigen Schluck, immerhin wollte er heute etwas von ihr.

»Ich untersuche für einen Freund eine Wasserprobe und würde sie gern einigen Tieren zu trinken geben.«

Ina sah ihn mit hochgezogenen Augenbrauen an. »Woher stammt das Wasser?«

»Direkt aus einem Wasserhahn in einer Küche. Aber es kocht nur mühsam. Und nun ist die Familie beunruhigt.« Er zuckte mit den Achseln. »Deinen Kleinen wird nichts passieren. Ich vermute, dass es irgendwie verschmutzt ist. Wenn die Nager es nicht anrühren, weiß ich Bescheid.«

Ina griff in die Brusttasche ihres Kittels und warf ihm eine Magnetkarte zu. »Nimm dir, was du brauchst. Aber wenn die Viecher Durchfall kriegen, machst du die Käfige sauber.«

Joachim lachte und stellte seine Tasse zurück auf den Tisch. »Du bist ein Schatz.« Er drehte auf dem Absatz um und öffnete die Labortür. Was für ein erfolgreicher Verlauf. Ina, die Verantwortliche für alle Versuchstiere, hatte ihm praktisch einen Freifahrtschein ausgestellt, und der ungenießbare Kaffee hatte ihn auch nicht umgehauen.

Am Ende des Flurs im Erdgeschoss gab es eine massive Eisentür. Joachim steckte die Magnetkarte in einen Schlitz, und das Schloss knackte vernehmlich. Der Raum dahinter war hell und freundlich. Fenster, die von der Decke bis zum Boden reichten, ließen die Morgensonne hinein. An der Wand brummte eine Klimaanlage. Oft war er nicht in diesem Raum. Es überraschte ihn immer wieder, wie gemütlich es hier aussah. Ganz anders, als in den vielen Labors, die ihm während seiner Ausbildungszeit begegnet waren. Meistens waren die Versuchstiere in den dunkelsten Kellerräumen untergebracht und fristeten dort ein trostloses Dasein unter Kunstlicht. Dagegen wirkte dieser sonnendurchflutete Raum geradezu paradiesisch. Sämtliche Käfige waren auf der gegenüberliegenden Seite der Fenster aufgestellt. In stabilen, zwei Meter hohen Stahlregalen, standen sie in vier Ebenen übereinander. Ganz unten tummelten sich die Kaninchen, darüber die Hamster, Streifen- und Eichhörnchen und wiederum darüber die Ratten. In den obersten Käfigen befanden sich die Mäuse.

Es war erstaunlich ruhig. Immer wenn er hier war, verwunderte ihn die Stille. Kaum ein Tier raschelte oder quiekte. Das war schon irgendwie unheimlich. Joachim wandte den Blick von den Käfigen ab und schaute suchend in die Ecken. Dort standen der fahrbare Tisch und die kleinen Transportkäfige. Mit jeweils vier Exemplaren von allen Tieren wollte er arbeiten. Je zwei Tiere gleicher Gattung kamen in die Transportkäfige.

Als er alle Tiere verfrachtet hatte, stutzte Joachim. Ob das nicht doch ein wenig übertrieben war? Reichten nicht auch eine Handvoll Nager? Nein, je mehr, desto besser. Viele Tiere besaßen ausgeprägte Geruchs- und Geschmackssinne. Sie würden merken, wenn etwas mit dem Wasser nicht stimmte.

Aus einem Karton holte Joachim Dutzende kleiner Trinkflaschen und Keramiknäpfe. Dann schob er den Tisch vorsichtig zum Ausgang. Endlich drangen ein paar Geräusche an seine Ohren. Zwei der Mäuse piepsten leise. »Keine Angst. Euch passiert nichts. Da bin ich mir ziemlich sicher.« Joachim trug die Tiere aus einer Liste aus, die neben der Tür hing. Wenn man das vergaß, konnte Ina fuchsteufelswild werden. Etwas, was man ihr überhaupt nicht zutraute. Die Türen des Fahrstuhles standen offen, die meisten Kollegen kamen nicht vor acht zur Arbeit. Das passte ihm ausgezeichnet, so musste er nicht erst lange auf den Lift warten. Außerdem ersparte es ihm langwierige Erklärungen, wozu er all die Tiere brauchte.

Bevor sich der Fahrstuhl in Bewegung setzen konnte, sprang ein Mann in die Kabine. »Grad noch erwischt«, sagte er hechelnd und öffnete einen Knopf seines Mantels. »Guten Morgen Joachim.«

»Hallo Franz.«

»Du bist früh heute.«

»Ja.«

»Was hast du denn mit den ganzen Fellfreunden vor?«

Joachim verzog den Mund. Zu früh gefreut. »Nur einen kleinen Test.«

»Dafür sind das aber viele.«

»Ach, geht.«

»Na ja.« Es klingelte und die Türen öffneten sich.

»Wir sehen uns nachher bei der Besprechung, Joachim.«

»Ja, bis dann, Franz.«


Das gekochte Wasser konnte warten. Zunächst wollte Joachim sich auf das frische Leitungswasser konzentrieren. Die Näpfe und Trinkflaschen füllte er bis zu einer Markierung auf und stellte sie in die Käfige. Einige der Tiere trennte er voneinander und setzte sie in Einzelkäfige, auf diese Weise würde besser zu beobachten sein, wie viel Wasser jedes Tier trank. »Jetzt heißt es abwarten«, sagte er laut in den Raum hinein und ließ sich schnaufend auf seinen Stuhl fallen. Seine Finger griffen zum Telefon und wählten Lennys Nummer. Nina hob ab. Sie freute sich offenbar, von ihm zu hören. »Leider wird es noch eine Weile dauern, bis ich Ergebnisse habe«, sagte Joachim.

»Kein Problem. Ich habe genügend Mineralwasser im Haus«, antwortete Nina. »Wir werden das Leitungswasser nicht anrühren, bis du Entwarnung gegeben hast.«

Er versprach, sich zu melden, sobald es Neuigkeiten geben würde, und vertiefte sich in die Unterlagen eines Mitarbeiters zu einem bestimmten Düngerstoff.

Irgendwann wurde die Labortür geöffnet und ein hagerer Mann steckte den Kopf in den Raum. »Ich wollte dich zur Besprechung abholen.«

»Ist es schon soweit?«, fragte er überrascht und schaute auf die Uhr.

Der Kollege nickte ernst. »Ja. Und es stehen jede Menge Punkte auf dem Programm.«

Joachim atmete laut aus und erhob sich. »Na prima. Dann werden wir ja wieder bis zum späten Nachmittag tagen.«

»Mindestens«, erwiderte der Kollege.

# 3

Lenny lag auf dem Boden und starrte auf die Rückwand des Kühlgerätes. »Der Kompressor ist defekt«, stellte er fest.

Der Restaurantbesitzer, ein Ire namens Caine, hopste wie eine aufgescheuchte Möwe hinter seinem Rücken umher. »Ne. Der kühlt nicht mehr.«

Lenny seufzte. »Eben deswegen kühlt er nicht mehr.«

»Wenn Sie das Ding nicht wieder heil kriegen, können wir heute nicht öffnen.«

»Wir kriegen das Ding wieder heil. Keine Sorge.« Manchmal fragte Lenny sich, ob er diesen Beruf noch bis zu seiner Rente ausüben wollte. Doch was sollte er stattdessen machen? Er war nun einmal spezialisiert darauf, Großkühlschränke zu reparieren. Mit vierzig war es zu spät umzusatteln. Aber die ganze Hektik ging ihm mehr und mehr auf die Nerven. Solche Geräte standen nun mal meistens in Restaurants, Großküchen und Kantinen, da war es grundsätzlich eine Katastrophe, wenn ein Defekt auftrat.

Auch Caines Stimme schnappte nun fast über, als sich sein massiger Körper tänzelnd um den Kühlschrank bewegte. »Was für ein Unglück. Da liegt das ganze teure Lammfleisch drin. Wie schnell bekommen Sie einen neuen Kompressor?«

»Vielleicht kann ich den Fehler reparieren.«

»Und wenn nicht? Und wenn nicht?«

Das Schlimmste war, dass er für seinen Job eigentlich Ruhe brauchte. Moderne Kühlgeräte besaßen mitunter eine komplizierte Technik. Es war schwer, sich zu konzentrieren, wenn dauernd jemand lamentierte. »Womöglich ist es nur ein Wackelkontakt.«

Der Ire blieb abrupt stehen. »Ich habe an dem Ding nicht gewackelt«, rief er hektisch.

O Mann. Nur nicht weiter hinhören. Lenny zog an einem kleinen Draht, und endlich gab der Kompressor ein Lebenszeichen von sich. Wahrscheinlich hatte sich nur die Verbindung gelöst. Er stand auf und ging zu seinem Werkzeugkasten. »Mit diesem neuen Draht geht das Ding wieder heile«, sagte er beschwichtigend, als sein Blick das offensichtlich nervös zuckende Gesicht des Iren streifte. Sein Handy klingelte.

Sofort wurde der Ire noch fahriger. »Sie können jetzt nicht weg. Hier ist ein Notfall«, sagte er gehetzt.

Lenny lächelte ihm zu. »Ich will auch nicht weg. Keine Angst.« Er nahm sein Telefon und meldete sich.

Joachim war dran, und seine Stimme klang nervös. »Hallo Lenny.«

»Hallo Jo. Nina hat mich schon über deinen Anruf heute Morgen informiert. Wir bleiben bei Mineralwasser«, sagte er. Am anderen Ende der Leitung herrschte für einen Moment Ruhe.

Joachim räusperte sich. »Ach so, ja. Aber das ist es nicht. Inzwischen ist allerhand passiert. Komm her, so schnell du kannst.« Bevor Lenny antworten konnte, hatte Joachim aufgelegt. Joachim klang fürchterlich. Was hatte ihn so erschreckt?

Der Ire schaute ihn aufmerksam an. »Noch ein kaputtes Ding?« Lenny schüttelte den Kopf.

»Nein, nein«, sagte er schnell, nahm den Draht wieder auf und kniete sich hinter den Kühlschrank. Wurde Zeit, dass er die Reparatur zum Abschluss brachte.

Das Restaurant verließ Lenny im Laufschritt. Warum war Joachim so kurz angebunden gewesen? Hatte er womöglich etwas im Wasser entdeckt, oder wollte er ihn nur nicht bei der Arbeit stören? Joachim wusste, dass Lenny mitunter schlecht telefonieren konnte, wenn es bei einem Kunden, im wahrsten Sinne des Wortes, heiß herging.

Lenny fuhr los, stellte das Radio an und versuchte, auf das laufende Programm zu achten. Dennoch verließ ihn die Unruhe nicht, im Gegenteil, sie wurde permanent stärker. Als sein Auto auf den Firmenparkplatz der Laboreinrichtung fuhr, hatte er das Gefühl, als würde etwas in seiner Brust vor Aufregung gleich platzen.

Der Pförtner gab ihm eine leuchtend grüne Karte mit der Aufschrift Besucher, die an der Brusttasche seines schweren Arbeitshemdes angebracht werden musste. Der Weg zu Joachims Labor war ihm vertraut. Noch ehe er die Klinke zu fassen bekam, schwang die Tür auf.

Joachim schaute ihn mit großen Augen an. »Komm«, sagte er heiser. Auf seiner Stirn zeigten sich unzählige, kleine Falten.

»Was ist denn um Himmels willen passiert?«, fragte Lenny, während er in den Raum ging.

Anstatt zu antworten, rannte Joachim an ihm vorbei. Auf vier aneinandergeschobenen Tischen an der Seitenwand standen unzählige Käfige. Joachim stellte sich vor sie und schüttelte den Kopf. »Schau.«

Vorsichtig ging Lenny näher. Ihm war bekannt, dass hier im Labor hin und wieder Versuchstiere zum Einsatz kamen, und diese Vorstellung fand er grässlich. Da ihm die Freundschaft mit Joachim viel bedeutete, schnitt er das Thema nie an, wenn sie zusammen waren. Jeder hatte die eine oder andere Leiche im Keller, über die man nicht sprach. Joachim hatte sie im Labor. Lenny versuchte, diesen Gedanken beiseitezuschieben, während er sich neben Joachim stellte. Sein Blick fiel in die Käfige. Die Tiere sahen alle auch ziemlich friedlich aus. Sehr friedlich sogar. Die Kaninchen kuschelten an der Käfigwand miteinander. Die Mäuse lagen verstreut in ihren Gefängnissen herum. Zwei Eichhörnchen hatten sich einander gegenüber gelegt und die buschigen Schwänze um die kleinen, runden Körper geschlungen. In keinem der Käfige herrschte Trubel. Überall lagen die Tiere reglos auf dem Boden, als wären sie in eine geisterhafte Starre verfallen. Ihn überkam ein schrecklicher Verdacht. Er fasste Joachim an die Schulter. »Sie sind doch nicht etwa …«

»Tot?«, fragte Joachim. Lenny konnte nicht sagen, wie froh er war, als Joachim energisch den Kopf schüttelte. »Nein, die Tiere sind nicht tot. Aber sie sind völlig apathisch«, sagte er langsam.

»Apathisch?«

»Ja. Sie wirken, als hätte man sie ruhiggestellt. Wie Raubkatzen, denen man einen Beruhigungspfeil durch das Fell gejagt hat.« Joachim ging auf einen der Käfige zu und öffnete den Deckel. Zwei putzige braun-schwarz gefleckte Hamster saßen neben einer kleinen Schüssel und sahen aus, als ob sie schlafen würden. Joachim strich ihnen behutsam über das Fell. Sie rührten sich nicht. Er fuhr mit seinem Finger sanft um die Schnurrhaare des einen Tieres. Das Gesicht zuckte. Wahrscheinlich kitzelte Joachims kleiner Finger. Der Hamster machte eine unglaublich schwerfällige Bewegung und rutschte eine Handbreit zur Seite. Dann verfiel der Fellknäuel wieder in seine Starre. »So verhalten sich sämtliche Tiere«, stellte Joachim fest, als er den Käfig wieder schloss. »Sie schlafen nicht wirklich. Sie sind … einfach außer Gefecht gesetzt. Eben ruhiggestellt.«

Lenny schnaufte laut. »Das ist beängstigend.«

Joachim drehte sich um und schaute ihm in die Augen. »Beängstigend ist, dass die kleinen Racker heute Morgen allesamt noch quicklebendig waren. Und dann haben sie von dem Wasser getrunken, das ich aus deinem Wasserhahn habe.« Er deutete auf einen Käfig, in dem zwei Ratten mit ausgestreckten Beinchen auf dem Rücken lagen. Sie sahen aus, als wären sie vergiftet worden. Wenn man ganz genau hinschaute, konnte man jedoch die unscheinbare Fellbewegung sehen, die einem verriet, dass die kleinen Herzen noch schlugen. Joachim zeigte auf eine Flasche. »Heute ist ein warmer Tag. Insbesondere mein Labor heizt sich schnell auf, weil es nach Süden geht. Die Tiere haben ordentlich getrunken.« Joachim tippte auf eine schwarze Markierung an der Flasche im Käfig der Ratten. Der Wasserstand lag gut und gern einen daumenbreit darunter.

»Also hat das Wasser sie so apathisch gemacht?«, fragte Lenny.

»Das ist die einzige Möglichkeit.«

»Was ist in dem Wasser?« Joachim seufzte.

»Mit den Mitteln, die ich hier zur Verfügung habe, kann ich keine aussagekräftige Analyse machen. Ich brauche andere Geräte, muss Kollegen hinzuziehen. Das kann dauern.« Er zeigte mit beiden Händen auf die Käfige. »Aber klar ist, dass das Wasser hochgradig verseucht ist. Natürlich würde sich bei Menschen nicht sofort eine derart starke Reaktion einstellen wie bei diesen Tieren. Unser Organismus ist ja um ein Vielfaches größer und stärker.«

Lenny ging zum Schreibtisch und ließ sich auf den klapprigen Bürostuhl fallen. »Nicht sehr beruhigend«, sagte er schwach. »Mein Wasser ist verseucht. Wie kann das sein? Was ist da schiefgelaufen?«

Joachim setzte sich auf die Kante des Tisches. »Noch interessanter wäre, ob wirklich nur dein Wasser verseucht ist.« Er faltete seine Hände in den Schoß und schaute sie einen Moment lang an. »Das piekfeine Schlosshotel mitten im Wald ist von euch doch nicht so weit entfernt«, stellte er fest.

»Stimmt. Man fährt etwa fünf Minuten auf der kleinen Waldstraße hinter unserem Neubaugebiet. Warum?«

»In zwei Wochen gibt es dort verdammt hohen Besuch.«

Lenny brauchte eine Weile, bis er verstand. »Natürlich. Das G8-Treffen. Die Politiker tagen an der niedersächsischen Küste, aber für ein Abendessen kommen sie alle zusammen ins Schlosshotel.«

»Dessen Wasser aller Wahrscheinlichkeit ebenfalls verseucht ist.«

Lenny schaute seinen Freund mit gerunzelter Stirn an. »Was willst du damit sagen?«

Joachim stieß sich vom Schreibtisch ab und ging zurück zu den Käfigen. »Verstehst du denn nicht?«, rief er aufgebracht und betrachtete die leblos daliegenden Tiere. »Jemand vergiftet das Wasser in eurer Gegend. Und zwar das gesamte Wasser, vom Schlosshotel bis hin zu eurem Neubaugebiet.«

Lenny hob abwehrend die Hände. »Moment, Moment«, sagte er verwirrt. »Du denkst, das ist Absicht?«

»Natürlich. Ich glaube, da wird ein Mittel ins Trinkwasser gegeben, das die Regierungschefs ruhigstellen soll. Terroristen hätten dann leichtes Spiel.«

»Ein Anschlag?«, fragte Lenny geschockt. Auf was für Ideen kam Joachim bloß.

»Könnte doch sein. Vielleicht wird die Dosis in den nächsten Tagen kontinuierlich erhöht.«

»Und dann? Man kann die Staatschefs der wichtigsten Industrienationen doch nicht so einfach aus dem Hotel schaffen, selbst wenn sie bewusstlos sind. Außerdem wird es dort von Sicherheitsbeamten nur so wimmeln. Die werden kaum alle von dem Wasser trinken.«

Joachim ging zurück zum Schreibtisch und griff nach einem Kugelschreiber. »Stimmt, was du sagst.« Er drückte sichtlich nervös auf den Knopf und ließ die Miene immer wieder erscheinen und verschwinden. »Aber ich finde, es hört sich dennoch sehr plausibel an. Wer weiß, was für ein teuflischer Plan irgendwo vielleicht gerade in diesem Augenblick geschmiedet wird.«

Mit einem Gefühl, als hätte ihn gerade eine Dampflok überfahren, fuhr Lenny nach Hause. Joachims These war beängstigend, keine Frage. Noch beängstigender aber war die Tatsache, dass sein Leitungswasser wirklich vergiftet war. Nun gut, vielleicht auch das Leitungswasser seiner Nachbarn, ja, vielleicht sogar das Trinkwasser des gesamten Neubaugebietes und des Schlosshotels. Aber am meisten machte er sich im Augenblick um seine Familie Sorgen. Was interessierte ihn die Gesundheit des japanischen Ministerpräsidenten, wenn seine Tochter akut gefährdet war?

Lenny rief zu Hause an, aber es ging niemand ans Telefon. Bestimmt war Nina mit den Kindern im Badezimmer. Wenn sie Justin und Emily bettfertig machte, duldete sie keine Störungen. Sie ging dann weder an die Tür noch an das Telefon. Hoffentlich hatte Nina es durchgehalten, den Kindern den ganzen Tag über kein Leitungswasser zu geben.

Nervös klopfte Lenny auf das Lenkrad, während er einen langsamen Transporter überholte. Joachim hatte ihm versprochen, weiter zu forschen, und wollte sich gleich Morgen mit einem Kollegen austauschen, der unter anderem schon Düngerstoffe für Wasserpflanzen mitentwickelt hatte, die in Gartenteichen zum Einsatz kamen.

Lenny fuhr in seinen Carport und schaltete den Motor aus. Das Radio verstummte, und die plötzliche Stille war unangenehm. Er hastete zum Hauseingang.

Sein Schlüssel rutschte ihm zweimal ab, ehe er endlich ins Schloss traf. Als er seine Werkzeugtasche unter die Garderobe stellte, drang von oben bereits Gekicher zu ihm herunter.

Lenny schlich die Treppe hinauf und öffnete mit einem Ruck die Badezimmertür. Als Erstes fiel sein Blick auf die zwei großen Plastikflaschen, die neben dem Waschbecken standen. Erleichtert atmete er durch. Dann bekam er einen Knuff in den Bauch.

»Papi ist da«, rief Emily und boxte erneut in seinen Magen.

Nina gab ihm einen Kuss und drückte ihre Hände auf seine Wangen. »Du siehst ziemlich durch den Wind aus«, stellte sie fest.

»Ich war eben noch bei Joachim«, sagte er erschöpft.

Sie presste ihren Zeigefinger auf seinen Mund und zischte. Nina wollte die Kinder offenbar nicht beunruhigen. Sie sprach in Gegenwart der Kleinen nicht über das Leitungswasser. Für Emily und Justin war es bisher noch ein riesiger Spaß, beim Kochen, Waschen und Zähneputzen Mineralwasser zu benutzen. Und dass sie heute Abend nicht duschen und Haarewaschen brauchten, war offensichtlich ebenfalls ganz in ihrem Sinne. »Erzähl es mir nachher«, flüsterte Nina und kniete sich vor Justin, um ihm die Knöpfe seines Schlafanzuges zu schließen.

»Bringst du mich heute ins Bett?«, fragte Emily und klammerte sich an sein Bein.

Lenny strich ihr über die Haare. »Ja, ich bringe euch beide ins Bett. Mami fährt gleich zum Training. Und wir können es uns im großen Bett bequem machen.«

»Au ja.« Emily rannte aus dem Badezimmer geradewegs ins Elternschlafzimmer und sprang auf die Matratze. Der Lattenrost gab einen keuchenden Laut von sich.

»Darf ich mein Flugzeug mitnehmen?«, fragte Justin, als er ohne Hast in den Flur trat.

»Klar doch.«

Justin lächelte und stürmte in sein Zimmer. Sekunden später kam er mit einem halben Meter langen Spielzeugflugzeug wieder zurück und rannte ebenfalls ins Elternschlafzimmer.

»Du untergräbst meine Autorität«, stellte Nina in vorwurfsvollem Ton fest. »Bei mir gibt es kein Spielzeug im Bett, zumindest nicht, wenn Schlafenszeit ist.«

Er gab ihr einen Kuss auf die Wange. »Heute würde ich den Würmern alles erlauben.«

Sie warf sich ein T-Shirt über die Schulter und sah ihn an. »Hat Joachim etwas entdeckt?«

Lenny nickte, als Emilys Stimme durch den Flur hallte. »Papi! Komm endlich!« Nina klopfte ihm auf die Schulter.

»Wir reden, wenn ich vom Training zurück bin. Bis dahin schlafen die Monster.«

Als Lenny seine Kinder sah, musste er grinsen. Emily hatte sich bereits unter die Decke gekuschelt, nur ihr Kopf schaute oben heraus. Justin saß neben ihr auf der Decke. Vor ihm stand sein Flugzeug. »Wollen wir das Licht anlassen?«, fragte Lenny, obwohl er die Antwort darauf längst kannte.

»Ja«, riefen Justin und Emily gleichzeitig.

Während Lenny den rechten Arm um seine Tochter legte, klopfte seine linke Hand auf Justins Schulter.

»Du kannst noch eine Weile mit dem Flugzeug spielen. Aber lege dich bitte hin.« Justin seufzte und krabbelte unter die Decke. Er nahm das Flugzeug und hielt es mit ausgestreckten Armen über seinem Kopf.

Lenny fühlte sich ausgelaugt. Dabei war der Arbeitstag nicht anstrengender als sonst gewesen. Es gab schlimmere Kunden als den nervösen Iren. Er spürte die warmen Körper seine Kinder neben sich. Wie konnte es nur möglich sein, dass sich da etwas im Leitungswasser befand? Wurde das Trinkwasser nicht ständig geprüft und kontrolliert? Die Stadtwerke hätten sicherlich gemerkt, wenn das Wasser verunreinigt gewesen wäre. Das zumindest sprach gegen Joachims These, dass das ganze Neubaugebiet betroffen sein könnte. Aber besser machte es die Sache auch nicht. Was stimmte mit seinem Wasseranschluss nicht? Behutsam streichelte er Emily über die weiche Wange. Wie gut, dass sie zum Sonntagsfrühstück stets Eier aßen. Was wäre gewesen, wenn sie überhaupt nicht gemerkt hätten, dass sich das Wasser eigenartig verhielt? Ein Schauder überkam ihn. Daran wollte er lieber nicht denken. Justin stellte den Flieger neben das Bett und rollte sich ein, seine kleinen Füße stemmten sich gegen seine Oberschenkel. Was war das für ein friedliches Gefühl, hier gemeinsam zu kuscheln. Seine Augenlider wurden schwer, und nur Minuten später schlief Lenny ein.

Die Sonne schien durch die dunkelblauen Vorhänge, und Lenny lag allein im Bett. Stöhnend richtete er sich auf. Im Badezimmer herrschte schon wieder Krach.

Eine Tür wurde aufgestoßen, und Emily kam um die Ecke gefegt. »Papi, du Schlafmütze«, sagte sie. Sie war bereits angezogen. Lenny stand auf und drückte seine Tochter fest an sich. Jemand umarmte ihn von hinten.

»Als ich wiederkam, habt Ihr geschlafen wie die Murmeltiere«, sagte Nina. »Das sah vielleicht niedlich aus.«

»Du hättest mich aufwecken sollen.«

»Du hast den Schlaf nötig gehabt. Du hättest dich gestern mal im Spiegel ansehen sollen.« Sie nahm Emily an die Hand und rief nach Justin. »Ich bringe die Kinder schnell weg. Vielleicht haben wir anschließend noch Zeit, um zu reden.« Lenny nickte.

»Bestimmt sogar. Ich werde mir heute freinehmen.«

Sie schaute ihn überrascht an. »So schlimm?«

»Ziemlich, ja.«

Während er das Frühstück vorbereitete, wurde ihm bewusst, wie ungewohnt es war, kein Leitungswasser zu benutzen. Fast automatisch hielt er den Wasserkocher unter den Hahn, ehe ihm dämmerte, was er da gerade machen wollte. Stattdessen öffnete er eine Wasserflasche und schüttete die Hälfte in den Kocher.

Als Nina zurückkam und die Haustür hinter sich schloss, winkte Lenny sie in die Küche. »Wir machen es uns erst mal gemütlich.«

Sie gab ihm einen Kuss und setzte sich. »Spann mich jetzt bitte nicht länger auf die Folter. Was hat Joachim festgestellt?«

Lenny schenkte den Tee ein und seufzte. »Mit unserem Wasser stimmt wirklich etwas nicht«, begann er zu erzählen, beschrieb ihr die reglos daliegenden Versuchstiere und gab seine Unterhaltung mit Joachim wieder.

Nina hörte erschrocken zu. Hatte sie anfangs noch begonnen, sich Margarine auf ihr Brot zu schmieren, legte sie das Messer alsbald zur Seite und starrte ihn mit weit aufgerissenen Augen an. »Das ist schrecklich«, flüsterte sie aufgebracht, als sein Bericht zu Ende war. »Joachims Anschlagtheorie hört sich vollkommen stimmig an.«

Lenny zuckte mit den Achseln. »Ich weiß nicht. Jemand müsste doch was gemerkt haben, wenn wirklich das gesamte Wasser in der Umgebung …«

Plötzlich sprang Nina auf. »Die Kinder«, rief sie sichtlich ängstlich. »Was ist, wenn das Wasser in der Schule oder im Kindergarten auch verseucht ist?«

Lenny stand ebenfalls auf und griff nach ihren Händen. »Das kann ich mir nicht vorstellen«, gab er ruhig zurück. Emilys Kindergarten und Justins Schule befanden sich mehrere Kilometer weit weg in einem anderen Stadtteil. »So weit reicht die Verunreinigung sicherlich nicht.«

»Aber du bist dir nicht sicher.«

»Nein. Wie soll ich mir denn sicher sein? Ich weiß doch selbst nicht, was ich von der ganzen Geschichte halten soll.«

»Und jetzt?« Nina setzte sich wieder an den Tisch.

»Wir müssen die Wasserwerke informieren. Die Polizei am besten auch.«

»Ruf gleich nach dem Frühstück an, ja?«

»Warum, glaubst du, will ich mir heute freinehmen? Ich möchte genauso schnell Licht in diese Angelegenheit bringen, wie du.«

# 4

Karl Friese zog sich seine alte abgewetzte Cordjacke über. Für die Gartenarbeit genau das richtige Kleidungsstück. Er öffnete die Haustür und sog die Morgenluft ein. Vielleicht würde mit der frischen Luft auch dieses merkwürdige Gefühl verschwinden, welches ihn seit dem Aufstehen begleitete. Auf eine ganz komische Weise fühlte er sich tranig. Nicht, als ob ihm etwas schwer im Magen liegen würde, es war eher so, als wäre er überhaupt nicht richtig aufgewacht, als hätte man ihn mitten aus dem Schlaf gerissen und halb dösend irgendwohin geschickt. Karl atmete noch einmal tief durch und holte die Gartengeräte aus dem Schuppen. Sommer war eine grausame Jahreszeit. Bei diesen Temperaturen konnte man dem Unkraut beim Wachsen zusehen. Kaum war man mit einem Beet fertig, zeigten sich am anderen Ende schon wieder zarte Keime, die nur darauf aus waren, Unruhe in den Rabatten zu stiften. Er ließ sich auf seine Knie fallen und sortierte die Geräte neben sich auf den Rasen. Ganz außen lag das Messer, daneben eine kleine Harke und daneben der Unkrautstecher. Ein leichter Schwindel überkam ihn. Vielleicht hatte er gestern Abend einfach nur zu schwer gegessen? Womöglich lag es an der Mettwurst, die Sandra beim Discounter gekauft hatte. Er sah hinüber zum Nachbarhaus. Durch das Seitenfenster konnte er in das Wohnzimmer der Eggerts schauen, Lenny war noch nicht zur Arbeit gegangen. Sein Nachbar saß am Esstisch und presste den Telefonhörer ans Ohr.

Karl schloss die Augen. Wurde Zeit, dass er sich um das biestige Unkraut kümmerte. Er stellte den leeren Eimer neben sich und griff nach dem Messer. Nichts eignete sich besser, um kleine unliebsame Pflanzen zu entfernen, als ein ganz gewöhnliches Frühstücksmesser. Plötzlich wurden seine Lider schwer. Einen Augenblick kam es ihm so vor, als würde er gleich hier auf der Stelle einschlafen. Oder erlitt er einen Schwächeanfall? In seinem Alter war so etwas jederzeit möglich. Ob ihn Sandra schnell genug finden würde, wenn er auf dem frisch gemachten Beet zusammenbrechen würde?

Karl schüttelte sich. Was waren das bloß für grausame Gedanken? Bisher hatte es doch nie Probleme gegeben. In seinem Bekanntenkreis wimmelte es von fiesen und unberechenbaren Krankheiten, aber an ihm war der Kelch stets vorbeigegangen. Einen Moment lang hatte er das Gefühl, als ob seine Lider mit Klebestreifen geschlossen gehalten würden. Es kostete ihn unglaublich viel Mühe, sie nicht sofort wieder zu schließen. Nach wenigen Sekunden war die Empfindung jedoch vorüber. Heute war ganz und gar nicht sein Tag. Karl griff neben sich, weiche Erde drückte sich in seine Handflächen. Mit gerunzelter Stirn schaute er sich um. Er kniete nicht mehr dort, wo er eben noch gewesen war. Die Harke und der Stecher lagen etwa zehn Meter weit weg, am unteren Ende des Beetes auf dem Rasen. In seinem Dämmerzustand musste er einmal durch das Feld gekrabbelt sein. Unheimlich. Sein Blick fiel auf den Eimer, der knapp einen Meter von ihm entfernt in der Erde stand und bis oben hin voll mit kleinen Unkrautpflanzen war. Was wurde hier gespielt? Karl sprang auf und drehte sich um die eigene Achse. Das Beet vor ihm war sauber und frisch geharkt, kein einziges Unkraut war mehr im Boden zu entdecken. Nervös fuhr er sich über die Stirn und merkte, dass sein Gesicht schweißnass war. Es war nicht zu verstehen. Vorhin, als er aus dem Haus gekommen war, hatten sich im gesamten Beet unzählige Wucherpflänzchen gezeigt, die dort nicht hingehörten. Jetzt war sämtliches Unkraut gejätet. Wieder fiel sein Blick auf den gefüllten Eimer. Hatte er das getan? Für diese ganze Menge hätte man bestimmt mehr als eine Stunde gebraucht. Es war verdammt mühselig, jedes einzelne Pflänzchen mit Wurzel auszustechen. Aber es waren doch erst wenige Minuten vergangen, seit er das Haus verlassen hatte. Karl schaute hinüber zum Fenster der Eggerts. Lenny saß nicht mehr am Tisch, auch Nina war nirgends zu entdecken. Der Wagen seiner Nachbarn stand nicht mehr im Carport. Er bückte sich, nahm Eimer und Werkzeug auf, ging Richtung Haustür und stellte die Sachen vor der Tür ab. Auf einmal fühlte er sich wieder schlapp, ganz so, als wäre er mit seinen alten Knochen mehrmals zu schnell in den Keller und zurück gelaufen.

Karl zog seine Jacke aus und hörte Schritte im Flur. Sandra schaute ihn kopfschüttelnd an. »Du und dein Garten«, sagte sie mit vorwurfsvoller Stimme. »Du wolltest doch nur für eine halbe Stunde raus. Und nun warst du fast zwei Stunden weg«

»Zwei Stunden?«, wiederholte Karl ungläubig mit weit geöffneten Augen. »Ist mir gar nicht so vorgekommen.«

Sandra lächelte. »Weiß ich doch. Wenn du im Garten beschäftigt bist, vergisst du immer die Zeit. Komm jetzt, das Mittagessen wartet.«

Er schlurfte ihr hinterher. Unglaublich. Er hatte einen totalen Filmriss. Ob er sich deswegen Sorgen machen musste?

*

Zunächst rief Lenny seinen Chef an, der wenig begeistert von seiner Krankmeldung war. Aber das war ihm im Moment völlig egal. Der zweite Anruf galt den Wasserwerken. Er musste eine kostenpflichtige Servicenummer wählen und landete in irgendeinem Callcenter. Die Dame dort war nicht sehr kompetent, sie berichtete mit inbrünstiger Stimme von den Vorzügen der modernen Trinkwasseraufbereitung.

»Sie werden es nicht wissen, aber wir haben eine der modernsten Anlagen Deutschlands«, flötete sie.

»Das kann ja sein. Trotzdem stimmt mit meinem Wasser etwas nicht.«

»Was denn?«

»Woher soll ich das wissen?«

»Dann muss ich Sie an unser Beschwerdemanagement verweisen.«

»Tun Sie das.«

»Geben Sie mir bitte ihre Anschrift und Telefonnummer. Haben Sie ihre Kundennummer zur Hand?« Lenny gab die Daten durch und trommelte mit seinen Fingern nervös auf den Tisch. »Ein Kollege wird sich bei Ihnen melden.«

»Wann? Es ist dringend.«

»So schnell wie möglich.« Die Frau hauchte eine Verabschiedung durchs Telefon und legte auf.

Nina schaute ihn aufmerksam an. »Und?«

»Sie rufen zurück.«

»Ruf trotzdem auch bei der Polizei an.«

»Unbedingt.« Lenny blätterte im Anzeigenblättchen, fand die Rubrik ‚Wichtige Telefonnummern‘ und wählte die Durchwahl der städtischen Polizeiwache. Der Hörer wurde abgenommen und Lenny erzählte von seinem Trinkwasser und den Proben, die Joachim den Tieren gegeben hatte.

Der Mann machte mehrere undefinierbare Geräusche. »Wollen Sie diesen Joachim wegen Tierquälerei anzeigen?«

Lenny atmete gequält durch. »Haben Sie nicht zugehört? Mein Trinkwasser ist verseucht. Und vielleicht auch noch das Trinkwasser anderer Häuser.«

»Und was ist mit den Tieren?«

»Die wirken apathisch, seit sie das Wasser getrunken haben. Es geht jetzt aber nicht um die Tiere, sondern um Menschen. Mit dem Trinkwasser stimmt etwas nicht. Es besteht eine akute Gefahr und ich möchte, dass Sie sich darum kümmern.«

»Ich werde die Meldung weitergeben. Sie hören von uns.«

Lenny schmiss das Telefon auf den Tisch und raufte sich die Haare. »Sie wollen sich darum kümmern«, erklärte er Nina, die ihn fragend anschaute.

»Wann?«

»Keine Ahnung.«

Nina setzte sich ihm gegenüber und stützte ihren Kopf auf die Hände. »Lass uns die Presse anrufen«, schlug sie vor. »Etwas Druck kann in dieser Angelegenheit nicht schaden. Wasserwerke und Polizei arbeiten bestimmt schneller, wenn Morgen bereits ein Bericht über die Vorkommnisse erscheint.«

Lenny nickte. Das hörte sich gut an. Er schaute ins Impressum der überregionalen Tageszeitung und wählte die Nummer der Redaktion. Nachdem er zweimal verbunden wurde, meldete sich ein gehetzt wirkender Mann. »Lokalredaktion.«

Lenny kam gleich zur Sache und erzählte seine Story ein weiteres Mal. Diesmal erwähnte er auch Joachims Theorie. Ein möglicher Anschlag auf das G8-Treffen musste für einen Reporter doch ein gefundenes Fressen sein. Allerdings hielt sich die Begeisterung des Redakteurs deutlich in Grenzen. Der Mann atmete offenbar genervt aus.

»Was glauben Sie, mit was für einem Schrott wir seit Wochen konfrontiert werden«, sagte er anschließend gedehnt. »Hinz und Kunz machen sich Gedanken über diesen idiotischen G8-Gipfel. Mit Ihrer habe ich heute schon drei Verschwörungstheorien gehört. Und es ist noch nicht mal halb zehn.«

»Ich habe Beweise«, unterbrach Lenny den Redeschwall des Redakteurs.

»Die haben alle Anrufer. Angeblich. Wissen Sie, wenn wir uns um jede Geschichte kümmern würden, hätten fünf unserer Leute den ganzen Tag zu tun. Und die Ergebnisse würden mehr als bescheiden sein.«

»Bei mir nicht«, hakte Lenny ein. Es fiel ihm schwer, Ruhe zu bewahren.

»Doch. Bestimmt auch bei Ihnen. Wissen Sie, seit die Regierungschefs damals in Heiligendamm tagten, sind die Bürger hochgradig sensibilisiert. Übersensibilisiert würde ich sagen. Hinter jeder verschlossenen Garagentür vermuten eifrige Leute eine Horde Terroristen, die mit radioaktiven Abfällen Streubomben bauen.«

Lenny warf Nina einen frustrierten Blick zu. »Hören Sie…«, sagte er, wurde jedoch sofort wieder unterbrochen.

»Nein, tut mir leid. Melden Sie sich nach dem Gipfel noch einmal bei mir. Dann kann ich vielleicht etwas für Sie tun.« Der Mann legte auf, ohne sich zu verabschieden.

Lenny knallte den Hörer auf den Tisch. »Das kann alles nicht wahr sein.«

Nina ging um den Tisch und nahm ihn in die Arme. Es tat gut, ihre Berührung zu spüren. »Du hast es wenigstens versucht«, sagte sie sanft. »Wir warten jetzt einfach auf die Rückrufe der Wasserwerke und der Polizei. Und wenn wir bis heute Nachmittag nichts…«

»Da«, unterbrach Lenny und zeigte auf das Anzeigenblättchen, das einmal in der Woche bei ihnen im Briefkasten lag. »Die berichten doch auch über Neuigkeiten. Zwischen ihrer ganzen Werbung.«

»Einen Versuch ist es wert«, stimmte Nina zu. Sie ließ ihn los und blätterte die Seite des Impressums auf. Bereits nach dem ersten Klingeln meldete sich eine sympathisch wirkende, weibliche Stimme. Lenny holte tief Luft, berichtete zum vierten Mal über die Ereignisse der letzten beiden Tage und wartete gespannt darauf, wie sein Gegenüber diesmal reagieren würde. Lenny hatte sich schon mit einer knappen Ablehnung abgefunden, denn die Frau am Ende der Leitung gab keinen Ton von sich. »Hallo?«, fragte er skeptisch nach. Sie hatte doch hoffentlich nicht einfach während des Gesprächs aufgelegt?

»Das ist unglaublich«, antwortete die Frau nach einer Pause kurzatmig.

»Finde ich auch. Leider halten mich ihre Kollegen von der Tageszeitung für einen Spinner.«

Sie lachte. »Gut für mich. Die Story hätte ich sonst wohl nicht bekommen.« Sie blätterte etwas um, vielleicht einen Kalender? »Können Sie mir die Tiere zeigen?«

»Natürlich. Wann?«

»So schnell wie möglich. Am besten jetzt gleich.«

Lenny ballte seine Hände zu Fäusten. Endlich kam Bewegung in diese Angelegenheit. »Ich will nur eben mit meinem Freund Rücksprache halten. Die Tiere sind bei ihm im Labor. Ich rufe sofort wieder zurück.«

Die Frau summte zustimmend. »Ich werde mich keinen Schritt vom Telefon wegbewegen. Falls aber doch, verlangen Sie einfach nach Bettina Matthiesen.«

»Alles klar, Frau Matthiesen. Bis gleich.«


Lenny stand auf und streckte seine Arme in die Höhe. »Es hat geklappt«, rief er fröhlich. »Frau Matthiesen will die Tiere so schnell wie möglich sehen.« Nina klatschte in die Hände.

»Gut. Auch wenn eine große Zeitung sicherlich mehr Wirkung erzielt hätte.«

»Ach, Hauptsache jemand berichtet darüber.« Er wählte Joachims Nummer und erzählte ihm von der Reporterin.

»Du kannst die Dame gern mit herbringen«, sagte Joachim. »Aber sie darf keine Aufnahmen machen, aus denen deutlich wird, wo sich die Tiere befinden. Ich habe zwar relativ freie Hand, solange ich meine Arbeit erledige, aber trotzdem würde ich Ärger bekommen, wenn entsprechende Fotos in Umlauf geraten.«

»Das kriegen wir hin«, versprach Lenny. »Wann können wir dich besuchen?«

»Jederzeit.«

Mit Bettina Matthiesen verabredete sich Lenny für eine Stunde später vor dem Laborgebäude. Nina umarmte ihn an der Tür.

»Ich bin gespannt, was du berichtest.« Er nickte.

»Wenn sich Polizei oder Stadtwerke melden, gib mir bitte Bescheid.«

»Ich schicke dir eine WhatsApp.« Sie schloss die Tür und schenkte ihm ein Lächeln. Seine Frau machte sich wahrscheinlich noch mehr Sorgen als er. Nina hatte schon immer Angst davor gehabt, dass ihren Kindern etwas passieren würde, dass sie im Straßenverkehr verunglücken würden oder jemand sie entführen würde. Und jetzt brach das Unheil in Form von harmlos aussehendem Wasser über ihre Familie herein.

Lenny stieg ins Auto und fuhr auf die Straße. Wie friedlich alles aussah. Zwei Kinder gingen lachend den Bürgersteig entlang und sein Nachbar zupfte mal wieder Unkraut. Normalerweise grüßte Karl stets. Aber diesmal schien der Gute so in seine Arbeit vertieft zu sein, dass er ihn überhaupt nicht bemerkte. Mit verzerrtem Gesicht stocherte Karl in der Muttererde herum. Ob das gesund war, jeden Tag so verbissen zu jäten?

Als Lenny auf den Firmenparkplatz fuhr, sah er bereits eine Frau neben dem Eingang stehen. Sie trug eine ärmellose, weiße Bluse und dazu einen schwarzen Rock. Er ging auf sie zu. »Frau Matthiesen?«

Die Frau lächelte und streckte ihm die Hand entgegen. Ihr Händedruck war kräftig. Ihre dünnen blonden Haare fielen ihr vom Mittelscheitel auf beiden Seiten über die Ohren. Kleine Fältchen zogen sich um ihre wachen, braunen Augen. Sie war etwa in seinem Alter. »Schön Sie zu treffen, Herr Eggert«, sagte sie mit tiefer Stimme. »Wenn an Ihrer Geschichte nur halbwegs etwas dran ist, haben Sie meine Woche gerettet.«

Lenny verzog den Mund.

»Ich wünschte, an dieser Geschichte wäre nichts dran. Aber leider sieht es nicht so aus.« Gemeinsam gingen sie zum Pförtner, der misstrauisch aufblickte. »Wir sind mit Herrn Münzer verabredet«, sagte Lenny. Der Mann holte zwei Besucherausweise aus einem Ablagefach und seufzte.

»Ich muss wohl mal ein ernstes Wort mit Herrn Münzer sprechen. So geht es nicht weiter.« Er reichte ihm und Bettina die Ausweise. »Münzer kann doch nicht jeden Tag Besuch empfangen. Das stört den Ablauf in dieser Einrichtung.«

Lenny beugte sich zu ihm vor. »Wir wollen ihn überraschen. Herr Münzer hat bald Geburtstag«, flüsterte er.

Als sich die Fahrstuhltür hinter ihnen schloss, grinste die Reporterin. »Sie sind ja richtig schlagfertig.«

»Aber meistens nur, wenn ich nach Hause geh«, gab er zurück und schmunzelte.


Diesmal wartete Lenny nicht darauf, dass Joachim die Tür öffnete. Unmittelbar, nachdem er angeklopft hatte, traten sie ein. Joachim saß an seinem Schreibtisch und erhob sich schwerfällig.

»Kommt rein«, sagte er, obwohl sie bereits mitten in seinem Labor standen. Nachdem Lenny die beiden miteinander bekannt gemacht hatte, gingen sie zu den Käfigen.

»Die Tiere haben sich seit gestern Nachmittag nur wenig bewegt«, erklärte Joachim. »Aber immerhin scheint es ihnen heute Morgen schon etwas besser zu gehen.« Er zeigte auf einen Käfig, in dem zwei Kaninchen an den Gitterstäben entlangstaksten.

»Die sehen schläfrig aus«, stellte Lenny fest.

»Wie hypnotisiert«, pflichtete Bettina bei.

»Ja. Sie verhalten sich auffällig. Das muss aber nichts bedeuten. Tiere, die aus einer Narkose erwachen, brauchen eine Weile, um wieder zu Kräften zu kommen.«

Bettina schaute ihn mit großen Augen an. »Sie glauben, im Wasser ist etwas, das die Tiere in Narkose versetzt hat?«

»Zumindest kann man es damit vergleichen.« Joachim zeigte auf einen anderen Käfig, in dem Mäuse noch immer reglos nebeneinanderlagen. »Bei denen hält die Wirkung weiterhin an.«

Bettina ging nah an den Käfig heran und steckte den Zeigefinger durch die Stäbe. »Die sind ja auch viel kleiner als Kaninchen«, stellte sie fest, während sie vorsichtig über das Fell einer Maus strich. »Deren Körper brauchen wahrscheinlich länger, um den ominösen Stoff verarbeiten zu können.«

Joachim nickte. »Das ist korrekt. Ich schätze, heute Nachmittag werden auch die letzten Nager langsam wieder aus ihrer Starre erwachen.«

Bettina holte einen Notizblock aus ihrer Handtasche und schrieb etwas hinein.

»Und wenn Menschen dieses Wasser trinken?«, fragte sie und musterte Joachim.

»Wird erst einmal nichts passieren«, antwortete er. »Obwohl ich noch immer keine Ahnung habe, was das genau für ein Stoff im Wasser ist. Aber die Verunreinigung dürfte nur schwach sein. Zu schwach jedenfalls, um bei Menschen die gleichen Reaktionen wie bei diesen Nagern auszulösen.« Bettina brummte und kräuselte die Stirn. Joachim zeigte auf zwei Ratten, die sich wie in Zeitlupe bewegten. »Sehen Sie, wenn diese armen Geschöpfe eine Dosis abbekommen hätten, die stark genug wäre, um Menschen damit umzuhauen, hätte niemand überlebt.« Bettina nickte und schrieb in ihren Block.

»Das leuchtet ein«, sagte sie kurz. »Aber sicher können Sie sich dennoch nicht sein.« Joachim hob die Schultern.

»Das stimmt. Ich rede hier nur von Vermutungen. Wie gesagt, wir haben noch keinerlei Erkenntnisse.« Er drehte sich um und zeigte auf den Kaffeeautomaten. »Wer will Kaffee?«

Lenny hob ablehnend die Hände. »Mir ist eher nach einem Schnaps zumute«, sagte er schaudernd.

Bettina holte eine digitale Spiegelreflexkamera aus ihrer Tasche und stellte sich dicht vor einen Käfig. Kurz darauf leuchtete der Blitz auf. Lenny schaute auf Joachims verzerrten Mund und berührte ihn an der Schulter.

»Keine Sorge. Sie weiß Bescheid. Sie will bloß ein paar Aufnahmen von den Tieren machen. Man wird nichts erkennen können, was auf dieses Labor hinweist.«

Nachdem Bettina etliche Fotos von jedem Käfig gemacht hatte, drehte sie sich um und verstaute die Kamera wieder in ihrer Tasche. »Was passiert, wenn Menschen ununterbrochen dieses Wasser trinken würden?«, fragte sie.

»Sie meinen kontinuierlich über einen längeren Zeitraum hinweg?«

»Ja.«

Joachim schnaufte und verschränkte die Arme vor der Brust. »Ehrlich gesagt, ich weiß es nicht. Aber gesund kann es auf jeden Fall nicht sein.«

Bettina strich sich mehrere Strähnen zur Seite, die ihr über die Stirn gefallen waren, und seufzte. »Das ist eine unglaubliche Geschichte«, sagte sie. »Ich denke, ich könnte auch einen Schnaps vertragen.«

Joachim nickte und öffnete die Labortür. »Mit Schnaps kann ich nicht dienen, aber unten in der Kantine gibt es alkoholfreies Bier. Den Alkohol denken wir uns einfach dazu.«

Während Lenny und Bettina ihre Gläser mit wenigen Schlucken zur Hälfte geleert hatten, nippte Joachim lediglich an seinem Bier. Man sah ihm an, dass er nur aus Geselligkeit mittrank. Bettina kramte in ihrer Handtasche, die sie neben sich auf die Sitzbank gestellt hatte, und holte ihr Handy hervor.

»Bitte entschuldigen Sie mich«, sagte sie und klappte das Gerät auf. »Ich will keine Zeit verlieren.« Lenny und Joachim nickten und schauten zu, wie die Reporterin eine Nummer aus dem Adressverzeichnis suchte und wählte. »Herrn Arnold Sawatzki bitte. Es ist dringend«, sagte sie kurz angebunden. Während Bettina wartete, spielte sie nervös mit einer ihrer Haarsträhnen. »Hallo Herr Sawatzki. Matthiesen hier«, meldete sie sich eine Spur freundlicher. »Ich bin einer riesengroßen Schweinerei auf der Spur.«

Lenny nickte Joachim zu. Arnold Sawatzki war der Bürgermeister von Reinbek. Bettina fing gleich ganz oben an, Druck zu machen. Das war hervorragend, so würde sie viel mehr bewegen können, als er mit seinen zaghaften Anrufen bei der Polizei und den Wasserwerken.

Lenny hörte zu, wie Bettina den Bürgermeister mit der Sachlage konfrontierte, dabei blieb ihre Stimme stets ruhig und sachlich. Er selbst wäre wahrscheinlich schon längst ausgerastet. Allerdings war er ja auch als Einziger der Anwesenden direkt betroffen, weder Joachim noch Bettina wohnten im Neubaugebiet. Bettina verlangte von Sawatzki eine sofortige Reaktion.

»Ich werde mich wieder bei Ihnen melden, sobald ich zurück in meinem Büro bin«, sagte sie. »Bis dahin setzen Sie bitte alle Hebel in Bewegung.« Sichtlich zufrieden klappte Bettina ihr Handy zu, warf es in die Tasche, stürzte den Rest ihres Bieres runter und stand auf. »Es geht los«, sagte sie gut gelaunt. »Ich bin gespannt, was Sawatzki unternehmen wird.« Sie holte zwei Visitenkarten aus ihrer Tasche und legte sie vor Joachim und Lenny auf den Tisch. »Wir bleiben in Kontakt.« Sie schüttelte Joachim die Hand. Als sie sich auch von Lenny verabschieden wollte, hielt er ihre Hand mit beiden Händen fest.

»Vielen Dank«, sagte er ernst. Sie legte ihre zweite Hand auf seine und strich mit ihrem Daumen über seinen Handrücken.

»Ich habe zu danken. Wann bekommt man bei einem Käseblatt schon mal die Chance, über so etwas Spannendes zu berichten?« Sie zog ihre Hände zurück und verließ die Kantine fast im Laufschritt. Joachim schaute ihr hinterher und nippte wieder an seinem Bier.

»Ein scharfer Feger«, stellte er fest.

Lenny nickte. Ja, das war sie wirklich. Und was noch viel wichtiger war: Sie schien auch eine hervorragende Reporterin zu sein, jedenfalls machte Bettina einen absolut professionellen Eindruck. »Ich möchte wissen, warum sie nicht bei einer großen Tageszeitung arbeitet«, sagte er nachdenklich. Joachim wiegte den Kopf hin und her, antwortete aber nicht. Dann zeigte er auf Lennys leeres Glas.

»Noch 'n Bier?«

»Gern.«

# 5

Arnold Sawatzki saß kreidebleich an seinem Schreibtisch. Das hätte nicht passieren dürfen. Ausgerechnet Bettina Matthiesen. Die Redakteure des Anzeigenblattes waren allesamt Dilettanten oder Anfänger, die sich ihre ersten Sporen in dem Geschäft verdienten, mit denen hätte er leichtes Spiel gehabt, aber die Matthiesen war ein harter Hund. Supersexy. Absolut gewissenhaft und völlig unbestechlich. Das war fast das Schlimmste. Sie hatte seine großzügigen Spenden bereits beim letzten Bürgermeisterwahlkampf ausgeschlagen, ohne mit den Wimpern zu zucken. Dabei war er bereit gewesen, ihr einen höheren vierstelligen Betrag zu zahlen, nur damit sie positiv über ihn berichtete.

Sawatzki griff nach einem Leitzordner, der am Rand seines Schreibtisches stand, und schleuderte ihn mit Wucht durch das Zimmer. Er knallte gegen ein Regal auf der gegenüberliegenden Seite und fiel zu Boden. Dabei öffnete sich die Halterung und unzählige Zettel wehten über den dunkelgrünen Teppich. Sawatzki knurrte. Das durfte die Azubine alles wieder in Ordnung bringen. Er fuhr sich über das Gesicht. Sie hatten versprochen, dass niemand etwas merken würde. Niemand! Und jetzt rief bereits nach dem zweiten Tag des Experiments diese verfluchte Reporterin an. Sie besaß sogar Bilder von Tieren, die das Wasser getrunken hatten. Verdammt. Das konnte doch nicht wahr sein. Sawatzki versuchte, einen langen, ruhigen Atemzug zu machen, aber er konnte einfach nicht aufhören zu japsen. Das war schon die zweite Hiobsbotschaft innerhalb weniger Stunden gewesen. Heute Morgen hatte ihn sein Schulfreund von der örtlichen Polizeiwache informiert, dass jemand aus dem Neubaugebiet die Qualität des Wassers infrage stellte.

Ob dieser Eggert und die Matthiesen irgendwie unter einer Decke steckten? Sie hatte bei ihrem Anruf keine Namen genannt, aber er war sich sicher, dass man davon ausgehen konnte. Wahrscheinlich hatte Eggert sie überhaupt erst auf die richtige Fährte gebracht. Als Sawatzki zum Telefonhörer griff, fiel ihm auf, wie stark seine Hände zitterten. Fast wäre ihm der Hörer aus der schweißnassen Hand gerutscht. Beinahe automatisch wählten seine Finger die Nummer, die er auswendig gelernt hatte. Als es in der Leitung knackte, wusste er, dass jemand abgenommen hatte. »Ich bin es«, sagte er so ruhig wie möglich. »Es gibt Probleme.«

*

Fred Iversen war spät dran, irgendwie kam er heute nicht recht aus dem Bett. Obwohl seine Augen weit geöffnet waren, kam es ihm noch immer so vor, als würde er schlafen. Sehr eigentümlich. Fred kniff sich mit der linken Hand in den rechten Oberarm. Der Schmerz kam prompt. Nein, er schlief eindeutig nicht mehr. Mühsam hob er die Beine aus dem Bett. Was für ein Glück, dass er sein eigener Chef war. Niemand würde meckern, wenn er zu spät zur Arbeit kommen würde. Dann öffnete sein Gebrauchtwagenhandel eben etwas später. Wem das nicht passte, hatte selbst schuld.

Die Zeit strich wie im Eiltempo an ihm vorbei. Mit einem Mal stand er unter der Dusche und kurz darauf fand er sich schon komplett angezogen wieder. Aber alles hatte seine Ordnung, sein Gesicht war rasiert und duftete nach dem Eau de Cologne, das Sabine stets rasend wie ein geiles Frettchen machte. Vielleicht würde sie ihm schnell noch einen blasen, bevor er das Haus verließ?

Er fand seine Frau im Flur. Sie fegte irgendwelche Krümel zusammen. »Hallo Horny«, brummte Fred, nahm ihre Hand und führte sie zu seinem Hosenschlitz.

Sabine lächelte breit. »Ganz fest«, stellte sie fest, während sie an seinem Reißverschluss herumnestelte.

Fred stöhnte, schloss die Augen und drehte sich leicht zur Seite. Plötzlich stießen seine Beine gegen einen Gegenstand. Etwas kratzte in seinem Gesicht. Überrascht blinzelte er und schaute auf die Blätter des ausladenden Busches neben seinem Carport. Wieso stand er im Garten? Erschrocken taumelte er einen Schritt zurück, die Nachbarn mussten doch nicht mitbekommen, wenn Sabine sein bestes Stück in den Mund nahm. Aber Sabine war überhaupt nicht da. Und seine Hose war zu. Dennoch erkannte er einen kleinen Fleck, unmittelbar oberhalb des Reißverschlusses. Verwirrt betrachtete Fred die angelehnte Haustür. Hatte er Sabine irgendwie verärgert? Sie konnte schon ziemlich brutal werden, wenn ihr etwas nicht passte. Hatte sie ihn kurzerhand rausgeworfen? Er zuckte mit den Achseln und schloss seinen Wagen auf. Das war jetzt egal, die Arbeit wartete. Heute Abend würde Sabine ihm sicherlich erzählen, was vorgefallen war. Vielleicht war er wieder mal zu früh gekommen? Aber war das ein Grund für einen Rausschmiss? Und wieso fehlte ihm jegliche Erinnerung daran?

Fred setzte sich stöhnend hinter das Lenkrad und atmete laut durch. Es ging ihm noch immer nicht besser als vorhin beim Aufstehen. Als der Schlüssel im Zündschloss steckte, wurden seine Lider schwer. Er fuhr sich über die Wangen und schloss für einen Moment die Augen.

*

Sabine stand vor dem großen Spiegel im Flur und betrachtete sich zufrieden. Das enge bauchfreie T-Shirt mit den Flügelärmeln und dem grüngelben Muster sah ungemein aufregend an ihr aus. Sie liebte es, viel Haut zu zeigen. Sie liebte den Sommer. Auch heute würde es wieder warm werden. Noch war es draußen zwar kühl, aber schon am Mittag, würde die Sonne stark genug scheinen, um aus dem Haus gehen zu können. Natürlich ohne Jacke. Jeder sollte sehen, wie gut ihr Körper in Schuss war. Vielleicht würde ihr Lenny über den Weg laufen. Manchmal kam er mittags nach Hause, wenn er gerade in der Gegend etwas reparierte. Bei Lenny konnte man sich wirklich wünschen, ein Kühlschrank zu sein. Sabine schmunzelte über den Gedanken. Aber was sollte sie machen, wenn es heute nicht so warm werden würde? Das Shirt wollte sie nicht ausziehen und auch nichts drüberziehen. Das Gefühl, wenn die trockene Sommerluft an ihrer Haut spielte, war einfach wunderbar. Am liebsten würde sie den ganzen Tag lang nackt herumlaufen. Sabine schnalzte mit der Zunge und grinste wieder in den Spiegel.

Auf einmal war ihr merkwürdig schlapp zumute. Das Gefühl kam völlig überraschend. Es war, als hätte man sie mitten in der Nacht aufgeweckt, als hätten sich alle ihre Gedanken für einen Moment komplett abgemeldet. Sie hielt die Hände flach vors Gesicht und schloss die Augen.

Plötzlich war ihr kalt. Ihre Hände fuhren über die Haut ihrer Arme. Sie hatte eine Gänsehaut. Verwirrt schaute Sabine zur Haustür, die einen Spalt offen stand. War es deswegen im Flur so kalt? Aber so schnell konnte der Raum doch nicht auskühlen. Fred war vor nicht einmal zehn Minuten gegangen. Ihre Schritte fühlten sich schwer und ungelenk an. Als sie die Tür schließen wollte, nahm sie vor dem Eingang eine Bewegung wahr und blickte unversehens in das picklige Gesicht des Postboten. Sie fand, er sah aus wie ein zu kurz geratener Teenager, der nie aus der Pubertät gekommen war. Älter als zwanzig Jahre konnte der Bursche unmöglich sein.

»So früh diesmal?«, fragte sie verwundert.

»Halb zwölf, wie immer«, sagte er verlegen. Sabine registrierte seinen Blick, der langsam von ihren Armen zu ihrem Ausschnitt wanderte. Sie wusste, dass er sie anbetete. Dennoch würde er niemals in seinem Leben die geringste Chance bekommen, auch nur einmal die Haut zu berühren, nach der er sich so sehr sehnte. Dieses Gefühl der Macht war einfach zu schön.

Sie stutzte über seine Bemerkung. Wieso halb zwölf? Es dürfte gerade einmal kurz nach halb neun sein. Sabine öffnete die Haustür bis zum Anschlag. Sollte der picklige Jüngling ruhig ihren ganzen Körper betrachten. Ihr kurzer Rock würde ihm gewiss gefallen. Heute Abend würde er sich an ihren Anblick erinnern können, wenn er in seiner schmutzigen Wohnung auf dem ausgeleierten Bett lag und selbst Hand anlegte.

»Halb zwölf?«, fragte sie stirnrunzelnd. Das konnte nicht sein, bestimmt wollte der Kerl sich nur interessant machen. Er versuchte ja immer, einige Worte mit ihr zu wechseln. Womöglich ging ihm dabei auch schon was ab. Sie grinste und fühlte sich im nächsten Augenblick wieder schummrig, es war eine ganz eigenartige Empfindung, zu vergleichen vielleicht mit langen Abenden vor dem Fernseher. Man spürte die Müdigkeit, die bedächtig und unaufhaltsam in den Körper kroch, konnte sich gleichzeitig jedoch nicht aufraffen, vom Sofa aufzustehen und ins Bett zu gehen. Ähnlich ging es ihr jetzt. Die Müdigkeit schien sie nur viel schneller zu überkommen. Ihre Lider wurden schwerer und sie blinzelte. Der Jüngling tat offensichtlich so, als ob er nichts mitbekommen würde. Er hatte eben die Briefe aus seiner Umhängetasche genommen und hielt ihr den Stapel entgegen. Bestimmt wollte er wie zufällig ihre Finger berühren, wenn sie danach langte.

Sabine konnte nicht anders und schloss für einen Augenblick die Augen. Es war befreiend. Sie genoss den Luftzug auf ihrer Haut und spürte ihre Haare, die ihr ums Gesicht wehten. Dann war die Schläfrigkeit schlagartig vorbei. Lächelnd öffnete sie die Augen. Sie brauchte eine Weile um sich zu orientieren. Sie stand nicht mehr an der Haustür, sondern befand sich mitten auf der Wiese im Vorgarten. Und sie kniete. Unter ihr bewegte sich etwas. Jemand gab ein keuchendes Geräusch von sich. Der Briefträger lag auf dem Rücken im Gras und schaute mit weit aufgerissenen Augen in ihr Gesicht. Seine Lippe war aufgeplatzt und aus seiner Nase rann ein stetiger Blutstrom. Ihre rechte Hand hielt noch immer seinen Kopf fest und hatte sich tief in seine Haare gekrallt. Ihre Kniegelenke bohrten sich in seinen Brustkorb.

»Warum haben Sie das getan?«, fragte er. Anscheinend bekam er nur noch schlecht Luft.

Im ersten Moment waren ihre Muskeln starr vor Schreck. Was wurde hier gespielt? Sie ließ seine Haare los und schaute auf ihre Hände, die wehtaten. Sie sah die rot gesprenkelten Punkte auf ihrem Handrücken. Ihre Fingerkuppen waren rau und aufgeschlagen, die Handflächen rosarot und klebrig. Als ob sie jemanden verprügelt hatte. Sabine kannte das von früher, in der Schule hatte sie sich oft mit einem Mädchen aus einer anderen Klasse gestritten. Aus den kleinen Streitereien wurden mit der Zeit handfeste Schlägereien. Beide wären sie deswegen beinahe von der Realschule verwiesen worden, zumal keine von ihnen die wirklich Stärkere war und der Konflikt daher kontinuierlich fortgeführt wurde. Jedenfalls trug sie damals, als sie ihrer Rivalin mit Wucht mitten ins Gesicht geboxt hatte, die gleichen Schürfwunden an den Händen davon wie jetzt.

Der Jüngling verschluckte sich an seinem Blut und fing tatsächlich an zu weinen. Was sollte das denn? Es gab noch lange keinen Grund zu weinen, nur weil er von einer Frau ordentlich ein paar verpasst bekommen hatte. Manche Männer bezahlten sogar für so eine Behandlung.

Sabine kicherte und spürte das Jucken in ihren Händen. Am liebsten hätte sie noch einmal zugeschlagen. Diesmal würde sie es wenigstens mitbekommen und sich daran ergötzen können. Aber was waren das nur für komische Gedanken? Im Grunde genommen war sie eine ganz Friedliche. Sabine rammte die Kniegelenke noch einmal mit Kraft in den Unterleib des Jünglings und stand auf. Er keuchte und spuckte Blut, aus dem unterdrückten Weinen wurde ein lautes Gejammer. Das war ja geradezu peinlich. Hoffentlich bekamen die Nachbarn nichts mit. Ihr Blick streifte das Haus der Eggerts. Lenny schien nicht daheim zu sein, wenigstens etwas. Sabine bückte sich und hob die Posttasche auf, die neben dem Männchen auf dem Rasen lag. »Ich weiß nicht, was passiert ist, aber es ist wohl besser, wenn du jetzt verschwindest«, sagte sie ruhig und hielt ihm den gelben Beutel vors Gesicht. Der Briefträger erhob sich, als hätten ihn zehn Wespen gleichzeitig in den Hintern gestochen. Er grapschte nach der Tasche und lief gebeugt und schluchzend auf den Bürgersteig.

Was für ein elendes Häufchen. Sabine schaute ihm ein paar Sekunden nach und drehte sich um. Das Interesse an dem Kerlchen verflog von einem Augenblick zum anderen. Sie ging zurück zur Haustür, die noch immer sperrangelweit offen stand. Die Briefe lagen fein säuberlich auf der Schwelle, also musste sie die Post entgegengenommen und abgelegt haben. Ihr wurde wieder kalt. Der Sommer schien heute eine Pause zu machen.

Sie rubbelte über ihre Arme und bemerkte kurz darauf zwei breite, hellrote Streifen, die sich über ihren rechten Oberarm zogen. Wahrscheinlich von den Handflächen abgefärbt. Ob es sich um das Blut der heulenden Memme handelte? Sabine lächelte und betrat das Haus. Sie kam sich wie eine Kriegerin vor, die im Blut ihrer Opfer badete. Obwohl *badete* natürlich schwer übertrieben war. Sie würde die Streifen nicht wegwischen, Fred würde die Markierung bestimmt gefallen, wenn er wusste, woher sie kam.

Im Flur drückte sie die Handflächen gegen die Schläfen. Vollkommen wach fühlte sie sich immer noch nicht. Ihr Blick fiel auf die Wanduhr neben dem Garderobenschrank. Es war tatsächlich schon kurz nach zwölf. Wo um Himmels willen war der Vormittag geblieben? Und warum fehlte ihr die Erinnerung an große Teile der letzten Stunden?

Langsame Schritte ertönten hinter ihr. Wollte sich der Jüngling etwa rächen? War er derart lebensmüde? Sabine schloss ihre Hände zu Fäusten und wirbelte herum. Fred stand vor ihr. »Ach du bist es«, sagte sie und lächelte matt. »Schon wieder da?«

»Sehr witzig«, brummte er. »Ich habe noch etwas vergessen, das ich unbedingt mit in die Firma nehmen muss. Einen Vertrag. Der Kunde kommt heute Vormittag.«

»Der Vormittag ist fast vorbei«, sagte sie und zeigte zur Uhr.

»Unmöglich«, stammelte Fred und verglich die Zeit der Wanduhr mit der seiner Armbanduhr. »Einfach unmöglich«, stellte er noch einmal fest. »Ich bin doch eben erst zum Auto gegangen.«

»Du bist nicht weggefahren?«

»Nein.«

»Dann hast du über drei Stunden im Auto gesessen«, sagte Sabine schwach.

Fred wurde bleich und patschte mit der Hand auf seine Glatze. Eine Geste, die sie absolut widerwärtig fand. Allein schon das Geräusch, wenn die schwere Hand die dünne Haut über dem Schädelknochen streifte, war höchst eklig. Es klang, als würde man einen schmierigen Apfel tätscheln. Aber sie wollte nicht zu hart sein, dieser Vormittag schien auch für ihn schwer verdaulich gewesen zu sein. Sie legte ihm die Hände auf die Schulter.

»Siehst du das?«, fragte sie und nickte mit ihrem Kopf Richtung Oberarm. »Meine Kriegsbemalung.«

»Sieht irgendwie geil aus.«

»Und du wirst es noch geiler finden, wenn ich dir erzähle, wie ich sie bekommen habe.« Sabine zog Fred durch den Flur und gab der Haustür mit dem Fuß einen Tritt.

*

Obwohl es sich nur um alkoholfreies Bier handelte, drückte ihm der Magen. »Ich glaube, Bier am Vormittag werde ich nie wieder trinken. Auch nicht die Schlabberversion«, stellte Lenny fest. Joachim lachte.

»Du brauchst nur eine ordentliche Grundlage«, antwortete er. »Gleich geben sie das Mittagessen aus. Du bist herzlich eingeladen.«

Lenny hatte keine Einwände. Zu Hause würde er nur nervös im Wohnzimmer herumlaufen und auf irgendwelche Telefonanrufe warten, da konnte er ebenso gut noch etwas Zeit mit seinem Freund verbringen. Außerdem würde sich Nina melden, wenn es Neuigkeiten geben würde. Joachim kam eine Viertelstunde später mit zwei dampfenden Tellern zurück. Es gab klebrige Spaghetti mit einer lieblos zusammengehauenen Hacksoße. Nicht gerade lecker. Und als Grundlage anscheinend auch nicht zu gebrauchen, jedenfalls stand er nach der

Mahlzeit mit einem noch schlechteren Gefühl im Bauch auf. Joachim brachte ihn bis zum Auto.

»Ich forsche weiter. Wenn es etwas Neues gibt, melde ich mich sofort.«

»Vielen Dank. Es ist schön, wenn man sich auf jemanden so verlassen kann.«

»Ich werde dir dafür beim nächsten Training ein paar ordentliche Bälle um die Ohren hauen«, antwortete Joachim, winkte und schlenderte zurück zum Gebäude.

Rechts vom Laborgebäude kreuzte eine schmale Straße den Weg, der in ein kleines Gewerbegebiet führte. Lenny hatte noch nie erlebt, dass von dort ein Auto gekommen war. Heute war das anders. Ein dunkelblauer VW Passat rollte im Schritttempo heran. Am Steuer saß ein Mann mit kahl rasiertem Kopf und Sonnenbrille. Sein Beifahrer sah fast identisch aus. Glatze und Sonnenbrille stimmten überein, nur war der Kerl nicht so stämmig wie der Fahrer. Sie trugen unbequem aussehende und steif wirkende schwarze Anzüge. Lenny hielt an und konnte sich ein Grinsen nicht verkneifen. »Men in Black für Arme«, murmelte er und gab dem Passat ein Zeichen. »Du hast Vorfahrt, Idiot.« Anstatt Gas zu geben, bremste der Passat ab. Lenny schüttelte den Kopf und beschleunigte. »Dann eben nicht.« Im Rückspiegel sah er, dass der Passat in seine Richtung abbog. Der Wagen wurde schneller. Auch Lenny trat aufs Gas. Er wollte Nina nicht so lange allein lassen. Ihm war noch immer nicht klar, was er von diesem ganzen Mist halten sollte. Ein weiterer Blick in den Rückspiegel sagte ihm, dass der Passat dicht hinter ihm fuhr. Wären sie auf der Autobahn gewesen, hätte man schon von gefährlichem Drängeln sprechen können. Lenny knurrte. »Erst fährt der wie Opa Doof und jetzt kann es ihm nicht fix genug gehen.« Zum Glück kamen sie bald auf die viel befahrene Hauptstraße.

Lenny nutzte eine kleine Lücke, um sich in den Verkehr einzufädeln. Der dunkelblaue Passat war verschwunden. Hinter ihm fuhr nun ein silbergrauer Ford. Und dahinter irgendein Transporter. Er rief sich den Anruf von Bettina mit dem Bürgermeister ins Gedächtnis. Ob sie auf diese Weise weiterkamen? Sawatzki konnte es sich eigentlich nicht leisten, untätig abzuwarten. Nicht, wenn ihm die Presse im Rücken saß. Lenny wusste nicht viel über den Bürgermeister der Stadt, er interessierte ihn auch nicht das kleinste bisschen. Aber dass sich Sawatzki gern im Glanze der Medien sonnte, war ihm bekannt.

Einige Minuten später setzte er den Blinker und fuhr auf die Neubausiedlung zu. Er bremste, als zwei Schulkinder mit ihren Fahrrädern die Straße überqueren wollten. Sie hatten ihre quadratischen Ranzen geschultert und traten beherzt in die Pedalen, als sie merkten, dass sein Auto anhielt.

Er lächelte. Bald würde Justin auch mit dem Fahrrad zur Schule fahren. Der Junge wünschte sich schon seit langer Zeit einen neuen Drahtesel, sein altes Gefährt war inzwischen viel zu klein. Damit würde Emily demnächst durch die Gegend brausen können. Zu Weihnachten wollten sie ihm endlich seinen Wunsch erfüllen. Langsam fuhr er wieder an. In dieser Gegend passte man auf die jungen Verkehrsteilnehmer auf. Eigentlich ganz schön spießig, aber für Eltern kleiner Kinder genau die richtige Umgebung. Er grinste und blickte kurz in den Rückspiegel.

Das war doch nicht möglich. Der dunkelblaue Passat war wieder da und fuhr hinter ihm. Verfolgten ihn die Typen etwa? Lenny gab mehr Gas, als in dieser Zone eigentlich üblich und erlaubt war, und bog in die nächste Seitenstraße ab. Über diesen kleinen Umweg würde er auch nach Hause kommen. Während der Wagen über einen Straßenhügel fuhr, spähte Lenny erneut in den

Rückspiegel. Der Passat war nicht zu sehen, also verfolgten die Glatzköpfe ihn nicht. War doch alles nur ein Zufall gewesen? Als sein Haus auf der linken Seite auftauchte, schnaufte er erleichtert aus. Noch bevor er unter den Carport gefahren war, öffnete sich die Haustür und Nina rannte ihm entgegen.

»Justin ist noch nicht von der Schule zurückgekommen«, rief sie anstelle einer Begrüßung.

»Was?« Erschrocken schaute Lenny auf seine Armbanduhr. Eigentlich hätte ihr Sohn bereits seit über einer halben Stunde zu Hause sein müssen. Nina rieb sichtlich nervös die Handflächen aneinander.

»Ich habe schon mit Frau Steiner gesprochen. Sie sagt, dass Justin das Gebäude zusammen mit den anderen Kindern verlassen hat. So wie immer.«

Lenny ging einen Schritt auf seine Frau zu und nahm ihre Hände in seine. »Mach dir keine Sorgen. Bestimmt ist er noch zu einem seiner Klassenkameraden gegangen.«

Nina legte die Stirn in Falten. »Ich weiß nicht. Ich habe ihm streng verboten, nach der Schule zu seinen Freunden zu gehen. Die meisten von ihnen wohnen doch ebenfalls hier in der Gegend, und solange wir nicht wissen, woher das mit dem Wasser kommt …« Sie schluckte und schüttelte den Kopf. »Nein. Eigentlich gehorcht Justin, wenn ich ihn eindringlich bitte.«

Hinter ihnen ertönte ein Motorengeräusch. Der Passat war wieder da und hielt wenige Meter von ihnen entfernt, direkt vor dem Grundstück der Iversens.

»Das gibt es doch nicht«, sagte Lenny aufgebracht. »Entschuldige mich einen Augenblick.« Er ging auf den Passat zu. Diese Typen verfolgten ihn ganz offensichtlich doch. Zeit, sie zur Rede zu stellen. Ein zweiter Wagen rollte im Schritttempo aus der Gegenrichtung heran. Lenny blickte auf und spürte, wie die Spaghetti und das Bier nervös in seinem Magen umherwirbelten.

Noch ein dunkelblauer Passat. Und wieder saßen zwei Men in Black auf den Vordersitzen. Die hinteren Seitenfenster und das Heckfenster waren schwarz gefärbt. Sein Blick wanderte zum Nummernschild. Der Wagen kam aus Kiel. Er schaute auf den zweiten Passat. Ebenfalls aus Kiel. Der Wagen beschleunigte einmal kurz und scherte hinter dem stehenden Passat ein. Fast synchron wurden die vier Türen der Fahrzeuge geöffnet.

»Herr und Frau Eggert?«, rief einer der Männer, aber es klang nicht so, als ob er daran irgendwelche Zweifel hätte. Eine dicke purpurfarbene Narbe zog sich quer über seine Wange.

»Ja«, sagte Lenny abwartend. Er spürte Ninas Hand an seinem Rücken. Sie war ihm gefolgt.

»Wir haben da was für Sie«, sagte er Mann seltsam emotionslos und öffnete die hintere Tür des zweiten Autos.

»Justin«, rief Nina. Die Hände des Mannes legten sich um Justins kleine Schulter und zogen ihn auf den Bürgersteig. Lenny ballte die Fäuste. Sein Sohn sah aus, als würde er unter Schock stehen. Sein Gesicht war bleich wie Kreide und sein Kopf war leicht nach vorn gebeugt. Seine weit geöffneten Augen schienen sich das Muster des Bürgersteigs einzuprägen. Nina rannte los und streckte die Arme aus. Bevor sie ihren Sohn erreichen konnte, traten zwei der Männer zwischen sie und Justin.

»Was soll das?«, rief sie.

»Nicht so schnell«, knurrte einer der Männer.

Lenny brauchte einen Moment, um sich aus seiner Starre zu lösen, er konnte einfach nicht glauben, was sich vor seinen Augen abspielte. Wieso hatten diese widerlichen Kojoten seinen Sohn im Auto? Er ging auf den Typen zu, der ihm am Nächsten stand, und schubste ihn mit aller Kraft nach hinten. Der Mann taumelte und stieß gegen den Kotflügel des ersten Wagens.

Lenny wollte einen Schritt auf ihn zu machen, als seine Arme plötzlich zurückgerissen wurden und er einen festen Griff in seinem Nacken spürte.

»Seien Sie vernünftig, Herr Eggert«, sagte eine fast schon gelangweilt klingende Stimme. Lenny wurde herumgewirbelt. Das Gesicht des stämmigen Glatzkopfes tauchte vor ihm auf, seine Narbe glänzte im Sonnenlicht. »Ich werde Sie jetzt loslassen. Sollten Sie Widerstand leisten, schlage ich ihnen sämtliche Zähne aus.« Er grinste, als hätte er etwas ungemein Komisches gesagt.

Lenny hob die Arme. »Okay, okay.« Gegen vier durchtrainierte und höchstwahrscheinlich bestens im Nahkampf ausgebildete Gorillas gab es sowieso nichts zu holen für ihn. Er schaute in Ninas angsterfüllte Augen, die ständig zwischen ihm und Justin hin und her blickten. »Was wollen Sie?«

»Sie warnen«, sagte der Mann mit der Narbe prompt, ging auf Justin zu und strich ihm über seine strohblonden Haare. »Wissen Sie, wenn ich so einen niedlichen Jungen hätte, würde ich mich nicht in Angelegenheiten einmischen, die mich nichts angehen.« Seine Mundwinkel bogen sich nach unten. »Stellen Sie sich vor, man würde ihn einfach entführen und an einen Kinderhändlerring verkaufen. Die brauchen immer Nachschub. Oder man verkauft ihn an eine okkulte Vereinigung. Dort würde man ihm dann den Bauch aufschlitzen und ihn langsam verbluten lassen, während man um ihn herum tanzt.«

»Hören Sie auf«, schrie Nina. Sie zitterte, und Lenny konnte sehen, dass sich ihre Augen mit Tränen gefüllt hatten.

Das Narbengesicht hob abwehrend die Hände. »Wahrscheinlich wird ihm ja auch nichts passieren«, sagte er kumpelhaft. »Sicher werden Sie, gleich, nachdem wir weg sind, die Reporterin zurückpfeifen und die ganze Sache einfach auf sich beruhen lassen.« Er schnalzte mit den Fingern, und die Männer gaben den Weg zwischen Nina und Justin frei. Mit drei schnellen Schritten war Nina bei ihm und schloss ihn in die Arme. Die Männer setzten sich ohne Hast in ihre Autos.

»Ich hoffe in Ihrem Interesse, dass wir uns nicht noch mal wieder sehen«, sagte das Gesichtswrack, lächelte und startete den Motor seines Passats. Die Männer schnallten sich an, und die Autos fuhren in ordnungsgemäßer Schrittgeschwindigkeit hintereinander die Straße hinunter.

Lenny ging zu Nina und Justin, strich seiner Frau über die Wange und kniete sich nieder.

»Hey Partner. Alles klar mit dir?« Justin nickte kurz. »Hab keine Angst. Wir sind dir nicht böse. Es war nicht deine Schuld.« Wieder nickte sein Sohn. Justin hob den Kopf und schaute ihn an.

»Es passierte alles so schnell«, erzählte er schluchzend. »Plötzlich war das Auto neben mir und sie haben mich hineingezogen. Nicht mal meine Freunde haben was mitbekommen. Und die gingen nur wenige Schritte vor mir.«

Lenny gab ihm einen Kuss auf die Wange und stand auf. »Das waren echte Profis«, sagte er an Nina gewandt.

»In was sind wir da reingeraten?«, fragte sie.

»Ich weiß es nicht.«

Justin hob den Kopf und sah seine Mutter an. »Ich habe Hunger.«

Nina lächelte. »Lass uns ins Haus gehen. Dort wartet eine große Portion Spaghetti auf uns.«

Lenny schaute sie mit weit geöffneten Augen an.

»Was ist?«, fragte Nina leise.

»Ach nichts. Spaghetti sind ganz wunderbar.«

Lenny schloss die Haustür, während Nina Justin die Schuhe auszog. Er fühlte sich wie ein siedender Kochtopf, dessen Deckel man mit Steinen beschwert hatte. Der Druck, der auf ihm lastete, wurde langsam unerträglich. Diese Männer hatten offen mit der Entführung seines Sohnes gedroht. Das war unfassbar. Plötzlich hatte er das Gefühl, als ob sein Herz einen Augenblick lang aussetzen würde. Emily war noch im Kindergarten. Sie aß dort immer zu Mittag. Was wäre, wenn diese Typen auch ihre Tochter besucht hatten? Womöglich hatten die Glatzköpfe Emily schon längst gekidnappt, vielleicht während sie draußen auf dem Spielplatz tobte?

»Ich mache mir Sorgen um Emily«, sagte er und griff nach dem Telefon. Ninas erschrockenes Gesicht zeigte ihm, dass sie noch nicht an diese Möglichkeit gedacht hatte. Bereits nach dem ersten Klingeln meldete sich die Leiterin der Einrichtung, die ihr Büro an der Eingangstür hatte. Lenny versuchte nicht sonderlich aufgeregt zu klingen, als er nach seiner Tochter fragte. Die Frau beruhigte ihn und sagte, dass die Gruppe gerade vom Spielen hereingekommen sei und sich nun fertig fürs Mittagessen machte. Auf seine drängende Bitte hin, verließ sie ihr Buro und schaute nach, ob mit Emily alles in Ordnung war. Kurze Zeit später wurde der Hörer wieder aufgenommen.

»Emily sitzt schon am Tisch und kaspert mit ihrer Freundin Rebecca herum«, sagte sie beruhigend.

»Danke, Frau Meisner. Ich hatte auf einmal … ein ganz ungutes Gefühl.« Lenny atmete tief durch und rief durch das Haus, dass alles in Ordnung sei. Nina seufzte. Justin stellte sich breitbeinig vor ihm auf. Allmählich bekam sein Gesicht wieder Farbe.

»Darf ich noch fernsehen, bis das Essen fertig ist?«

Lenny nickte und reichte seinem Sohn die Fernbedienung. Normalerweise durfte Justin erst nach seinen Hausaufgaben für eine begrenzte Zeit vor der Glotze sitzen. Aber was war an diesem Tag schon normal? Er holte die Karte hervor, die Bettina ihm in der Kantine gegeben hatte, und wählte ihre Handynummer. Sie meldete sich nuschlig, und ihr Ton klang leicht gereizt.

»Sie sind es, Herr Eggert«, sagte sie dann um Längen freundlicher. »Ich habe mit dem Bürgermeister gerechnet.«

»Sawatzki?«

»Ja. Unser Häuptling hat sich noch nicht bei mir gemeldet. Seine Sekretärin sagt, er sei außer Haus. Sie wolle ihm ausrichten, dass ich auf seinen Rückruf warte.«

»Wir hatten eben eine grauenvolle Erfahrung«, sagte Lenny und erzählte in allen Einzelheiten von dem Passat, der ihn schon kurz nach dem Laborgelände verfolgt hatte, dem zweiten Wagen mit seinem Sohn und der offen ausgesprochenen Drohung gegen seine Familie.

Bettina stöhnte ins Telefon, als hätte man sie in den Bauch geschlagen. »Das ist Wahnsinn.«

»Was sollen wir machen?«

»Außer mit Sawatzki habe ich noch mit niemandem über die Geschichte gesprochen«, sagte sie langsam. »Ich wollte seine Stellungnahme abwarten, ehe ich weitere Aktionen starte.« Sie machte eine Pause.

»Sie meinen, der Bürgermeister hat etwas mit diesen Männern in den schlecht sitzenden Anzügen zu tun?«

»Es fällt mir schwer, an einen Zufall zu glauben«, entgegnete Bettina. »Nur Sawatzki wusste von unseren Nachforschungen.«

»Aber das Auto hing mir unmittelbar hinter dem Labor auf der Stoßstange. Woher sollte Sawatzki gewusst haben, wo ich mich aufhielt?«

»Vielleicht habe ich zu viel verraten. Ich habe Sawatzki erzählt, dass wir das Wasser an einer Menge unterschiedlicher Tiere getestet haben. Er ist nicht blöd und kann eins und eins zusammenzählen. In der ganzen

Stadt gibt es nur ein einziges Labor, das mit Versuchstieren arbeitet. Sawatzki kennt die Einrichtung. Er hat das Labor immer gegen kritische Bürgervereine und liberale Politiker verteidigt.«

Lenny setzte sich neben seinen Sohn auf das Sofa und strich dem Jungen über die Haare. »Das wäre ja ein Ding. Aber warum soll Sawatzki ein Interesse daran haben, die Geschichte mit dem verseuchten Wasser zu vertuschen?«

»Ich weiß es nicht. Aber ich werde es bald herausfinden.«

»Was haben Sie vor?«

»Ich werde mich sofort auf den Weg ins Rathaus machen. Wollen doch mal sehen, ob Sawatzki wirklich nicht zu sprechen ist.«

Lenny dachte an die finsteren Visagen der Männer. »Seien Sie vorsichtig. Mit den Typen ist nicht zu spaßen.«

»Keine Angst. Sawatzki kann mir nicht das Wasser reichen. Im Grunde seines Herzens hat er Angst vor mir.« Sie lachte in den Hörer und legte auf.

Nina rief zum Essen. Lenny schaltete den Fernseher aus und kniete sich vor seinen Sohn.

»Nach den Spaghetti kannst du weitergucken.«

»Hm.«

»Wie geht es dir?«

Justin schaute ihm in die Augen und lächelte zaghaft. »Schon wieder besser.«

Lenny schlang die Arme um den schmalen Körper des Jungen und hob ihn in die Höhe. »Ich trage dich an den Küchentisch.« Normalerweise protestierte Justin, wenn er einfach ohne Grund hochgehoben wurde, heute jedoch schmiegte er sich noch eine Spur fester an seinen Vater. Lenny setzte ihn auf seinen Stuhl und gab ihm einen Kuss. Wieder überkam Lenny ein Gefühl, als würden seine Eingeweide jeden Moment explodieren.

Er konnte für nichts garantieren, wenn die Typen noch
einmal vor seinem Grundstück auftauchen würden.

# 6

Sie stand vor dem Spiegel der Damentoilette und zog sich den Lippenstift nach. Es war ein offenes Geheimnis, dass Sawatzki in Gegenwart schöner Frauen leicht nervös wurde, vielleicht lag es daran, dass er selbst so ein hässlicher Vogel war. Sein Gesicht wirkte wie eine misslungene Kreuzung aus Habicht und Wildschwein. Bettina schnalzte mit der Zunge und grinste ihr Spiegelbild an, sie wusste, dass ihr Körper gewisse Reize besaß. Und, was momentan noch wichtiger war, sie wusste, dass Sawatzki sie ebenfalls ungeheuer attraktiv fand. Bettina knöpfte einen weiteren Knopf ihrer Bluse auf und beugte sich über das Waschbecken. Ihr Spitzen-BH war durch den Ausschnitt nun prima zu erkennen. Sicherlich würde Sawatzki seine Augen nicht von ihr lassen können. Eigentlich verabscheute sie es, ihre weiblichen Reize beruflich einzusetzen, es widerstrebte ihr, an Informationen zu kommen, nur weil sie ansprechend zurechtgemacht war. Das kränkte sie in ihrer Ehre. Ihr war bewusst, dass sie eine verdammt gute Reporterin war. Wenn damals diese Reportage über den einflussreichen Politiker nicht gewesen wäre, hätte sie sicherlich Karriere machen können. So aber hatte dieser Gangster bei seinem Freund und Segelvereinsmitglied angerufen, seines Zeichens Vorstandsvorsitzender des Verlages, und hatte Druck gemacht. Kurze Zeit später war ihr fristlos gekündigt worden. Und seit dieser Zeit konnte sie froh sein, überhaupt noch in ihrem Beruf zu arbeiten, auch wenn dieser Job beim Anzeigenblatt alles andere als spannend war.

Nach alledem, was Lenny ihr gerade erzählt hatte, beschloss Bettina allerdings, sich nicht allein auf ihr Können zu verlassen. Diese ominösen Männer hatten seinen Sohn entführt. Wenn auch nur von der Schule bis nach Hause. Aber das war egal, entführt ist entführt. Der Junge war ohne seinen Willen in ein fremdes Auto gezwungen worden, das allein war schon ein Skandal. Und dazu diese Drohung. Unfassbar. Wenn Sawatzki bei dieser Aktion wirklich seine Finger im Spiel hatte, konnte es nicht schaden, alle Waffen aufzubieten, die eine Frau besaß.

Mit geschlossenen Augen hätte Bettina den Weg zu seinem Büro gefunden. Als Reporterin eines Anzeigenblattes war sie alle paar Tage zu Gast im Rathaus. Meistens ging es allerdings nur um Peanuts, wie die Bewilligung für eine neue Sandlieferung für den Stadtspielplatz oder die Erweiterung des Marktgeländes um vier Meter fünfzig. Wenn sie sich nicht gerade auf einer Geburtstagsfeier im Seniorenheim oder im Sportlerheim bei der Ehrung kleiner eifriger Kinder aufhielt, trieb sie sich im Rathaus herum.

Sie versuchte, ihre zynischen Gedanken beiseitezuschieben. Es ging um wesentlich Wichtigeres. Am Ende des Flurs ging eine große Holztür auf der rechten Seite ab. Sie trat ein, ohne anzuklopfen. Wanja saß hinter ihrem Schreibtisch und haute in die Tastatur. Als Sawatzkis Sekretärin Bettina erblickte, seufzte sie wie ein trauriges Schlossgespenst. »Freut mich auch, Sie zu sehen«, sagte Bettina knapp. Sie mochte Wanja nicht besonders. Und das beruhte auf Gegenseitigkeit.

»Kann ich Ihnen helfen?«, fragte Wanja schrill und mit offensichtlich falscher Freundlichkeit.

Bettina musterte Wanja einen Moment. Wie schaffte die Frau es bloß immer wieder, sich so unvorteilhaft zu kleiden? Ihr dunkelblaues, dreiviertellanges Kleid sah aus, als wäre es ein altes Erbstück ihrer Oma. Dabei war Wanja kaum älter als sie. Aber vielleicht war es für den Bürgermeister genau das richtige Outfit, so würde Sawatzki wenigstens nicht auf den Gedanken kommen, ihr Avancen zu machen. Außerdem konnte er sich in ihrer Gegenwart weiterhin auf die wichtigen Dinge im Leben eines Stadtoberhauptes konzentrieren.

»Ich möchte zum Bürgermeister«, sagte Bettina und drehte sich bereits wieder ab. »Ist er da?«

Wanja erhob sich ungelenk. »Ja. Nein. Er ist nicht zu sprechen«, brabbelte sie. Lügen konnte die doofe Nuss auch nicht. Bettina achtete nicht auf ihre Worte und durchquerte das Vorzimmer. »So bleiben Sie doch stehen.« Wanja war tatsächlich um ihren Schreibtisch herumgegangen und steuerte auf sie zu. Das tat sie sonst nicht. Sawatzki musste ihr wirklich sehr eindringlich ins Gewissen geredet haben, dass niemand durchzulassen wäre. Bettina musterte noch einmal ihr Omakleid, schüttelte missbilligend den Kopf und stieß die Tür zum Bürgermeisterzimmer auf, noch bevor Wanja ihr den Weg versperren konnte.

Der Bürgermeister saß wie angewurzelt hinter dem Schreibtisch. Sicher hatte Sawatzki sie längst gehört, aber das Büro verfügte zum Glück nicht über einen zweiten Ausgang.

»Herr Sawatzki, schön Sie mal wieder in natura zu sehen«, flötete Bettina und setzte sich auf einen der zwei Stühle, die vor dem mächtigen Eichenschreibtisch standen. Sie hob wie zufällig ihre Arme, verschränkte sie hinter dem Kopf und strich sich durch die Haare.

Wanja stürzte in den Raum. »Herr Bürgermeister. Sie ist einfach … Ich konnte nicht …«

Sawatzki verzog den Mund und nickte Wanja zu. »Schon gut. Lassen Sie uns allein.« Wanja verschwand mit versteinertem Gesichtsausdruck. »Gut sehen Sie aus«, begann der Bürgermeister das Gespräch.

Bettina lächelte mit offenem Mund und nahm ihre Arme wieder runter. »Nur für Sie«, stellte sie fest, während ihre Finger am oberen, offenen Knopfloch ihrer Bluse herumspielten. Bettina konnte den Blick des Bürgermeisters förmlich spüren, im Grunde genommen war es ein ekliges Gefühl, aber für Lennys Familie würde sie es durchstehen.

»Ich bin sehr beschäftigt«, sagte Sawatzki. Seine Hände spielten mit einem Kugelschreiber und er hatte die Beine übereinandergeschlagen. Sawatzki sah nervös aus. Sehr nervös. Bettina hörte auf zu grinsen und beugte sich vor. Wie sie es erwartet hatte, starrte er sofort auf ihren Ausschnitt. Am liebsten hätte sie ihre Bluse wieder bis oben hin zugeknöpft. Oder sich zurückgelehnt. Oder ihm eine schallende Ohrfeige verpasst. Am besten alles zusammen in umgekehrter Reihenfolge. Sie verharrte jedoch in ihrer vorgebeugten Position und schaute ihn durchdringend an.

»Was wird hier eigentlich gespielt?«, fragte sie leise und erzählte von den Männern in den Passats und der Drohung gegen Familie Eggert.

Sawatzki hob die Augenbrauen. »Ich weiß nicht, wovon Sie reden«, antwortete er barsch.

»Das glaube ich aber doch«, konterte Bettina. »Sie sind der Einzige, mit dem ich bisher gesprochen habe.«

Sawatzki starrte Bettina an und öffnete dabei mehrmals den Mund wie ein an Land gespülter Fisch. Er schlug eine Mappe auf, die vor ihm auf dem Schreibtisch lag, und senkte den Blick. »Lassen Sie mich mit diesem Firlefanz in Ruhe«, sagte er und hörte sich betont gleichgültig an. Bettina lächelte. Der Bürgermeister war ein unglaublich schlechter Lügner. Eigentlich tödlich im Politikergeschäft. Manchmal wunderte sich Bettina, wie er es dennoch bis ganz nach oben geschafft hatte. Obwohl Sawatzki so tat, als studiere er den Inhalt der Mappe, zuckten die Finger seiner linken Hand nervös auf dem Papier umher. Seine rechte Hand umklammerte die Kante des Tisches, seine Füße wippten unablässig auf und ab. Er schien exorbitant unter Strom zu stehen. Bettina nickte langsam und beschloss, ihn noch einen Moment zappeln zu lassen. Sie lehnte sich zurück und seufzte. Kurz darauf holte sie ihr Handy aus der Tasche und betrachtete das Display. Es hatte niemand angerufen. Natürlich nicht. Das wäre ihr schon rechtzeitig aufgefallen, sie wollte bloß ein wenig mit dem Ding herumspielen. Sie schaute sich die Fotos ihres letzten Blind Dates an. Meine Güte, was war der Typ für eine Enttäuschung gewesen, sah aus wie Adonis, aber wenn er den Mund aufmachte, hatte man den Eindruck, man säße Mickey Maus gegenüber. Sie hatte ihn trotzdem mit nach Hause genommen. Das passierte manchmal, wenn sie ein wenig auf Entzug stand. Noch vor dem Frühstück hatte sie ihn dann allerdings wieder auf die Straße befördert, aber sein Körper machte was her. Sogar auf dem kleinen Display des Telefons kamen die stahlharten Muskeln seiner Arme und das Sixpack seines Bauches zur Geltung. Als das letzte Bild verschwand, seufzte Bettina ein weiteres Mal. Sawatzki haute mit einer Faust auf den Tisch.

»Was wollen Sie denn noch?«, fragte er giftig. »Ich weiß nichts. Gar nichts.«

»Den Eindruck habe ich auch oft«, antwortete sie süffisant. »Ich bin aber überzeugt, dass es in diesem Fall nicht so ist.«

Er sah sie mit zusammengekniffenen Augen an. »Verlassen Sie bitte mein Büro.«

Bettina verschränkte die Arme vor der Brust und seufzte zum dritten Mal. So kam sie nicht weiter. Sawatzki würde nichts sagen, irgendetwas lag ihm offenbar gewaltig auf der Seele, aber er würde damit nicht herausrücken. Jedenfalls noch nicht. Bettina stand auf, stützte sich mit den Händen auf dem Schreibtisch ab und beugte sich dicht zu ihm vor. »Die Sache stinkt zum Himmel«, sagte sie leise. »Ich gebe Ihnen noch ein wenig mehr Bedenkzeit. Morgen rufe ich Sie wieder an, und wenn Sie mir dann keine Erklärung liefern, stelle ich am gleichen Abend noch einen entsprechenden Bericht online. Und raten Sie mal, wen ich für diese Schweinerei verantwortlich mache. Die Printausgabe geht in zwei Tagen zur Druckerei und auch …«

»Hören Sie auf«, unterbrach Sawatzki. »Hören Sie ja auf, mir zu drohen.«

»Ich fange gerade erst an«, sagte Bettina, lächelte und griff nach ihrer Handtasche. »Ich rate Ihnen in Ihrem Interesse, mir morgen ein paar Antworten zu geben.« Sie drehte sich um und verließ das Zimmer. Wanja stand noch immer neben ihrem Schreibtisch und musterte Bettina. Bettina ließ die Tür zum Flur sperrangelweit offen. Sie merkte, dass sie wütend wurde. Normalerweise war Sawatzki keine so harte Nuss, sie hatte schon mit ganz anderen Leuten zu tun gehabt. Wusste er wirklich nichts? Nein, das war vollkommen ausgeschlossen. Warum setzte er dann aber die guten Beziehungen zur Lokalpresse aufs Spiel? Gerade er, der so bedacht darauf war, immer in einem fabelhaften Licht dazustehen. Hatte der Bürgermeister etwa Angst? Aber weshalb und vor wem?

*

Sawatzki hörte auf die sich rasch entfernenden Schritte der Reporterin. Matthiesen hatte es offensichtlich eilig. Sie war wohl verärgert.

Er ließ sich in die Lehne seines lederbezogenen Stuhles fallen. Beinahe hätte er ihr alles gesagt. Sie war eine verdammt ansehnliche Frau. Er hatte sich schon dabei ertappt, wie er sie für heute Abend zum Essen einladen wollte. Ziehen Sie sich nichts anderes an, halten Sie sich die Nacht für mich frei und ich erzähle ihnen, was Sie hören wollen. Diesen Satz hätte er ihr zugeflötet, wenn sie noch einen Moment länger mit gekreuzten Beinen dagesessen und auf ihr Handy gestarrt hätte. Glücklicherweise hatte er sich beherrschen können, andernfalls wäre es mit seiner Karriere wohl vorbei gewesen.

Sawatzki griff zum Telefon und drückte auf eine Taste. Er hörte es im Vorzimmer läuten. Was war mit Wanja los? Warum ging sie nicht an den Apparat. Endlich meldete sie sich mit ihrer piepsigen Stimme.

»Herr Sawatzki. Es tut mir noch immer unendlich …«

»Ja, ist doch gut«, unterbrach er barsch. »Informieren Sie bitte sofort die Herren Page und Balke-Basdorf. Sie sollen herkommen. Gleich morgen Vormittag. Es ist dringend.«

# 7

Lenny gähnte herzhaft. Die Nacht war nicht sehr erholsam gewesen. Immer wieder hatte er Justin zwischen den Männern in den Anzügen stehen gesehen, immer wieder hatte er ihre breiten Pranken gesehen, die sich auf die zarten Schultern seines Sohnes legten. Heute begann der vierte Tag, an dem sie auf Leitungswasser verzichten mussten. Mit der Zeit wurde es lästig. Lenny nahm das Telefon und wählte die Nummer seiner Firma. Sein Chef war offenbar glücklich, von ihm zu hören. »Ich dachte schon, du wärst länger krank«, sagte er und klang erleichtert. »Es brennt nämlich. Es gibt da vier Großgeräte, die ganz dringend repariert werden wollen.«

Lenny stöhnte. Eigentlich stand ihm nicht der Sinn danach, heute zu arbeiten. Aber ihm fehlte ja nichts. Wie konnte er es da begründen, daheimbleiben zu wollen. Nina hatte ihm vorhin im Badezimmer den Vorschlag gemacht, sich krankzumelden. »Geh zu Doktor Heinson. Der schreibt dich auch ohne Befund ein paar Tage krank.« Er hatte abgelehnt. Simulieren war nicht seine Sache. Außerdem fuhr man mit Ehrlichkeit immer besser. Mit seinem Chef vereinbarte er, heute nur die zwei dringendsten Aufträge zu erledigen, so blieb noch genug Zeit, Justin von der Schule abzuholen. Das war ganz wichtig. Sein Sohn sollte in nächster Zeit nicht mehr zu Fuß irgendwohin gehen. Nina brachte ihm ein Glas Saft. »Frühstück ist auch gleich fertig.«

»Prima. Ich möchte Justin zur Schule bringen. Heute muss ich mich nicht stressen.«

Sie brummte. »Ich bin dafür, ihn heute nicht zur Schule zu schicken. Wenn diese Männer wiederkommen.«

Lenny trank einen Schluck und schüttelte den Kopf. »Nein. Wir werden uns nicht einschüchtern lassen, wir zeigen keine Schwäche.« Seine Gedanken wanderten zu dem Anruf von Bettina, gestern am späten Nachmittag. Sie hatte Sawatzki einen Besuch abgestattet. Der Bürgermeister hatte gemauert und so getan, als wüsste er von nichts. Aber er war nervös hoch drei gewesen. Bettina war sich hundertprozentig sicher, dass Sawatzki da mit drinsteckte, auf welche Weise auch immer.

»Und wenn wir noch mal mit der Polizei sprechen?«, fragte Nina, während sie den Tisch deckte. »Diesmal erscheinen wir persönlich auf der Wache und lassen uns nicht abwimmeln. Meine Güte, diese dämlichen Dorfpolizisten haben noch immer nicht zurückgerufen.«

Er lachte bitter. »Dasselbe hatte ich Bettina gestern auch vorgeschlagen.«

»Und?«

»Sie hielt es für keine gute Idee und erzählte mir, dass Sawatzki und der Leiter des Reviers früher in die gleiche Schulklasse gegangen sind. Sie sind dicke Freunde. Bettina vermutete da eine muntere Klüngelei.«

Nina verdrehte die Augen. »Aber so kann es doch nicht weitergehen. Ich habe es satt, mit Mineralwasser zu kochen. Dann wenden wir uns eben an die Polizei in Hamburg. Oder in Hannover. Und bei den Wasserwerken werden wir auch noch mal vorstellig.«

Lenny nahm ihre Hand und drückte sie fest. »Hab etwas Geduld. Mir geht die Situation ebenfalls gehörig auf die Nerven. Bettina hat Sawatzki eine Frist bis heute Vormittag gestellt. Wenn er dann immer noch blockt, will sie an die Öffentlichkeit gehen. Mit uns. Bis dahin sollten wir warten.«

Nina stöhnte leise. »Also gut.«

Den ersten Becher Kaffee hatte er gerade ausgetrunken, als das Telefon klingelte. Emily hopste kauend von ihrem Sitz. »Ich geh ran«, rief sie mit vollem Mund und rannte in den Flur. »Hallooo?«, meldete sie sich und kam kurz darauf wieder in die Küche. »Es ist Joachim«, sagte sie und sah stolz aus. Emily liebte es, ans Telefon zu gehen.

»Hallo Sportsfreund«, begrüßte Lenny ihn.

»Kommt sofort her«, sagte Joachim ohne Begrüßung. Seine Stimme klang belegt.

»Alles in Ordnung mit dir?«, fragte Lenny besorgt.

»Nein«, raunte Joachim. »Ich erwarte euch im Labor. Schnell. Bettina ist auch schon auf dem Weg.« Noch bevor Lenny antworten konnte, hatte Joachim aufgelegt.

»Was ist?«, fragte Nina mit ängstlicher Stimme.

»Ich weiß nicht. Wir sollen so schnell wie möglich ins Labor kommen.«

Während Nina die Kinder auf ihren Sitzen festschnallte, verstaute Lenny seinen Monteurkoffer im Wagen.

Der Weg zur Schule war nicht weit, sie fuhren aus dem Neubaugebiet heraus und bogen auf die Hauptstraße. Nach fünf Minuten ging eine weitere Straße ab, an deren Ende die Schule stand. Lenny fuhr direkt an den Eingang und öffnete die Tür. Justin schnallte sich ab und reichte seinem Vater die Hand. Er mochte es nicht, hier in aller Öffentlichkeit von seinen Eltern umarmt zu werden. Lenny verkniff sich das Schmunzeln, während Justin wichtig seine Hand schüttelte. Sie gingen zusammen auf den Bürgersteig. Eine junge Frau kam ihnen entgegen. Sie war zierlich und hatte gewellte, braune, schulterlange Haare.

»Guten Morgen Frau Steiner«, sagte Lenny und hob grüßend die Hand. Anabell Steiner war Justins Klassenlehrerin. Sie wohnte ebenfalls im Neubaugebiet, ganz vorn, wo einige Geschosswohnungen gebaut wurden. Die Frau reagierte überhaupt nicht. Erst als Justin an ihrer Hose zupfte, schaute sie stirnrunzelnd zu ihm herab.

»Justin«, stellte Anabell fest. Lenny verkniff sich wiederum ein Schmunzeln. Sollte Frau Steiner gestern Abend zu tief ins Glas geschaut haben? Soweit er wusste, lebte sie allein, aber die Gute hatte wohl einen recht hohen Verbrauch an Männern, wenn man dem Klatsch in den Pausen der Elternabende Glauben schenken durfte. Dann hatte Justins Lehrerin endlich auch ihn wahrgenommen. »Herr Eggert«, sagte sie. Sie schien müde zu sein. Er schüttelte ihre Hand.

»Richtig fit sehen Sie heute nicht aus«, stellte er fest.

Sie lächelte zaghaft. »Da haben Sie recht. Mir ist komisch. Hoffentlich bekomme ich keine Erkältung.« Sie zuckte mit den Schultern und betrat Hand in Hand mit Justin das Schulgebäude. Lenny schaute ihnen einen Augenblick hinterher, ehe er wieder in seinen Wagen stieg.

»Anabell sah blass aus«, stellte Nina fest, während er die Straße zurückfuhr.

»Sie bekommt eine Erkältung.«

Nina seufzte. »Klasse. Und dann haben sie alle Kinder. Stell dich schon mal auf ein paar schlaflose Nächte ein.«

»Genau das, was wir brauchen«, sagte Lenny und bog auf die Hauptstraße. Der Kindergarten lag etwas weiter entfernt. Sie fuhren zehn Minuten bis zu dem Holzhaus, das wie ein überdimensionales Kreuz gebaut war. Nina schnallte Emily ab und brachte ihre Tochter hinein. Kurze Zeit später kam sie zurück.

»Und jetzt gib Gas«, sagte sie, während sie sich anschnallte. »Ich möchte wissen, was Joachim so aus der Fassung gebracht hat.«

Erneut fuhr Lenny auf den großzügigen Parkplatz des Labors, es kam ihm fast schon so vor, als ob er ebenfalls in dieser Einrichtung arbeiten würde. Nina stieg aus und schlich auf das Gebäude zu, als würde es sie beißen wollen. Er legte seinen Arm um ihre Taille und nickte ihr aufmunternd zu. Gern hätte er etwas Beruhigendes gesagt, aber Joachims aufgeregte Stimme hatte auch ihn nervös gemacht. Was um Himmels willen wollte sein Sportsfreund ihnen nur zeigen?

»Da vorn ist Joachim.« Nina zeigte zum Eingang. Tatsächlich lehnte sein Volleyballfreund an der weiß getünchten Mauer und hielt eine Zigarette in der Hand, dabei hatte er sich das Rauchen vor über einem Jahr abgewöhnt. Wann war er rückfällig geworden? Lenny sah die Frau, die neben Joachim an der Wand lehnte. Ihre Augen waren geschlossen, und sie hielt ihr Gesicht in die Morgensonne.

»Da ist Bettina«, sagte Lenny an Nina gewandt.

Inzwischen hatte auch Joachim sie gesehen. »Endlich«, rief er ihnen entgegen und stieß sich von der Mauer ab. Joachim machte keine Anstalten, ihnen die Hand zu drücken. Er wirbelte herum und hielt die gläserne Eingangstür auf. »Schnell jetzt«, sagte er hektisch.

Nina ging auf Bettina zu und lächelte. »Schön, Sie kennenzulernen, Frau Matthiesen«, sagte sie leise. »Vielen Dank, dass Sie uns helfen.«

»Nennen Sie mich einfach Bettina.«

»Gern. Ich bin Nina. Trotzdem vielen Dank für deine Unterstützung.«

»Das mache ich doch gern«, sagte Bettina und nahm sie in die Arme. »Außerdem ist es ja nicht ganz uneigennützig.« Sie ließ Nina los und drehte sich zu Lenny. »Mir hat er auch noch nichts gesagt«, flüsterte sie. »Stand nur an der Mauer und hat geraucht.«

Joachim räusperte sich. »Nun kommt endlich.« Seine Finger klopften an die Türscheibe und hinterließen kleine Abdrücke.

Lenny trat in das Gebäude. »Warum machst du es auch so spannend? Was ist mit den Nagern?«

Joachim hetzte an ihm vorbei, nachdem auch Nina und Bettina den Eingang passiert hatten. »Das kann man nicht erzählen«, sagte er und rief den Fahrstuhl. »Das muss man sehen.«

Die Klimaanlage in Joachims Labor dröhnte heiser. Lenny verzog den Mund. Irgendein unangenehmer Geruch, den er nicht zuordnen konnte, lag in dem Raum.

»Ich biete euch absichtlich keinen Kaffee an«, sagte Joachim. »Sonst muss ich das halb verdaute Zeug nachher von den Fliesen kratzen.« Nina schaute Lenny stirnrunzelnd an. Der Blick zu den Käfigen war versperrt, Joachim hatte zwei große, rollende Tafeln davor gestellt. »Man muss es ja nicht gleich erspähen, wenn man in mein Labor kommt«, bemerkte er.

Bettina spitzte die Lippen. »Was ist es?«

Er winkte in Richtung der Käfige. »Gehen Sie nur hin. Sie werden es sehen.« Er drehte sich um und schaute Nina an. »Vielleicht wartest du lieber vor den Tafeln.«

»Keine Chance«, erwiderte Nina. »Hat das Wasser die Tiere vergiftet? Immerhin floss es aus unserem Wasserhahn. Ich muss wissen, was geschehen ist.« Sie schlang einen Arm um Lennys Taille. Er strich ihr über die Wange, und sie folgten Bettina, die bereits vor den Tafeln angekommen war. Etwas quiekte. Dann schabte jemand in der Streu. Lebten die Tiere also doch noch? Lenny fand die These seiner Frau ziemlich stimmig, er konnte sich gut vorstellen, dass das verseuchte Wasser für so kleine Organismen wie die Nager schlimme Nachwirkungen haben konnte. Vielleicht hörten irgendwann ihre kleinen Herzen einfach auf, zu schlagen. Ein weiteres Piepsen ertönte, wahrscheinlich von einer Maus. Ein ganz ähnliches Geräusch hatte er schon gehört, als er gestern in die Käfige geschaut hatte. Er bekam ein noch bedrückenderes Gefühl.

Bettina ging um die Tafeln herum. Einen Moment war es mucksmäuschenstill im Raum. »O mein Gott«, stieß sie aus.

Lenny nahm die letzten Schritte fast im Trab und zog dabei Nina mit. Sie umrundeten die Tafel. Die Käfige lagen vor ihnen. Die Gitterstäbe glänzten im Licht zweier zusätzlicher Lampen, die Joachim direkt vor den Käfigen platziert hatte. Lennys Blick fiel auf eine Ratte, die auf ihren Hinterbeinen stand und sich lang machte. Neugierig schnüffelte sie am Käfigdeckel, ihre feinen Barthärchen schimmerten rot im grellen Licht. Rot? Lenny schaute sich das Tier genauer an. Das graue Fell der Ratte war ebenfalls durch und durch rot gefleckt, es sah aus, als ob der Nager mit Ketchup überschüttet worden war. Sein Blick fiel auf das andere Gebilde, welches sich auf der gegenüberliegenden Seite des Käfigs befand. Er dachte im ersten Moment an einen Teppich in Miniaturformat. Seine Schwiegereltern hatten viele Jahre lang ein Bärenfell mit Kopf besessen, das mitten im Wohnzimmer gelegen hatte und über das niemand so recht hatte schreiten wollen. Es verhielt sich mit dem Teil ähnlich wie bei *Dinner for One*, dem Sketch, der alljährlich zu Silvester rauf und runter gespielt wurde. Wenn doch jemand auf die Idee gekommen war, über den Fellteppich zu schlendern, war er garantiert am ausgestopften Bärenschrumpfkopf hängen geblieben und ins Straucheln geraten. Dieses Ding im Käfig wirkte genauso. Nur war es kein Bärenfell. Es war ... Rattenfell. Und der Kopf hing nur noch sehr notdürftig an einer kleinen Sehne des Körpers. Neben dem platten Fell lag ein Haufen undefinierbarer roter und weißer Teile. Waren das Eingeweide? Aber wer hatte die Ratte derart stümperhaft ausgenommen? Joachim etwa? Wie auf Kommando setzte sich die zweite Ratte wieder auf alle vier Pfoten, schnüffelte noch einmal die Gitterstäbe ab und drehte sich um. Zielstrebig ging sie zu ihrem ausgenommenen Artgenossen und schaute das tote Tier einen Moment taxierend an. Dann kam sie näher und nestelte an dem Fell der anderen Ratte herum. Sie nahm ihre Krallen zu Hilfe und öffnete das Fell an einer Stelle in Bauchhöhe. Ihr Kopf wanderte in den Fellbauch hinein und kurze Zeit später hielt sie ein kleines, rotes Stück Fleisch zwischen ihren Zähnen. Sie drehte sich um und legte das rote Zeug vorsichtig auf den Haufen der anderen Innereien.

Hatte etwa die Ratte ihren Artgenossen dermaßen grausam zugerichtet? Lenny spürte Ninas Hand, die sich in seinen Rücken krallte.

»Schau«, flüsterte sie und zeigte auf einen Käfig am Ende des Raums. Ein Kaninchen saß friedlich in der Mitte des Käfigs und schaute heraus. Alles schien in bester Ordnung zu sein, das Langohr wirkte wesentlich gesünder als noch gestern. Lennys Blick fiel auf das zweite Kaninchen. Eigentlich hatte der Fleischklops, der da am Rand der Gitterstäbe lag, nicht mehr viel gemeinsam mit einem Kaninchen. Anhand einiger Fetzen konnte Lenny erkennen, dass das Tier braunes Fell gehabt haben musste. Zwischen den Fellteilen lag ein Mus, der aussah wie gemischtes, besonders grobes Hack. Weiße Knochenteile schauten aus dem Fleischberg heraus, als handelte es sich um kleine Markierungen. Nina ließ ihn abrupt los und krümmte sich. Sie hielt sich die Hände vors Gesicht und machte ein würgendes Geräusch. Aber sie übergab sich nicht, sondern japste nur mehrmals und ging in die Hocke. Hinter ihr schnaufte Joachim.

»Deshalb habe ich euch keinen Kaffee angeboten«, sagte er mit ernster Stimme.

Bettina war nah an einen der Käfige herangetreten und begutachtete ein Eichhörnchen, dessen Schwanz noch immer so schön und buschig aussah, wie eh und je. Der Rest des Körpers allerdings erinnerte an ein zermatschtes Tier am Straßenrand. »In den meisten Käfigen hatten Sie je zwei Tiere der gleichen Art gehalten«, stellte sie fest, während sie einen Kugelschreiber aus ihrer Tasche kramte. Joachim bejahte. »Und nun ist jeweils noch eines der Tiere am Leben und das andere sieht aus, als hätte man es in einen Ventilator geschmissen. Mal schlimmer, mal weniger schlimm«, fuhr sie fort.

»Das ist korrekt«, sagte Joachim und kam näher. Er tätschelte Nina sanft die Schulter und stellte sich neben Bettina. Er zeigte auf einen weiteren Käfig. Zwei Meerschweinchen saßen dicht nebeneinander. Während das eine sie wachsam anschaute, hatte das andere seine Augen geschlossen. Sein Mund war geöffnet. Joachim deutete auf eine rote Stelle unterhalb des Halses. »Der Geselle hat seinen Freund mit einem sauberen Biss getötet«, sagte er. »Auf das Zerlegen des Körpers hat er allerdings, aus welchen Gründen auch immer, verzichtet.« Lenny hob die Augenbrauen.

»Die Tiere haben sich also wirklich gegenseitig zerfleischt?«, fragte er kurzatmig.

Joachim lächelte ein traurig aussehendes Lächeln. »Nicht gegenseitig. Das stärkere Tier hat das schwächere zerfleischt.«

Bettina ließ ihre Kugelschreibermine zurückspringen. »Das ist furchtbar«, sagte sie kopfschüttelnd und zeigte auf das Kaninchenhackfleisch. »Wie kann ein einzelnes Tier so etwas zustande bringen?«

»Indem es wie eine Furie auf den Artgenossen losgeht«, antwortete Joachim. »Warte, ich zeige es euch.« Er zog sich einen dicken Fingerhandschuh an, ging zu einem der oberen Käfige, nahm ihn herunter und stellte ihn auf einen freien Tisch. Lenny sah eine Maus, die in einer der Ecken Deckung suchte. Eine zweite Maus lag halb ausgeweidet in der Mitte. Joachim holte einen zweiten Käfig. Das Bild war fast identisch. Eine Maus lag bis zur Unkenntlichkeit verstümmelt an die Gitterstäbe gepresst, die andere schnüffelte in der Gegend umher. Joachim griff nach einem Kescher und öffnete einen Käfig. »Nun wollen wir die possierlichen Nager zusammenführen.«

Bettina stellte sich neugierig vor den Käfig. Nina presste sich dicht an Lenny und schloss die Augen zur Hälfte. Offensichtlich hatte seine Frau nur wenig Lust auf das Schauspiel, welches gleich aufgeführt werden würde. Lenny gab ihr einen Kuss auf die Wange. Er konnte sie prima verstehen.

Joachim fing die Maus routiniert ein. »Ich muss vorsichtig sein«, stellte er fest, während er die zappelnd im Kescher hängende Maus über den zweiten Käfig hielt. »Diese … verseuchten Biester sind extrem bissig.« Mit einer flinken Bewegung drehte er das Netz um. Die Maus fiel quiekend in das stählerne Gefängnis. Eine kurze Zeit lang passierte nichts Außergewöhnliches. Die neu in den Käfig beförderte Maus schnupperte am Kadaver ihres toten Artgenossen. Die zweite Maus nahm zunächst keine Notiz von dem Eindringling. Das änderte sich jedoch, als der Störenfried aufhörte, seine kleine Nase in die Eingeweide des Kollegen zu stecken und auf Erkundungstour ging. Plötzlich wandten sich die beiden Nager einander zu, als würden sie magisch voneinander angezogen werden. Die kleinen Körper begannen zu zittern, und beide Tiere piepsten nervös. Der Eindringling ging sofort zum Angriff über. Mit gesenktem Kopf schoss er auf seinen Rivalen zu. Das winzige Mäusegebiss wurde für einen kurzen Moment sichtbar, ehe sich das Mäulchen in die Flanke des Artgenossen bohrte. Das Fell des attackierten Tieres färbte sich an der Bissstelle augenblicklich rot. Der Angreifer schüttelte sein kleines Köpfchen wie ein Pitbull, der sich in sein Opfer verbissen hatte und ein großes Stück seines Gegners rausreißen wollte. Allerdings gelang ihm das nicht. Die Tiere waren nahezu gleich groß, und überirdische Kräfte besaß anscheinend keines von ihnen. Die angefallene Maus holte nun ihrerseits zum Gegenschlag aus. Sie drehte den Kopf und biss mit Kraft in das Hinterteil des Kontrahenten. Wieder ertönte ein ohrenbetäubendes Quieken. Lenny merkte, wie Nina sich noch fester an ihn drückte. Er strich ihr über den Rücken, ohne jedoch den Blick von dem Käfig zu lassen. Der Biss der zweiten Maus war stärker gewesen. Eine winzige, fast schon niedlich anmutende Blutfontäne schoss aus einer offenen Wunde knapp oberhalb des Schwanzes. Der Angreifer öffnete sein Mäulchen, ließ von dem Hausherrn ab und machte einen Satz in die Käfigmitte. Die andere Maus ließ nicht los. Mit einem Geräusch, als ob man einen Schokoladenriegel öffnen würde, rissen ihre winzigen Zähne ein stecknadelkopfgroßes Stück Fleisch aus dem Körper des Angreifers. Für einen Moment dachte Lenny, die Maus würde den Klumpen einfach verschlucken. Tatsächlich machte sie eine kauende Bewegung. Dann jedoch drehte sie sich um und spie das Stück in die Ecke des Käfigs.

»Dorthin wird die Maus alles Fleisch bringen, was sie aus ihrem Artgenossen beißt«, kommentierte Joachim mit hängenden Schultern. »Es ist ein Rätsel.« Mit einer schnellen Bewegung führte er den Kescher wieder in den Käfig. Gerade als die zuerst attackierte Maus ihrerseits einen Angriff plante und mit lauten Piepsen auf den Eindringling zustürmte, fing er den immer noch stark am Rücken blutenden Kontrahenten mit dem Netz ein. »Das ist genug«, sagte er entschieden. »Wir müssen uns nicht ansehen, wie ein Biest das andere zerfleischt.« Mit dem Handschuh, den er sich wieder über die Finger gezogen hatte, drückte Joachim das Netz zusammen, bis sich die Maus nicht mehr bewegen konnte. Er ging mit ihr zu einem Schrank, öffnete eine Dose und streute ein gelbliches Puder über ihre Wunde. »Zum Desinfizieren«, erklärte er, während der Raufbold zurück in den eigenen Käfig kam.

Bettina zupfte an ihren Haarspitzen herum. »Sind alle Tiere derart aggressiv?«, fragte sie.

Joachim nickte. »Ja, alle.«

Bettina schaute auf mehrere Käfige, die ein wenig abseitsstanden. »Hier sind keine Kadaver drin«, stellte sie fest.

»Gestern Abend habe ich einige Tiere voneinander getrennt«, erklärte Joachim. »Ich wollte den Wasserkonsum der Tiere besser abschätzen können. Das geht natürlich am besten, wenn die Tiere auch wirklich allein im Käfig sind.«

Bettina brummte. Sie zog die Augenbrauen hoch und schaute Joachim an. »Vielleicht werden die Nager nur aggressiv, wenn sie sich in Gesellschaft befinden. Womöglich zeigen die Tiere in den Einzelkäfigen keine Verhaltensauffälligkeiten.«

Joachim seufzte. »Stecken Sie mal ihren Finger durch einen der Käfige. Am besten bei dem Langohr. Der ist etwas behäbig. Aber ziehen Sie ihn dann bitte auch schnell wieder zurück.«

Bettina ging in die Knie und schaute das Kaninchen an. Es lag entspannt in einer Kuhle Streu. Lenny ging ebenfalls einen Schritt auf den Käfig zu. Nina folgte ihm. Sie dachte anscheinend überhaupt nicht daran, ihn loszulassen. »Ich hatte früher auch mal ein Häschen«, sagte Bettina mit beruhigender Stimme. »Das sah genauso knuddelig aus wie du.« Ihre Hände näherten sich den Gitterstäben. Plötzlich gab das Kaninchen einen langen, grollenden Ton von sich. Es knurrte. Lenny hätte nicht gedacht, dass Kaninchen knurren können. Es verdrehte die Ohren und schnüffelte sichtlich nervös. Bettina legte die flache Hand auf die Gitterstäbe. Der Nager setzte sich auf seine Hinterbeine. Als Bettina die Spitze ihres Mittelfingers durch die Stäbe steckte, wollte er nach vorn schießen. Seine Krallen schabten gegen das Plastik des Käfigbodens, und für einen Augenblick kam er nicht recht vom Fleck. Dann fand der Nager den nötigen Halt und lief knurrend näher. Flink zog Bettina ihren Finger zurück und nahm die Hand vom Käfig. Der Kopf des Kaninchens stieß gegen die Stäbe, und für einen Moment sah es so aus, als ob es sie auseinanderbiegen wollte.

»Alle Tiere sind aggressiv geworden«, erklärte Joachim wie zur Bestätigung. »Da gibt es keine Zweifel.«

Bettina rieb die Hände gegeneinander und griff nach dem Block, den sie auf den Boden gelegt hatte. »Und dass das Wasser dafür verantwortlich ist …«

»Steht ebenso außer Frage«, unterbrach Joachim. »Einige der Nager haben Kraftfutter bekommen, andere Salatblätter, wieder andere überhaupt nichts. Am Essen liegt es jedenfalls nicht.« Er ging zurück zu seinem Schreibtisch und blätterte in einem schwarzen Ringhefter. »Nur das Wasser kann diese, ich nenne es mal Verhaltensstörungen, ausgelöst haben. Zuerst reagierten die kleinen Körper apathisch und dann hochgradig aggressiv.«

Bettina setzte sich auf die Kante des Schreibtisches. »Sind Sie mit der Analyse des Wassers schon weitergekommen?«, fragte sie.

Joachim warf den Ordner zurück auf einen anderen Papierstapel und schnaufte. »Immer noch nicht. Nein«, sagte er sichtlich genervt. »Ich habe zwei Kollegen hinzugezogen, die mich unterstützen, wann immer es ihre eigenen Projekte zulassen. Aber bisher haben wir nicht die geringste Ahnung, was da für ein Teufelszeug aus Lennys Wasserhahn kam.«

Bettina schaute Joachim fest in die Augen. »Wie würden Sie nach jetzigem Wissensstand meine Frage von gestern beantworten? Wenn Menschen das verseuchte Wasser trinken, was dann?«

Wieder schüttelte Joachim den Kopf. Lenny konnte sehen, wie unwohl er sich in seiner Haut fühlte. Joachim war ein Perfektionist. Keine ausreichenden Antworten liefern zu können, musste furchtbar unbefriedigend für ihn sein. »Der menschliche Organismus ist viel widerstandsfähiger«, sagte er langsam. »Unsere Nieren können mit einer Menge Giftstoffe fertigwerden. Möglich, dass uns nur ein wenig übel ist, wenn wir von dem Wasser trinken. Vielleicht passiert auch gar nichts.«

Bettina nickte. »Oder wir mutieren ebenfalls zu blutrünstigen Monstern«, sagte sie nach einem Augenblick.

Erschrocken sah Lenny seinen Freund an. »Das wird doch wohl nicht möglich sein«, protestierte er.

Joachim drehte sich seufzend ab. Er ging zur Kaffeemaschine und füllte einen Becher. »Ich kann es mir auch nur schwer vorstellen. Aber ich konnte mir auch nicht vorstellen, dass an und für sich friedfertige Nager wie die Furien übereinander herfallen.« Er schüttelte hilflos den Kopf. »Jetzt doch irgendjemand einen Kaffee?« Als niemand reagierte, stellte er die Kanne seufzend weg. »Entschuldigt, aber ich kann in jeder Situation Kaffee trinken.« Er lachte heiser. »Wenn wir annehmen wollen, dass dieses verseuchte Wasser bei uns ebenfalls gewisse Reaktionen auslöst, so müsste der Verlauf zumindest ähnlich sein wie bei den Versuchstieren.«

Bettina trommelte mit ihrem Kugelschreiber auf den Block. »Also zuerst die apathische Starre«, sagte sie.

»Irgendwas in der Art, ja«, pflichtete Joachim bei.

Lenny rieb sich über die Augenlider. »Wenn wir also Leute auf den Straßen sehen, die wie erstarrt auf dem Bürgersteig liegen, sollten unsere Alarmglocken klingeln.« Joachim trank einen Schluck.

»Ja. Oder nein. Wenn überhaupt, wird diese Substanz bei Menschen anders wirken. Wir können das Szenario mit den Versuchstieren nicht eins zu eins übertragen. Außerdem wissen wir ja nach wie vor nicht, ob das verseuchte Wasser tatsächlich noch woanders aufgetreten ist.«

»Ich glaube nicht, dass nur der Wasseranschluss der Eggerts betroffen ist«, sagte Bettina. »Hatten Sie nicht die Vermutung, dass es sich um einen terroristischen Anschlag handeln könnte?« Joachim nickte. »Dann sollten wir davon ausgehen, dass wahrscheinlich das Wasser im gesamten Neubaugebiet und den Waldgebieten rund um das Schloss verseucht ist«, fuhr sie fort.

Nina kräuselte die Stirn. »Aber wo ist der Sinn bei alledem?« Fragend schaute sie in die Runde. »Angenommen, es gibt tatsächlich Leute, Terroristen vielleicht sogar, die einen Anschlag auf das G8-Abendessen planen. Welchen Grund hätten diese Leute, aus den Politikern und sämtlichen Sicherheitskräften aggressive Monster zu machen? Das erleichtert ihre Sache ja nicht gerade, wenn man mal davon ausgeht, dass sie die Politiker als Geiseln nehmen wollen.«

»Am Anfang sind sie ja ruhiggestellt«, warf Bettina ein.

»Aber was kommt danach?«, fragte Nina.

Joachim sah hinüber zu den Tafeln. »Vielleicht wissen die nicht, welche Nebenwirkungen ihr Mittelchen hat.«

Lenny blickte aus dem Laborfenster. Nadelbäume standen auf einer saftig grünen Wiese, ein leichter Wind wehte durch die Äste und ließ sie gemächlich hin- und herschaukeln. »Wie passt der Bürgermeister in diese Anschlagtheorie?«

Bettina lachte freudlos. »Gar nicht. Sawatzki hat so seine Fehler, aber unter die Terroristen ist er mit Sicherheit nicht gegangen.«

»Trotzdem bist du der Meinung, dass er etwas verbirgt.«

»Stimmt. Aber was und warum ist mir völlig schleierhaft.«

Hinter dem Sichtschutz grollte etwas. Lenny schüttelte sich. Ob Eichhörnchen knurren konnten? Oder Ratten? Unglaublich, wie schnell man von einer heilen Welt in einen Albtraum katapultiert werden konnte.

Nina schloss die Augen und hielt sich die Hände vors Gesicht. »Ich muss dauernd an die zerfleischten Kadaver in den Käfigen denken.«

Bettina stand auf. »Ich finde es auch bedrückend hier. Wir sollten unser weiteres Vorgehen in der Kantine besprechen.«

Joachim nickte. »Einverstanden.« Er rollte einen fahrbaren Tisch aus einer Ecke. »Ich will schnell noch einige der Tiere zu meiner Kollegin bringen. Sie möchte ein paar Versuche mit den Nagern anstellen.«

»Komm nach, wenn du fertig bist«, sagte Lenny. Auch er war froh, als er endlich auf dem Flur stand und das Labor hinter sich lassen konnte.

## 8

Arnold Sawatzki schaute auf das Gemälde an der Wand des Sitzungszimmers. Es zeigte ein imposantes Gebäude mit einem schmalen Türmchen, der das messingfarbene Ziffernblatt einer Uhr beherbergte. Das ehemalige Rathaus dieser Stadt. Ein Jammer, dass es vor langer Zeit abgerissen worden war, er hätte es gern einmal in natura gesehen. Balke-Basdorf, der ihm gegenübersaß, hatte sein Notebook aufgeklappt und tippte wie wild auf die Tastatur. Mit seiner großen eckigen Brille und dem kurz über den Augenbrauen angesetzten Seitenscheitel sah er aus wie ein Relikt aus den Siebzigern. Etwa so wie Bill Gates, kurz, nachdem er Microsoft gegründet hatte. Nur mit mehr Falten im Gesicht. Ein ewiger, nichts zustande bringender Student. Aber dieser Eindruck täuschte gewaltig, Basdorf war Vorstandsvorsitzender eines mächtigen Chemiekonzerns. Für ihn arbeiteten weltweit mehr als zehntausend Menschen. Sein kompromissloser Führungsstil war in der gesamten Branche berüchtigt. Er hatte das Unternehmen von seinem Vater übernommen und innerhalb von zehn Jahren zur Weltspitze geführt. Hatte Basdorf sich etwas in den Kopf gesetzt, ließ er sich nicht mehr davon abbringen. Sawatzki kannte ihn seit mehreren Wochen, und jeden Tag wurde er ihm eine Spur unheimlicher. Basdorf war sprichwörtlich ein Mann ohne Gewissen.

Sawatzki seufzte und betrachtete erneut das Gemälde vergangener Tage. Hinter ihm klangen gedämpfte Stimmen an sein Ohr. Günther Page telefonierte. Bis eben hatte er noch links neben ihm gesessen. Sein Handy hatte gesummt. Natürlich war er rangegangen. Als Staatssekretär der Landesregierung musste er für seinen Chef, den Minister, stets erreichbar sein. Sawatzki grinste freudlos. Page war ein ebenso unangenehmer Zeitgenosse wie Basdorf. Auch wenn er auf den ersten Blick wesentlich sympathischer rüberkam. Seine hellblonden, wellig geföhnten Haare fielen ihm halb über die Ohren. Der im Gegensatz dazu fast schon dunkle Dreitagebart gab seinem Konterfei einen spannenden Kontrast. Und erst die sonnengegerbte Haut. Sawatzki war sicher, dass Page bei Frauen gut ankam. Aber seine funkelnden Augen wirkten, als wären sie ständig auf der Lauer, wenn man sich mit ihm unterhielt, bekam man tatsächlich den Eindruck, dass er nur auf eine günstige Gelegenheit warten würde, um einen auseinandernehmen zu können. Sawatzki schaute sehnsüchtig auf die leere Wasserflasche in der Mitte des Tisches. Er hatte sein Glas vorhin ausgetrunken, als er die beiden Herren über die aktuellen Geschehnisse informiert hatte. Jetzt überkam ihn von Neuem ein Durstgefühl. Die Gläser von Page und Basdorf waren noch fast voll. Nur mühsam widerstand er der Versuchung, einfach über den Tisch zu greifen und sie auszutrinken. Normalerweise sorgte Wanja für Nachschub, seine Sekretärin war jedoch angewiesen, die Besprechung nicht zu stören. Und das beinhaltete auch das Hereinreichen frischer Getränke. Hinter ihm klappte Page sein Handy zu und setzte sich wieder an den Tisch.

»Wo waren wir stehen geblieben?«, fragte er.

Balke-Basdorf stellte das Notebook neben sich und grinste. »Es war gut, Herr Sawatzki, dass Sie uns über diese …«, er zögerte, »… ärgerliche Entwicklung unverzüglich informiert haben. So bleibt uns genügend Zeit, um angemessen zu reagieren.« In diesem Moment klingelte das Telefon. Es stand auf einer Anrichte gleich unter dem Gemälde.

»Entschuldigen Sie mich«, sagte Sawatzki und erhob sich. Wer wählte ausgerechnet jetzt die Nummer des Sitzungszimmers? Das konnte ja nur Wanja sein. Ärgerlich nahm er ab. »Habe ich nicht gesagt, dass wir nicht gestört werden wollen«, giftete er ins Telefon.

»Ja, natürlich«, stammelte Wanja am anderen Ende der Leitung. Sie holte tief Luft. »Aber Frau Matthiesen ist am Apparat und will Sie dringend sprechen.«

Sawatzki überlegte einige Sekunden, dann lächelte er. Eigentlich passte der Anruf ausgezeichnet, so würden die Herren Page und Basdorf gleich mal einen Eindruck von dieser äußerst attraktiven, aber auch hochgradig nervenden Frau bekommen. »Stellen Sie durch«, sagte er und drückte die Freisprechtaste. »Es ist diese Reporterin«, informierte er seine Gesprächspartner. Während Page gespannt auf seinem Stuhl herumrutschte, schob sich Basdorf wieder sein Notebook vor die Nase. Er wirkte gelangweilt.

»Sawatzki, Ungeheuerliches ist geschehen.« Die Stimme der Reporterin klang aufgeregt. So kannte er sie überhaupt nicht. Er hätte gedacht, dass sich Bettina Matthiesen immer bestens im Griff hatte, egal, in welcher Situation sie sich auch befinden mochte.

»Ich wünsche Ihnen einen schönen guten Morgen, Frau Matthiesen«, sagte er ruhig und versuchte dabei, sich das Bild vom Vortag in Erinnerung zu rufen, als sie mit weit geöffnetem Dekolleté und gekreuzten Beinen vor ihm auf dem Stuhl gesessen hatte.

»Dieser Morgen ist alles andere als schön. Wie würden Sie es finden, wenn der Tag damit beginnt, Tiere beobachten zu müssen, die sich gegenseitig zerfleischen wollen? Oder völlig zerstückelte Kadaver zu sehen, deren Gedärme fein säuberlich auf Haufen daneben liegen?«

Sawatzki kräuselte die Stirn. »Ich verstehe nicht.« Er hörte die Reporterin durchs Telefon schnaufen. Matthiesen erzählte von den grausigen Vorfällen in den Tierkäfigen.

»Das Wasser hat diese Verhaltensstörungen bei den Nagern ausgelöst«, sagte sie mit lauter Stimme. »Da gibt es gar keine Zweifel. Mein Gott, Sawatzki. Nicht auszudenken, wenn dieses Zeug bei Menschen ähnlich wirkt. Wir müssen sofort etwas unternehmen. Ich habe keine Ahnung, welches Puzzleteil Sie als Bürgermeister in dieser Geschichte darstellen. Ich kann mir eigentlich nicht vorstellen, dass Sie mit Terroristen zusammenarbeiten würden. Aber ganz ausschließen möchte ich es auch nicht mehr. Anstatt uns zu unterstützen, werfen Sie uns Steine in den Weg.« Er hörte sie ein weiteres Mal tief Luft holen. »Ich habe eine Menge Kontakte, Herr Sawatzki. Und ich werde Sie spielen lassen. Ich habe mich von ihnen schon viel zu lange hinhalten lassen.«

Sawatzki schaute in die Gesichter seiner Gesprächspartner, die den Ausführungen der Reporterin mittlerweile mit versteinerten Mienen folgten.

Basdorf nahm seine Brille ab. »Halten Sie die Frau hin«, flüsterte er.

»Wie denn?«, fragte Sawatzki.

»Sagen Sie ihr, dass Sie ihr alles erzählen werden. Heute Mittag.«

Sawatzki presste das Telefon an sein Ohr und versuchte, seine Stimme konstant harmonisch zu halten. »So beruhigen Sie sich doch«, sagte er versöhnlich. »Sie haben ja recht. Ich konnte bisher nicht mit offenen Karten spielen, aber ich werde Ihnen alle benötigten Informationen geben. Gleich heute Mittag.«

Die Reporterin räusperte sich. »Woher der plötzliche Sinneswandel?«, fragte sie.

»Das mit den Tieren hat eine ganz neue Qualität«, sagte Sawatzki stockend. Ihm fiel auf die Schnelle auch kein vernünftiges Argument ein, weshalb er auf einmal kooperieren wollte.

»Und warum erst heute Mittag? Ich komme am besten gleich vorbei.«

»Nein«, sagte er schnell. »Ich muss noch ein paar Dinge vorbereiten. Glauben Sie mir. Sonst verstehen Sie es nicht.« Sawatzki fuhr sich über die Nase. Er war ein erbärmlicher Lügner. Umso erstaunlicher, dass die Matthiesen ihm zu glauben schien.

»Also gut. Dann sehen wir uns heute Mittag im Rathaus.«

»Und bis dahin rufen Sie bitte niemanden an«, sagte Sawatzki. Die Reporterin erklärte sich einverstanden und legte auf.

Sawatzki pfefferte das Telefon zurück auf die Ladestation und ließ sich auf seinen Platz fallen. »Was sollen wir machen?«, fragte er erschöpft.

Page nahm offensichtlich keine Notiz von seiner Frage. Er wandte sich an Balke-Basdorf. »Kann das stimmen, was die Klatschjule da erzählt?«

Basdorf stieß ein heiseres Kichern aus. »Quatsch. Völliger Blödsinn. Was immer die da in ihrem amateurhaften Labor gemacht haben, unser Wirkstoff jedenfalls ist sicher. Wir haben selbst etliche Tests angestellt. Wir haben den Wirkstoff an unzähligen Tieren getestet. Später auch an Menschen.« Wieder lachte er heiser. »An freiwilligen und unfreiwilligen Versuchspersonen. Nie ist etwas passiert. Wir haben den Wirkstoff in allen möglichen Wasserarten getestet, von Meerwasser bis hin zu destilliertem Wasser. Es gibt keine Nebenwirkungen. Das ist so sicher wie das Amen in der Kirche.« Die Gläser seiner Brille spiegelten sich, als er wieder auf den Bildschirm des Notebooks schaute.

»Aber was ist denn da bloß im Labor passiert?«, fragte Sawatzki ratlos.

Basdorf hob die Schultern. »Was weiß denn ich. Wahrscheinlich hat dieser Joachim Tiere genommen, an denen vorher schon irgendwelche Gifte getestet worden waren. Die Auswirkungen dieser Tests sind jedenfalls nicht unserem Wirkstoff zuzuschreiben.« Er fuhr mit der flachen Hand durch die Luft und machte damit deutlich, dass er nichts mehr über eventuelle Nebenwirkungen seines Produktes hören wollte.

Page hatte sich auf seinem Stuhl zurückgelehnt und schaute aus dem Panoramafenster. »Mir gefällt das alles trotzdem nicht«, sagte er langsam. »Es ist völlig unerheblich, durch was diese Tiere ausgeflippt sind. Wir brauchen keine Öffentlichkeit. Das ist das Grundproblem. Schlimm genug, dass diese Eggerts so früh festgestellt haben, dass ihr Wasser nicht in Ordnung ist. Noch schlimmer ist allerdings, dass die Matthiesen überall herumschnüffelt. Wir können dieses Weib nicht ewig vertrösten.« Er machte eine Pause und starrte Balke-Basdorf an. »Die Landesregierung will kein Aufsehen. Sollte auch nur der kleinste Verdacht, dass etwas mit dem Wasser nicht stimmt, an die Öffentlichkeit gelangen, wird das Projekt sofort gestoppt.«

Balke-Basdorf kicherte wieder. Dann zeigte er mit dem Zeigefinger auf Page. »Das haben Sie wohl kaum zu bestimmen«, sagte er grob. »Kein Politiker wird es wagen, unser Projekt infrage zu stellen.« Er schielte wieder hinüber auf sein Notebook und tippte etwas ein. Er grinste. »Aber wir müssen uns nicht streiten. Wir können das Problem ja relativ einfach lösen. Wir müssen nur dafür sorgen, dass diese Reporterin und die Familie Eggert nichts mehr ausplaudern können.«

Sawatzki drückte seine Handflächen gegeneinander. »Was heißt das?«

»Sie müssen aus dem Verkehr gezogen werden«, antwortete Basdorf wie selbstverständlich. »Diese Leute wissen einfach zu viel.«

Sawatzki schluckte schwer. Er hatte Mühe, seine Fassung nicht zu verlieren. Er erinnerte sich an den milden Frühlingstag vor zwei Monaten, als ein Vertreter der Landesregierung und der Forschungsleiter von Basdorfs Konzern plötzlich bei ihm im Büro aufgetaucht waren. Sie hatten ihn knapp über ein Experiment im Zuge des G8-Gipfels in Kenntnis gesetzt und ihm dabei deutlich zu verstehen gegeben, dass er keine andere Möglichkeit hätte, als dieses Projekt zu unterstützen. »Seien Sie unbesorgt«, hatte der dicke Beamte gesagt. »Niemand wird etwas merken. Natürlich wird auch niemand verletzt oder trägt gesundheitliche Schäden davon.« Und nun saß diese Brillenschlange von Balke-Basdorf ihm gegenüber und sprach seelenruhig darüber, jemanden aus dem Verkehr zu ziehen.

»Sie meinen mit aus dem Verkehr ziehen nicht töten, oder?«, fragte er so sachlich wie möglich. Aber er merkte selbst, dass seine Stimme angekratzt klang. Basdorf grinste wieder. Wie er diese Geste hasste. Ja, der Konzernchef hatte wunderschöne Zähne. Da steckte bestimmt ein Vermögen in seinem Mund. Trotzdem hatte er keine Lust mehr, ständig auf die Kauwerkzeuge zu gucken.

»Man wird sehen«, sagte Basdorf seelenruhig.

Sawatzki schaute den Staatssekretär an. Page hatte sich vorgebeugt und blätterte in einer Akte. Warum protestierte der Schönling nicht? Wurden im Namen der Landesregierung jetzt schon Tote in Kauf genommen? Sawatzki nahm sein leeres Glas in die Hand. Wie gern hätte er es mit Wucht gegen die Wand geworfen. Oder ins Gesicht eines dieser Großkotze an diesem Tisch. »Was erzähle ich der Reporterin, wenn Sie nachher kommt?«, fragte er leise.

Basdorf kratzte sich am Kinn. »Sollte sie es wirklich noch bis hierher schaffen, beglückwünschen Sie die Frau einfach«, sagte er mit fröhlicher Stimme.

# 9

Irina stand in der Küche der Iversens und schaute auf den blitzblanken Fliesenboden. Nie würde sie verstehen, warum diese deutschen Spießer nicht in der Lage waren, ihre Böden selbst zu putzen. Das war doch kein Akt, einfach mal den Wischer aus dem Schrank zu holen, ihn in heißes Seifenwasser zu tauchen und damit über die Fliesen zu schrubben. Innerhalb weniger Minuten wäre die Angelegenheit erledigt. Aber nein, diese Idioten nahmen sich lieber eine Putzhilfe, anstatt sich die frisch manikürten Fingernägel schmutzig zu machen.

Sie machte den Kühlschrank auf und schaute hinein. Eine Cola wäre nicht schlecht. Oder Bier. Aber außer einer Flasche Zitronenlimonade fand sie nichts. Wahrscheinlich hatten die Iversens ihre Vorräte versteckt. Waren sie ihr auf die Schliche gekommen? Hatten sie bemerkt, dass immer etwas fehlte, wenn sie im Hause geputzt hatte? Irina knallte die Kühlschranktür zu und ging zum Wasserhahn. Sie drehte ihn auf und hielt den Mund unter den Strahl. Jetzt wurde sie auch noch genötigt, Leitungswasser zu trinken. Wie die letzten Tage auch schon. Die Iversens waren echt das Letzte. Irina ballte die Fäuste, wie schön geladen sie gerade war. Schade, dass sie sich in diesem Augenblick nicht beim Kickbox-Training befand. Sie hatte genau die richtige Stimmung, um der hageren Türkin, die ihr letzte Woche beinahe die Nase gebrochen hatte, eine gewaltige Abreibung zu verpassen. Sie würde dieses Biest so richtig fertigmachen.

Irina trank noch einen weiteren Schluck und drehte den Hahn wieder zu. Am liebsten hätte sie irgendetwas kaputt getreten, die Halterung für den Abfalleimer zum Beispiel. Aber die hirnamputierten Iversens würden das sicherlich schnell merken. Und auf den Ärger hatte sie dann doch keine Lust. Sie lächelte und fuhr sich durch die wasserstoffblond gefärbten Haare. Nachher ging es noch zum Putzen zu den alten Hansens, beide waren Rentner und der Mann konnte zu allem Überfluss kaum mehr richtig gehen. Dort würde sie etwas zerstören. Und das konnten die alten Pilze ruhig mitkriegen. Die Kriecher trauten sich sowieso nicht, irgendwas dagegen zu sagen, sie waren auf ihre Hilfe angewiesen. Selbst putzen konnten sie ja nicht mehr. Die Alten würden hoffnungslos im Dreck versinken, wenn niemand mehr bei Ihnen sauber machte.

Und wenn die alte Hansen doch was sagen würde? Irina umfasste den Wasserhahn und kicherte. Dann würde sie sie einfach umbringen. Musste ein starkes Gefühl sein, ihre alten und verkalkten Knochen zu brechen und ihr genüsslich die Luft abzudrücken.

Sie lachte laut, als die Küchentür plötzlich aufflog. Irina drehte sich um und schaute in das verkniffene Gesicht von Sabine, die breitbeinig im Türrahmen stand. Meine Güte, wie die immer herumlief. Heute war es weiß Gott nicht gerade warm, aber diese Schlampe trug einen kurzen Rock und ein enges T-Shirt, das kaum etwas verdeckte.

»Warum arbeitest du nicht?«, schrie Sabine.

Irina seufzte. Warum benahmen sich die Leute bloß umso schlechter, je weiter man nach Westen kam? Sie hatte früher in Görlitz gearbeitet. Da waren die Deutschen auch blöde, aber nicht so blöde wie hier. Sie hoffte inständig, dass es sie niemals nach Holland verschlagen würde. Das lag ja noch weiter westlich. »Ich mache Pause«, giftete Irina zurück und verzog den

Mund zu einem aufgesetzten Grinsen. »Das ist ja wohl selbst in Deutschland hin und wieder erlaubt, oder?«

Sabine knurrte und stieß sich vom Türrahmen ab. Mit wenigen Schritten hatte sie die Küche durchquert und stand vor Irina. Ohne lange zu fackeln, holte sie aus und gab ihr eine schallende Backpfeife. »Wage es nicht, so mit mir zu sprechen«, fauchte sie dabei.

Irina taumelte einen Schritt nach hinten und stieß gegen die Spüle. Für einen Moment war sie vollkommen perplex. Normalerweise war es ihr ohne Weiteres möglich, solchen Angriffen auszuweichen. Im Klub trainierten sie fast täglich, gezielte Schläge aufs Gesicht abzuwehren. Aber diese Attacke kam einfach zu überraschend.

Irina hob ihre Fäuste und duckte sich leicht. Sie machte einen Ausfallschritt nach links, ließ ihre Rechte nach vorn schnellen und traf Sabine am Oberarm. Ein dumpfer Laut hallte durch den Raum. Sabine schrie auf und ging einige Schritte zurück. Sie betrachtete ihren Arm und fuhr mit der Hand über die Stelle, die sich bereits leicht rötete.

»Wenn ich da einen blauen Fleck bekomme, schlage ich dich tot«, hauchte sie.

»Komm doch«, rief Irina kampfeslustig und begann zu tänzeln. »Komm doch, du blöde Schlampe, wenn du dich traust.«

Sabine hob ebenfalls die Fäuste. Sie schlichen umeinander herum wie Raubkatzen, die unmittelbar vor dem Angriff standen. Plötzlich bewegte sich Sabine vorwärts. Sie brüllte wie am Spieß und versuchte dabei, Irina im Gesicht zu treffen. Diesmal war Irina wesentlich besser vorbereitet. Ohne viel Mühe wehrte sie den Schlag ab und holte ihrerseits aus. Ihre Faust traf Sabine am Kinn. Ihr Kopf flog nach hinten, und sie ging in die Knie. Dann gab Sabine ein kehliges Geräusch von sich und fiel seitwärts auf den frisch gewischten Boden.

»Das hast du nun davon«, rief Irina und knurrte zufrieden. Sie ließ ihre Hände fallen und atmete laut aus. Allmählich wurde ihr bewusst, dass sie soeben ihre Arbeitgeberin umgehauen hatte. Das war nicht so gut. Sie ging in die Knie und beugte sich über Sabine. »Verzeihung«, murmelte Irina und rüttelte dabei an Sabines Schulter. Sabine reagierte nicht. Ihre Augen waren geschlossen. War sie ohnmächtig? Aber so doll war ihr Schlag nun auch wieder nicht gewesen. Endlich bewegte sich der Körper unter ihr. Sabine spannte sämtliche Muskeln an, als wäre sie gerade aus dem Winterschlaf erwacht. Dann schlug sie die Augen auf. Ihr Blick war glasig. Es sah aus, als würde sie noch träumen. Irina bekam Angst. Hatte die Kuh einen Schlaganfall oder so etwas bekommen? »Frau Iversen?«, fragte sie so zuckersüß, wie es ihr möglich war. »Sind Sie okay?« Ohne zu antworten, richtete Sabine sich auf. Schwer atmend saß sie im Schneidersitz. Irina seufzte erleichtert. Hätte gerade noch gefehlt, wenn dieser Schmalzfliege etwas Ernstes passiert wäre. Sie setzte sich neben Sabine und legte die Hände in ihren Schoß. »Hören Sie, Sie haben angefangen«, begann sie. »Am besten wir vergessen ...«

Weiter kam Irina nicht. Mit einer plötzlichen Bewegung hatte Sabine ihren Arm um Irinas Hals geschlungen. Irina schrie überrascht auf und versuchte, sich zu befreien, aber Sabines Griff war zu stark. Sie drückte Irinas Kopf nach unten, stand auf und nahm die Putzhilfe in den Schwitzkasten. Irina wollte etwas sagen, aber Sabines Arm lag wie ein Schraubstock um ihren Hals. Sie konnte kaum schlucken. Ihr Kehlkopf war eingeklemmt. Sie überlegte nicht lange. Mit aller Kraft trat ihr Fuß gegen Sabines Schienbein. Sabine grunzte wie ein wütendes Schwein, ließ aber nicht los. Im Gegenteil, plötzlich spürte Irina eine zweite Hand, die ihr in die Haare griff und daran riss. Dann wurde sie vorwärts geschleift. Ehe Irina verstehen konnte, was vor sich ging, schlug ihr Kopf gegen die Kühlschranktür. Ihr wurde schwarz vor Augen. Ein zweiter Schlag. Sie wollte schreien, aber es ging nicht, Sabines Arm drückte ihr die Luft ab. Ihr Kopf wurde zum dritten Mal gegen die Tür gerammt. Irina gluckste und merkte, wie ihre Knie weich wurden.

Plötzlich wurde sie losgelassen. Im ersten Moment kam es ihr wie eine Erlösung vor. Schnell wurde ihr jedoch klar, dass sie keine Kraft mehr hatte, sich auf den Beinen zu halten. Ihr Körper sackte zusammen wie eine Marionette. Eine Hand krallte sich in ihre Schulter und drehte sie auf den Rücken. Sabine stand über ihr und setzte sich mit einer fließenden Bewegung auf ihren Brustkorb. Irina hustete. Sabine war schwerer, als ihr drahtiger Körper vermuten ließ.

»Ich bekomme kaum noch Luft«, rief sie ängstlich. Sabine schien das nicht zu interessieren, sie beugte ihren Körper nach vorn, und ihre Hände krallten sich in Irinas Haare. »Es reicht«, keuchte Irina und schaute in Sabines Gesicht. »Ich ergebe mich.« Sabines Blick wirkte abwesend, sie schien ihre Umwelt überhaupt nicht wahrzunehmen. »Was ist mit dir los?«, flüsterte Irina. Allmählich spürte sie echte Panik in sich aufsteigen. Sie versuchte, ihren Körper nach oben zu stemmen, aber Sabine ließ sich nicht abschütteln. Sie versuchte, mit ihren Beinen und Knien Sabines Rücken zu treffen. Ebenfalls ohne Erfolg. Nur wenige Augenblicke später ließ Sabine ihre Haare los. Sie setzte sich aufrecht hin und rieb ihre Hände aneinander. Würde die Verrückte jetzt endlich von ihr ablassen?

Irina spürte die immer stärker werdenden Schmerzen in ihrem Kopf. Höchst wahrscheinlich hatte sie eine Gehirnerschütterung davongetragen. Wie in Zeitlupe beugte sich Sabine wieder vor. Ihre Hände berührten Irinas Gesicht und wanderten ohne Hast zu ihrem Hals. Noch bevor Irina realisierte, was Sabine vorhatte, wurde

114

ihr die Luft abgedrückt. Sie gab ein würgendes Geräusch von sich, ihre Hände krallten sich in Sabines Arme, aber diese Schlampe war einfach zu stark. Es gelang Irina nicht, ihre Gegnerin wegzudrücken. Sie schaute ein letztes Mal in das grinsende Gesicht mit den merkwürdig großen und abwesenden Augen. Dann wurde es dunkel um sie herum.

# 10

Sandra Friese schaute aus dem Schlafzimmerfenster. Der Himmel sah bedeckt aus. Ebenso bedeckt musste ihre Seele aussehen. Was für ein langweiliges Leben sie doch führte. Jeden Tag der gleiche Mist. Aufräumen, sauber machen, Karl abfüttern. Gab es denn nichts anderes mehr? Sie kniff sich in den Oberschenkel, für ihre achtundvierzig Jahre war ihr Körper noch tadellos in Schuss. Ihre Brüste waren fest, sie hatte kaum Speck angesetzt und die Falten in ihrem Gesicht hielten sich noch immer zurück, dabei verwendete sie nur eine einfache Feuchtigkeitslotion. Die aber dafür viermal täglich. Sie hatte ja sonst nichts zu tun. Karls Körper hingegen war längst nicht mehr so gut in Form. Seit ihr Mann Rentner war, ging er auseinander wie ein Hefeteig. An manchen Tagen sah auch sein Gesicht wie eine aufgegangene Brotmischung aus. Mit Rosinen. Sandra schmunzelte. Ob es ein Fehler gewesen war, einen zwölf Jahre älteren Mann zu heiraten? Im Nachhinein sicher. Während sie noch immer in der Blüte stand, verwelkte er mehr und mehr. Die Tür im Erdgeschoss knallte auf, das musste Karl sein. Was tat er um diese Zeit im Haus? Meistens hockte er in seinem Garten und stach winzig kleine Pflänzchen aus den Beeten. Eine schwachsinnige Tätigkeit. Sie ließ ihre Hände runtergleiten. Fehlte noch, dass sie ihn wieder geil machte, er fing ja schon an zu hecheln, wenn sie sich nur im Bad mit dem Waschlappen über das Gesicht fuhr. Dieser alte Stelzfuß. Sie konnte sich inzwischen gar nicht mehr vorstellen, jemals

Sex mit diesem verbrauchten Knaben gehabt zu haben. War sie damals eigentlich mit Blindheit geschlagen gewesen? Na ja, seit fast einem Jahr hatte Sandra ihn nicht mehr intim berührt. Und sich natürlich auch nicht berühren lassen. Wie hielt Karl das nur aus? Täglich rechnete sie damit, dass seine Hoden platzen würden, er war nie besonders potent gewesen, aber inzwischen musste sich eine gewaltige Menge dieses Glipschkrams bei ihm angesammelt haben. Sie glaubte nicht, dass er sich irgendwie anders erleichterte, dafür war er viel zu korrekt.

Hinter ihr knallte die Schlafzimmertür. In diesem neuen Haus zog es immer so leicht. Sandra drehte sich flüchtig um und entdeckte Karl, der neben dem Bett stand und in ihre Richtung schaute.

»Du weißt, dass ich das nicht mag«, sagte sie gequält und drehte sich wieder zum Fenster. »Ich habe nur ein Nachthemd an. Klopf das nächste Mal an, wenn du eintrittst. Damit ersparst du mir eine peinliche Situation.« Karl blieb still. Normalerweise brummte ihr Mann unwirsch, wenn sie ihn zurechtwies. Hörte er neuerdings auch noch schwer? Sandra stöhnte ungeduldig. Dieser alte Sack hatte sie wütend gemacht. »Bist du taub, oder was?«, blaffte sie ihm entgegen. Er stand noch immer neben dem Bett und blickte nach wie vor in ihre Richtung. Und doch … Irgendwie wirkte Karl, als hätte er die Orientierung verloren.

Ein Schauder lief durch ihre Muskeln, sie kannte diesen leeren Blick. Er erinnerte sie an ihre Mutter, als sie schwer demenzkrank gewesen war und die Welt um sich herum nicht mehr wahrgenommen hatte. Ärgerlich rollte sie mit den Augen. Karl, dieser nach Erde stinkende Wurm. Warum musste er sie an diesem ohnehin schon trüben Tag an ihre Mutter erinnern? »Du bist ein Idiot«, grollte sie böse.

Das zeigte Wirkung. Endlich. Karl löste sich aus seiner Starre und kam langsam auf sie zu. Ja, hatte er denn völlig den Verstand verloren? Die andere Richtung wäre richtig gewesen. Schleunigst raus aus dem Schlafzimmer, ihr aus den Augen.

»Was soll das?«, keifte sie hektisch. Karls Hände schlossen sich um ihre Arme. »Du sollst mich nicht anfassen.« Ihr Mann reagierte nicht, sein Griff wurde fester. Mit einem Ruck versuchte Sandra, sich zu befreien. Es half nichts, er ließ nicht los. »Hast du den Verstand verloren?« Allmählich wurde Karl ihr unheimlich, es war, als schaute er durch sie hindurch. Vielleicht war ein Schlaganfall dafür verantwortlich? Möglich wäre es ja, bei seinem Bluthochdruck. Aber wäre man nach so einem Anfall noch in dermaßen guter Verfassung? Eigentlich hätte er zitternd auf dem Boden liegen müssen. Der Verlierer konnte aber auch nichts richtig machen. Nicht mal einen gepflegten Schlaganfall bekam er hin.

Sandra wurde aus ihren Gedanken katapultiert, als Karl sie mit aller Kraft nach vorn zog. Sie taumelte durch das Zimmer. Plötzlich ließ der Druck auf ihre Arme nach. Endlich hatte der Idiot sie losgelassen. Aus den Augenwinkeln erkannte sie, dass Karl neben ihr stand, seine Hände hielt er hoch über dem Kopf. Für wenige Sekunden verharrte er in dieser Stellung. Schließlich ballte er sie zu Fäusten und ließ sie mit Wucht niedersausen. Sandra spürte einen stechenden Schmerz in ihrem Schädel, und dann bekam sie nichts mehr mit.

Als sie aufwachte, lag sie auf dem Boden. Ihre Hand tastete die Umgebung ab, kalte, schmutzige Fliesen. Wo war der behagliche Teppich des Schlafzimmers geblieben? Sie blinzelte und stöhnte. Ein Gefühl, als ob ein schwer beladener Güterzug durch ihr Gehirn brettern würde, ließ sie fast noch einmal ohnmächtig werden.

Alles war verschwommen. Ihre Augen konzentrierten sich auf einen hellen Punkt an der Decke. Endlich wurden die Konturen klarer. Eine nackte Glühlampe in einer roten Fassung baumelte über ihr. Sie befand sich im Waschkeller. Wie um alles in der Welt war sie in den Waschkeller gekommen?

Als sie sich aufrichten wollte, hatte sie das Gefühl, als würden Hunderte von Nägeln in ihren Körper gebohrt. Wimmernd ließ sich Sandra zurückfallen, hob den Arm und schaute auf ihren Ellenbogen. Dort tat es ganz besonders weh. Die Haut um ihr Gelenk war aufgeraut und schimmerte in einer Palette dunkler Farben. Der andere Ellenbogen sah nicht besser aus. Ihr Nachthemd war an verschiedenen Stellen aufgerissen, ihre Beine waren übersäht mit Abschürfungen und unzähligen Blutergüssen. War sie die Treppen hinuntergefallen? Sie erinnerte sich nicht mehr. Noch einmal nahm sie alle ihre Kraft zusammen, stemmte sich auf und achtete nicht auf ihren protestierenden und schmerzenden Körper. Sie klammerte sich an der Waschmaschine fest und kam zitternd auf die Beine. Ein schreckliches Stechen unterhalb ihrer Brust ließ sie fast wieder auf die Knie sinken. Ihr Körper fühlte sich an, als wäre er von einem Auto überfahren worden.

Sandra nahm eine Bewegung links neben sich wahr. Karl stand am Wäschetrockner und musterte sie aus glasigen Augen. Er kam gemächlich auf sie zu. Ihr Mann tippelte so vorsichtig, als würde er über dünnes Eis gehen.

»Was soll das alles?«, fragte sie nervös. »Hast du mich hierher gebracht?«

Wieder gab er keine Antwort. Karl sah immer noch so aus, als hätte ihn der Schlag getroffen. Oder war der alte Knacker einfach verrückt geworden? Man hörte ja immer wieder von Leuten, die plötzlich ausflippten. Vielleicht war es mit Karl jetzt so weit, vielleicht ist ihm die ganze angestaute Energie aus der Körpermitte irgendwie in den Kopf gestiegen. Sandra begann zu zittern. Wollte dieser alte Sack sie etwa vergewaltigen? Das hätte sie Karl nie zugetraut, aber nun war sie sich nicht mehr so sicher. Kurz bevor er sie erreichte, löste sie sich aus ihrer Starre. Mit vier mächtigen Schritten war sie bei der Kellertür. Auch wenn ihr Körper sich anfühlte, als wäre er durch den Fleischwolf gedreht worden, war sie immer noch schneller als ihr Mann. Mit einem zufriedenen Lächeln drückte Sandra die Klinke runter. Kurz darauf stieß ihr Kopf gegen die Tür. Abgeschlossen. Die verdammte Tür war abgeschlossen. Mit großen Augen schaute sie auf das Schloss, als könnte sie es allein durch Gedankenkraft zum Öffnen bringen. Es mochte Leute geben, die so etwas fertig brachten, sie gehörte leider nicht dazu. Sandra wirbelte herum. Karl tippelte wie eine übergroße Marionette auf sie zu, schwerfällig wich sie zur Seite aus. Ihre Gedanken kreisten umher. Warum war die Tür abgeschlossen? Sie hatten noch nie irgendwelche Schlüssel benutzt, seit sie in diesem Haus wohnten. Damals beim Einzug hatten sie von der Bauleitung einen schmutzigen Karton überreicht bekommen, in dem die Schlüssel für sämtliche Wohnungstüren lagen. Karl hatte ihn in irgendeine Ecke geschmissen und gemeint, dass sie ihn sowieso nie benötigen würden. Hatten sie bisher auch nicht. Nicht mal an der Badezimmertür gab es einen Schlüssel. Dort klemmte das alte verschlissene Türschild eines Hotels, auf der einen Seite rot und auf der anderen grün, das sie vor über zwanzig Jahren aus ihrem Kalifornienurlaub mitgebracht hatten.

Obwohl Karl den Eindruck machte, als würde er träumen, reagierte er auf ihren plötzlichen Stellungswechsel. Sofort korrigierten seine Beine die Richtung, und sein hagerer Körper hielt weiter auf sie zu. Sandra merkte, dass sie langsam panisch wurde. Was hatte dieser durchgeknallte Mann mit ihr vor? Die Waschküche war kaum größer als ihr Badezimmer, sie würde ihm nicht noch mal ausweichen können. Sie hob die Hände vor ihre Brust und zischelte leise. So ließen sich wild gewordene Pferde manchmal beruhigen. Dann könnte es bei dem Gaul von ihrem Mann auch klappen. Bei diesem Gedanken musste sie sogar ein wenig grinsen. »Ganz ruhig, mein Lieber«, sagte sie mit sonorer Stimme.

Auf einmal ging alles ganz schnell. Wieder hob Karl die Arme. Es sah so ungelenkig aus, als würden seine Knochen von einem unsichtbaren Magneten in der Decke angezogen werden. Er gab ein grunzendes Geräusch von sich und stürzte sich auf sie. Sandra schaffte es noch, einen langen Schritt zur Seite zu machen. Karls massiger Körper prallte gegen ihren. Sie fiel hin und spürte zwei heftige Hiebe in ihrem Bauch. »Lass das! Hilfe!« Ihre Stimme klang übergeschnappt. Sie wollte in Richtung Tür krabbeln, aber Karl hielt ihr Bein fest. Wieder hob er seine Fäuste und ließ sie im nächsten Moment niederfahren. Ihr blieb fast die Luft weg, als ein Schlag seitlich in die Hüfte donnerte. Sandra drehte sich um und versuchte, nach ihm zu treten. Es gelang ihr sogar, ihn mit Wucht an der Schulter zu treffen, aber außer einem kehligen Brummen zeigte Karl keinerlei Reaktionen. Zu spät realisierte sie, dass ihr Körper ungeschützt auf dem Rücken lag. Ein Faustschlag grub sich tief in ihren Magen, ein weiterer traf sie ins Gesicht. Ihre Nase knackte und in ihrem Mund bildete sich eine warme Flüssigkeit, die ins Freie quoll und über ihre Wange lief. Sie schrie auf und krümmte sich zusammen. Noch ein Schlag auf ihr Gesicht, dann einer auf ihre Brust. Als sie schon dachte, Karl würde sie langsam und genüsslich zu Mus dreschen, hörte er abrupt auf. Schwer atmend lag sie auf dem Fußboden und hörte einen Schlüssel, der ins Schloss gesteckt wurde. Die Tür schwang auf, tippelnde Schritte gingen hinaus, die Tür wurde geschlossen und es klackte zweimal, als sie von außen wieder abgesperrt wurde.

Sandra überlegte, ob sie nicht lieber aufstehen sollte. Auf den kalten Fliesen würde sie sich bloß eine Erkältung holen. Zumindest eines der alten Handtücher könnte sie sich unterlegen, die im Wäschekorb auf ihre Reinigung warteten. Während dieser Überlegung fielen ihr die Augen zu und eine undurchdringliche Schwärze legte sich über ihre Gedanken.

*

Bettina legte ihr Handy auf den Kantinentisch und atmete laut aus.

Lenny schaute sie gespannt an. »Und? Was sagt Sawatzki?«

»Er will mir heute Mittag alles erklären«, antwortete sie gedehnt. »Aber ich weiß nicht, ob ich ihm glauben soll.«

Lenny verzog den Mund. »Immerhin hast du ihm ziemlich deutlich gemacht, dass jetzt Schluss mit lustig ist und wir an die Öffentlichkeit gehen werden.«

Bettina nickte energisch. »Ganz genau. Das ist seine letzte Chance, sich zu erklären.«

Nina hatte den Kopf auf die Hände gestützt und starrte auf die Tischplatte. Joachim stellte ihr ein frisches Bier vor die Nase.

»Du siehst noch immer kreidebleich aus«, sagte er, während er das Tablett mit drei weiteren Biergläsern an den Rand des Tisches platzierte. »Wir können alle etwas zu trinken vertragen.« Er griff nach einem Glas.

Lenny schaute ihn von der Seite an. »Du hast dir sogar selbst eines geholt«, sagte er nickend.

Joachim lachte trocken. »An mir geht die Sache auch nicht so routiniert vorbei, wie es vielleicht den Anschein hat.« Er prostete in die Runde und trank etwas von seinem Schaum. »Ich bekomme Hunger. Bis um elf servieren sie hier ganz passable Stullen.«

Nina sah ihn mit gerunzelter Stirn an. »Ich würde nie im Leben etwas runterkriegen.«

Joachim seufzte. »Aber ich muss mir etwas Handfestes zwischen die Kiemen schieben. Ich habe die halbe Nacht mit den wild gewordenen Tieren verbracht.«

*

Jost saß hinter dem mächtigen Eichentisch im Foyer des Laborkomplexes und schaute auf den Bildschirm. Er versuchte möglichst konzentriert zu gucken, während er die Onlineausgabe einer Tageszeitung las. Die meisten Leute in diesem Labor hatten sowieso schon die Meinung, dass seine Arbeit hauptsächlich aus Faulenzen bestand. Neuerdings wurde er von einigen besonders vorwitzigen Junglaboranten stets mit *Frau Jost, die männliche Empfangsdame* tituliert. Da kostete es schon Mühe, das freundliche Lächeln im Gesicht zu behalten. Andererseits machte er sich hier ja wirklich nicht tot. Er musste Pakete annehmen und weiterleiten, Besucherpässe ausstellen und ab und zu grimmig schauen, wenn jemand das Gebäude betrat, der hier absolut nichts zu suchen hatte. Jost lächelte in den Bildschirm. Das war schon ein Easyjob, keine Frage.

Motorengeräusche drangen vom Parkplatz herüber. Welcher Kurierfahrer hatte es wieder eilig? Er hob den Kopf und schaute durch die verglaste Front neben der Eingangstür. Mehrere dunkle Autos fuhren vor und hielten unmittelbar vor dem Eingang. Alles Passats. Schnaufend stand er auf. So ging es nicht, direkt vor dem Gebäude durfte nicht geparkt werden. Es waren doch genügend Plätze weiter hinten frei. Ein tiefer Motor ließ den Schreibtisch vibrieren. Hinter den Passats rauschte ein Lkw heran. Ein Sattelschlepper. Was hatte dieses Ungetüm hier zu suchen? Die Ladezone für Lieferanten lag am anderen Ende des Gebäudes, idiotensicher ausgeschildert. Der Lastwagen war komplett schwarz, sogar die Scheiben des Fahrerhäuschens waren dunkel verspiegelt. War das überhaupt erlaubt? Jost stand auf und zog an seiner Uniform. Na, die konnten was erleben. Mit eiligen Schritten trat er auf den Flur hinaus. Ein weiterer Wagen schoss auf den Eingang zu. War hier irgendwo ein Nest oder was? Dann sah er, dass es sich um ein Polizeifahrzeug handelte. Die Beamten stiegen aus und setzten ihre Mützen auf. Währenddessen öffneten sich auch die Türen der Passats und mehrere schwarz gekleidete Männer stiegen aus. Einige von ihnen sprachen kurz mit den Polizeibeamten, und dann stürmten alle auf den Eingang zu. Jost blieb stehen. Am liebsten hätte er sich wieder umgedreht und wäre hinter seinen schweren Empfangstisch gerannt. Dort fühlte er sich sicher. Es war immer gut, ein wenig Abstand zwischen ihm und den Besuchern zu haben. Aber dafür war es zu spät. Als ihn die ersten Männer erreichten, stand er mitten im Foyer und kam sich vor wie ein begossener Pudel. Die Polizisten und ein Mann mit unglaublich altmodischer Brille und braunem Anzug bauten sich vor ihm auf.

»Zum Labor von Herrn Doktor Münzer, schnell«, sagte der Typ im Anzug.

Jost schaute die Männer abwechselnd an. »Ich verstehe nicht«, brabbelte er verwirrt.

Ein vierter Mann trat auf die Gruppe zu. Mit seiner Föhnwelle sah er aus wie ein in die Jahre gekommener Macho. »Es ist dringend«, sagte er, und sein Blick musterte ihn böse.

»Dritter Stock, die Tür ganz links«, hörte Jost sich sagen, obwohl er nicht vorgehabt hatte, so klein beizugeben. Eigentlich wollte er den Pulk aufhalten, bis man ihm ausführlich erklärt hatte, was das ganze Theater sollte. Während die Föhnwelle mit einigen schwarz gekleideten Männern zum Fahrstuhl rannte, nahm eine andere Gruppe die Treppen.

»Was ist hier los?«, ertönte plötzlich eine energische Stimme am anderen Ende des Flurs. Jost wusste sofort, zu wem sie gehörte. Der Geschäftsführer dieses Labors war im Grunde genommen ein umgänglicher Zeitgenosse, aber wenn er das Gefühl hatte, übergangen zu werden, konnte er fuchsteufelswild werden. Noch ehe der Chef dazu kam, sich richtig aufzuregen, traten der Typ mit der Brille und ein Polizist auf ihn zu. Sie sprachen leise und eindringlich auf ihn ein, er nickte hin und wieder und überprüfte dabei den Halt seiner Krawatte. Jost lächelte. Das tat sein Chef immer, wenn er nervös war.

Eine schwere Hand legte sich auf seine Schulter und holte ihn aus seinen Beobachtungen. Einer der schwarzen Anzugmänner stand vor ihm. »Gibt es noch andere Ein- und Ausgänge in diesem Gebäude?«, fragte der Gorilla geschäftsmäßig. Jost rümpfte die Nase, das selbstgefällige Auftreten dieser Leute gefiel ihm überhaupt nicht. Dennoch antwortete er wie aus der Pistole geschossen.

»Auf der Rückseite des Hauses befindet sich ein Rolltor für Anlieferungen.«

Der Mann nickte und ging zu einer Gruppe anderer Männer. Kurz darauf verließen zwei der Typen das Foyer, setzten sich in ihren Passat und fuhren mit quietschenden Reifen an. Als sich Jost umdrehte, kamen die ersten Männer bereits wieder die Treppe heruntergeeilt. Sie hielten Käfige in ihren Händen und durchquerten die Halle im Laufschritt. Hier ging es zu wie auf dem Bahnhof.

Der Chef trat an ihn heran. »Wie es scheint, hat Herr Münzer unerlaubte Experimente an Tieren durchgeführt«, flüsterte er ihm zu. Jost schüttelte den Kopf, während immer neue Leute an ihm vorbeigingen und Käfige aus dem Haus brachten.

»Das kann ich nicht glauben. Herr Münzer doch nicht«, sagte Jost überzeugt. Er kannte Joachim schon seit vielen Jahren. Wenn einer korrekt arbeitete, dann war das Joachim Münzer.

Der Chef fingerte wieder an seinem Schlips herum. »Ich kann es auch nicht glauben«, sagte er nachdenklich.

»Was sind das für Typen?«, fragte Jost und beobachtete irritiert, wie die Käfige in den Lkw verladen wurden.

»Staatsanwaltschaft. Sie haben Herrn Münzer wohl schon eine ganze Weile beobachtet.«

Jost zog die Stirn kraus. »Bei uns im Labor?«, fragte er skeptisch.

Sein Chef zuckte mit den Achseln. »Ich bin genauso schlau wie Sie. Die Herren haben gesagt, dass sie mir in den nächsten Tagen alles erklären werden.« Er drehte seinen Kopf und schaute sich suchend um. »Wo steckt Herr Münzer eigentlich?«

»Ich weiß es nicht. Vielleicht bei einem Kollegen.«

»Wenn Sie ihn sehen, schicken Sie ihn unverzüglich zu mir.«

In diesem Augenblick kamen zwei der schwarzen Typen auf sie zu. »Das wird nicht möglich sein«, sagte einer von ihnen. »Wir werden hier auf Münzer warten und ihn mitnehmen, sobald er aufkreuzt.« Draußen heulte ein Motor auf und der Lkw setzte sich langsam in Bewegung.

# 11

Balke-Basdorf, Sawatzki und Page standen hinter einem Tisch im Laderaum des Lkws. Sawatzki sah sich staunend um. Von innen war der Lastwagen ein hypermodernes Laboratorium. Über die gesamte Länge der rechten Seitenwand zog sich eine Kombination aus Regal und Tisch, die wie eine lange Theke aussah. Etliche Geräte befanden sich darauf, summten, blinkten und gaben andere Geräusche von sich. Davor saßen, im Abstand von je etwa zwei Metern, ein halbes Dutzend Männer in weißen Kitteln und waren mit irgendwelchen Dingen beschäftigt. Einer schaute durch eine Art Mikroskop, ein anderer tröpfelte eine grünliche Flüssigkeit in eine andere Flüssigkeit, wahrscheinlich das verseuchte Wasser. Die Käfige hatte man an die Stirnwand gebracht und lieblos übereinandergestapelt. Ab und zu piepste eines der Tiere.

Balke-Basdorf rieb sich sichtlich zufrieden die Hände. »Dieses fahrende Labor ist komplett ausgestattet«, freute er sich. »Gleich werden wir wissen, was mit diesem Trinkwasser nicht in Ordnung ist.« Er warf einen abschätzenden Blick auf Page und Sawatzki. »Mit unserer Substanz wird es jedenfalls nichts zu tun haben.«

»Wir werden sehen«, sagte Page knapp und schaute auf die große geschlossene Ladetür am hinteren Ende des Lkws. »Warum gibt es hier keine Fenster? Ist ein bedrückendes Gefühl.«

Sawatzki musterte den Staatssekretär mit hochgezogenen Augenbrauen. Das war das erste Mal, dass Page über irgendetwas seinen Unmut äußerte. Nur mühsam konnte er sich beherrschen, nicht mit dem Kopf zu schütteln. Um fehlende Fenster machte dieser Fatzke sich Gedanken, der geplante Mord an einer unschuldigen Familie und einer neugierigen Reporterin schien ihn allerdings immer noch völlig kalt zu lassen.

Balke-Basdorf rückte seine Brille zurecht. »Meine Männer sollen nicht aus dem Fenster gucken, sondern arbeiten«, stellte er fest. »Außerdem gibt es da draußen sowieso nichts zu sehen. Wir stehen mitten im Industriegebiet.«

Sawatzki erinnerte sich an die kurze Fahrt. Nachdem sie Münzers Labor komplett geräumt hatten, waren sie nur zwei Straßen weiter ins kleine Gewerbegebiet gefahren. Hier standen sie seit einer halben Stunde auf einem einsamen Parkstreifen und warteten auf die ersten Ergebnisse der Wissenschaftler. Sawatzki verschränkte die Arme und klopfte mit den Fingern seiner rechten Hand gegen den linken Ellenbogen. Einer der Männer an der längsten Theke des Gewerbegebietes, wie er dieses Labor spontan taufte, rückte seinen Stuhl zurück, erhob sich, ging zu zwei seiner Kollegen und beugte sich neben sie. Leise diskutierten die Männer über die Papierausdrucke, die er mitgebracht hatte. Basdorf nahm von seinen Leuten keine Notiz. Er hatte sich auf eine kleine Sitzecke auf der anderen Seite des Lkws zurückgezogen und hämmerte in die Tastatur seines Notebooks. Auch Page war mit anderen Dingen beschäftigt. Er hielt sein silbergraues Handy in der Hand und schrieb offensichtlich eine Textnachricht. Noch zwei weitere Männer kamen zu der Versammlung der Wissenschaftler. Eine Maschine wurde gestartet, in die vorher das erbeutete Leitungswasser und eine Flüssigkeit gegeben worden waren. Kurze Zeit später steckten sie die Köpfe zusammen und schauten abwechselnd durch das Mikroskop. Nach einer weiteren Beratschlagung trat einer der Männer auf Basdorf zu. Noch bevor er etwas sagen konnte, erhob sich Basdorf und klappte den Bildschirm seines Notebooks zu.

»Und, wie sieht es aus, Rübner?«, fragte er.

Page ließ sein Handy in der Jacketttasche verschwinden und stellte sich neben den Wissenschaftler. Sawatzki seufzte. Eigentlich wollte er überhaupt nicht hören, was mit diesem verflixten Wasser nicht in Ordnung war. Was er nicht wusste, konnte ihn auch nicht belasten. Schließlich war das ja alles nicht auf seinem Mist gewachsen. Dennoch ging er langsam auf die Gruppe zu.

»Wir haben etwas gefunden«, erklärte der Mann mit dem strahlend weißen Kittel gerade.

»So? Was denn?«

»Die Substanz hat sich … verändert«, sagte der Wissenschaftler gedehnt.

»Was heißt das?« Basdorf wurde ungehalten.

»Die Substanz, die wir im Leitungswasser der Familie Eggert nachgewiesen haben, ist vom Ursprung her eindeutig unser T200. Aber die Zusammensetzung ist völlig anders. Es scheint, als hätte sich das T200 mit einem fremden Stoff vermischt. Mit was genau können wir noch nicht sagen.«

Sawatzki blickte abwechselnd Basdorf und Page an. T200 war der nette Name für die Beruhigungssubstanz, die Basdorfs Firma entwickelt und in das Leitungswasser rund um das Neubaugebiet gemischt hatte.

»Wie gefährlich ist diese neue Substanz, dieses Super-T200?«, fragte Page und schaute dabei auf die Tierkäfige.

Der Wissenschaftler folgte seinem Blick und verzog den Mund zu einer hässlichen Grimasse. »Wenn Sie uns fragen, gibt es momentan keinen Grund anzunehmen, warum dieses aggressive Verhalten nur den Versuchstieren vorbehalten bleiben sollte.«

Es dauerte einen Augenblick, bis Sawatzki den umständlich gehaltenen Satz des Mannes verarbeitet hatte. »Sie meinen, auch Menschen könnten durch dieses veränderte Zeug aggressiv werden?«, fragte er erschrocken.

»Durchaus«, bestätigte der Wissenschaftler knapp.

Page schlug mit der flachen Hand auf das Tischchen, auf dem Basdorfs Notebook stand. »Wir müssen das Neubaugebiet unverzüglich absperren.« Ohne auf eine Antwort von Basdorf zu warten, der noch immer seelenruhig auf seinem Stuhl saß, holte er sein Handy hervor. »Verbinden Sie mich mit dem Minister.« Page entfernte sich von ihnen und ging einmal quer durch den Lkw zur Ladetür. Sawatzki sah, wie er eindringlich in den Apparat sprach.

»Ich möchte schnellstens wissen, was mit dem T200 passiert ist. Und zwar in jeder Einzelheit«, sagte Basdorf sichtlich gereizt. Der Wissenschaftler nickte.

»Wir sind schon dabei.« Er zögerte und spielte mit einer Hand an den Druckknöpfen seines Kittels herum. »Es würde schneller gehen, wenn wir nicht bei null anfangen müssten«, gab er zu bedenken. »Wenn dieser Münzer schon etwas herausgefunden haben sollte …«

Basdorf machte eine wegwerfende Handbewegung. »Münzer wird Ihnen helfen, sobald unsere Sicherheit ihn aufgespürt hat«, sagte er knapp. Der Wissenschaftler nickte und ging zurück zu seinen Kollegen.

Hinter Sawatzki klappte ein Handy zu. Page stellte sich neben ihn und wirkte eine Spur ruhiger. »Ich habe die Bereitschaftspolizei angefordert«, erzählte er. »Wir müssen dieses ganze verdammte Neubaugebiet absperren. Leider wird der Trupp nicht vor heute Abend einsatzbereit sein.«

Bettina und Lenny hatten sich belegte Brötchen geholt. Nachdem Lenny auf Joachims Teller geguckt und gesehen hatte, dass sie gar nicht so schlecht aussahen, entschied er, der Kantine noch eine allerletzte Chance zu geben. Er gab Nina einen Stups. »Willst du einen kleinen Happs probieren?«

Sie schüttelte den Kopf. »Nein danke. Wurst muss jetzt wirklich nicht sein.«

»Nimm das Salatblatt.«

»Lieber nicht.«

Joachim nahm einen weiteren Schluck seines Bieres. Heute schien er wirklich keine Probleme mit dem Getränk zu haben. Lenny lächelte, als eine junge Frau mit blonden Haaren Joachim die Hand auf die Schulter legte.

»Wie kannst du hier so ruhig herumsitzen?«, fragte sie und sah fassungslos aus. Er blickte fragend auf. »Sag bloß, du hast nichts mitbekommen?«

»Nein, Ina. Was denn?«

»Die Polizei hat dein Labor geräumt.«

»Was?« Joachim knallte sein Glas auf den Tisch und schaute seiner Kollegin mit großen Augen ins Gesicht. Auch Bettina und Nina schienen wie elektrisiert zu sein.

»Kamen vor zwanzig Minuten«, erzählte die Blonde weiter. »Polizei und irgendeine Sondereinheit in Schwarz. Wie in Agentenfilmen. Haben dein ganzes Labor ausgeräumt, Tiere, Ausrüstung, alles, und sind wieder abgedampft. Dauerte keine Viertelstunde.«

Joachim war kreidebleich geworden. »Ich kann es nicht glauben«, stammelte er.

»Es geht das Gerücht, dass du illegale Tierversuche unternommen hast.«

Joachim sprang auf, sein Stuhl hopste auf dem Holz-fußboden nach hinten und fiel schließlich um. »Das ist

Unsinn«, rief er und war bereits auf dem Weg zum Ausgang.

»Warte«, rief Bettina und schnellte ebenfalls in die Höhe.

Joachim stieß die Tür der Kantine auf und rannte den Flur entlang.

Bettina stürmte hinter ihm her. Lenny und Nina beeilten sich, ihnen zu folgen. Als sie den Flur erreichten, war von den beiden nichts mehr zu sehen.

Sie bogen um die Ecke. Hier wurde der Flur breiter und führte schließlich in das große Foyer des Gebäudes. Lenny streckte den Kopf. Endlich konnte er Joachim wieder erspähen, der Wissenschaftler war bereits neben dem Empfangstresen Richtung Fahrstühle unterwegs. Plötzlich traten zwei Männer auf ihn zu. Sie sahen genauso wie die Typen aus, die Justin entführt hatten. Sie hielten ihn an beiden Armen fest und redeten auf ihn ein. Lenny packte eine ungeheure Wut. Was waren das nur für widerliche Leute? Er dachte an seinen verängstigten Sohn, der zwischen zwei dieser Gorillas gestanden und gezittert hatte, als seine Mutter nicht zu ihm durfte. Und nun fassten sie Joachim an, als wäre er irgendein räudiger Verbrecher. Er hatte Nina losgelassen und wollte in das Foyer stürmen, als ihn jemand an der Taille festhielt. Bettina stand in einer Ecke am Ende des Flurs und hatte ihre Arme um ihn geschlängelt.

»Halt. Geh da nicht rein«, sagte sie leise. Ihr Griff war fest. Er wollte sich losreißen, wurde von ihr aber tatsächlich an die Wand gedrückt.

»Sie nehmen Joachim mit«, sagte er gehetzt.

»Ja, aber wenn du dich blicken lässt, nehmen sie dich ebenfalls mit.«

Er schaute sie groß an. »Glaubst du?«

»Ganz sicher.«

Sie drückten sich an die Wand und beobachteten das Foyer.

»Die Typen führen ihn zum Ausgang«, stellte Lenny mit krächzender Stimme fest. »Was wollen die von ihm?«

Bettina löste ihren Griff und strich sich einen Wust ihrer Haare aus dem Gesicht. »Ich weiß es nicht.« Sie zischte und bedeutete ihm und Nina, sich an die Wand zu pressen. Die Männer mussten direkt an ihnen vorbei, um die verglaste Eingangstür zu passieren.

»Sofort loslassen«, hörte Lenny seinen Freund knurren.

»Wir können Sie auch zu Brei hauen und über die Schulter werfen«, sagte einer der Männer gefährlich leise. Er drehte den Kopf und schaute sich um.

»Sie sind nicht mehr da, das habe ich Ihnen doch schon gesagt«, rief Joachim. »Längst nach Hause gefahren.«

Der Mann nahm ein Handy aus der Jacketttasche und drückte eine Taste. »Eggerts und Matthiesen sind uns entwischt. Sein Partner drückte die Glastür auf und zusammen betraten sie den Parkplatz. »Sofort ausschwärmen. Wir müssen sie …« Die Tür schloss sich und ihre Stimmen waren nicht mehr zu hören.

Nina hielt sich die Hände vors Gesicht. »O mein Gott«, stammelte sie. »Diese Leute suchen uns tatsächlich.«

Lenny schaute seinem Freund hinterher, der zu einem parkenden Passat geführt und unsanft auf die Rückbank gedrückt wurde. Während einer der Männer hinten einstieg, setzte sich der andere ans Steuer. Der Motor heulte auf, und der Wagen fuhr mit durchdrehenden Reifen an.

»Wir sollten so schnell wie möglich verschwinden«, sagte Bettina. »Vielleicht turnen hier noch mehr von diesen Leuten herum.«

Nina stöhnte. »Sie wollten auch uns mitnehmen«, sagte sie schwach. »Ist doch klar«, gab Bettina zurück.

»Für mich sieht es so aus, als wollten diese Männer sämtliche Spuren beseitigen. Niemand soll von dem verseuchten Wasser erfahren. Und wie macht man das am besten? Man kassiert sämtliche Beweismittel und sämtliche Personen ein, die zu viel wissen.«

Nina schaute sie an. »Aber was hat die Polizei damit zu tun?« Lenny sah, dass es ihr schwerfiel, einen klaren Gedanken zu fassen. »Diese Typen wurden von Polizisten begleitet. Sagte zumindest die Kollegin von Joachim. Und warum sollte sie lügen?«

»Terroristen und Polizei unter einer Decke? Das kann ich nicht glauben.« Bettina presste die Lippen aufeinander. »Ich weiß allerdings inzwischen nicht mehr, was ich glauben soll«, sagte sie. »Wird Zeit, dass ich Sawatzki den nächsten Besuch abstatte.« Sie schaute ihre Begleiter an. »Vielleicht solltet ihr mitkommen.«

»Geht nicht«, sagte Nina. »Wir müssen Justin von der Schule abholen und anschließend Emily vom Kindergarten.«

Lenny strich seiner Frau über die Wange. »Schaffst du das allein? Ich muss wissen, was diese Mistkäfer mit Joachim vorhaben. Das bin ich ihm einfach schuldig. Sawatzki muss sein Schweigen brechen.«

Nina nickte. »Ja, in Ordnung.«

Lenny kramte den Hausschlüssel aus seiner Hosentasche und legte ihn behutsam in ihre Hände. »Ich fahre bei Bettina mit. Falls du die Typen in ihren VWs vor der Schule oder dem Kindergarten siehst, ruf mich sofort an. Dann komm ich so schnell wie möglich zu dir.« Sie nickte abermals und gab ihm einen Kuss auf die Wange, drehte sich um und eilte zur Eingangstür.

Als Nina auf den Parkplatz trat, stürmten auch Bettina und Lenny los. Sie erreichten Bettinas roten Fiesta unbehelligt. Ihm fiel ein Stein vom Herzen, als er sah, dass auch Nina gerade aus der Parklücke fuhr.

Balke-Basdorf steckte sein Handy in die Anzugtasche und starrte durch das mobile Labor. Sawatzki und Page standen hinter der Gruppe der Wissenschaftler und schauten ihnen interessiert über die Schulter. Er knurrte. Es störte ihn, wenn betriebsfremde Leute die Arbeit seiner Wissenschaftler beobachteten, auch wenn diese Leute sicher keine Ahnung davon hatten, was vor ihrer Nase eigentlich genau passierte. Er musste sie loswerden. momentan gab es sowieso keinen Gesprächsbedarf mehr. Er ging zum Heck des Lkws. In der Ladeklappe befand sich eine Tür mit normalen Ausmaßen. Mitarbeiter, die den Lastwagen betraten oder verließen, mussten daher nicht gleich die gesamte Heckpartie öffnen. Er zog an einer Verriegelung und drehte sich um. »Page, Sawatzki, meine Herren, kommen Sie bitte«, rief er und setzte seinen Fuß auf die erste Sprosse der kleinen Metallleiter, die vom Lkw hinunter auf die Straße führte.

Basdorf zog eine goldene Schatulle aus der Innentasche seines Jacketts und öffnete sie. Fast ehrfürchtig schaute er auf die brasilianischen Zigarillos, die darin lagen. Er führte die Schatulle zur Nase und ließ den Tabakgeruch auf sich wirken., dann spreizte er Zeigefinger und Daumen und nahm einen der Zigarillos heraus. Als Page und Sawatzki die Treppe hinunterstiegen, steckte er die Schatulle wieder zurück, zündete sich das Luxusgut aus Südamerika an und sog den Rauch genüsslich ein. »Meine Leute müssen in Ruhe arbeiten«, sagte er knapp. »Den Polizeieinsatz heute Abend können Sie auch vom Rathaus aus koordinieren.«

Page setzte sein Haifischgrinsen auf. »Sie wollen uns loswerden«, stellte er ohne Umschweife fest.

Basdorf grinste ihn an. »So ist es. Meine Sicherheitsleute haben ein wenig Drecksarbeit zu erledigen. Und nebenbei müssen meine Wissenschaftler herausfinden, was mit der Zusammensetzung des T200 nicht stimmt.«

Sawatzki warf ihm einen ängstlichen Blick zu. Bei dem Wort Drecksarbeit war der Bürgermeister tatsächlich zusammengezuckt. Basdorf schüttelte den Kopf. So ein Schwächling. Wenn er etwas nicht leiden konnte, dann waren es Schwächlinge.

Page ging einige Schritte vor und schaute auf die verwaist daliegende Straße. »Was ist mit den Zeugen?«, fragte er.

»Münzer haben meine Männer im Foyer geschnappt«, erklärte Basdorf und zog ein weiteres Mal genießerisch an seinem Glimmstängel. »Die anderen sind uns leider entwischt. Müssen das Labor bereits verlassen haben, kurz bevor wir kamen. Ärgerlich, aber nicht zu ändern. Meine Leute sind schon auf dem Weg zum Haus der Eggerts und zur Wohnung der Matthiesen.«

Page kniff die Augen zusammen. »Sehen Sie bloß zu, dass Sie diese Leute so schnell wie möglich zu fassen bekommen. Fehlt noch, dass sie die Öffentlichkeit informieren.«

Basdorf ging auf Page zu und blies dem Staatssekretär den Rauch ins Gesicht. Zu schade, dass gerade ein recht frischer Wind wehte. »Sie brauchen sich keine Sorgen zu machen«, sagte er so sanft wie möglich. Er konnte es nicht leiden, wenn Leute alle halbe Stunde irgendwelche Vergewisserungen brauchten. Das war ein weibisches Verhalten. Frauen fragten alle Nase lang, ob man sie denn noch gern hätte oder ob sie schön aussähen. »Es wird bald keine Zeugen mehr geben, ich habe es doch gesagt.« Er drehte sich um und winkte einem der Passats zu, die ein Stück entfernt auf dem Parkstreifen warteten. Sofort startete der Fahrer den Motor und fuhr heran. »Bringen Sie die Männer bitte zurück ins Rathaus.« Basdorf und öffnete die hintere

Tür. Sawatzki stieg als Erster ein, anscheinend hatte er es eilig, von hier wegzukommen. Elender Schwächling.

Page folgte ihm nach kurzem Zögern. »Ich möchte auch über die Aktionen Ihrer Männer auf dem Laufenden gehalten werden«, sagte er, während er sich setzte.

Basdorf grunzte. Was für ein selbstgefälliges Arschloch. Aber leider vertrat Page in diesem Spiel nun mal das Gesetz. Beziehungsweise den Staat. Was nicht unbedingt immer das Gleiche sein musste. Er nickte ihm zu und gab dem Fahrer ein Zeichen. Noch während Page die Tür schloss, fuhr der Passat an und wendete. Basdorf schaute dem Wagen nach. Ein weiteres Fahrzeug kam die Straße hinaufgerollt, ebenfalls einer seiner Firmenwagen. Die Passats begegneten sich auf der leeren Straße und er konnte sehen, wie sich die Fahrer gegenseitig grüßten. Was war denn das für eine Angewohnheit? Sie waren hier doch nicht bei den Busfahrern. Basdorf nahm seinen halb aufgerauchten Zigarillo aus dem Mundwinkel und zertrat ihn unter seinem Schuh. Er rauchte die Dinger nie auf. Der beste Tabak saß immer in der Nähe der Mitte. Sollte er eine dienstliche Anweisung schreiben, dass sich seine Leute nicht zu grüßen hatten, wenn sie sich zufällig auf der Straße trafen? Vielleicht später. Jetzt war er erst einmal gespannt auf den Mann, der gleich aus dem ankommenden Fahrzeug steigen würde.

*

Joachims Beine fühlten sich wie Schokoladenpudding an, obwohl die Fahrt keine fünf Minuten gedauert hatte. Der Vordersitz des Beifahrers war dermaßen weit nach hinten gestellt, dass er im Fond kaum Platz hatte. Seine Knie stießen gegen den Sitz, und er konnte sich während der Fahrt nicht bewegen. Er traute sich auch nicht.

Der lange Lulatsch, der vorn gesessen hatte, hatte sich vor Beginn der Fahrt links neben ihn gesetzt und ließ ihn keine Sekunde aus den Augen. Die ganze Zeit über starrte der Kerl ihn an, als würde er ihm jeden Moment an die Gurgel springen wollen.

Kurz, nachdem Joachim in das Auto gedrängt worden war, hatte er gefragt, wohin die Reise gehen sollte. Als Antwort hatte ihm der Gorilla lediglich mit aller Kraft auf den Oberschenkel gehauen und dabei einen primitiven Grunzlaut ausgestoßen. Joachim hatte sich auf eine längere Fahrt eingestellt. Die Polizeiwache lag mitten in der Stadt, und falls man ihn hätte zum Verhör nach Kiel oder Hamburg bringen wollen, wären sie jeweils eine knappe Stunde unterwegs gewesen. Der Wagen war allerdings nur ins benachbarte Gewerbegebiet gefahren, das seit Jahren schon so vor sich hin dümpelte. Neue Firmen wollten sich nicht so recht ansiedeln, und die paar kümmerlichen Gebäude, die bereits standen, sahen auch nicht aus, als würde dort das Leben toben. Der Wagen fuhr quälend langsam die breite Ringstraße hinauf. In weiter Ferne sah Joachim einen langen Lastwagen, der an der Straße parkte.

»Was wollen wir hier?«, fragte er so ruhig wie möglich. Es überraschte ihn nicht sonderlich, dass er keine Antwort bekam. Stattdessen hielt der Wagen kurz vor dem Lkw an. Ein ziemlich hipp aussehender Mann stand auf der Straße und schaute interessiert zu ihnen herüber. Der Beifahrer öffnete die Tür und stieg aus, Sekunden später wurde auch seine Tür aufgemacht. Der Gorilla beugte sich über ihn und öffnete seinen Gurt. Ein Wunder überhaupt, dass dieser Typ vorhin darauf bestanden hatte, dass er sich anschnallte. Hatten sie Angst vor einer Polizeikontrolle? Waren sie nicht selbst die Polizei? Der Gorilla machte eine ausladende Handbewegung, und Joachim setzte vorsichtig sein verdrehtes rechtes Bein auf den Asphalt. Nein, irgendwie glaubte er nicht, dass diese Leute von der Polizei oder einer anderen staatlichen Truppe waren. Aber Ina hatte ihm am Kantinentisch doch erzählt, dass auch Polizisten im Laborgebäude gewesen waren. Er setzte seinen zweiten Fuß auf die Straße und erhob sich von seinem Sitz. Der Gorilla schaute ihn noch einen Moment taxierend an, dann öffnete er die Beifahrertür und setzte sich hinein. Unmittelbar darauf gab der Wagen Gas. Aber statt vorwärts die leere Straße hinauf zu donnern, fuhr er ein Stück rückwärts und scherte dann in eine Parklücke ein. Dort stand noch so ein Auto.

»Schön, dass wir Sie endlich haben«, sagte eine gut gelaunt klingende Stimme neben ihm. Joachim drehte sich um und schaute den merkwürdigen Mann an. Sein offensichtlich teurer Seidenanzug und die edlen Schuhe harmonierten nicht mit der altmodischen Brille und vor allem nicht mit der Matte auf seinem Kopf. Hatte der Mann Angst vor dem Frisör? »Ich heiße Balke-Basdorf und meine Firma hat die Substanz entwickelt, die Sie an den Tieren untersucht haben.« Er rückte seine Brille zurecht und verzog die Mundwinkel. »Beziehungsweise, eigentlich handelt es sich eben nicht um die Substanz in Ihrem Labor. Die war nämlich unrein.«

Joachim kräuselte die Stirn. »Ich verstehe nicht. Was wollen Sie von mir?«

»Ihre Mithilfe«, sagte Basdorf ernst und zeigte auf den Lkw. »Unterstützen Sie meine Wissenschaftler. Sie haben schon an dem Wasser geforscht.« Joachim merkte, dass er langsam böse wurde. Man hatte ihn aus dem Foyer gezerrt, als hätte er das Gebäude in die Luft jagen wollen.

»So nicht«, sagte er aufgebracht. »Was fällt Ihnen eigentlich ein, mich wie einen Verbrecher zu behandeln? Wie können Sie es wagen, mein Labor zu räumen? Ich verlange …«

Basdorf gab einen scharfen Zischlaut von sich und schaute ihn mit großen Augen an. »Sie haben gar nichts zu verlangen«, sagte er dann leise und bedrohlich. »Es ist außerdem viel gesünder für Sie, nicht alles zu wissen.« Er drehte sich um und öffnete eine Tür im Lkw. »Kommen Sie«, befahl er und sein Mienenspiel machte sehr deutlich, dass keine weiteren Fragen angebracht waren. Joachim seufzte und folgte ihm. Lenny und Bettina hatten seinen Abtransport gesehen, sie würden ihn bestimmt schon suchen. Er musste sich eigentlich keine Sorgen machen.

# 12

Guido Dettmann war wütend. Seit er zum Filialleiter des Supermarktes im Neubaugebiet aufgestiegen war, hatte er sich nicht mehr so aufgeregt. Angefangen hatte dieser ätzende Tag mit einer großen Falschlieferung. Der Transporter, der eigentlich die beworbenen Putenstücke hatte bringen sollen, hatte lediglich Rinderrouladen auf der Ladefläche gehabt. Und jetzt stand diese alte Frau vor der Wursttheke und konnte sich nicht entscheiden.

»Nehme ich nun Koteletts oder doch Hüftsteak?«, murmelte sie. Guido versuchte, tapfer zu lächeln, merkte aber, dass er es nicht hinbekam. Die alte Schachtel beugte sich vor und presste ihre Nase dabei fast gegen die Scheibe. Na toll. Wegen ihr konnte er nachher noch zum Putztuch greifen. »Ich nehme Schweinehack. Dreihundert Gramm«, verkündete sie dann entschieden.

Er hob die Augenbrauen. »Sind Sie sicher?«

»Ja. Alles andere sieht doch ziemlich trocken aus.«

Guido grinste freudlos, nahm einen Plastiklöffel und füllte zwei Löffel in eine Schale auf der Waage. Auf einmal hatte er wieder das eigentümliche Gefühl, jeden Augenblick einzuschlafen, dabei war der gestrige Abend nicht lang gewesen. Das Display der Waage verschwamm vor seinen Augen, er blinzelte und es ging ihm wieder besser. Die Waage zeigte vierhundertunddrei Gramm an.

»So viel will ich aber nicht«, maulte die alte Frau los. Guido stach mit dem Löffel etwas Hack ab und warf es zurück in die Theke. Erneut hüpften die Zahlen auf der Anzeige unruhig umher. Er rieb sich über seine tränenden Augen, was war das heute doch für ein Scheißtag. »Immer noch zu viel«, sagte die inzwischen genervt klingende Stimme der Frau. Und wenn schon. War doch egal. Er fühlte sich irgendwie total fertig und musste einfach für einen Moment die Augen schließen. Bestimmt war gleich alles wieder besser.

*

»Was ist bloß mit Ihnen los?«, keifte Gerda. Sie schaute auf den Mann hinter der Theke, der taumelte und aussah, als würde er jeden Augenblick zusammenbrechen. »Wieder gekifft, was?« Sie kannte Guido Dettmann von verschiedenen Berichten ihrer Nachbarn her. Er war ein verlotterter Bursche, der sich gern dem Laster der Drogen hingab. Das erzählte zumindest ihre Freundin. Ein Wunder, dass man ihm die Leitung dieses Marktes anvertraut hatte. »Ich habe es mir überlegt. Ich will doch kein Hack«, sagte sie schnippisch. Fehlte noch, dass der Kerl Drogenreste an den Fingern kleben hatte und damit das Hackfleisch versaute. »Ich werde etwas von den verpackten Fleischstücken nehmen.«

Dettmann schien ihre Stimme überhaupt nicht zu hören, er hielt seine Augen geschlossen und wippte hin und her, als wäre er in Trance. Direkt unheimlich. Sie schaute sich im Laden um. Es war niemand da, um diese Uhrzeit herrschte hier immer gähnende Leere, deshalb kam sie ja auch stets zu dieser Zeit. Sie zuckte mit den Schultern und wandte sich ihrem Einkaufswagen zu. Zum Glück saß an der Kasse ein anständiges Mädchen, sonst wäre sie ganz allein mit diesem Drogenjunkie.

Gerda wollte ihren Wagen gerade weiterschieben, als sich hinter der Theke etwas regte. Dettmann weilte anscheinend wieder unter den Lebenden, er hantierte auf der Ablagefläche herum. Sie seufzte. Drogen waren eine schlimme Sache. Plötzlich hatte sie das Gefühl, ihr Arm würde explodieren. Im ersten Moment dachte sie an einen Krampf, sie hatte furchtbare Krampfadern und wachte oft mitten in der Nacht vor Schmerzen auf. Aber eigentlich waren die Beine ihre Problemstellen, nicht die Arme. Sie griff an ihren Oberarm und fühlte einen länglichen Gegenstand durch ihre blaue Jacke ragen. Ihr Verstand brauchte einige Sekunden, bis er realisierte, dass es sich um ein Messer handelte. Ein Fleischermesser steckte in ihrem Arm. Der schwarze Plastikgriff vibrierte wie eine lebende Schlange, als sie ihn berührte. Auf der anderen Seite sah sie die gezackte, rot verschmierte Klinge aus der Jacke ragen. Es dauerte wieder eine Weile, bis ihr Verstand die Situation richtig einordnen konnte. Jemand hatte das Messer durch ihren Arm gerammt. Die Schmerzen, die kurz darauf einsetzten, waren unerträglich. Gerda begann zu keuchen und wollte laut aufschreien. Jemand riss an ihrem Haar. Sie taumelte zurück und spürte eine klebrige Hand, die sich auf ihren Mund legte. Dettmanns ausdruckslose Augen starrten sie an. Er war blitzschnell hinter seiner Theke hervorgekommen und drückte sie gegen ein Regal. Ihr Schrei erstickte. Seine Hand blieb bleischwer auf ihrem Mund liegen. Ihr Arm wurde nach vorn gerissen, als Dettmann das Messer wieder aus ihrem Fleisch zog. Es kam ihr so vor, als hätte man ihn in kochendes Wasser getaucht. Dettmann grinste, hob das Messer in die Höhe und schaute es bedächtig an. Sie wimmerte und versuchte, sich zu befreien. Wenn sie nur auf sich aufmerksam machen könnte. Bestimmt würde ihr das Mädchen an der Kasse zu Hilfe kommen, aber noch immer lag seine Hand unbarmherzig auf ihrem Gesicht. Dettmanns Körper drehte sich ein Stück zur Seite. Sie spürte, dass er wieder ausholte. Dann ging ein weiterer Vulkan in ihrem Körper hoch. Rote Blitze zuckten vor ihren Augen hin und her und ihr Arm brannte, als hätte man ihn angezündet. Sie verdrehte die Augäpfel und sah, dass das Messer wieder in ihrem Arm steckte. Diesmal eine Handbreit tiefer. Die Ohnmacht kam so plötzlich, dass sie keine Zeit hatte, noch einen weiteren Gedanken zu fassen. Die Welt um sie herum begann, sich zu drehen und löste sich schließlich in Luft auf.

*

Guido schaute zufrieden auf die regungslos daliegende Frau. Er knurrte und packte sie an den Haaren. Dann schleifte er die Alte um die Theke herum, legte sie auf den Bauch und verschwand in dem kleinen Kabuff, welches sich hinter der Fleisch- und Wursttheke befand. Mit einer weißen Knochensäge kam er zurück. Er zog das Messer aus der Wunde am Arm und legte es sorgfältig auf den Ablagetisch. Gemächlich beugte er sich hinunter und setzte die Säge auf der Mitte des Oberarmes an. Am schwierigsten war es, durch den Mantel und die Bluse zu kommen. Als die Sägeblätter die Haut erreichten, schwangen sie sich wie Butter durch die Muskeln und den Knochen. Nur wenige Minuten später hatte er den Arm abgetrennt. Er hielt ihn hoch wie eine Trophäe. Jetzt ließen sich die Reste des Mantels und der darunter befindlichen Bluse bequem abstreifen. Grinsend schaute er auf die faltige, rot gesprenkelte Haut des Armes. Er platzierte das neue Fleischstück in der Theke, direkt neben dem Hack.

# 13

Balke-Basdorf hatte sich in die Kabine des Lkws zurückgezogen und studierte die Excelliste, die ihm seine Controllingabteilung heute Morgen gemailt hatte, als jemand gegen die Fensterscheibe klopfte. Er öffnete die Tür und sah einen seiner Sicherheitsmänner vor sich. »Ja?«

»Die Wissenschaftler wollen Sie sehen. Sie scheinen zu einem Ergebnis gekommen zu sein.« Brummend klappte er sein Notebook zu, ging gemächlich zur hinteren Tür und trat in das Innere.

»Nun, meine Herren?« Seine Leute und Münzer standen in einem Pulk hinter dem Mikroskop. Daneben schillerten Dutzende kleine Reagenzgläschen in verschiedenen Farben von Hellblau bis Violett.

Bermann, der wissenschaftliche Leiter des Projektes, drehte sich sichtlich zufrieden zu ihm um. »Wir wissen nun, was das T200 verändert hat«, sagte er. »Blaualgen.«

Basdorf fingerte an seiner Brille und schaute ihn erstaunt an. »Blaulagen?«

»Im Grunde genommen ist es ganz einfach«, sagte Bermann und machte eine vage Handbewegung zu den Reagenzgläschen. »Die Blaualgen lösen einige Bestandteile des T200 einfach auf. Als Ergebnis bekommen wir einen völlig neuen Stoff, der zunächst zwar immer noch beruhigend wirkt, dann aber fatale Nebenwirkungen zeigt.«

»Aber wie kommen Blaualgen in frisches Leitungswasser?«, fragte Basdorf. Er schaute sich suchend um.

»Wir haben doch eine Karte des gesamten Rohrsystems für das Neubaugebiet und den umliegenden Wald.« Einer seiner Männer sprang auf und ging zu einem der Rollcontainer, die unter dem Labortisch standen. Er öffnete eine Schublade und holte eine zusammengefaltete Karte heraus. »Vielleicht gibt es irgendwo ein Leck?«, vermutete er, als er sie ausbreitete. Die Ab- und Frischwassersysteme waren in Rot und Blau eingezeichnet und verliefen quer durch das Neubaugebiet bis hin zum Schlosshotel.

Joachim räusperte sich. »Stehende Gewässer haben oft mit Blaualgen zu kämpfen«, sagte er und zeigte mit seinem Finger auf den kleinen See mitten im Wald, der in der Karte durch mehrere Kreise symbolisiert wurde.

Basdorf blinzelte ihn über den Rand seiner Brille an. »Ausgezeichnet«, sagte er und fuhr nun seinerseits mit dem Finger über eine blaue Linie, die an dem See vorbeiführte. »Hier verläuft eine Frischwasserleitung«, stellte er fest. »Womöglich ist sie defekt, und das Wasser des Sees gelangt irgendwie da hinein.« Basdorf ging zur Tür im Heck. »Wir werden sofort dorthin fahren und uns den See einmal genauer ansehen.«

Die kleine Straße, die am Rande des Neubaugebietes durch den Wald führte, war für den Lkw gerade breit genug.

»Hoffentlich kommt uns niemand entgegen«, sagte der Fahrer.

Basdorf wandte den Blick von seiner Karte ab und schaute ihn mit gerunzelter Stirn an. »Nehmen Sie sich zusammen«, blaffte er. Die Welt war voller Feiglinge. Und einer davon saß sogar mit ihm hier im Führerhaus. Er schüttelte den Kopf und vertiefte sich wieder in den Plan. »Gleich muss eine Straße nach rechts abgehen. Auf der kommt man dann zum See.«

Als sie nach wenigen Minuten die Abzweigung
erreichten, wurde jedoch schnell klar, dass der Lkw
nicht mehr weiterkommen würde. Ein unebener Feldweg mit einem Grasstreifen in der Mitte führte geradewegs in den Wald hinein. Basdorf wies den Fahrer an,
zu halten. Während er zu dem Passat ging, der hinter
ihnen hergefahren war, wurde die Hintertür des Lkws
aufgemacht.

»Mit dem Auto kommen Sie da auch nicht lang«,
sagte Joachim und schaute über den Feldweg hinweg.
»Wir sollten zu Fuß gehen. Ich kenne den Weg. In zehn
Minuten sind wir am See.«

*

Während Bermann mit drei Kollegen vorausging, wurde
Joachim von zwei Sicherheitsleuten in die Mitte
genommen. Hinter ihnen folgte Balke-Basdorf.

»Denken Sie nicht mal im Traum daran, zu flüchten«, sagte er drohend. »Da verstehen wir nämlich
keinen Spaß.«

Joachim nickte. Von seinen Geiselnehmern konnte
er sich noch immer kein rechtes Bild machen. Was führten diese Leute bloß im Schilde? Sie mussten sich doch
im Klaren sein, dass ihr Verhalten Konsequenzen haben
würde. Sein Fuß blieb an einer Wurzel hängen und er
wäre fast gestolpert. Bedächtig schaute er auf den
Boden. Früher hatte man in dem Waldsee baden
können. Als Kinder waren er und seine Freunde oft hier
gewesen, ganze Ferien hatten sie an der schmalen Ufer-
stelle zugebracht. Inzwischen war der See fast in Ver-
gessenheit geraten. Schon seit Jahrzehnten durfte man
dort nicht mehr plätschern, das Wasser war trüb und
schlickig, und es roch ein wenig faulig, wenn man nahe
genug ans Ufer trat und tief einatmete. Durch die
Bäume sah man den See bereits schimmern. Joachim

zeigte schräg nach vorn. »Dort kommen wir am besten heran.«

Basdorf nickte. »Wir werden zunächst eine Wasserprobe nehmen. Und ich möchte, dass sie sofort analysiert wird.« Zwei seiner Wissenschaftler kämpften sich durch das Dickicht der Büsche und tauchten zwei große Plastikflaschen in den See. Eine Entenschar flatterte davon. Joachim schaute über das Wasser. Es sah grünlich aus.

Basdorf rief nach einem seiner Sicherheitsleute. »Zeigen Sie mal die Karte mit den Rohrleitungen«, forderte er ihn auf, schob seine Brille zurecht und brummte gedankenverloren. »Zu ungenau. Rufen Sie Sawatzki an. Der soll dafür sorgen, dass die Wasserwerke hier antanzen. Ich kann mich doch nicht auch noch darum kümmern, irgendwelche Rohre zu finden.« Einer der Männer im Anzug nickte und holte sein Handy heraus.

Eine Viertelstunde später hatte Bermann das Ergebnis der Wasserprobe. Sie standen versammelt hinter dem Heck des Lkws und lauschten seinen Ausführungen.

»Wir sind uns ziemlich sicher, dass es tatsächlich die Algen aus dem See sind, die das T200 verändert haben. Der Typ ist der Gleiche, und unter dem Mikroskop weisen die Proben dasselbe Muster auf, wie das kontaminierte T200.«

Basdorf trat mit Wucht gegen einen Stein, der neben der Straße lag. Dieser verdammte See. Sollte also wirklich dieses blöde Gewässer dafür verantwortlich sein, dass sein Projekt auf so klägliche Weise scheiterte?

»Was machen wir jetzt?«, fragte Bermann und schaute ihn erwartungsvoll an.

»Wir warten auf die Arbeiter der Wasserwerke«, antwortete Basdorf. »Wir brauchen Gewissheit.« Missmutig sah er zu, wie die Wissenschaftler in den Lkw stiegen. War dieses Projekt überhaupt noch zu retten? Page hatte deutlich gemacht, dass der Ministerpräsident kein Aufsehen wünschte. Nur zu verständlich. Wenn allerdings die Bereitschaftspolizei ab heute Abend ein komplettes Neubaugebiet absperren würde, würde das gewiss das eine oder andere Aufsehen erregen. Dennoch würde sicherlich niemand auf die Idee kommen, dass mit dem Leitungswasser etwas nicht stimmte, so ein Polizeieinsatz konnte ja alles Mögliche bedeuten. Womöglich suchte man einen geflohenen Schwerverbrecher, oder man sperrte das Gebiet ab, weil eine Gasleitung undicht war. Insofern war sein Projekt noch nicht am Ende. Wichtig war nur, dass nichts von alledem an die Öffentlichkeit gelangte. Und das würde es ja auch nicht, wenn man alle Spuren professionell und schnell beseitigen würde. Er schaute den Feldweg zum See hinunter und grinste. Vielleicht sollten sie gleich damit anfangen. Er winkte einem Sicherheitsmann zu und gab ihm den Auftrag, sämtliche Tierkäfige aus dem Lkw zu laden. Die Tiere aus Münzers Labor waren unnütz, sie waren nur mitgenommen worden, um alle Beweise zu vernichten. »Jeder von euch schnappt sich vier Käfige, und dann ab zum See«, rief er.

Joachim Münzer schaute aus dem Laderaum. »Was habt ihr mit meinen Tieren vor?«, fragte er. »Ich möchte nicht, dass ihnen etwas geschieht.«

Basdorf grinste ihn an und drehte sich um. Es war unsinnig, sich vor einer baldigen Leiche zu rechtfertigen. Er nahm die letzten drei Käfige und folgte seinen Sicherheitsleuten. Als er an die schmale Uferböschung trat, standen die Käfige bereits in drei Reihen übereinander aufgebahrt. Die Mäuse quiekten und die Eichhörnchen bissen in die Gitterstäbe, als würden sie hoffen, ihrem tödlichen Gefängnis doch noch entkommen zu können. Basdorf griff nach dem obersten Käfig und schaute einen Moment auf die zitternde Maus darin.

Was sah sie friedlich aus. Nur der rohe Fleischklumpen auf der anderen Seite des Käfigs passte nicht recht ins Bild. Er holte aus und schleuderte den Käfig so weit er konnte in die Mitte des Sees. Es platschte dumpf, und innerhalb von Sekunden war das vergitterte Grab untergegangen.

»Sollen wir Ihnen helfen?«, fragte einer seiner Leute.

»Nicht nötig.« Basdorf schüttelte den Kopf. »Mir macht das Spaß. Ich habe früher immer Katzen im Meer versenkt. Habe ihre Pfoten mit Steinen beschwert und dann … schwups.« Er lachte und warf den nächsten Käfig in den See. Diesmal ging das stählerne Gehäuse nicht so schnell unter, es sank fast im Zeitlupentempo. Das Eichhörnchen darin kletterte immer höher, bis es am Käfigdeckel hing. Bevor es vom Wasser umschlossen wurde, stieß es einen schrillen Laut aus. Als Basdorf fünf weitere Käfige ins Wasser befördert hatte, tat ihm der Arm weh. Verdammt, er war in letzter Zeit ziemlich aus der Form gekommen, das würde ein ernstes Gespräch mit seinem Personal Trainer geben, wenn diese Angelegenheit vorbei war. »Macht ihr weiter. Ich bin das weite Werfen nicht mehr gewöhnt.« Er ging ein Stück zurück und sah zu, wie drei seiner Leute die restlichen Käfige versenkten. Während die Mäuse und die Kaninchen ihrem Schicksal cool entgegensahen, machten die Eichhörnchen und selbst die Meerschweinchen einen Heidenradau, als ihnen sie mit ihren Käfigen in die Tiefe gezogen wurden. »Alle Käfige müssen versenkt werden. Es darf keine Spuren geben«, sagte Basdorf eindringlich. »Und jeder, der diese Tiere gesehen hat, wird das gleiche Schicksal erleiden.«

Sein Sicherheitschef mit der breiten Narbe im Gesicht, der neben ihm stand, hob die Augenbrauen und sah zurück Richtung Lkw. »Jeder?«, fragte er und verzog seinen Mund zu einer hässlichen Grimasse.

»Jeder« bestätigte Basdorf und lachte.

# 14

Bettina parkte ihren Wagen vor der Eingangstür des Rathauses auf dem Bürgersteig. Sie rannte die verschachtelten Flure entlang. Lenny hatte Mühe, ihr zu folgen, er stellte sich vor, wie sie ihm einfach entwischen würde. Er würde um eine Ecke biegen und plötzlich wäre sie nicht mehr da. Das Rathaus war zwar nicht sonderlich groß, aber es gab doch etliche Zimmer, in denen man sich verstecken konnte. Die Zeit ließe sich besser nutzen. Der Flur gabelte sich. Lenny wandte sich nach links und war heilfroh, Bettina an der letzten Tür zu sehen. Sie hatte sich mit der flachen Hand gegen die Wand gelehnt und stapfte ungeduldig mit den Füßen. »Mach schon, Lenny.«

»Ich hätte nicht gedacht, dass du so schnell rennen kannst«, keuchte er.

Sie lachte. »Als Reporterin muss man auch mal die Beine in die Hand nehmen können.« Ohne anzuklopfen, drückte Bettina die Türklinke runter und trat ein. Lenny folgte ihr. Eine Frau schnellte hinter ihrem Schreibtisch hervor, als hätte sie Satan höchstpersönlich in den Allerwertesten gebissen.

»Er ist nicht da«, knurrte sie. Die Damen schienen sich gut zu kennen.

»Stellen Sie sich mir ja nicht in den Weg«, sagte Bettina mit drohender Stimme. Sie hatte ihre Hände zu Fäusten geballt, und Lenny zweifelte keinen Augenblick daran, dass sie die andere Frau niederschlagen würde, wenn sie sich ihnen entgegenstellen würde. Glücklicherweise tat sie das nicht, sondern blieb wie angewurzelt neben ihrem Schreibtisch stehen und schaute mit halb zugekniffenen Augen abwechselnd zu Bettina und ihm. Bettina ging auf eine reich verzierte Holztür zu und öffnete sie mit Schwung. Dann blieb sie mitten in dem zweiten Zimmer stehen und stöhnte laut. Lenny folgte ihr und sah einen aufgeräumten Schreibtisch. Ein Papierhaufen in einer Plexiglasablage auf der rechten Seite des Tisches war das einzige Anzeichen dafür, dass hier hin und wieder gearbeitet wurde.

»Das Büro des Bürgermeisters?«, fragte er.

Bettina nickte. »Aber Sawatzki ist wirklich nicht da.«

»Vielleicht macht er Pause?«

Bettina schaute ihn überrascht an. »Sawatzki doch nicht. Er hält sich für viel zu wichtig, um einfach so eine Pause machen zu können.« Sie drehte sich wieder um. »Vielleicht ist er im Besprechungszimmer.«

Die Frau neben dem Schreibtisch schaute Bettina giftig hinterher. »Herr Sawatzki ist außer Haus«, sagte sie mit belehrender Stimme. Wieder ließ sich Bettina zu keiner Reaktion hinreißen. Sie lief zurück auf den Flur, und Lenny hörte ihre Schritte.

Er rannte ihr nach. »Und jetzt?«

»Wir schauen ins Besprechungszimmer.« Bettina verschwand hinter einer weiteren Abzweigung. Sie liefen eine breite steinerne Treppe hinunter und mussten einigen Leuten ausweichen, die ihnen interessiert hinterherblickten. Sie kamen in einen großzügigen Vorraum, von dort ging je eine Tür nach vorn und nach links ab. Bettina drückte den schweren Messinggriff der linken Tür nach unten. »Abgeschlossen«, stellte sie fest. Bei der anderen Tür hatten sie mehr Glück. Lenny folgte ihr in den Raum und wäre fast mit ihr zusammengestoßen, als sie unvermittelt stehen blieb. Seine Hände berührten ihre Arme und er spürte ihre warme Haut. Verstohlen ging er ein Stück zurück. »Hier wurde vor Kurzem noch getagt«, stellte Bettina fest und schaute über den ovalen Tisch, an dem mindestens ein Dutzend Leute Platz finden konnten. Im Augenblick lagen allerdings nur vor drei Plätzen Unterlagen. Lenny sah leere Wasserflaschen und Gläser sowie einige lose Blättersammlungen.

»Benutzt nur der Bürgermeister diesen Raum?«, fragte er.

Bettina schenkte ihm ein Lächeln und zog die Augenbrauen nach oben. »Natürlich nicht«, sagte sie. »Trotzdem könnte ich schwören, dass der hagere Sawatzki vor Kurzem noch auf einem der Stühle gesessen hat.« Sie ging zu einem der Plätze und schaute in die Unterlagen. »Es geht um das G8-Abendessen im Schlosshotel«, sagte sie und blätterte darin herum. Dann drehte sie sich seufzend um. »Wie auch immer, Sawatzki ist nicht hier.«

»Vielleicht ist er sich nur kurz die Beine vertreten gegangen«, mutmaßte Lenny. Wieder schaute Bettina ihn mit einem leicht verächtlichen Blick an, der besagte, dass so eine Vermutung nur jemand anstellen würde, der Sawatzki nicht kannte.

»Wir werden unten im Foyer eine Weile auf ihn warten«, sagte sie. »Eventuell kommt er noch.«

Diesmal folgte er ihr im gemächlicheren Tempo durch die Gänge. Bettina steuerte zielstrebig auf eine grüne Bank zu, die von zwei Grünpflanzen in terrakottafarbenen Töpfen eingerahmt wurde.

»Dein geheimer Lieblingsplatz«, stellte er grinsend fest, während sie sich setzten.

Sie zuckte mit den Schultern. »Als Lokalreporterin bringst du manchmal den halben Tag auf dieser bescheuerten Bank zu.«

Er drehte sich zu ihr und schaute in ihr Gesicht. »Warum arbeitest du eigentlich nicht für eine richtige Zeitung. Das Zeug dafür hast du doch.«

Bettina rieb ihre Handflächen gegeneinander und atmete laut durch. »Ich habe bei einer großen Hamburger Tageszeitung gearbeitet«, erzählte sie stockend.

»Und? Was ist passiert? Magst du es erzählen?«

»Eine falsche Reportage. Das reichte schon.« Sie ordnete ihre Haarsträhnen und verzog kurz den Mund. »Es gab da einen ziemlich einflussreichen Betrüger aus Albanien. Hatte überall seine schmierigen Hände mit im Spiel. Er hatte beste Kontakte in die Bezirksversammlungen und die Hamburger Bürgerschaft. Auch in Unternehmerkreisen schätze man ihn. Leider betrieb der Mann so ganz nebenbei einen schwunghaften Handel mit Drogen. Auch ein sehr einflussreicher Politiker hatte seine Finger im Spiel, das habe ich aufgedeckt.« Sie zupfte wieder an ihren Strähnen. »Der Artikel wurde nie gedruckt. Ich hatte bei meinem ganzen Eifer übersehen, dass mein Zeitungsverlag ebenfalls mit dem Albaner kooperierte. Zusammen betrieb man mehrere Internetportale. Außerdem kannte dieser saubere Politiker den Verlagsleiter. Kurz, nachdem ich meinem Chefredakteur den Artikel zur Abnahme vorgelegt hatte, wurde ich zum Geschäftsführer zitiert. Ich musste mir wüsteste Beleidigungen und Beschimpfungen anhören und wurde noch am gleichen Tag gekündigt. Obendrein sorgte dieser Arsch mit ein paar gezielten Anrufen dafür, dass mein Ruf systematisch zerstört wurde. Am Ende konnte ich froh sein, dass ich überhaupt noch einen Job in dieser Branche bekommen habe. Erst das dritte Anzeigenblättchen gab mir wieder eine Chance.«

Lenny schüttelte fassungslos den Kopf. »Meine Güte, Sachen gibt's.« Plötzlich vibrierte seine Hemdtasche, eine alte Miss-Marple-Melodie ertönte. Bettina grinste. »Ich liebe den Film *16 Uhr 50 ab Paddington*«, sagte er achselzuckend, holte sein Handy heraus und schaute auf das Display. Es war Nina. Sofort fühlte er sich unbehaglich. War etwas passiert? Sein zittriger

Zeigefinger drückte eine Taste. »Nina. Alles in Ordnung mit dir? Sind die Typen aufgetaucht?«

»Viel schlimmer«, antwortete Nina schluchzend und es kam ihm vor, als ob sich sein Magen aufrollen würde.

»Was?«

»Anabell lässt die Kinder nicht aus dem Klassenraum. Komm schnell her.«

Lenny sprang auf. Bettina, die sich ebenfalls erhoben hatte, legte ihre Hand auf seine Schulter. »Was ist passiert?«

»Die Klassenlehrerin von Justin scheint Schwierigkeiten zu machen. Sie lässt Justin und die anderen nicht aus dem Raum. Ich muss sofort dahin.«

»Ich fahre dich.« Sie rannten durch den Flur und er war heilfroh, dass Bettina direkt vor dem Gebäude geparkt hatte. Der Fiesta fuhr mit quietschenden Reifen an und erreichte kurz darauf die Hauptstraße. »Hat diese Klassenlehrerin irgendwelche seelischen Probleme?«, fragte Bettina, während sie auf über siebzig beschleunigte.

»Nein. Anabell ist eine herzensgute Frau. Sie ist erst seit zwei Jahren im Schuldienst.«

Bettina runzelte die Stirn.

»Wohnt diese Anabell im Neubaugebiet?«

»Ja, ganz am Rand. Da, wo die Mehrfamilienhäuser stehen. Warum?«

»Vielleicht ist es das Wasser.«

Erschrocken schaute er Bettina an. Diese Möglichkeit war ihm noch nicht in den Sinn gekommen. »Das wäre schrecklich«, flüsterte er heiser.

**15**

Sawatzki blickte in die freigeschaufelte Grube, doch seine Laune besserte sich nicht. Ganz anders sein Gegenüber, denn Basdorf klatschte freudig in die Hände. »Damit wäre das Rätsel gelöst«, stellte er zufrieden fest. Ein Bagger, kaum größer als ein Kleinwagen, hatte einen Zugang zu dem Frischwasserrohr freigelegt. Der Boden war morastig, und das Leitungsrohr schwamm mitten in einer trüben braunen Soße.

»Das Seewasser sickert bis hierher«, hatte der Vorarbeiter festgestellt. »Diese Probleme hatten wir damals beim Verlegen nicht.«

Kurz darauf hatten die Männer der Wasserwerke eine fehlerhafte Naht zwischen zwei Rohrstücken entdeckt. Von dort konnte das durchgesickerte Seewasser tatsächlich in das Frischwassersystem eindringen. Zwei Arbeiter hatten sofort damit begonnen, den Schaden zu beheben. Basdorf, Page und Sawatzki standen am Rand des Loches und schauten ihnen dabei zu.

»Ich kann nur hoffen, dass der Ministerpräsident wegen dieser kleinen Panne nicht das ganze Projekt infrage stellt«, sagte Basdorf und musterte den Staatssekretär. Page ließ sich zu keiner Antwort hinreißen.

Sawatzki fuhr mit dem Finger über seinen Nasenrücken. »Wenigstens ist das Leck nun dicht«, bemerkte er leise.

Page schaute ihn an, als hätte er den Verstand verloren. »Aber es bringt nichts mehr. Das T200 hat sich längst mit den Blaualgen vermischt. Wir kommen zu spät. Ich bin nur froh, wenn die Polizei heute Abend endlich vor Ort ist.« Er drehte sich um und stapfte den Waldweg zurück.

Sawatzki schaute Basdorf an. »Was haben Sie vor?«, fragte er.

Basdorf ruckelte an seiner Brille. Auf seiner Stirn erschienen tiefe Falten. Es wirkte, als ob er diese Frage völlig aus der Luft gegriffen finden würde. »Weitermachen natürlich. Wir könnten in den nächsten Tagen eine weitere Dosis T200 ins Trinkwasser geben.«

»Aber Page ...«

»Page interessiert mich nicht. Sein Ministerpräsident wird tun, was immer ich ihm vorschlage. Ich habe diesen alten Sack schon vor Jahren gekauft. Ohne mich hätte er kein Anwesen in Arizona und auch keins auf Sylt.«

Sawatzki nickte und drehte sich um. Er wurde ja sowieso nicht gefragt, es waren ja nur seine Bürger, die als Versuchskaninchen herhalten mussten. Wütend trat er gegen einen Stein und beeilte sich, Page einzuholen. Page wollte wieder zurück ins Rathaus, und Sawatzki hatte keine Lust, allein mit dieser Brillenschlange zu sein.

*

Joachim erfasste die Lage blitzschnell. Basdorfs Gorillas achteten im Augenblick nicht auf ihn. Einige standen bei ihrem Chef und schauten zu, wie der Bagger das Loch zuschaufelte, andere begleiteten den Bürgermeister und diesen Schönling. Die Gelegenheit, die sich ergab, musste er einfach nutzen. Ein schwarzer Passat fuhr vor. Gleich würden Sawatzki und der andere Typ einsteigen. Und dann würden sich die Gorillas wieder um ihn kümmern.

Joachim ging die Stufen vom fahrenden Labor hinunter. Ohne lange zu überlegen, wandte er sich nach rechts und überquerte die schmale Straße. Der Lkw diente ihm als Sichtschutz. Er drückte die Zweige eines Gebüsches auseinander und sprang in den Wald. Früher waren sie oft durch die Wälder gejagt, aber er hatte in all den Jahren vergessen, wie anstrengend es doch war, mitten durch dichtes Gestrüpp zu gehen. Oder lag es daran, dass er kein Kind mehr war?

Immer wieder musste er seine Richtung ändern, um keine Äste ins Gesicht zu bekommen. Der Boden war moosbedeckt und glitschig. Joachim hörte sich keuchen wie eine alte Dampflok, nur mit Mühe konnte er sich halten, als er über eine große Wurzel stolperte. Sein Blick ging nach hinten. Zwischen den Ästen zeichnete sich der bedrohlich wirkende, schwarze Kasten des Lkws ab. Er war längst noch nicht so weit weg, wie er es sich wünschte. Ein Ast schlug gegen seine Brust, und ein dumpfer Laut ertönte. Sein Handy hatte den Schlag abgefangen. Er blieb stehen und steckte die Hand in die obere Tasche seines Kittels. Natürlich, das Handy. Das hatte er ja völlig vergessen. Und seine Kidnapper anscheinend auch.

Joachim holte es heraus und wählte die Nummer von Lenny. Hoffentlich hatten Basdorfs Schergen ihn nicht auch gefangen genommen. Zu was mochten diese Leute alles fähig sein, wenn sie schon ohne erkennbaren Widerstand in sein Labor eindringen und alle Tiere mitnehmen konnten? Einen Moment dachte er an die Tiere. Wo waren sie? Die Männer hatten sie aus dem Lastwagen geladen. Aber er hatte die Nager nicht gesehen, als er eben ins Freie gegangen war. Nun ja, er hatte auch nicht besonders darauf geachtet. Vielleicht standen sie in einer Reihe am Rand der Straße und warteten auf einen anderen Wagen, der sie in ein weiteres Labor bringen würde. War auch egal. Die Verbindung kam zustande und das Tuten hallte in seinem Ohr. Es klingelte fünf- oder sechsmal, dann meldete sich der Anrufbeantworter. Fluchend legte Joachim auf und wählte von neuem. Wieder ging der Anrufbeantworter ran. Wo hatte Lenny sein Handy? Nach all den Vorfällen sollte er es doch ständig griffbereit vor sich liegen haben. Oder hatte man es ihm abgenommen? War er von den Gorillas in Anzügen geschnappt worden? Joachim blätterte in seinem elektronischen Notizbuch. Glücklicherweise hatte er gestern noch Bettinas Nummer in seine Liste gespeichert. Für einen Moment hielt er die Luft an. Immerhin, es klingelte. Vor ihm tauchte eine Senke auf, das traf sich gut, den kurzen Sprint würde er noch schaffen, danach brauchte er unbedingt eine Verschnaufpause. Als er den kleinen Abhang hinunterrannte, schaltete sich auch bei Bettina der Anrufbeantworter ein. »Verfluchter Mist«, schimpfte er laut. »Wo sind die denn nur?« Sollte er noch einmal wählen oder es erneut bei Lenny versuchen? Hinter ihm knackte es im Wald, ein Vogel schrie auf und flatterte davon. War da jemand auf einen Ast getreten? Suchten sie ihn schon? Er hätte nicht gedacht, dass sein Verschwinden bereits bemerkt worden wäre. Die Ansage war beendet und ein Ton piepte in sein Ohr. Joachim überlegte nicht lange, sondern begann zu sprechen. »Hallo Bettina. Ich weiß nicht, wie viel Zeit ich noch habe. Wurde von Leuten entführt, deren Chef ein gewisser Balke-Basdorf ist. Sind hier beim See im Wald. Von hier kommen die Blaualgen, die den Wirkstoff verunreinigt haben. Der Bürgermeister und ein Mann von der Landesregierung waren ebenfalls kurz anwesend, scheinen alle irgendwie unter einer Decke zu stecken.« Ein weiteres Knacken ließ ihn zusammenschrecken. Diesmal kam es aus der anderen Richtung. Joachim drehte sich im Kreis und schaute auf die dunklen Stämme, die ihn von allen Seiten wie eine mächtige

Wand umschlossen. Er konnte nichts erkennen. Er war sich nicht mal sicher, von wo er gekommen war. Der Lkw war nicht mehr zu entdecken, geschweige denn die Straße, die sich durch den Wald schraubte. Joachim schloss die Augen und konzentrierte sich wieder auf sein Telefonat. »Falls sie mich noch länger festhalten, müsst ihr die restlichen Tiere befreien. Ich glaube, diese Leute wollten alle Beweise meines Versuches vernichten. Aber es gibt noch Tiere. Erinnert ihr euch, ich habe sie zu einer Kollegin geschafft, kurz bevor ich euch in die Kantine folgte. Ihr Name ist Ina Wolf, gleiches Stockwerk, letzte Tür auf der anderen Seite. Ich glaube nicht, dass die Tiere im Labor noch sicher sind. Nehmt sie an euch und versteckt die Viecher irgendwo. Wenn ihr an die Öffentlichkeit geht, braucht ihr Beweise.« Ein Vogel schwang sich über ihn in die Luft. »Freiwillig wird Ina sie nicht herausrücken. In meinem Haus habe ich einen Ersatzschlüssel, der für sämtliche Labortüren passt.«

Ein heftiger Stoß traf ihn am Genick. Joachim schrie auf und stürzte auf den moosbedeckten Waldboden. Das Handy flog aus seiner Hand und knallte einige Meter weiter gegen einen Baum. Abgebrochene Äste kratzten in seinem Gesicht und das feuchte Moos drückte an seine Wangen. Als er den Kopf heben wollte, durchzuckte ihn ein ungeheurer Schmerz. Wimmernd rollte er sich auf den Rücken, sein Hals fühlte sich derart steif an, als hätte ihn von einer Sekunde auf die andere ein schlimmer Hexenschuss heimgesucht. Über ihm standen drei Gestalten. Joachim erkannte einen der Sicherheitsleute, der einen schweren Ast in der Hand hielt. Seine vernarbte Wange glänzte feucht. Hatte der Kerl ihn mit diesem Ast niedergestreckt? Der zweite Mann richtete tatsächlich eine Pistole auf ihn. Direkt vor seinen Füßen stand Balke-Basdorf und schüttelte missbilligend sein unmodernes Haar.

»Ich hatte Sie doch gewarnt, Sie sollten mit niemandem sprechen«, sagte er tadelnd, entfernte sich einige Schritte und hob etwas auf. Es war Joachims Handy. Basdorf schaute auf das Display und drückte mehrere Tasten. Dann reichte er das Gerät an einen seiner Männer weiter.

»Muss gegen den Baum geknallt sein«, bemerkte der Mann achselzuckend.

»Darauf hätten Sie achten müssen«, knurrte Basdorf. »Jetzt ist das Ding kaputt. Ich hätte gern gesehen, mit wem unser Freund gesprochen hat.« Er ging in die Knie und lächelte Joachim an. »Mit wem haben Sie eben telefoniert?«, fragte er sanft.

Joachim keuchte, wollte seine Beine anwinkeln, aber selbst das tat weh. Der Typ musste ihn mit voller Wucht getroffen haben. Er merkte, wie die Feuchtigkeit des Mooses langsam durch seine Kleidung kroch. Seinen Kittel konnte er wegschmeißen. Mit Kittel war man im Wald sowieso so fehl am Platze, wie es nur ging. Bei diesem Gedanken musste er sogar ein wenig lächeln.

»Was grinsen Sie?«, fragte Basdorf. »Sie sollen mir sagen, mit wem Sie telefoniert haben.«

Joachim schüttelte den Kopf. Basdorf brummte und gab einem seiner Männer ein Zeichen. Joachim konnte gerade noch erkennen, wie der Mann mit dem Ast ausholte. Im nächsten Augenblick explodierte sein Gesicht, zumindest kam es ihm so vor. Irgendetwas spritzte in seine Augen. Sein Mund füllte sich mit Blut, er konnte nicht mehr durch die Nase atmen. Joachim stieß einen lang gezogenen Schrei aus. Etwas Dickflüssiges und Schleimiges lief ihm in den Rachen. Basdorf schaute ihn an, als wäre er ein ekelerregendes Insekt.

»Ihr Gesicht ist im Arsch«, stellte er fest und gab seinem Mann den nächsten Wink. Diesmal schrie Joachim schon vorher. Als der mächtige Ast ein weiteres

Mal auf ihn herabsauste, wurde es schlagartig dunkel um ihn herum.

*

Basdorf schaute auf das matschige Etwas, das vor Kurzem noch eine Nase gewesen war. »Ist er hin?«

Der Mann mit der Narbe bückte sich und fühlte mit zwei Fingern an Joachims blutüberströmten Hals. »Ne. Lebt noch. Sollen wir ihn zum Lkw schaffen?«

»Wo denken Sie hin?« Basdorf stand auf und rückte seine Brille zurecht. »Wir brauchen keine Zeugen.« Er streckte die Hand aus. »Geben Sie mir ihre Pistole.«

Der zweite Mann drehte seine Waffe um und reichte sie Basdorf. Er strich über das kalte Metall und richtete den Lauf der Pistole auf Joachims Gesicht.

»Das wird eine ziemliche Sauerei werden«, gab einer der Männer zu bedenken. »Die Munition wird ihm glatt den Kopf spalten.«

»Je schweinischer, desto besser«, sagte Basdorf, grinste und drückte ab.

Als er wieder auf der Straße neben dem Lkw stand, schaute Basdorf missmutig auf seine Schuhe. Dass sein Anzug Blutspritzer abbekommen hatte, war der Spaß absolut wert gewesen. Aber dass auch seine Schuhe gesprenkelt waren mit roten und gelblichen kleinen Flecken, fand er irgendwie schade. Er liebte diese Schuhe, sie waren bequem und doch elegant. Eine Kombination, die man nicht allzu oft fand, selbst bei Maßanfertigungen nicht. Dass der Kopf dieses Wissenschaftlers auch in Hunderte von Teilen zerspringen würde, hätte er nicht für möglich gehalten. Nun, in Zukunft wusste er Bescheid. Bei der nächsten Exekution würde er sich einfach einige Schritte weiter von dem Opfer entfernen.

Drei Männer trugen einen unförmig aussehenden, schwarzen Sack aus dem Wald. Kaum zu glauben, dass darin ein Körper lag.

»Wir könnten Steine suchen und ihn im See versenken«, schlug jemand vor.

Basdorf knurrte. »Quatsch. Früher oder später würde der Kadaver auftauchen. Bei den Tieren war mir das egal, aber Münzer sollte man nicht finden.« Er zeigte zu einem der Wagen, der mit offenem Kofferraum hinter dem Lkw parkte. »Werft ihn da hinein und bringt ihn zum Werk Eins. Dort wartet schon ein Chemikalienbad auf ihn.« Das Werk Eins war der älteste Teil seiner Fabrik, dort wurden nur noch kleinere Forschungen durchgeführt, ansonsten stand die riesige Halle leer. Er lachte heiser. Dieser vorlaute Wissenschaftler war nicht der Erste, der in einem schicken runden Kessel inmitten der Halle von den Chemikalien zersetzt werden würde. Sein Sicherheitschef kam mit Joachims Handy in der Hand auf ihn zu. Seine Narbe sah heute aber auch ganz besonders widerlich aus.

»Keine Chance. Das Gerät ist kaputt«, sagte er. »Wir haben alles probiert.«

Basdorf winkte ab. »Schon gut. Was hat dieser Münzer noch gesagt, bevor ich ihm den Kopf weggeblasen habe? Irgendetwas von einem Ersatzschlüssel in seinem Haus, glaube ich. Was soll das heißen?«

Der Mann zuckte mit den Achseln. »Wir hätten ihn doch abhören sollen.«

»Ach was, wir haben andere Prioritäten.« Basdorf machte eine wegwischende Handbewegung. »Kann nicht so wichtig gewesen sein.«

»Und wenn Münzer diese Matthiesen oder den Eggert erreicht hat?«

»Und wenn schon. Wichtig ist nur, dass niemand von denen noch etwas ausplaudern kann.« Basdorf holte sein Zigarilloetui hervor. »Und da liegen wir ganz gut im

Rennen. Einer ist bereits zu Mus verarbeitet, da waren es nur noch drei.«

»Vergessen Sie die Gören nicht.«

»Ach ja, fünf.« Er lachte und steckte sich den Zigarillo an.

# 16

Bettina verringerte die Geschwindigkeit kaum, als sie mit ihrem Fiesta auf die Stichstraße zur Schule abbog. Der kleine Motor ihres Autos röhrte wie ein angriffslustiger Hirsch. Zusammen mit dem Radio, das einen Rocktitel nach dem anderen spielte, ergab das eine fürchterliche Geräuschkulisse im Innenraum. Sie wischte sich über die Stirn. Vielleicht waren ihre Kraftreserven einfach erschöpft. Der normale Redaktionsalltag verlief wesentlich ruhiger und schleppender.

Sie grübelte gerade darüber nach, ob sie je wieder für eine angesehene Zeitung arbeiten würde, als Fragmente der *Miss-Marple*-Melodie durch das Auto schallten. »Dein Handy geht«, sagte sie und drehte sich kurz zu Lenny um. Lenny nickte geistesabwesend.

»Das wird Nina sein«, sagte er mit nervöser Stimme. »Halt durch, Mäuschen. Wir sind doch gleich da.« Er steckte den Zeigefinger in das rechte Belüftungsgitter und klappte die Schienen immer wieder hoch und runter. »Wir sind doch gleich da.« Bettina nahm eine Hand vom Steuer und berührte ihn kurz an der Schulter.

»Es wird alles gut werden«, sagte sie zuversichtlich. Das war zwar so ziemlich der blödeste Spruch, den es gab, aber er hatte dennoch oft eine beruhigende Wirkung. Auch Lenny nickte und schien sich ein wenig auf seinem Sitz zu entspannen. Eine weitere Melodie ertönte. Raumschiff Voyager.

Lenny drehte den Kopf. »Das ist dein Handy. Nina ist gründlich. Wir sind gleich bei dir.«

Rief Nina aus Verzweiflung schon bei ihr an? Hatte sie ihre Nummer überhaupt? Nun ja, Lenny wird sie ihr gegeben haben. Sie blickte sich kurz um. »Kommst du an meine Handtasche heran?« Vielleicht war es ja doch jemand anderes.«

Lenny drehte sich und machte die Arme lang. »Unmöglich. Dein Auto ist zwar klein, aber bis zur Hutablage komme ich auch nicht.« Er ließ sich zurückplumpsen und zeigte im nächsten Augenblick nach vorn. »Da ist die Schule. Halt einfach in der Kehre vor dem Eingang.«

Bettina nickte und stellte sich hinter zwei andere parkende Autos.

Lenny riss die Tür auf und rannte los. Einen kurzen Moment dachte sie daran, ihre Handtasche mitzunehmen, aber dann hätte sie Lenny wahrscheinlich aus den Augen verloren. Wenn es etwas zum Fotografieren geben würde, würde sie später immer noch zum Auto zurückkehren können. Sie folgte ihm durch helle, bunt bemalte Flure. Anscheinend durften die Kinder ihre künstlerischen Fähigkeiten hin und wieder direkt an der ursprünglich weißen Flurwand ausprobieren. Jede Menge primitiver Zeichnungen säumten den Weg, wobei Sonnen, Sterne und Gebilde, die entfernte Ähnlichkeiten mit Pferden aufwiesen, klar in der Überzahl waren.

Vor der letzten Tür befand sich eine kleine Menschenmenge. Mitten unter ihnen war Nina. Als sie ihren Mann sah, stürzte sie ihm entgegen und fiel ihm in die Arme. »Es ist so schrecklich«, weinte sie. »Anabell hat sich im Klassenraum verbarrikadiert, bereits seit über einer Stunde. Sie lässt keinen raus und antwortet nicht auf unsere Rufe.«

Bettina strich ihr sanft durch die Haare und lächelte ihr aufmunternd zu.

An der Klassentür stand ein älterer Mann und versuchte, die Klinke runterzudrücken, während er klopfte. Wahrscheinlich der Schulleiter. »Frau Steiner, seien Sie doch vernünftig«, sagte er mit ruhiger, dunkler Stimme.

Noch so eine blöde Phrase. Warum sollte die Lehrerin ausgerechnet jetzt damit anfangen, vernünftig zu werden? Sie stellte sich neben ihn. »Gab es irgendwelche Geräusche aus dem Klassenzimmer?«

Der Mann schaute sie verwundert an. Ein Schatten fuhr über sein Gesicht, als hätte er die Konsequenz dieser Frage in diesem Augenblick erst völlig verstanden. »Nein, nein. Zum Glück ist alles still. Niemand schreit oder tobt. Die Kinder scheinen sich alle ruhig zu verhalten«, sagte er leise. »Und Frau Steiner ebenfalls«, fügte er hinzu und wirkte erschöpft.

Bettina nickte. Das war doch schon mal etwas.

»Ich habe schon vor einer halben Stunde die Polizei gerufen«, erklärte er weiter.

»Die aus Reinbek?«

»Ja.«

»Und?«, fragte Bettina mit lauernder Stimme. Sie wusste momentan nicht, wem man in diesem verrückten Spiel noch trauen konnte. Was sollten sie machen, wenn statt mehrerer Streifenwagen plötzlich dunkle VW Passats vor der Tür halten und eine Horde schwarz gekleideter Hampelmänner aussteigen würde? Irgendwie arbeiteten diese Leute ja mit der Polizei zusammen. Oder mit Sawatzki. Aber das war fast dasselbe.

»Die Polizisten haben mir zunächst kurioserweise nicht geglaubt«, sagte der Mann kopfschüttelnd. »Ungeheuerlich. Die dachten, ich mache Witze. Dann kam heraus, dass momentan überhaupt keine Beamte zur Verfügung standen. Sie wollen kommen, so schnell es geht.«

Eine Frau, die sich dicht an die gegenüberliegende Wand gepresst hatte, lachte tonlos. »Sie hätten gleich in Hamburg anrufen sollen. Die Polizeistationen dort sind immer besetzt. Die wissen, was in so einem Fall zu tun ist. Vielleicht hätten Sie auch sofort das MEK informieren sollen.«

Der Mann drehte sich stirnrunzelnd um. »Haben die eine eigene Nummer?«

Bettina stöhnte genervt. »Das ist doch ganz egal. Wir können nicht mehr warten, bis die Polizei eintrifft. Ich werde mit Anabell sprechen.«

*

Anabell Steiner kam es vor, als hätte man ihr eine Tauchermaske über das Gesicht gestülpt. Auf ihren Wangen standen Schweißtropfen, und die wenige Luft, die sie durch ihren Mund bekam, schmeckte irgendwie bitter. Ihr Blick wurde immer wieder unklar, ganz so, als würde die Scheibe der Maske ständig beschlagen. Sie kannte dieses Gefühl, es kam seit gestern Mittag in regelmäßigen Abständen. Sie schloss ihre Augen für einige Sekunden. Sofort schrillten in ihrem Kopf die Alarmglocken, es kam ihr tatsächlich so vor, als ob zwei große Kirchturmglocken aus der Mitte ihres Gehirns läuten würden. Augen schließen war nicht gut, wenn sie die Augen schloss, verlor sie das Zeitgefühl. Es ängstigte Anabell zutiefst, wenn sie nicht mehr Herrin ihres Körpers war. Sie wollte die Kontrolle behalten, zumindest solange ihre Schüler anwesend waren.

Es erforderte eine gewaltige Willensanstrengung, die Augen wieder zu öffnen. Ihr Blick glitt von ihrem Schreibtisch aus über die Köpfe der Schüler. Alle saßen mucksmäuschenstill auf ihren Plätzen. Einige zitterten. Die kleine Marie hatte den Kopf auf ihre Arme gelegt und schluchzte. Warum durften die Kinder nicht gehen?

Hatte sie es ihnen verboten? Ihr war so, aber mit Sicherheit hätte sie es nicht mehr sagen können. Ein Schweißtropfen fiel auf ihre Lippe. Ihre Zunge fischte danach. In ihrem Kopf huschten die Gedanken hin und her, einige davon waren dunkel und böse. Warum musste sie andauernd daran denken, ihren Schülern etwas anzutun? Sie liebte die kleinen Würmer, und doch gab es diese Bilder in ihrem Kopf. In Gedanken malte sie sich aus, wie sie das Lineal für die Tafel durchbrechen würde. Mit den zwei spitzen Enden konnte man eine Menge anstellen. Der kleinen Lina in den Hals stechen etwa, oder Justin die Zähne ausschlagen. Wieder fielen ihr die Augen zu. Sofort ertönte das Glockengeläut. Anabell hatte eine wahnsinnige Angst davor, die Besinnung zu verlieren. Sie glaubte zu wissen, dass sie etwas Schlimmes tun würde. Etwas ganz Schlimmes. Mit einem langen Seufzer öffnete sie ihre Lider wieder. Einen Moment dachte sie, dass sie es nicht schaffen würde. Es war, als lägen Dutzende Eineuromünzen auf ihren Augen. Dann aber wurde ihr Blick wieder klar. Die bösen Gedanken verblassten ein wenig.

Draußen klopfte jemand gegen die Tür. Zum wiederholten Male. Eine sonore dunkle Stimme ertönte. Irgendein Vater. Justins Vater vielleicht, der gut gebaute und ansehnliche Typ. Was machte der hier? Anabell versuchte, sich darauf zu konzentrieren, was die Stimme sagte, aber es gelang ihr nicht. Die Tauchermaske schien sich über ihren gesamten Kopf zu erstrecken. Oder befand sich schon Wasser in ihren Ohren? Die Stimme hinter der Tür war jedenfalls seltsam hohl und undeutlich. Sie strich sich über die Arme, die kleinen Härchen auf ihrem Unterarm stellten sich auf. Kein Wunder, die bösen Gedanken in ihrem Kopf ließen sie zittern. Was war bloß los mit ihr? Welche Sicherung hatte sich da bei ihr abgeschaltet? Plötzlich kamen zwei Gestalten nach vorn. Anabell kniff die Augen zusammen. Ihr Blick war derart verschwommen, als stände sie unter der Dusche und schaute durch die trübe Plexiglasscheibe. Die Gestalten standen unmittelbar vor ihrem Schreibtisch. Dann erkannte sie endlich Justin und Lina. Ihre Münder bewegten sich, die Kinder redeten mit ihr. Ein beruhigendes Summen drang an ihr Ohr. Für einen Moment ließ ihr Zittern nach. Das Mädchen machte einen Schritt nach links, direkt auf die Tür zu. Anabell merkte, wie sich ihre Muskeln anspannten, sie konnte nichts dagegen tun. Es war, als würde eine fremde Macht die Kontrolle in ihrem Körper übernehmen. Als das Mädchen noch einen Schritt machte, sprang Anabell von ihrem Stuhl auf und stürzte sich wie eine Raubkatze auf die Schülerin. Mit einem geschmeidigen Sprung bekam sie das kleine Ding am Rücken zu fassen. Ihre Hände gruben sich tief in Linas blonde Haare, sie spürte die kleinen Fäuste des Mädchens, die wild gegen ihre Schulter hämmerten. Im Grunde ein sehr anregendes Gefühl. Wie viel anregender müsste es sein, dem Mädchen langsam und genüsslich die Luft abzudrücken.

Ihre Lider flimmerten. Gleich würde sie einschlafen. Auch eine Variante, den kleinen Körper zu taktieren. Sie würde sich auf das Mädchen fallen lassen, es dabei erdrücken und gleichzeitig ein ausgedehntes Mittagsschläfchen beginnen. Eine eigentümliche Empfindung, als würde ihr Bewusstsein gleich aus ihrem eigenen Körper entschweben, füllte sie aus. Anabell kniff mehrmals die Augen zusammen, als würde sie mitten in einem Sandsturm stehen. Als sie wieder auf das Mädchen hinunterblickte, waren ihre Gedanken wie ausgewechselt. Jetzt dachte sie an die kleine Lina während der letzten Bastelstunde. Das Mädchen hatte sich mit einer kleinen Schere in die Fingerkuppe geschnitten, der oberflächliche Schnitt hatte ohne Ende geblutet, und das arme Ding hatte wie am Spieß geschrien. Meine Güte, was für Vorwürfe sie sich gemacht hatte. Viel-

170

leicht hätten die Kinder doch keine Scheren in ihre kleinen Hände kriegen sollen. Auf einmal war dieses Gefühl wieder präsent. Auf einmal tat ihr die kleine Lina leid. Sie ließ ihren Kopf los und das Mädchen krabbelte wimmernd zurück zu ihrem Stuhl. Anabell stakste an ihren Schreibtisch und lehnte sich dagegen. Justin stand noch immer davor, als wartete er auf seine gerechte Strafe. Ein letzter zorniger Gedanke huschte durch ihre Hirnwindungen, sie hätte gar nicht genau sagen können, worum es darin ging. Dann war Ruhe. In ihrem Kopf herrschte eine kühle Stille wie nach einem heftigen Sommergewitter. Ihr Blick klärte sich. Das Gefühl, als würde sie mit einer Taucherbrille durch die Gegend wetzen, war verschwunden. Sie schaute in die verängstigten Gesichter ihrer Schüler. Was hatte sie nur getan? Sie liebte Kinder doch über alles. Eine andere Stimme an der Tür rief ihren Namen. Eine weibliche.

»Frau Steiner. Mein Name ist Bettina Matthiesen. Wir kennen uns nicht. Wir können aber über alles reden. Ich kann mir vorstellen, wie ihnen zumute ist. Lassen Sie mich bitte hinein.«

Anabell seufzte. Plötzlich war ihr kalt. Vielleicht hätte sie heute Morgen doch eine Jacke mitnehmen sollen. Sie schlang die Arme um die Brust. Wenn ihr Körper sich nicht sofort bewegen würde, würde er von innen heraus erfrieren. Eine eisige Kälte floss durch ihre Blutbahnen. Sie schaute hinüber zur Tür. Die Beine des eckigen Holztisches, den sie hochkant unter die Klinke gestellt hatte, ragten wie bizarre Skulpturen in den Raum. Dahinter hatte sie eine Reihe Stühle aufgebahrt, die ineinander verkeilt waren und gegen die Wand stießen. Auf diese Weise wollte sie verhindern, dass man die Tür mit Gewalt einfach aufschieben konnte, falls der Tisch die Klinke, aus welchem Grund auch immer, nicht festsetzen konnte. Was für eine raffinierte Konstruktion.

Anabell ging zu den Stühlen und fuhr mit den Fingern über das zumeist schon raue Holz. Sie wusste zwar noch, wofür diese Barriere diente, aber wie sie den Wall gebaut hatte, war ihr komplett entfallen. Das muss in den Minuten geschehen sein, als sie zum ersten Mal in diesen dämmerartigen Zustand fiel, als sie das erste Mal diese bösen Gedanken hatte. Ihre Beine schlackerten. Anabell kam sich vor, als würde sie mit Schlittschuhen über eine holprig gefrorene Eisfläche brausen. Sie war nie eine gute Schlittschuhläuferin gewesen. Eines der Kinder nieste. Anabell drehte sich um und schaute in die großen feuchten Augen der Kleinen. Wie gern sie ihre Schüler hatte. Und um ein Haar hätte sie schlimme Sachen mit ihnen angestellt.

»Entschuldigt«, murmelte sie mit belegter Stimme. »Es tut mir unendlich leid.« Mit einem heftigen Ruck riss sie einen der mittleren Stühle zu sich. Als sie den Tisch erreichte, gaben ihre Beine nach. Bevor sie auf den Boden fiel, schlug ihr Kopf gegen die Kante der Platte. Sie hörte einige der Kinder schreien. Wie merkwürdig. Die ganze Zeit über hatten sich ihre Schüler still verhalten, und jetzt, wo sie sich selbst verletzte, begannen ein paar von ihnen zu kreischen. Warum hatten die Kleinen nicht gebrüllt, als sie vorhin nicht nach Hause durften? Lag ihnen doch etwas an ihrer Lehrerin? Plötzlich kribbelte es wieder in ihrem Kopf. Aber diesmal war es ein anderes Gefühl, viel wärmer und freundlicher. Mit letzter Kraft stemmte sie sich auf ihre Knie, ihre Hände griffen an eine Seite des Tisches und schoben ihn zur Seite. Endlich war die Tür frei. Anabell dachte an ihre Schüler. Für jeden von ihnen wäre sie durchs Feuer gegangen. Oder eben durch dieses Martyrium, welches die letzte Stunde über in ihrem Kopf gehaust hatte. Mit einem Lächeln auf den Lippen sackte sie zusammen.

*

Bettina wäre wohl vornüber ins Zimmer gefallen, wenn Lenny sie nicht geistesgegenwärtig an den Schultern festgehalten hätte. Während sie durch die Tür sprach, drückte ihre Hand die ganze Zeit über auf diese verdammte Klinke. Als der Griff plötzlich nachgab und sich die Tür öffnete, konnte sie gar nicht so schnell reagieren. Während Lenny sie auffing, stolperte der Rektor ins Zimmer.

»Meine Güte«, rief er, als er die Lehrerin auf dem Boden liegen sah. Bettina schüttelte Lennys Hände ab und kniete sich neben Anabell. Für die Kinder gab es kein Halten mehr. Zuerst lief ein blasser rothaariger Junge aus dem Klassenzimmer, ihm folgten zwei Mädchen. Der alte Mann musste einen beherzten Schritt zur Seite machen, sonst wäre er von den Kindern wahrscheinlich überrannt worden. Justin kam als einer der Letzten aus der Tür. Bevor er den Flur betrat, blieb er neben Bettina stehen und schaute mit ängstlichem Gesicht auf Anabell.

»Ist sie tot?«, flüsterte er. Bettina drehte sich zu ihm um.

»Nein, Anabell lebt. Ich glaube, sie hat die Besinnung verloren.« Justin nickte ernst.

»Sie war so komisch. Es war, als ob da ein Monster in ihrem Körper stecken würde.«

Nina kam auf ihn zu und schloss ihn in die Arme. »Denk nicht mehr daran, Schatz«, sagte sie leise.

Er schaute seine Mutter mit wachem Blick an. »Aber ich glaube, sie hat sich dagegengestellt«, sagte er weiter. »Wie ein Ritter, der gegen den Zauber eines bösen Magiers kämpft.«

Bettina strich ihm über seine krausen Haare und versuchte zu lächeln. Erstaunlich, wie gut er die Lage zusammengefasst hatte. »O ja, das denke ich auch. Sie hat sich ihrem Willen nicht hingegeben.«

Lenny schaute sie bestürzt an. Ahnte er ihre Gedanken? Ihm wird ebenfalls klar gewesen sein, dass sie hier nur knapp an einer Katastrophe vorbeigeschlittert waren. Er nahm seinen Jungen in die Arme und bedeckte sein Gesicht mit Küssen.

Die Eltern hatten es eilig, von der Schule wegzukommen. Es war, als würden sie fürchten, dass noch eine andere verrückt gewordene Lehrerin auftauchen und die Kinder ein zweites Mal als Geiseln nehmen würde. Auch Nina rannte fast, als sie mit Justin das Gebäude verließ. Bettina und Lenny folgten ihr. Sie hatten Anabell auf die Seite gelegt und in eine Decke gehüllt, die eine Mutter von irgendwoher gezaubert hatte. Der Schulleiter wartete an der Eingangstür und sah erschöpft und glücklich zugleich aus. Er klopfte den Müttern und Vätern auf die Schultern und sagte, dass er in den nächsten Tagen ein Treffen veranstalten würde, bei dem der ganze Vorfall aufgerollt werden würde. Bettina sondierte die Lage. Die Kinder, deren Eltern nicht anwesend waren, standen zusammen mit zwei Lehrerinnen in einer Ecke des Flurs. Sie schauten mit großen Augen auf den Boden oder lehnten sich zitternd an die Pädagogen.

Nina schloss den Wagen auf und Justin krabbelte hinein. »Wir haben keine Zeit mehr«, sagte sie hektisch. »Emilys Kindergarten ist schon seit einer halben Stunde geschlossen.«

Lenny schlug sich gegen die Stirn und schaute sie bestürzt an. »Das habe ich ganz vergessen.«

Nina schnallte Justin an und lächelte flüchtig. »Die Erzieherinnen wissen Bescheid, dass wir uns verspäten werden«, sagte sie.

»Wann hast du mit ihnen gesprochen?«

»Kurz bevor ihr kamt.« Sie zeigte auf den Fahrersitz. »Soll ich?«

Lenny schüttelte den Kopf. »Geht schon.« Er stieg ein und schaute zu Bettina. »Das Gespräch mit Sawatzki musst du wohl allein führen. Ich glaube, Justin braucht mich.«

Bettina nickte. »Kein Problem. Außerdem wollte ich sowieso noch eine Weile hier bleiben.«

»Warum?«

»Ich möchte sichergehen, dass auch wirklich ein Krankenwagen kommt, um Frau Steiner abzuholen, und kein schwarzer Passat.«

»Das fehlte gerade noch.«

Bettina hielt sich an der geöffneten Fahrertür fest und schaute ihn eindringlich an. »Du weißt, was dieser Vorfall bedeutet?«, fragte sie mit ernster Miene.

Lenny nickte. »Wir müssen davon ausgehen, dass das Wasser im gesamten Neubaugebiet verseucht ist.«

Bettina brummte zustimmend. »Und wie es scheint, fangen jetzt die Symptome bei den Menschen an.«

*

Lenny hatte Glück, dass er seinen Carport nicht über den Haufen fuhr. Er trat auf die Bremse, rutschte vom Pedal und schaffte es gerade noch rechtzeitig, seinen Fuß wieder in Position zu bringen. Mit einem lauten Seufzer schaltete er den Motor aus. Endlich waren sie daheim. Nachdem sie Emily abgeholt hatten, waren sie alle zusammen zur Bäckerei gefahren. Es war spät geworden. Emily hatte Hunger und da Nina aufgrund der Ereignisse natürlich nicht zum Kochen gekommen war, hatten die Kinder jeweils ein Schokohörnchen und ein Milchbrötchen bekommen. Für Nina und ihn hatte es einen starken Kaffee gegeben. Den hatte er auch dringend gebraucht, er fühlte sich zumindest nicht mehr so gerädert. Nina sprang aus dem Wagen und schnallte die Kinder ab.

»Los, beeil dich«, rief sie, als Emily langsam aus ihrem Sitz kletterte. Lenny ging auf den Bürgersteig und schaute die Straße entlang. Die Luft schien rein zu sein, schon auf der Herfahrt hatten sie keine verdächtigen Männer in schwarzen Anzügen und dunklen Autos gesehen. Auch jetzt herrschte eine geradezu gespenstische Ruhe auf der Straße. Niemand war auf den Bürgersteigen oder in den Gärten zu sehen. Während Nina die Kinder fast durch die Haustür schubste, ging er ein Stück den Gehweg entlang. Vor dem Haus der Frieses blieb er stehen. Karl war nirgendwo zu entdecken. Normalerweise befand er sich um die Mittagszeit immer im Garten. Lenny beugte sich über den eleganten Metallzaun seiner Nachbarn und begutachtete die Pflanzen in einem Beet. Karl hatte wirklich ein ausgesprochenes Talent zum Gärtnern. Karls Margeriten beispielsweise sahen um Lichtjahre stärker und wohlgenährter aus, als die in seinem Garten. Sie leuchteten dermaßen gelb, dass einem geradezu schwindlig werden konnte, wenn man sie zu lange anstarrte, dabei stammten sie von der gleichen Gärtnerei wie seine Pflanzen. Er hatte Karl damals noch an der Kasse getroffen. Sie hatten beide gelacht, als sie gesehen hatten, dass sie anscheinend den gleichen Geschmack hatten. Lenny erinnerte sich schmunzelnd an diesen regnerischen Frühlingstag. Obwohl er seine Margeriten noch am selben Tag in die Erde gebracht hatte, sahen sie inzwischen eher kümmerlich aus. Er zuckte mit den Schultern. Mit Karl in Sachen Gartenarbeit konkurrieren zu wollen, würde zwangsläufig auf eine herbe Niederlage hinauslaufen. Er schaute auf das Beet, das an ihrer Grundstücksgrenze lag, es sah aus, als hätte Karl darin Samba getanzt. Unzählige Fußabdrücke waren auf der Erde zu erkennen, am hinteren Ende konnte man sogar noch die zarten grünen Keimlinge ausmachen, die irgendwann einmal zu Unkraut werden würden. Es sah aus, als wäre sein Nachbar mitten bei der Arbeit gestört worden. Normalerweise hatte Unkraut keine Chance in seinem Garten. Und ein nicht geharktes Beet würde bei ihm schon überhaupt nicht vorkommen.

Lenny musste an Bettinas Worte denken. Wie würde diese teuflische Substanz auf Menschen wirken? Vielleicht würden sich alle betroffenen Leute ähnlich wie Anabell verhalten. Womöglich würden sie sich in ihre Häuser zurückziehen und die Türen verrammeln. War es deshalb so gespenstisch still hier draußen? Seufzend stieß er sich vom Zaun ab. Als er zurückging, nahm er eine Bewegung am anderen Ende seines Grundstückes wahr. Im Garten der Iversens stand jemand. Sein Herz schlug höher. Sofort dachte er an die Schläger in Schwarz. Lenny lief an seinem Carport vorbei und schaute durch mehrere Buchsbäume, die an der Grenze zu den Iversens standen. Ihm fiel ein Felsbrocken vom Herzen, als er die grazile Gestalt seiner Nachbarin erkannte. Sabine stand am Rande des Rasens und schaute auf die Erde. Es sah aus, als würde sie Ameisen zählen. Sie trug das grüngelbe Teil, welches ihn schon damals kribblig gemacht hatte, als Nina und er auf ihrer Einweihungsparty vorbeigeschaut hatten. Es zeigte viel von ihrer makellosen Haut. Dazu dieser verdammt kurze Rock. Er dachte zum wiederholten Male an eine alte Schnulze von Roland Kaiser, in der man nicht in Frieden leben konnte, wenn es der schönen Nachbarin nicht gefiel. Glücklicherweise begehrte er Nina immer noch wie am ersten Tag. Ihre Ehe hatte dem Alltag bisher standgehalten wie ein alter russischer Eisbrecher dem Polarmeer. Daher fiel es ihm nicht schwer, den Verlockungen anderer Frauen zu widerstehen. Lenny ging an den Büschen vorbei und stand vor der kleinen Pforte, die auf den Weg in Iversens Garten führte. Entweder hatte Sabine ihn nicht gehört, oder die Ameisen waren so spannend, dass sie alles um sich herum vergessen hatte.

Er räusperte sich. »Hallo Sabine. Wie geht es dir? Alles klar bei euch?«

Wie in Zeitlupe hob sie den Kopf.

Als er ihr Gesicht erkennen konnte, erschrak er. Die Haut an ihrem Kinn war an zwei Stellen aufgeplatzt. Bis vor Kurzem schien es aus den Wunden heftig geblutet zu haben. Zwei senkrechte, dunkelrote Rinnsale aus getrocknetem Blut leuchteten unterhalb der Risse und sahen aus wie eine dämonische Markierung. Auch unter ihrem rechten Auge erkannte er Hautabschürfungen, in einigen Stunden würde sie ein ordentliches Veilchen haben.

Ihre Arme und Beine waren rot, orange und gelb gesprenkelt, als wäre direkt neben ihr eine riesige Tomate explodiert.

»Meine Güte, was ist mit dir passiert?«, fragte er ängstlich.

Sabine reagierte nicht. Sie stand mit leicht vorgebeugtem Oberkörper da und beobachtete ihn misstrauisch. Ob das Wasser dafür verantwortlich war? Vielleicht hatte sie die Besinnung verloren. Er konnte sich geradezu bildlich vorstellen, wie Sabine ohnmächtig geworden war, während sie sich auf den Stufen befunden hatte und dann mit voller Wucht die Treppe hinuntergesegelt war. Ob sie sich ernsthaft verletzt hatte? Dass ihr Körper zahlreiche Kratzwunden davongetragen hatte, war offensichtlich. Es konnte aber auch sein, dass sie sich eine heftige Gehirnerschütterung zugezogen hatte. Lenny öffnete das Tor und ging einen Schritt auf Sabine zu. Sie stieß einen seltsam kehligen Laut aus und ging einen genauso langen Schritt zurück. Sein Blick fiel auf den Carport der Iversens. Der alte Mercedes stand dort. War Fred heute nicht zu seinem

Autohandel gefahren? Behutsam ging er einen weiteren Schritt vor. Sabine stand ganz offensichtlich unter Schock.

»Ist dein Mann da?«, fragte er beruhigend und streckte dabei seine Arme aus, als wollte er ein scheues Kätzchen zu sich locken. Sabine wich einen weiteren Schritt zurück, ihr Fuß versank in der lockeren Erde zwischen zwei Bambussträuchern, die an der Hauswand wuchsen. Mit dem Rücken berührte sie das Mauerwerk. Jetzt konnte sie zumindest nicht weiter zurückweichen. »Du bist böse hingefallen«, sagte er sanft und ging weiter auf seine Nachbarin zu. Plötzlich begann Sabine, am ganzen Körper zu zittern. Sie schloss die Augen. Mit einem Satz war er bei ihr und hielt sie an den Schultern fest. Er befürchtete, dass sie die Besinnung verlieren würde, aber das war nicht der Fall. Sabine seufzte leise, als wäre sie aus einem tiefen Schlaf erwacht und blinzelte ihn an.

»Lenny«, stellte sie offenbar überrascht fest. »Was machst du hier?« Sie schaute sich um. »Was mache ich hier?«

»Du bist anscheinend ordentlich auf den Kopf geflogen.« Er nahm ihre Hände, die sich kalt und klebrig anfühlten, schaute auf ihre Handflächen und sah Unmengen getrocknetes Blut daran kleben. Sie folgte seinem Blick und stöhnte laut.

»O Scheiße«, stammelte sie.

Er nickte. »Weißt du wieder, was passiert ist?«

Ihr Blick wanderte unruhig im Garten umher. »Ja«, sagte sie stockend.

»Bist du hingefallen?«

»So ähnlich.« Sanft aber bestimmt befreite sich Sabine aus seinem Griff. Sie lächelte. »Eigentlich mag ich es, wenn du mich berührst«, sagte sie fast beiläufig. »Aber ich muss unbedingt wieder ins Haus.«

»Kann sich Fred um dich kümmern?«

Sabine runzelte die Stirn »Fred? Ach ja, Fred …«

»Er ist doch da? Ich würde dich ungern in diesem Zustand allein lassen.«

»Ich weiß nicht.« Sie schaute verwirrt auf den Rasen und betastete mit der Hand vorsichtig ihr Kinn.

»Ich komme mit und schaue, wo er steckt.« Lenny hielt ihr die Hand hin und diesmal griff sie fest danach. Was hatte sie da eben gesagt? Sie mochte es, von ihm berührt zu werden? Das hatte ihm gerade noch gefehlt. Er mochte es nämlich auch, sie zu berühren. Wirklich ein Segen, dass er mit Nina so absolut wunschlos glücklich war.

Die Haustür der Iversens stand offen, Lenny rief nach Fred, aber niemand antwortete.

»Versprichst du mir, dass du dich ausruhen wirst?«, fragte er.

Sabine gab keine Antwort. Sie stand mitten im Raum und hielt ihre Augen erneut geschlossen. Brummend rüttelte er an ihrer Schulter. »Lenny«, hauchte sie sichtlich mühsam. »Ich bin so müde.«

Er seufzte. In diesem Zustand konnte er Sabine unmöglich allein lassen. Was immer das Wasser mit ihr gemacht hatte, sie verhielt sich nicht aggressiv. Vielleicht wirkte die Substanz bei Menschen ja doch nicht so verheerend wie bei den Tieren. Immerhin hatte auch Anabell letztendlich nichts Schlimmes angestellt. »Komm mit. Ich bringe dich zu uns«, sagte er und packte sie an beiden Schultern. Sabine stöhnte leise, ließ sich aber von ihm führen. Da er nicht wusste, ob Sabine einen Schlüssel bei sich hatte, lehnte er die Haustür einen Spalt an.

*

Inzwischen hatte sich Sabine fast daran gewöhnt, in regelmäßigen Abständen in eine Art Dämmerzustand zu fallen. Die Phase des Aufwachens war allerdings jedes

Mal von Neuem unheimlich. Sie erinnerte sich noch zu gut an vorhin, als sie neben der übel zugerichteten Haushaltshilfe die Augen aufgeschlagen hatte. Irina war tot, das hatte sie auf den ersten Blick gesehen. Ihre Kehle war aufgeschlitzt. Sabine hatte auf eine schaurige Weise gewusst, dass sie es gewesen war, die Irina derart furchtbar zugesetzt hatte. Dabei hatte sie an den eigentlichen Kampf überhaupt keine Erinnerung. Es war eher so, als würde ihr Geist tief in ihrem Kopf vor einer riesigen Leinwand sitzen und dort zusammenhanglose Szenen eines besonders grausamen Filmes gucken, deren Hauptdarsteller erst nach und nach deutlich wurden. Ein merkwürdiges Gefühl. Dennoch tat ihr Irina kein bisschen leid, sie hatte diese diebische Elster sowieso nie leiden können. Anfangs hatte Sabine sich über solche gemeinen Gedanken noch erschrocken, aber mittlerweile war es irgendwie völlig in Ordnung. Irina hatte es nicht besser verdient.

Als Sabine nun die Augen aufschlug, war sie froh, in Lennys Gesicht zu schauen. Sie war in den Dämmerzustand gefallen, während sie mit ihm zusammen war. Diese Tatsache war ihr durchaus noch bewusst. So etwas war gefährlich für die Leute, die sich in ihrer Umgebung aufhielten. Glücklicherweise sah Lenny nicht so aus, als wäre er unter einen Mähdrescher gekommen. Da hatte er wohl noch mal Glück gehabt. Und sie auch. Sie mochte seinen durchtrainierten Körper. Irgendwann einmal wollte sie Lenny über sich spüren und einen Teil von ihm in sich. Da wäre es schade gewesen, wenn ihre Fäuste ihn eben versehentlich zu Gulasch verarbeitet hätten.

»Du bist wieder wach«, sagte eine Stimme hinter ihr. Sabine drehte den Kopf und schaute in das makellose Gesicht von Nina. Nina beugte sich vor und stellte eine sprudelnde Flüssigkeit auf den Hocker neben dem Sessel. »Trink das. Wird dir gut tun.«

Lenny stand am Türrahmen und musterte sie sichtlich besorgt. »Wie geht es dir?«

»Schon wieder besser.« Sabine schaute Nina hinterher, die aus dem Wohnzimmer verschwand. »Komm zu mir«, hauchte sie und klopfte auf die Lehne des Sessels. Lenny machte Anstalten, sich in Bewegung zu setzen, als sein Handy summte. Sein Gesichtsausdruck veränderte sich schlagartig.

»Bettina. Was ist passiert?«, fragte er mit aufgeregter Stimme. Noch während Lenny zuhörte, griffen seine Hände nach der Brieftasche und den Autopapieren. »Ich komme sofort.« Er steckte sein Handy zurück in die Hemdtasche und lächelte ihr zu. »Ich muss ganz dringend noch mal weg.« Sabine grinste freudlos. Wie ärgerlich. Das wäre die Gelegenheit gewesen, etwas Zeit mit Lenny verbringen zu können. Nina tauchte an der Türschwelle auf und musterte ihn. »Irgendwas ist mit Joachim. Bettina will mich so schnell wie möglich vor dem Labor treffen«, erklärte Lenny.

»Dann los mit dir«, sagte Nina.

Lenny schaute auf Sabine. »Kann ich euch allein lassen? Wir wissen nicht, welche Auswirkungen das Wasser haben wird.«

Nina winkte ab. »Das geht schon in Ordnung. Sabine ist doch ganz friedlich. Außerdem hat sie sich so viele Verletzungen eingehandelt, dass sie praktisch außer Gefecht gesetzt ist.«

Um ein Haar hätte Sabine protestiert. Sie konnte sich jetzt deutlich daran erinnern, wie Irinas Faust sie aus den Socken befördert hatte. Möglich, dass ihr Kinn und ihr Auge ein wenig lädiert aussahen, aber das meiste Blut, das an ihr klebte, stammte nicht von ihr.

Lenny griff nach den Autoschlüsseln. »Ich muss los.« Er verließ zusammen mit Nina das Zimmer, und kurz danach hörte Sabine die Haustür ins Schloss fallen.

Unmittelbar darauf kam Nina mit zwei dampfenden Tassen zurück ins Wohnzimmer.

»Ich bin vor Jahren die Kellertreppe hinuntergefallen«, erzählte sie mit fröhlicher Stimme. »Damals wohnten wir noch in einem Mietshaus. Die Treppe war gefliest und ich hatte Glück im Unglück. Mit meinen Händen konnte ich mich rechtzeitig abstützen. Insofern blieb mein Kopf relativ heil, aber mein Knie habe ich noch Wochen später gespürt.«

Sabine nickte und nahm einen vorsichtigen Schluck. Es war ein Früchtetee. Sie mochte keinen Früchtetee. Ein anständiger Kaffee wäre besser gewesen. Ob Lenny Tee trinken musste, nur weil es Nina so wollte? Was für ein armseliges Leben. Nina seufzte und fuhr sich über die Stirn. Sie sah ziemlich geschafft aus. Hatte die Arme so einen anstrengenden Vormittag gehabt? Wie konnte man sich nur so anstellen. Ihr Tag war bisher bestimmt viel schlimmer verlaufen. Immerhin hatte sie einen Menschen umgebracht. Wenn auch nur einen Taugenichts. Also irgendwie nur einen halben Menschen. Nina erzählte inzwischen etwas von den Kindern. Langweilig. Sie mochte keine Kinder. Ob Lenny Kinder mochte? Sie konnte es sich nicht vorstellen. Ein echter Mann liebte seine Freiheit und sonst nichts. Sabine lächelte und würgte den nächsten Schluck Tee hinunter. Vielleicht sollte sie ihrer Nebenbuhlerin mal eine gehörige Abreibung verpassen. Sie schloss die Augen und wartete auf das Gefühl des Abdriftens. Aber es passierte nichts. Der Dämmerzustand wollte sich nicht einstellen.

»Es ist wirklich nett bei dir«, sagte sie so honigsüß wie möglich. Sie musste einfach noch eine Weile hier sitzen bleiben. Die nächste Leinwandvorstellung würde bestimmt bald beginnen. Und wenn alles gut verlaufen würde, würde sie beobachten können, wie Nina zu Hühnerfrikassee verwandelt werden würde.

## 17

Lenny stöhnte laut, als sich sein Wagen einmal mehr dem Industriegebiet näherte. Auf diese Strecke hatte er keine Lust mehr, auf diesen ganzen Mist hatte er keine Lust mehr. Bettina hatte schrecklich geklungen am Telefon. Er hatte sie während der Fahrt noch mal anrufen wollen, aber sie war nicht ans Telefon gegangen. Erst dabei war ihm aufgefallen, dass er einen weiteren Anruf verpasst hatte. Einen von Joachim.

Warum wollte sich Bettina ausgerechnet hier mit ihm treffen? Jeder andere Platz wäre sicherer gewesen. Vielleicht hatten diese Leute Joachim freigelassen? Aber selbst dann würde sein Freund wohl kaum sofort in sein Labor zurückkehren wollen. So ein Arbeitstier war er nun auch wieder nicht.

Hinter den Bäumen sah Lenny bereits das moderne Laborgebäude aufragen und betrachtete es missmutig. Fast wäre ihm nicht aufgefallen, dass vor ihm, halb auf dem Fußweg und halb auf der Straße, ein Kleinwagen parkte. Er trat auf die Bremse und erkannte gleich im nächsten Moment den Fiesta von Bettina. Sie schien ihn im Rückspiegel ebenfalls gesehen zu haben, denn nur einen Augenblick später flog die Fahrertür auf. Sie winkte ihn heran und bedeutete mit den Händen, hinter ihr Auto zu fahren. Als er stand, kam sie mit zügigen Schritten auf ihn zu. Lenny kurbelte das Fenster runter.

»Sind die Gorillas in der Nähe?«, fragte er und nickte mit dem Kopf Richtung Laborkomplex.

»Nein. Scheint alles ruhig zu sein«, sagte Bettina. »Trotzdem sollten wir nicht bis zum Parkplatz fahren.« Sie zeigte auf eine kleine Seitenstraße, an der ein trostlos aussehendes, graues Gebäude stand. »Wenn wir dort parken, sieht man unsere Autos nicht sofort. Wir können dann zu Fuß zum Labor gehen.« Bettina drehte sich wieder um und stieg in ihren Fiesta ein. Sie wirkte hochgradig angespannt. Bisher war sie ihm stets so cool vorgekommen, er hatte geglaubt, dass nichts Bettina aus der Fassung bringen konnte. Aber jetzt zeigte sie Nerven. Hatte es etwas damit zu tun, warum sie ihn herbestellt hatte?

Die Straße führte hinter dem grauen Betonklotz nach links. Bettina parkte in der Kurve und stieg aus. Er fuhr dicht auf und sprang ebenfalls aus dem Auto.

»Was ist denn nur los?«, fragte er, als sie die Straße zu Fuß zurückgingen.

»Joachim hat mir auf den Anrufbeantworter gesprochen.«

»Mich hat er auch versucht zu erreichen. Was wollte er? Haben die Typen ihn wieder freigelassen?«

Bettina schaute ihn mit zusammengepressten Lippen an, sagte aber zunächst nichts. Sie überquerten die Hauptstraße. Ein Trampelpfad führte direkt durch die Wiese zu den Ausläufern des großen Firmenparkplatzes. Endlich begann Bettina mit ihren Erklärungen. »Der Obergauner soll Balke-Basdorf heißen. Ich werde so bald wie möglich Nachforschungen über diesen Namen anstellen. Sie haben anscheinend die Ursache des verseuchten Wassers gefunden, Blaualgen, die irgendeinen Wirkstoff verunreinigt haben sollen. Sawatzki und ein Mann von der Landesregierung sollen ebenfalls mit im Boot stecken.« Sie lächelte sichtlich erschöpft und strich sich zwei Haarsträhnen zurück. »Wir sind auf dem Weg ins Labor, weil es noch Versuchstiere gibt, die nicht entdeckt wurden. Joachim sagte, dass wir die Nager holen sollen, bevor es jemand anderes tut. Wir könnten jedes Beweisstück gebrauchen, wenn wir an die Öffentlichkeit gehen.« Sie lachte trocken. »Schätze, dass er damit absolut richtig liegt. Diese Typen in Schwarz versuchen systematisch, all unsere Entdeckungen zu beseitigen.« Sie verließen den Pfad, und Lenny spürte den betonierten Boden des Parkplatzes unter seinen Füßen. Er schaute durch die Reihen der parkenden Autos, konnte aber nichts Verdächtiges erkennen. Bettina schnaufte leise. Sie sah blass aus.

»Hat Joachim noch was erzählt?«, fragte er.

Statt eine Antwort zu geben, zeigte sie auf den Eingangsbereich des Labors. »Da ist aber viel los«, stellte sie fest. Er folgte ihrem Blick. Ungefähr zwei Dutzend Leute befanden sich auf dem Vorplatz, einige standen in der Sonne und rauchten, andere gingen eilig zu ihren Autos, wieder andere schlenderten auf die Eingangstür zu. Dazwischen wuselte der Fahrer eines DHL-Transporters umher und packte bereits das vierte Paket auf eine Schiebkarre. »Haben die so was wie einen Schichtwechsel?«, fragte Bettina.

Lenny zuckte mit den Schultern. »Aber uns kann es doch nur recht sein. So werden wir wenigstens nicht gleich entdeckt.«

Als sie den breiten Parkstreifen direkt am Haus überquerten, wo vor einigen Stunden noch ein gewaltiger Lkw, diverse VW-Passats, sowie ein Polizeiwagen geparkt hatten, wurden Bettinas Schritte plötzlich langsamer. »Ich möchte ungern am Empfang vorbei«, sagte sie leise. »Vielleicht sucht man nach uns. Oft genug waren wir in den letzten Tagen ja hier.«

Da war etwas dran. Lenny erinnerte sich an den Mann hinter dem Tresen im Foyer. Jost irgendwas.

Vor ihnen ging der Paketmann durch den Eingang und schob seine Fracht in das Foyer. Lenny beobachtete, wie er links neben dem Tresen anhielt und etwas in seinen mobilen Computer tippte. Der Mann am Empfang stellte sich vor ihn und hob das erste Paket auf den Tisch. Das war ihre Gelegenheit.

»Jetzt«, flüsterte Lenny, schritt durch den Eingang und wich einer Gruppe Frauen aus, die ihm lachend entgegenkamen. Sie trugen weiße Kittel, die an den Ärmeln und im Brustbereich rot gesprenkelte Punkte aufwiesen. Sofort schob sich das Bild der zerfleischten Versuchstiere in sein Gedächtnis. Bettina hatte zu ihm aufgeschlossen. Sie blickte betont gelangweilt auf ihre Hände, er konnte jedoch sehen, dass sie, genauso wie er, immer wieder verstohlen hinüber zum Empfangstresen schielte. Der Mann hatte inzwischen das dritte Paket auf den Tresen gestellt und schaute mit gerunzelter Stirn auf eines der Etiketten. Der Computer des Fahrers gab einen hellen Ton von sich, und er legte das Gerät zusammen mit einem elektronischen Stift auf eines der Pakete.

»Ihre Unterschrift bitte«, sagte der Paketbote gerade zum Pförtner, als Lenny und Bettina rechts neben dem Tresen vorbei zu den Fahrstühlen gingen. Zwei Männer in blauen Overralls kamen ihnen entgegen und grüßten flüchtig.

»Wir haben es geschafft«, flüsterte Bettina. »Wie gut, dass hier alles so großzügig ist und es keine Sicherheitsschleusen gibt.«

Lenny nickte und warf einen Blick zurück. Der Fahrer steckte soeben sein Lesegerät an die Halterung und kehrte mit dem Wagen um. Der Mann hinter dem Tresen hatte momentan offenbar nur Augen für die Pakete, er stapelte sie neben sich auf dem Boden und verglich die Aufschriften mit irgendeiner Liste. Zwei Frauen kamen an seinen Tresen und schienen jemanden besuchen zu wollen. Der Pförtner beachtete sie überhaupt nicht, so vertieft war er in seine Papiere.

Bettina stieß ihn an der Schulter an. »Schnell, der Fahrstuhl ist da.« Sie gingen in die verspiegelte Kabine. Lenny schaute auf die Anzeige der Stockwerke.

»Wo müssen wir hin?«, fragte er.

»In den dritten Stock.«

»Da ist auch Joachims Labor.«

»Ja, aber wir müssen ans andere Ende. Zu einer gewissen Ina Wolf.«

Die Tür öffnete sich und sie traten auf den Flur. Mit Unbehagen stellte Lenny fest, dass hier mehr los war als sonst. Ein junger Mann kam ihnen mit zwei schweren Eimern voll Sand entgegen. In der Mitte des Flurs gab es einen Getränkeautomaten, einige Leute standen vor dem Gerät und unterhielten sich. Einer von ihnen steckte eine Münze in einen Schlitz und sofort begann der Automat zu arbeiten. Mit einem tiefen Brummen bereitete er anscheinend einen Becher Kaffee zu. »Was sagen wir dieser Ina Wolf eigentlich?«, fragte er leise. »Ich bezweifle, dass die gute Frau uns die Tiere einfach so aushändigt.«

»Das wird sie sicherlich nicht tun«, stimmte Bettina zu. »Aber wenn wir Glück haben, ist die Wolf überhaupt nicht in ihrem Büro.« Bettina griff in ihre Handtasche und holte einen Metallstab heraus.

»Was ist das?«, fragte Lenny skeptisch. Er bemerkte, dass am Ende des Stabes kleine Einkerbungen zu sehen waren.

»Ein Universalschlüssel für sämtliche Labors«, sagte Bettina wie zur Bestätigung.

Er riss die Augen auf. »Woher hast du den?«

»Joachims Frau hat ihn mir gegeben. Sie ist eine wirklich nette ...« Wieder verstummte Bettina und verzog unmerklich ihren Mund.

»Ja, das ist sie«, bestätigte er. Der Getränkeautomat begann ein weiteres Mal zu brummen und warf einen Becher aus. Mit Unbehagen registrierte Lenny, dass die

Gruppe langsam in ihre Richtung schlenderte. Bettina hob die Hand und klopfte gegen die letzte Tür auf der linken Seite. Ein kleines Schild verkündete *Labor VI, Dr. Ina Wolf.* Die Stimmen hinter ihnen wurden deutlicher. Eine Frau schloss eine Tür auf und verabschiedete sich von ihren männlichen Kollegen. Die Männer kamen weiter auf sie zu. Bettina warf ihnen einen taxierenden Blick zu und klopfte noch einmal gegen die Tür.

»Frau Doktor Wolf?«, rief sie. »Sind Sie da?« Lenny sah um sich. Die Männer öffneten die gegenüberliegende Tür und musterten sie aufmerksam. Bettina seufzte und drehte sich um. »Entschuldigung«, sagte sie und ging auf die kleine Gruppe zu. »Können Sie mir weiterhelfen? Wir hatten einen Termin mit Frau Doktor Wolf. Aber sie scheint nicht da zu sein.«

Ein Mann mit grauen Haaren und Bierbauch lächelte. »Wenn mich nicht alles täuscht, hält Ina unten einen Vortrag über ein neues Pflanzenschutzmittel.«

Bettina fuhr sich mit beiden Händen durch die Haare. Lenny grinste. Es war schon unglaublich, mit was für fein dosierten Gesten eine Frau einen Haufen Männer manipulieren konnte. Nicht nur der Graue schaute sie verklärt an, sondern auch die anderen beiden.

»Was machen wir denn jetzt?«, fragte Bettina.

»Ich könnte Frau Wolf ja mal anpiepsen«, schlug ein junger Mann mit Schnurrbart vor und holte sein Handy hervor. Bettina streckte die Hände aus.

»Bloß nicht. Vielleicht habe ich auch die Uhrzeit falsch verstanden. Wir wollen Frau Doktor Wolf nicht bei ihrem Vortrag stören.« Bettina schaute sich um. »Können wir irgendwo auf sie warten?«

»In der Kantine«, sagte der junge Mann sofort. »Geben Sie am Empfang Bescheid, dass Sie einen Termin mit Doktor Wolf haben. Er wird Sie dann sogleich informieren, wenn Ina mit ihrem Vortrag durch ist.«

Bettina strahlte ihn an. »Das ist eine gute Idee. Vielen Dank, meine Herren.« Sie ging zurück und holte ihr Handy hervor. »Ich sage nur schnell im Büro, dass wir uns verspäten werden«, sagte sie laut an Lenny gewandt, tippte eine Nummer ein und lächelte den Männern noch einmal zu. Alle drei Typen erwiderten das Lächeln. Schließlich traten sie in ihr Labor und der Graue schloss, immer noch lächelnd, die Tür.

Als Bettina und Lenny allein waren, stieß Bettina einen hohen Seufzer aus. Sie steckte ihr Handy zurück in die Handtasche und hielt nun den Universalschlüssel in der Hand.

»Ich dachte schon, die verschwinden gar nicht mehr.« Lenny berührte kurz ihren Arm.

»Immerhin wissen wir, dass die Wolf so schnell nicht herkommt«, sagte er zufrieden. Nichts war schlimmer, als sich in einem fremden Raum aufzuhalten und ständig befürchten zu müssen, dass die Tür aufgehen und man entdeckt werden würde.

»Drück die Daumen«, sagte Bettina leise, als sie das Metallding in das Schloss führte. Sie drehte die Hand, und ein deutlich wahrnehmbares Klicken ertönte. Die Klinke ließ sich runterdrücken, und sie huschten geschwind hinein.

Die Deckenbeleuchtung war ausgeschaltet, dennoch war es in diesem Labor nicht dunkel. Auf beiden Seiten standen jeweils etwa ein Meter lange Glasbehälter nebeneinander, die mit Erde gefüllt waren. Zarte Pflänzchen sprossen aus dem Humus. Unwillkürlich musste Lenny an das halb fertige Beet von Karl Friese denken. Ein kalter Schauder kroch ihm den Rücken herab, obwohl er gar nicht so genau hätte sagen können, warum eigentlich. Über den Glasvitrinen waren kleine

Lämpchen angebracht. Sie strahlten punktgenau in die Gefäße.

»Ob Pflanzen auch aggressiv werden und sich gegenseitig zerfleischen?«, fragte er. Es sollte witzig klingen, aber weder Bettina noch er selbst konnten über die Bemerkung schmunzeln. Bettina sah sich um und zeigte auf einen fahrbaren Tisch an der Rückwand des Raumes. Sie hörten raschelnde Geräusche und leises Fiepen. Drei geräumige Käfige standen auf der Kunststoffplatte. In jedem Käfig befanden sich zwei Tiere, jeweils ein Paar Mäuse, Kaninchen und Meerschweinchen. Einfache Holzscheiben in der Mitte der Käfige trennten die Tiere voneinander. Lenny löste die Bremsen der kleinen Räder und schob den Tisch zur Tür.

»Warte noch«, sagte Bettina und griff nach einem Tuch, das sorgfältig zusammengefaltet auf einem Hocker lag. Es war weiß und aus Leinen. Bettina schüttelte es auf und warf es über die Käfige. »Man muss ja nicht gleich sehen, was wir transportieren.«

Lenny nickte. »Trotzdem werden wir mit dem Gefährt nicht einfach durchs Foyer schlendern können«, gab er zu bedenken. »Vielleicht gibt es irgendwo Tüten oder Pappkartons, in denen wir die Tiere stecken können, bis wir draußen sind.

Bettina schaute ihn mit gekräuselter Stirn an. »Keine gute Idee«, sagte sie knapp.

»Hast du eine bessere?«

»Es gibt einen zweiten Ausgang.«

»Das Tor bei der Anlieferung?«

»Genau. Wenn man mit dem Fahrstuhl in den Keller fährt, soll man direkt dorthin kommen.« Sie zuckte mit den Achseln. »Steht zumindest auf dem Wegweiser im Fahrstuhl.«

»Habe ich auch gelesen.« Er zupfte an dem Leinentuch. Die Tiere mochten die plötzliche Dunkelheit anscheinend nicht besonders, das Piepen und Schaben war lauter geworden. »Aber auch dort werden wir kaum unbehelligt aus dem Gebäude kommen.«

»Wir müssen es versuchen. Du schiebst den Tisch zur Laderampe und ich hole inzwischen meinen Wagen. Sollte alles klappen, erwarte ich dich bereits, wenn du aus dem Tor kommst.«

Er schnaufte. »Ob das gut geht?«

»Wir haben keine andere Chance. Lass mir einige Minuten Vorsprung. Ich werde ohne Hast durch den Haupteingang gehen und dann über den Parkplatz wetzen.« Bettina öffnete die Tür einen Spalt. Auf dem Flur war alles ruhig. Lenny konnte die Männer im gegenüberliegenden Raum lachen hören. »Drei Minuten reichen«, flüsterte sie und klopfte ihm auf die Schultern. »Wird schon schiefgehen.«

*

Lenny sah ihr nach. Bettina drückte den Knopf des Aufzuges und winkte ihm zu. Er schloss die Labortür behutsam und schaute auf seine Uhr. Von irgendwoher hörte er es brummen, es war ein tiefer und durchdringender Laut, der von einem schwarzen Kasten kam, der neben einer Glasvitrine stand. Die Tiere unter dem Tuch schienen ihre Sportstunde zu machen. Lenny hörte sie gegen die Käfige springen und umherdüsen. Drei Minuten konnten manchmal eine verdammt lange Zeit sein. Er hoffte, dass der Mann hinter dem Empfang mit irgendetwas beschäftigt war, wenn Bettina an ihm vorbeiging. Der Kerl sollte sie nicht unbedingt sehen. Im Schummerlicht der Vitrinenlampen sah Lenny zum wiederholten Male auf seine Uhr. Endlich war es soweit, sich auf den Weg zu machen. Einen Weg, den er überhaupt nicht kannte. Lenny hatte Joachim schon öfter bei der Arbeit besucht und selbst der laboreigene Fitnessraum im Keller war ihm bekannt. Aber er

hatte keine Ahnung, wie man zum hinteren Tor
gelangte. Der Fahrstuhl stand mit offener Tür für ihn
bereit. Hatte ihn Bettina wieder hochgeschickt? Zuzutrauen war es ihr. Sie dachte stets mit. Wie gut es tat, sie
an seiner Seite zu haben.

Lenny wählte das Untergeschoss, und der Lift setzte
sich in Bewegung. Aber nur kurz. Ein Stockwerk tiefer
kam der Fahrstuhl zum Stillstand, und die Tür öffnete
sich. Zwei Männer in dunklen Anzügen kamen herein.
Sie nickten ihm zu, und er nickte zurück. Die Herren
wollten ins Erdgeschoss. Nicht gut. Eine der Mäuse gab
einen hellen Ton von sich. Zum Glück fingen die Typen
an, sich zu unterhalten. Sie sprachen von den eng
geschnittenen Uniformen der Stewardessen bei einer
Billigfluglinie. Ein weiteres Tier gab seinen Unmut mit
einem Fiepen kund. Lenny kam es vor, als würde der
Schrei von den Wänden der Kabine zurückgeworfen
und verstärkt werden, aber die Männer achteten nicht
darauf. Der Fahrstuhl ruckelte und hielt im Erdgeschoss
an. Seine Begleiter stiegen aus und drängelten sich an
einer Gruppe Wissenschaftler in weißen Kitteln vorbei.
Kurz bevor sich die Tür wieder schloss, konnte Lenny
einen Blick auf den Empfangstresen werfen. Der Mann
hielt den Kopf gesenkt und las in einer Zeitung. Bettina
schien tatsächlich unbemerkt an ihm vorbeigekommen
zu sein. Als sich die Tür ein Stockwerk tiefer öffnete,
klopfte sein Herz wie verrückt. Wenn man sich nach
links wandte, kam man zum Fitnessraum, aber in welcher Richtung lag das Tor? Zum Glück war er allein in
dem Flur, in dem Bilder an den Wänden hingen. Abs-
trakte Striche in Blau und Weiß, die aussahen, als hätte
Emily sie gemalt. Während der Aufzug mit einem leisen
Klingeln nach oben verschwand, sah er ein Hinweis-
schild neben einer Glastür. Der Gebäudekomplex
schien über ein eigenes Lager zu verfügen. Jedenfalls
kündigte das Schild einen entsprechenden Raum auf der

rechten Seite an. Und wo das Lager war, würde auch die Anlieferung nicht weit sein.

Er folgte der Beschilderung. Der Flur wurde breiter. Hinter einer weiteren Glastür hörte der Teppichboden auf und eine glatte Betonschicht trat an seine Stelle. Die Käfige auf dem Tisch ruckelten umher. Sollten die Tiere protestieren, würde man sie zumindest kaum hören können, dafür schepperte der ganze Wagen zu sehr. Plötzlich sah er einen Mann in einem Holzfällerhemd, der ihm entgegenkam. Lenny spielte mit dem Gedanken, sich irgendwo zu verstecken, aber es gab weder Türen noch abzweigende Wege, in die er hätte huschen können. Glücklicherweise beachtete der Typ ihn kaum. Als Lenny ihm fröhlich einen guten Tag wünschte, brummte er nur nickend, ohne ihn eines Blickes zu würdigen. Unfreundlicher Klotz. Aber unter den gegebenen Umständen fand Lenny dieses Verhalten sehr zuvorkommend.

Vor ihm hörten die Seitenwände unvermittelt auf. Er befand sich nun in einem fast quadratischen Raum, der in etwa so groß und so hoch wie die Sporthalle war, in der sie Volleyball spielten. Leider herrschte hier ein buntes Treiben. Diverse Arbeiter trugen Kisten durch die Gegend, ein Gabelstapler fuhr mit gelb blinkendem Licht auf ihn zu. Dann sah Lenny das Tor. Es lag am linken Ende der Halle. Ein breiter Weg führte genau darauf zu. Und das Beste: Es stand offen. Ein Lkw parkte an der Rampe und wurde be- oder entladen. Lenny atmete tief ein und schob seinen Tisch auf den Weg. Männer kamen ihm entgegen oder schauten von ihrer Arbeit auf. Jedem, der seinen Blick kreuzte, rief er eine Begrüßung entgegen. Die meisten grüßten zurück. Auf seinem Gesicht war bereits der Luftzug zu spüren, der durch das offene Tor in die Halle wehte.

Hinter ihm ertönte eine strenge Stimme. »He Sie da. Bleiben Sie mal stehen.« Lenny wusste sofort, dass er gemeint war. Trotzdem tat er so, als hätte er den Ruf nicht gehört und schob seinen Wagen eine Spur schneller Richtung Ausgang. »He. Stehen bleiben!« Die Stimme war schon erheblich näher gekommen. Lenny stoppte den Wagen und drehte sich um. Ein Mann im blauen Overall kam auf ihn zu. Er trug eine randlose Brille und hielt ein Klemmbrett in seiner rechten Hand.

»Meinten Sie mich?«, fragte Lenny und tat so überrascht wie möglich.

»Wen denn sonst?«, blaffte der Mann zurück. Er war jetzt etwa zehn Schritte entfernt. »Was machen Sie hier? Was ist auf dem Tisch?«

»Das geht schon alles in Ordnung«, sagte Lenny und drehte sich wieder um. Er gab dem Tisch einen Stoß und beschleunigte seinen Schritt. »Ich habe leider keine Zeit.«

Der Mann stieß ein ärgerliches Stöhnen aus. »Sie kennen die Vorschriften. Wo sind die Papiere?«

Lenny zeigte vage unter das Leinentuch. »Ich gebe sie ihnen gleich.« Er wich einem Arbeiter aus, der zwei Säcke Blumenerde über den Schultern trug. Er durchquerte das Tor und stand im Freien. Von der Laderampe führte eine Treppe auf die Straße. Lenny blieb stehen. Wie sollte er mit dem Tisch dort hinunterkommen?

»Die Papiere sind erst bei mit abzugeben. Vorher dürfen Sie das Gebäude nicht verlassen«, rief der Mann hinter ihm. »Wer sind Sie überhaupt? Ich kenne Sie nicht.«

Ein Motor heulte auf. Ein roter Fiesta fuhr rückwärts auf die Rampe zu. Bettina sprang aus dem Wagen und öffnete die Heckklappe. »Wirf die Käfige herunter«, rief sie.

Lenny zog das Leinentuch vom Tisch. Die Tiere randalierten wieder, wahrscheinlich war es ihnen jetzt zu hell. Direkten Sonnenschein hatten sie in ihrem traurigen Leben bisher wohl noch nicht kennengelernt. Er warf den ersten Käfig zu Bettina. Streu rieselte zwischen den Gitterstäben hindurch, als sich der Käfig in der Luft befand. Bettina fing ihn geschickt auf und stellte ihn in den Kofferraum.

»Was machen Sie denn da?«, schrie der Mann aufgebracht. Er hatte gerade das Tor durchquert. »Fred, Alwin, helft mir mal!«

Lenny warf den zweiten Käfig hinunter. Als er den letzten Käfig in seinen Händen hielt, legte sich eine schwere Hand auf seine Schulter. Ein bulliger Mann mit breitem Gesicht und schlimmer Akne auf der Stirn schaute ihn an, als wollte er ihn gleich verspeisen.

»Was ist los?«, knurrte der Mann mit osteuropäischem Akzent. Lenny schob ihn mit einer Hand weg und warf mit der anderen den Käfig hinunter. Er konnte hören, wie Bettina die Klappe schloss. Noch bevor das Aknegesicht ihn wieder packen konnte, sprang er von der Laderampe. Obwohl die Rampe nur knapp zwei Meter hoch war, landete Lenny unsanft auf dem Boden, sein rechter Fuß knickte zur Seite und ein stechender Schmerz durchzuckte den Knöchel.

Bettina stand an der Fahrertür und schaute ihn mit besorgtem Gesichtsausdruck an. »Alles klar?«

Lenny rappelte sich auf. Als er seinen rechten Fuß belasten wollte, kam es ihm vor, als würde man eine Stichsäge in seine Muskeln treiben. Humpelnd erreichte er die Beifahrertür. Als er zurückblickte, wurde ihm bewusst, dass er keine Sekunde zu früh gesprungen war. Der Mann mit der Brille stand neben dem Tisch und hatte sein Telefon gezückt. Der Osteuropäer schaute ihn noch immer aus unheimlich bösartigen Augen an. Ein dritter Mann sprintete auf das Auto zu. Lenny ließ sich auf den Sitz plumpsen, und Bettina gab Gas. Sie hörten ein dumpfes Klopfen, als der Arbeiter gegen die

Heckscheibe schlug. Aber es war zu spät. Er konnte sie nicht mehr aufhalten.

Lenny beugte sich vor und schloss die Tür. »Das nenne ich just in time«, sagte er außer Atem und lächelte. Er ballte seine Hände zu Fäusten. »Wir haben es tatsächlich geschafft.«

Bettina schaute ihn an. Ihre Lippen zitterten wieder. »Wir ja«, sagte sie leise, während sie den Wagen auf den Parkplatz lenkte und auf die Straße abbog. »Aber ich glaube nicht, dass Joachim es geschafft hat.«

Lenny runzelte die Stirn und ließ die Hände wieder auf den Schoss fallen. »Was meinst du?«, fragte er langsam und spürte, wie das Blut in seinem Knöchel hämmerte. Auf einmal fühlte er sich schlapp und elend.

»Da war plötzlich ein Schrei am Ende des Telefonats. Joachim hatte gerade erwähnt, wo wir den Ersatzschlüssel herbekommen, als ein dumpfes Geräusch ertönte. Dann der Schrei. Ich glaube, es war Joachim. Kurz darauf brach die Verbindung ab.«

»Vielleicht war er nur gestolpert?«

Bettina sah ihn an. »Der Schrei ...«, wiederholte sie stockend. »Es klang nicht so, als ob er nur gestolpert wäre. Er klang panisch. Er klang, als hätte man etwas Übles mit ihm angestellt.« Sie setzte den Blinker und wollte in die Seitenstraße fahren, in der sein Auto stand.

»Geht nicht«, sagte er heiser. »Mein Fuß. Ich habe ihn mir verstaucht. Fahren kann ich jedenfalls im Moment nicht.«

Sie nickte und gab wieder Gas. »Ich glaube, seine Entführer haben ihn beim Telefonieren erwischt. Und das war ihm bestimmt verboten.« Bettina strich sich durch die blonden Haare. »Und dann haben die Gorillas ihn niedergeschlagen. Aber nicht nur mit einem Kinnhaken oder so. Du hättest seinen Schrei hören sollen. Da muss mehr passiert sein.« Sie schloss für eine Sekunde ihre Augen und atmete laut durch. Auf ihren

Armen breitete sich eine Gänsehaut aus. Lenny legte seine Hand behutsam auf ihre Schulter.

»Lass uns nicht das Schlimmste annehmen«, sagte er ruhig. »Joachim ist ein wirklich zäher Hund. Außerdem hat er einen verdammten Dickschädel. Bestimmt liegt er mit brummendem Kopf irgendwo auf einem Bett.«

Bettina lächelte kurz. »Vielleicht hast du recht.« Ihr Gesichtsausdruck sah allerdings nicht so aus, als ob sie diese Möglichkeit ernsthaft in Betracht ziehen würde.

Sie fuhren auf die Hauptstraße, und Lenny hörte ein ärgerliches Quieken aus dem Kofferraum. »Wohin bringen wir die Tiere?«, fragte er.

»Zu mir. Bei euch ist es viel zu gefährlich. Garantiert beobachten die schwarzen Heinzelmänner euer Haus.«

»Und deine Wohnung nicht?«

Bettina lächelte. »Vielleicht. Aber dennoch sind die Tiere bei mir besser aufgehoben.«

# 18

Sandra Friese fror. Dabei war es im Keller nicht kalt. Angenehm kühl vielleicht, aber nicht mehr. Eigentlich galt der Keller für Karl und sie in den warmen Sommermonaten stets als vorzügliches Rückzugsgebiet, falls die schwülen Temperaturen ihnen mal wieder aufs Gemüt zu schlagen drohten. Aber jetzt war ihr kalt. Sie saß an die Waschmaschine gelehnt und bibberte. Vielleicht handelte es sich auch einfach nur um einen Schock. Immerhin blutete sie nicht mehr. Dennoch fühlte sich ihr Kopf an, als hätte ihn jemand mit einem schweren Gas aufgebläht. Eine Stelle direkt in ihren Haaren und eine tiefe Wunde über ihrer linken Augenbraue taten bei Berührungen dermaßen weh, dass ihr Tränen in die Augen schossen. Auch unterhalb ihrer rechten Brust gab es einen Bereich, der schon auf sanften Druck des kleinen Fingers zu brennen begann. Es kostete Kraft, Luft zu holen. Und trotzdem hatte sich ihre Verfassung ein wenig verbessert, seit sie einige Flaschen Cola getrunken hatte. Eigentlich mochte sie dieses süße Zeug nicht. Sandra trank nur Cola, wenn sich eine heftige Magenverstimmung ankündigte, ansonsten mied sie das Gebräu. Im Heizungskeller gab es aber nichts anderes. Karl hatte eine Colakiste neben der Waschmaschine deponiert, aus welchem Grund auch immer. Alle anderen Getränkekisten lagerten im Vorratsraum. Dort gehörten sie schließlich auch hin. Trotzdem hatte ihr die Brause anscheinend wieder neue Lebenskraft gegeben, zumindest fühlte sie sich nicht mehr so niedergeschlagen, nicht mehr so fertig wie noch während des Vormittages. Das Koffein wirkte Wunder. Sie hatte nicht mehr das Gefühl, ständig auf der Stelle einzuschlafen, sobald Ihre Augen zufielen. Auch ihre finsteren Vorstellungen waren verschwunden. Sandra erinnerte sich, wie wütend sie gewesen war, als sie im Schlafzimmer vor dem offenen Fenster stand, kurz bevor Karl über sie herfiel. Davon war kaum noch etwas geblieben. Sie fühlte sich regelrecht ausgeglichen, hegte keine schlimmen Gedanken mehr gegenüber ihrem Mann, obwohl Karl es durchaus verdient hätte. Was war bloß in ihn gefahren, sie derart zu verprügeln und in den Keller zu sperren? Hatte er wirklich den Verstand verloren? Oder war er einfach nur ebenso wütend, wie sie vorhin? Aber warum? Was stimmte mit ihnen nicht?

Das kräftige Klacken des Türschlosses riss sie aus ihren Überlegungen. Er kam herein. Sandra wusste nicht, ob sie sich darüber freuen sollte. Karl schlurfte durch die Tür wie ein hypnotisierter Clown. Fast wäre er der Länge nach hingeflogen, als sein Fuß an der leicht erhöhten Schwelle zum Waschkeller hängen blieb. Er ruderte mit den Armen, blieb aber stehen. Sein Gesicht sah verkniffen aus. Als sie in seine zu Schlitzen verengten, grauen Augen schaute, war ihr klar, dass sie sich über sein Auftauchen nicht freuen sollte. Karl schien noch genauso abwesend zu sein wie vorhin, als er sie hinterrücks überfallen hatte.

»Karl, mein Löwe. Was ist mit dir?«, fragte Sandra sanft, während sie vorsichtig aufstand und versuchte zu ignorieren, dass sämtliche ihrer Knochen ein Klagelied anstimmten. Statt eine Antwort zu geben, knurrte ihr Mann, schaute kurz in ihre Richtung und fixierte dann den Wäschetrockner neben ihr. Ein Gedanke überkam sie. Wenn sie Glück hatte, verwechselte er sie mit dem Trockner. Karl trug seine Brille nicht. Außerdem sah er völlig durchgeknallt aus. Womöglich konnte er nicht mehr zwischen einem schlanken Frauenkörper und einer plumpen, eckigen Maschine unterscheiden. Als sie sich vorstellte, wie er auf die Klappe des Trockners einschlagen würde, musste sie grinsen. Sofort kribbelten ihre blutigen Lippen, als würden sich tausend feine Stecknadeln hindurchbohren. Sie sollte ihr Gesicht lieber nicht bewegen.

Sandra ging einen weiteren Schritt zur Seite. Karl studierte weiterhin den Trockner. Vielleicht würde sie sich an ihm vorbeidrängeln können, er stand zwar noch immer fast in der Mitte der Tür, aber eventuell würde er es nicht merken, wenn sie ihn behutsam ein Stück zur Seite schob und sich durch den Spalt quetschte. Gerade als sie einen Schritt Richtung Tür machte, veränderte sich seine Haltung. Auf einmal sackte Karl zusammen, jegliche Spannung verschwand aus seinem Körper. Er hob eine Hand, stützte sich damit an der Wand ab und stöhnte so herzzerreißend, wie er es manchmal tat, wenn er morgens aufwachte. Sein Blick wurde klar, er runzelte die Stirn und hob den Kopf.

»Was machen wir hier?«, fragte er. Sein Blick fiel auf Sandra. »Um Himmels willen, bist du ausgerutscht?«

»So etwas Ähnliches«, antwortete sie langsam. Spielte er nur mit ihr? Erinnerte sich Karl tatsächlich nicht mehr an den Vorfall im Schlafzimmer? Sie hatte keine Zeit, darüber nachzudenken. Momentan sah Karl völlig harmlos aus. »Lass uns wieder nach oben gehen«, sagte sie und kam schnell auf ihn zu.

Er nickte, während er sich über die Lider fuhr. »Mit mir stimmt was nicht«, sagte er langsam. »Ich habe Gedächtnislücken.«

»Ich werde dir einen schönen Tee machen.« Sandra ging noch einen Schritt auf ihn zu. Sie musste unbedingt raus aus diesem Keller. Wenn sie sich erst einmal im Erdgeschoss befand, standen ihr alle Möglichkeiten offen. Sie konnte sich mit Telefon im Badezimmer verbarrikadieren oder gleich das Haus verlassen. Auf alle Fälle brauchte Karl ärztliche Behandlung.

»Ja, ein Tee wäre gut«, sagte er. Sie legte ihm eine Hand auf die Schulter. Ob Karl zurückweichen würde? Vielleicht fiel ihm auch wieder ein, dass er sie eingesperrt hatte. Aber es gab keine andere Möglichkeit. Ihr Mann hatte sich nicht vom Fleck bewegt und versperrte noch immer den Weg in die Freiheit. Sie musste ihn sanft wegdrücken.

Mit großen Augen schaute er auf ihre Verletzungen. »Du blutest an der Braue.« Er flüsterte fast. Nur mit Mühe konnte sie sich eine gehässige Bemerkung verkneifen. Er stolperte tatsächlich ein Stück nach links. Mit einem langen Schritt ging Sandra an ihm vorbei und stand bereits unter der Zarge, als Karl wieder zu brummen anfing. Sie drehte sich um. Seine Augen waren geschlossen, und sein Mund zitterte, als würde er hektische, kleine Kaubewegungen vollführen. Sandra stieß einen heiseren Schrei aus. Jetzt drehte der Kerl schon wieder durch. Schweiß lief ihr übers Gesicht und brannte in ihren Wunden. Sie taumelte mit einem weiteren Schritt aus dem Raum hinaus und merkte dabei, wie schwer sie Luft holen konnte. Sie war gerade einmal ein halbes Dutzend Schritte gegangen und schon völlig außer Atem. Ihr Zustand war doch besorgniserregender, als sie es für möglich gehalten hatte. In ihrem Schädel begann es zu kreisen. Nur nicht ohnmächtig werden. Bitte nicht ohnmächtig werden. Sandra beugte sich vor, als müsste sie sich jeden Augenblick übergeben. Ihr Atem rasselte wie ein stotternder Dieselmotor. Erst als ihr Kopf mit Wucht nach hinten gezogen wurde, spürte sie den festen Griff der Finger, die sich um ihre Haare geschlungen hatten. Es ging alles so schnell, dass sie sich nicht orientieren konnte. Sie sah Karls schmutzige Schuhe. Er stand direkt hinter ihr. Sie wollte ihm in die Hand kneifen, mit der er sie festhielt. Als sie den Arm hob, sah sie die Türzarge auf sich zukommen. Für den Bruchteil einer Sekunde dachte sie daran, ihn schnell wieder zu senken und schützend um ihr Gesicht zu schlingen. Aber es war längst zu spät. Zuerst gab es ein Knirschen, das so klang, als würde man Pfefferkörner zerkleinern. Dann erst kam der überwältigende Schmerz. Für einen Moment war sie fest davon überzeugt, dass Karl ihren Schädel gespalten hatte. Ein Gefühl, als hätte man ihr Gesicht in siedendes Wasser getaucht, breitete sich aus. Außerdem fühlte sich ihre linke Gesichtshälfte irgendwie verschoben an. Nur vage registrierte sie, wie ihr Körper durch die Türöffnung gezogen wurde. Ihre Beine knickten ein. Hätte Karl nicht ihre Haare gehalten, wäre sie auf die Fliesen gefallen. Sein Griff löste sich. Sandra wollte den Sturz abfangen, konnte aber ihre Arme kaum noch bewegen. Sie schlug mit der Stirn gegen die Waschmaschine und hoffte einen Augenblick, einfach die Besinnung zu verlieren. Doch ihr Körper dachte offensichtlich nicht daran, sich abzumelden. Sie rollte sich wimmernd auf die Seite. Karl stand über ihr. Etwas floss ihr in die Augen und vernebelte kurzzeitig ihren Blick. Sie schmeckte Blut, obwohl ihr Kiefer kaum noch richtig zu bewegen war.

Karl war in die Hocke gegangen und schaute kalt und hart zu ihr herab. So in etwa musste er das Unkraut betrachten, das er kurz danach aus der Erde riss. Wie in Zeitlupe sah sie, wie er seine Hände hob. Die Handflächen sahen dunkel und verschmiert aus, und für einen Moment war Sandra überzeugt, dass sie voller Erde waren. Dann erkannte sie, dass es sich um Blut handelte. Höchstwahrscheinlich ihr Blut. Die Hände legten sich auf ihren Hals. Zumindest glaubte sie das. Außer den rasenden Schmerzen in ihrem Gesicht schienen alle anderen Empfindungen verloren gegangen zu sein. Sie bekam immer schlechter Luft, doch erst als sie das

Gefühl hatte, würgen zu müssen, weil ihr Kehlkopf grob nach oben gedrückt wurde, realisierte sie, dass Karl ihren Hals zudrückte. Sandra überlegte, ob es Sinn machen würde, ihn wegzustoßen, als alles um sie herum plötzlich schwarz wurde und sie in ein tiefes, schier endloses Loch fiel.

# 19

Bettinas Wohnung lag im beschaulichen Stadtzentrum. Sie fuhr auf einen kleinen Hinterhof und parkte auf einem Stellplatz, hinter dem ein Schild mit dem Hinweis *Privat* stand. »Auf der Straße habe ich keine Passats gesehen«, rief sie und öffnete die Heckklappe.

Lenny schüttelte den Kopf. »Ich auch nicht. Aber das wäre zu einfach.«

»Und wenn schon.« Vom Parkplatz aus führte eine Tür direkt in einen hellgrün gestrichenen Flur. Bettina schaute kurz hinein und nickte. »Lass uns die Tiere holen.«

Sie stellten die Käfige in den Flur.

»Welches Stockwerk?«, fragte Lenny und blickte in Bettinas grinsendes Gesicht.

»Such doch mal.« Er schaute sie ärgerlich an. Es war wirklich keine Zeit für solche Spielchen. »An den Klingelknöpfen kann man in der Regel erkennen, wer in welchem Geschoss wohnt«, sagte Bettina. Lenny wollte protestieren, aber sie schob ihn bereits durch den Flur. »Nur einen Blick. Es dauert nicht lange.«

Stöhnend ging er auf die Vordertür auf der gegenüberliegenden Seite zu. War es klug, sie zu öffnen, nur um auf die Klingelschilder schauen zu können? Er fand nicht. Aber aus welchem Grund auch immer, war Bettina ganz scharf darauf, dass er sich die Namen anschaute. Lenny öffnete eine elegante, halb verglaste Holztür. Die Klingelknöpfe waren auf einer glänzenden Messingtafel untergebracht. Er überflog die insgesamt fünf

Namen auf jeder Seite. *B. Matthiesen* stand oben rechts. Die anderen Namen sagten ihm nichts. Bevor er die Tür wieder schloss, schaute er aufmerksam über die Straße. Es waren noch immer keine Gorillas zu sehen. »Du wohnst ganz oben, rechte Tür«, sagte er.

Bettina nickte und zeigte auf die Treppen. »Dann nichts wie hoch. Oder kannst du mit deinem umgeknickten Fuß keine Stufen steigen?«

»Wenn wir langsam gehen, werde ich es schon schaffen. Wollen wir die Käfige nicht gleich mitnehmen?«

»Nein, die holen wir später. Komm endlich.«

Das Haus war ein gepflegter Altbau, die Wohnungstüren sahen riesig aus. Die Treppen knarrten bei jedem seiner Schritte, als würden sie nach über hundert Jahren so langsam ihren Dienst versagen. Als Lenny im fünften Stock angekommen war, hechelte er wie nach einem heiß umkämpften Volleyballmatch. In seinem Fuß pochte das Blut. Er schaute auf das Schild auf der rechten Tür und nickte. »Wir hätten die Käfige doch gleich mitnehmen sollen.«

Bettina antwortete nicht, sondern reichte ihm einen Schlüssel. Er öffnete die Tür und tastete nach einem Lichtschalter. »Hier oben«, sagte sie, und kurz darauf wurde es hell.

Als Lenny ins Innere sah, bekam er einen Schreck. Die gesamte Wohnung schien wirklich nur aus einem einzigen Raum zu bestehen, der in etwa so groß war wie die Küche in seinem Haus. Ein Schreibtisch, der über Eck ging und aus dunklem Holz war, stand neben dem einzigen Fenster. Ansonsten gab es nur noch drei Ikea-Regale, auf denen Unmengen von Akten und Papierhaufen lagen, und eine nostalgische Schreibtischlampe. Er konnte ihren amüsierten Blick spüren.

»Wie du siehst, bin ich ein wahres Arbeitstier. Ich brauche kein Bett und so'n Zeugs.«

Lenny lächelte. »Also gut. Anscheinend ist das hier so etwas wie ein Arbeitszimmer.«

»Mein Büro«, unterbrach sie. »Ich bin gar nicht so oft in der Redaktion. Die meisten Artikel schreibe ich hier.« Bettina schaltete das Licht wieder aus und schloss die Tür. »Ich brauche eine räumliche Trennung. Wenn ich mein Arbeitszimmer in meiner Wohnung habe, komme ich nie vom Schreibtisch weg. Irgendwas gibt es immer zu tun.«

»Ja, gut. Aber …«

»Meine Wohnung ist im ersten Stock.« Sie lachte und drehte sich um. »Also schnell wieder nach unten.«

»Ich habe deinen Namen nur hier oben gesehen.«

»Und genau deshalb eignet sich meine Wohnung als Versteck für die Tiere besser als euer Haus. Mein Name steht da unten nämlich nicht dran.«

Bettina konnte ihn immer wieder aufs Neue erstaunen. Als sie den ersten Stock erreichten, holte sie einen weiteren Schlüssel hervor und schloss die Tür auf der linken Seite auf.

»Ich bitte, einzutreten. Aber erst holen wir die Tiere.«

Laut las er den Namen vor, der in der Mitte der Tür auf einem Holzschild stand. »M. Swoboda. Wer ist M. Swoboda?«

»Meine Tante.«

»Deine Tante?«

»Sie hat früher in der Wohnung gewohnt.«

»Und es meckert keiner, wenn du ihren Namen an der Tür lässt?«

Bettina reichte ihm zwei der Käfige und schüttelte den Kopf. »Meine Tante ist noch immer hier gemeldet«, erklärte sie wie selbstverständlich, nahm den dritten Käfig und ihre Tasche.

»Warum?«

»Ich habe einfach ein besseres Gefühl, wenn nicht jeder sofort herausbekommt, wo ich wohne.« Sie verzog den Mund. »Wahrscheinlich eine alte Berufskrankheit.«

Die Käfige stellten sie auf den Boden im Wohnzimmer vor einer Regalwand mit etlichen Büchern. Lenny war froh, dass die Arbeit getan war. Im Auto hatte er das Gefühl gehabt, als hätte sich der Fußknöchel wieder beruhigt, aber das Treppenhaus hatte ihm den Rest gegeben. Er gönnte Bettina die wirklich gelungene Überraschung mit dem Büro im fünften Stock, aber im Nachhinein hätte er doch darauf verzichten sollen, ihr nach ganz oben zu folgen. Jedenfalls schmerzte sein Fuß mittlerweile sogar schon beim Stehen.

Bettina seufzte. »Es ist ein komisches Gefühl, sich mit derart aggressiven Tieren die Wohnung zu teilen.«

Lenny schaute auf die zwei Meerschweinchen, die jeweils auf ihrer Käfigseite versuchten, die Holzbarriere in der Mitte zu überwinden. »Momentan sehen sie ganz harmlos aus«, stellte er fest.

Bettina knetete ein Kissen und legte es zurück aufs Sofa. »Ich muss auch nie mehr so widerlich zugerichtete Tiere sehen wie in Joachims Labor.«

»Ja, das war schon schrecklich«, stimmte er zu. »Womit wir wieder beim Thema wären. Sawatzki muss uns endlich sagen …« In diesem Augenblick klingelte sein Handy.

Die Stimme seines Sohnes klang ängstlich. »Papi?«, flüsterte er.

»Ich bin hier, Justin.« Schlagartig wurde sein Gaumen trocken. Was war passiert? Standen die Männer in den schwarzen Anzügen schon im Garten?

»Papi, die Sabine ist so komisch.«

»Was?«

»Sie schreit Mami an und lässt uns nicht ins Wohnzimmer.«

»Ich komme sofort.« Lenny schaute Bettina mit großen Augen an. »Unsere Nachbarin ist bei meiner Frau. Irgendetwas stimmt da nicht. Justin hatte furchtbare Angst.« Er berichtete kurz über Sabines zahlreiche Wunden und ihr seltsames Verhalten.

Bettina griff nach ihrem Autoschlüssel. Eine tiefe Sorgenfalte erschien auf ihrer Stirn, während sie die Wohnungstür abschloss. »Klingt irgendwie nicht, als hätte die Gute sich nur ihren Kopf gestoßen.«

»Ich habe auch schon an das verseuchte Wasser gedacht. Aber Sabine wirkte völlig harmlos.«

»Der erste Eindruck kann täuschen.« Bettina legte ihm den Arm stützend um die Taille, während sie so schnell wie möglich die Treppe hinuntereilten.

Von der Fahrt bekam Lenny kaum etwas mit. Seine Gedanken waren bei Nina und den Kindern. Bilder der zerfleischten Nagetiere drängten sich in sein Gedächtnis. Ihn überfielen schreckliche Vorwürfe. Er hätte Sabine nicht mit seiner Frau und den Kindern allein lassen dürfen. Er stöhnte und versuchte, sich zu beruhigen, indem er an Joachims Worte dachte. Hatte sein Freund nicht gesagt, dass das Wasser auf Menschen eine vollkommen andere Wirkung haben könnte? Als Lenny das nächste Mal aus dem Fenster sah, nahm er überrascht zur Kenntnis, dass sie sich bereits auf der Zufahrtsstraße zum Neubaugebiet befanden. Bettina achtete nicht auf die Geschwindigkeitsbegrenzung und raste durch die verkehrsberuhigte Zone. Obwohl er vor Sorge um seine Familie schon ganz außer sich war, fiel ihm doch ein Stein vom Herzen, dass keine Kinder auf der Straße spielten. Die Gegend wirkte nach wie vor wie ausgestorben. Mit der beschaulichen Ruhe war es jedoch schlagartig vorbei, als Bettina in seine Straße einbog. Schon von Weitem fiel ihm der schwarze Passat auf, der auf der anderen Bürgersteigseite parkte. Bettina trat auf die Bremse und schaute ihn fragend an.

»Keine Zeit«, sagte er. »Sollen sie uns sehen. Ich muss ins Haus.«

Bettina nickte und gab Gas. Als sie näher kamen, bemerkten sie einen zweiten Passat, der vor dem Haus der Iversens wartete. Auf dem Bürgersteig davor herrschte rege Betriebsamkeit.

Fred Iversen stand wild gestikulierend vor vier Gorillas in Anzügen. Er hatte einen hochroten Kopf und schrie etwas Unverständliches. Einer der Männer hob seine Hände und redete auf ihn ein.

Bettina hielt vor Lennys Carport. »Wir sollten uns beeilen«, sagte sie, während sie die Tür öffnete. Als Lenny aus dem Auto stieg, konnte er Freds wüste Beschimpfungen hören.

»Ihr Kacksäcke habt nicht vor meinem Grundstück zu parken«, rief er sichtlich aufgebracht und schubste einen der Männer grob nach hinten.

»Nun beruhigen Sie sich doch erst einmal«, sagte einer der anderen Gorillas. Der Typ trug eine kreisrunde Brille auf der Nase und wirkte gehetzt. Anscheinend wussten sie nicht, wie sie mit Fred umgehen sollten. Während Lenny und Bettina auf die Haustür zueilten, drehte sich einer der Anzugträger um und stieß seinen Partner mit der Brille an. Sofort drehte auch der sich um.

»Bitte warten Sie einen Moment«, rief er. Lenny schaute zurück und sah, wie der Mann auf ihn zukam.

Das schien Fred jedoch nur noch wütender zu machen. »Hiergeblieben, du Arsch!«, brüllte er und verpasste dem Kerl mit der Brille einen Schlag gegen den Hinterkopf. Der Typ schrie auf und flog der Länge nach auf den Fußweg. Sofort waren die anderen Gorillas zur Stelle und schlugen ihrerseits auf Fred ein. Einen von ihnen kannte Lenny. Es war der grobschlächtige Typ mit der riesigen Narbe auf der Wange. Der Typ, der Justin entführt hatte. Lenny hörte dumpfe Schläge, als würde man gegen einen Sandsack hauen. Aber in gewisser Weise hatte Fred ja auch die Statur eines Sandsackes.

»Schnell, beeile dich«, rief er Bettina zu.

Sie erreichten die Haustür, und für einen schrecklichen Moment glaubte Lenny, dass sein Hausschlüssel verloren gegangen wäre. Vielleicht im Labor, als er in höchster Not von der Laderampe gesprungen war. Schließlich fand er ihn in der untersten Ecke seiner Hosentasche. Als sie in den Flur traten, stürmten Justin und Emily auf ihn zu. Während sich Emily heulend an sein Bein warf, zeigte Justin auf die Wohnzimmertür.

»Sie hat die Tür verriegelt«, rief er schluchzend. Lenny strich seinen Kindern über die Haare, Bettina rannte zur Tür und drückte die Klinke runter.

»Nicht verriegelt«, sagte sie. »Nur versperrt.« Sie presste sich mit ihrem Gewicht dagegen und konnte die Tür einige Zentimeter weit aufdrücken. Lenny kam ihr zur Hilfe. Gemeinsam stemmten sie sich gegen das Holz. Aus dem Wohnzimmer drangen wimmernde Geräusche. Dann knurrte Sabine. Lenny erschrak. Dieser Ton hatte nichts Menschliches an sich. Mit einem kratzenden Laut flog die Tür schließlich auf. Gleich darauf gab es ein hallendes Poltern. Einer der Wohnzimmersessel war umgestürzt und lag auf der Seite hinter der Tür. Damit musste Sabine sie verrammelt haben. Wie gut, dass ihr Wohnzimmer mit Laminat ausgelegt war, sonst hätte sich der Sessel kaum so einfach wegschieben lassen.

Lenny stürmte in den Raum und sah zunächst die zerbrochene Teetasse, die in der Mitte des Tisches lag. Die Scherben schwammen in einer rötlichen Pfütze. An einer Seite tropfte die Flüssigkeit auf den Boden. Es sah aus, als hätte jemand seine volle Tasse mit Wucht auf den Tisch gepfeffert. Er sah die Frauen vor dem Fernseher. Nina lag auf dem Rücken und wimmerte herzzerreißend. Ihre Augen waren weit geöffnet, Blut quoll aus ihrem Mund. Ein tiefer Kratzer in ihrer Wange sah aus, als wäre ein wütender Löwe über sie hergefallen. Sabine saß auf ihrer Brust, mit den Beinen hatte sie Ninas Arme eingeklemmt. Eine Hand umklammerte Ninas Kopf und zog ihn nach oben. Mit der anderen Faust schlug sie zu und traf Nina an der Lippe. Während Nina einen weiteren Schrei ausstieß, brummte Sabine kehlig. Ihre Augen waren halb geschlossen, sie schaute Nina überhaupt nicht richtig an, sondern schien irgendwo auf ihren Hals zu blicken. Auch die Anwesenheit von ihm und Bettina schien ihr verborgen zu bleiben. Wie in Zeitlupe holte Sabine wieder aus. Lenny sah, dass Nina verzweifelt versuchte, sich zu befreien. Sie wollte ihre Arme herausziehen, aber Sabines Gewicht lag bleischwer auf ihr. Sie probierte, mit ihren Füßen nach Sabine zu treten, aber Sabine saß viel zu weit oben, als dass sie wirklich einen Treffer hätte landen können. Als Sabine noch einen Fausthieb in Ninas Gesicht platzierte, sprang Lenny wütend auf sie zu. Aus den Augenwinkeln sah er, dass sich Bettina neben ihm befand. Sie verstanden sich ohne Worte. Während er Sabine von hinten umklammerte, damit sie keinen weiteren Schlag mehr ansetzen konnte, trat Bettina von vorn auf seine Nachbarin zu und verpasste ihr eine schallende Backpfeife. Sabines Kopf flog zur Seite und eine ihrer kaum verheilten Wunden am Kinn platze auf. Ihr Körper verlor einen Moment an Spannung. Den Augenblick nutzte Lenny, um Sabine von Nina runterzustoßen. Mit dem Gesicht landete sie unsanft auf dem Laminat. Kurz sah es so aus, als würde sie liegen bleiben. Wie in Trance richtete sich Sabine jedoch nur Sekunden später wieder auf. Mit einem Satz war Bettina bei ihr, verdrehte Sabines Arm auf dem Rücken und drückte mit der anderen

Hand ihren Kopf nach unten. Sabine schrie auf. Immerhin klang dieser Schrei schon deutlich menschlicher, als das kehlige Knurren. Sie versuchte, die Hände abzuschütteln und einen Schritt Richtung Wohnzimmertisch zu machen, aber Bettina konnte ihren Griff sogar noch verstärken, indem sie Sabine zurückzog und in die Hocke zwang.

»Wo hast du das denn gelernt?«, fragte Lenny, während er sich über seine Frau beugte.

»Ich habe mal ein paar Trainingseinheiten bei der Polizei mitgemacht«, antwortete sie. »Aus diesem Griff gibt es kein Entkommen.«

Er nickte und streichelte Nina über die gesunde Wange. »Wie geht es dir, mein Schatz?«

Zu seiner großen Erleichterung schenkte seine Frau ihm ein kleines Lächeln. »Ich wurde zuletzt in der siebten Klasse verprügelt«, sagte Nina leise und stützte sich mit den Ellenbogen vom Boden ab. Sie hielt sich an seiner Schulter fest, während sie aufstand. »Mein Kopf brummt. Und meine Wange brennt.«

»Du siehst aus, als hättest du mit einer Wildkatze gekämpft.«

Nina musterte Sabine, die nun völlig bewegungslos in Bettinas Griff kauerte. Sabine starrte mit abwesenden Augen auf die Scherben der zerbrochenen Tasse. »So ganz falsch ist der Vergleich auch nicht«, sagte Nina. »Sabine ist wie eine Furie auf mich losgegangen. Sie hat ihre Tasse auf den Tisch geworfen und sich auf mich gestürzt. Ich hatte nicht mal die Chance, mich zu verteidigen.« Sie verzog den Mund und klopfte Lenny auf den Arm. »Du kannst mich loslassen. Ich muss dringend ins Bad und meine Wunden pflegen.«

Als Nina die Türschwelle erreichte, fing Sabine an, sich in Bettinas Griff zu winden. Es war, als wollte sie Nina unter keinen Umständen aus dem Wohnzimmer gehen lassen.

»Wir sollten den Tiger aus dem Haus schaffen«, sagte Bettina. »Langsam kann ich nicht mehr.«

Lenny nickte und öffnete die Haustür. Sie gingen auf die Rasenfläche des Vorgartens. Vom Bürgersteig drangen Schreie herüber.

»Mein Gott, sieh dir das an«, sagte Bettina. Fred und die Männer waren inzwischen in eine handfeste Prügelei verwickelt. Fred hielt mittlerweile eine schwere Heckenschere in der Hand und rammte sie dem Mann mit der Brille gerade in den Arm. Einer seiner Kollegen hing schlapp über dem Gartenzaun wie ein Sack Torf. Aus einer Wunde unterhalb seines Ohres schoss das Blut in einem Schwall heraus, als handelte es sich um einen eingebauten Springbrunnen. »Wir müssen sofort von hier weg«, rief Bettina. »Hol Nina und die Kinder.«

Lenny machte auf der Stelle kehrt und rannte zurück ins Haus. Emily und Justin standen im Flur. »Wo ist Mami?«

»Hier unten im Gästebad«, sagte Justin. Er wirkte trotz allem noch immer erstaunlich gefasst.

»Das hast du übrigens super gemacht, dass du mich gleich angerufen hast«, sagte Lenny und wuschelte durch Justins Haare. Justin nickte. Lenny stand auf und klopfte gegen die Tür. »Nina«, rief er. »Komm raus. Wir müssen weg!«

Der Wasserhahn wurde zugedreht. Sekunden später stand Nina vor ihm, ihre Haare waren nass und sie presste ein großes Handtuch an ihre linke Wange. »Ich bin bereit.«

Sie nahmen die Kinder in die Mitte und verließen das Haus. Lenny widerstand dem Impuls, abzuschließen. Eine einfach ins Schloss gefallene Tür musste vorerst reichen. Bettina hatte vor der Tür gewartet. Als sie Lenny und seine Familie sah, verpasste sie Sabine mit dem Knie einen Stoß in den Rücken und ließ sie los. Sabine taumelte vorwärts und landete in einem Busch.

»Kommt, schnell«, rief Bettina und hielt bereits ihren Autoschlüssel in der Hand.

»Da sind sie«, ertönte plötzlich eine laute Stimme. Lenny sah, dass der Mann mit der Brille mit seinem unversehrten Arm in ihre Richtung zeigte. Fred stürzte sich wie ein Raubtier auf den ausgestreckten Arm des Mannes und biss ihn in die Finger. Ein gellender Schrei ertönte. Sein Partner wich zurück, statt ihm zu Hilfe zu kommen, und auch der Typ mit der Narbe drehte sich einfach weg und stapfte auf Bettinas Auto zu. Er griff in seinen Anzug und hielt kurz darauf eine Pistole in der Hand.

»Bleiben Sie stehen. Sofort«, sagte er laut. Bettina hatte bereits die Fahrertür aufgemacht und verharrte in ihrer Bewegung. Emily und Justin drückten sich eng an ihre Mutter.

»Was wollen Sie von uns?«, fragte Lenny.

»Sie sollen uns einfach nur begleiten«, antwortete der Narbentyp und grinste tatsächlich wieder. Ein weiterer Schrei ertönte. Fred schien noch immer die Hand der Brillenschlange zu bearbeiten.

»Ihr Freund wird gerade zerfleischt«, sagte Lenny betont gleichgültig. Der Mann mit der Narbe lachte gequält und fuhr sich über seinen rechten Arm. Lenny sah, dass der Anzug dort dunkelrot gefärbt war. Fred schien mit der Heckenschere auch ihn getroffen zu haben.

»Das ist egal. Einen meiner Leute hat dieses wassergeschädigte Monster sowieso schon auf dem Gewissen. Wichtig sind nur sie fünf. Mein Chef möchte unbedingt mit ihnen reden.«

Bettina gab ein überrascht klingendes Seufzen von sich. »Wassergeschädigtes Monster?«, wiederholte sie. »Sind Sie für das verseuchte Wasser verantwortlich?«

Der Mann verzog den Mund. »Verantwortlich ist dieser beschissene See im Wald.«

»Die Blaualgen«, stellte Bettina nickend fest. »Heißt ihr Chef vielleicht Balke-Basdorf?«

Der Mann steckte die andere Hand in seine Anzugtasche, und kurz darauf gab der Passat einen hellen Ton von sich und die Blinker leuchteten einmal auf. »Uninteressant. Ich darf Sie bitten, in diesen Wagen einzusteigen«, sagte er. Bisher hatte er mit seiner Waffe nicht auf einen von ihnen gezielt, sondern sie lediglich cool gegen seine Brust gedrückt. Jetzt streckte er den Arm aus und richtete die Pistole direkt auf Emilys Kopf. »Und ein bisschen schnell, wenn ich bitten darf.« Nina schrie erschrocken auf.

»Sie schießen nicht«, sagte Bettina langsam, schloss dabei aber ihre Autotür wieder. »Sonst hätten Sie den da schon längst niedergestreckt.« Sie nickte in Richtung Fred, der die Hand des Kollegen wieder losgelassen hatte und finster zu ihnen herüber sah. Lenny schauderte. Die beiden Gorillas hatten sich ein Stück von ihm entfernt und stützten sich gegenseitig. Sie sahen kreidebleich aus. Die zerbissene Hand hing schlaff runter und sah aus wie in den Reißwolf gekommen. Der andere konnte kaum noch durch seine geschwollenen Augen schauen. Aus seinem Mund floss orangefarbener Speichel.

»Den Probanden dürfen wir nichts tun«, erklärte die Narbenwange. »Jedenfalls so lange nicht, bis sie zu viele Fragen stellen und unser Projekt gefährden.«

Mehrere Dinge passierten in dieser Sekunde fast gleichzeitig. Fred hechtete wie von der Tarantel gestochen in die Luft und stürmte anschließend mit gesenktem Kopf auf seine zwei schon arg ramponierten Gegner los. Der Mann mit der zerbissenen Hand schrie vor Entsetzen auf und stolperte nach hinten. Sein Partner griff in seinen Anzug und hielt kurz darauf ebenfalls eine Pistole in der Hand. Er richtete den Lauf auf Fred. »Wir haben keine andere Wahl, Boss«, schrie er.

Der vernarbte Bodybuilder drehte sich um und schien etwas erwidern zu wollen. Genau in diesem Moment stürmte Sabine aus dem Gebüsch hervor, in dem sie gekauert hatte, seit sie von Bettina dort hineingeschubst worden war. Erstaunlich grazil hüpfte Sabine mit wenigen Sprüngen über die Rasenfläche vor dem Haus. Der Mann mit der Narbe bemerkte sie erst im letzten Augenblick. Er drehte sich in ihre Richtung, aber es war bereits zu spät. Sie sprang vom Boden ab, als müsse sie über einen breiten Fluss springen und prallte gegen ihn, als er offenbar gerade seine Waffe in Position bringen wollte. Der Aufprall war selbst für so einen Schrank wie ihn zu heftig. Er fiel seitwärts auf den Bürgersteig und schrie auf. Es klang erstaunt und ängstlich zugleich. Das Narbengesicht ließ die Pistole los, sie flog gegen den Zaun und verschwand irgendwo in den Büschen. Sabine rutschte über seinen Körper, ihre Beine machten ebenfalls Bekanntschaft mit dem harten Stein des Gehweges. Im Gegensatz zum Gorillaboss rappelte sie sich jedoch Sekundenbruchteile später wieder auf. Mit einem finsteren Knurren drehte sie sich um. Zunächst dachte Lenny, dass sie sich auf ihn setzen wollte, so wie bei Nina, dann aber schnellte ihr Kopf nach vorn und sie biss dem Typen mit Kraft in den Hals. Ein gurgelndes Geräusch ertönte. Diese Gelegenheit musste genutzt werden.

»Ins Auto«, brüllte Lenny. Er klappte die Lehne um und half Nina und den Kindern auf die Rückbank. Während Bettina einstieg, knallte ein Schuss durch die Luft. Hatte der Brillengorilla auf Fred geschossen? Lenny sah, wie Fred ihn in den Schwitzkasten nahm und nach seiner Heckenschere langte. Fred sah zumindest nicht so aus, als wäre er ernsthaft getroffen worden. Der Kollege mit dem kaputten Arm und der kaputten Hand lehnte inzwischen am Zaun und sah aus, als hätte man einen ganzen Topf weißen Puders auf seinem Gesicht verteilt. Sein Mund zuckte, wahrscheinlich machte sich der Blutverlust langsam bemerkbar. Seine Brille lag wie eine zertretene Eidechse vor ihm im Rinnsal. Aus den Stümpfen seiner Finger sprudelte noch immer eine hellrote Soße hervor. Lenny schob die Lehne zurück und ließ sich auf den Beifahrersitz fallen. Bettina fluchte leise, als sie zum zweiten Mal das Zündschloss verfehlte.

»Mach schnell«, rief Nina hinter ihnen mit panischer Stimme.

Bettina keuchte. »So langsam scheint meine Energie aufgebraucht zu sein«, antwortete sie und schloss für einen Moment die Augen. Lenny legte ihr eine Hand auf die Schulter.

»Soll ich fahren?«

»Keine Zeit. Wir müssen weg.« Diesmal traf sie das Schloss und drehte den Schlüssel herum. Sofort sprang der Motor an. Als sie anfuhren, schaute Lenny auf das Narbengesicht. Der Mann kniete auf dem Gehweg, und in seinen Augen stand die nackte Panik. Obwohl er beide Hände gegen seinen Hals presste, sickerte unablässig dickes Blut durch seine Finger. Sabine hatte sich von ihm abgewandt und saß vor dem Zaun. Für einen Moment sah es so aus, als würde sie versuchen, ihren Kopf durch die Stäbe zu pressen. Mit den Händen wühlte sie in der Erde wie eine Wildsau, die nach Trüffeln Ausschau hielt. Sekunden später sprang sie unvermittelt auf. Ihre Hände umklammerten die Pistole.

Lenny wurde in seinen Sitz gedrückt, als Bettina das Gaspedal anscheinend bis zum Anschlag runter drückte. Das Letzte, was er sah, war Sabine, die mit der Waffe langsam und ohne Hast auf den Kopf des Anführers zielte. Bettina schaltete viel zu spät in den zweiten Gang. Als sie an die nächste Kreuzung kamen, donnerte ein Schuss durch die Luft. Nina stieß einen heiseren Schrei aus, und Emily fing an, herzzerreißend zu weinen. Sie drückte ihren Kopf an die Brust ihrer Mutter und schluchzte, wie Lenny es noch nie erlebt hatte. Was für eine Willenskraft musste sie aufgebracht haben, bis jetzt still und ruhig zu bleiben. Er drehte sich in seinem Sitz um, berührte seine Tochter sanft am Knie und betrachtete seinen Sohn. Justin saß mit hängenden Schultern auf seinem Platz und starrte seine Hände an, die auf seinem Schoss lagen.

»Wie geht es dir, Großer?«, fragte er leise. Justin antwortete nicht. Er reagierte nicht mal.

»Lass ihm Zeit«, flüsterte Nina, während sie ihre schluchzende Tochter im Arm hielt. »Lass uns allen ein bisschen Zeit.« Sie schaute aus dem Fenster. »Fahren wir zu dir, Bettina?«

»Ja. Ich denke, dort sind wir erst einmal sicher.«

Als sie auf die Hauptstraße bogen, schaltete Bettina das Radio ein. »Muss einfach sein«, sagte sie entschuldigend. Lenny nickte. Bettina hatte sich großartig geschlagen. Er bezweifelte, ob es ihm gelungen wäre, Sabine ähnlich schnell unter Kontrolle zu bringen. Außerdem hatte Bettina ihren ersten Schock erstaunlich gut überwunden. Er schaute sie von der Seite an, aber es sah nicht so aus, als ob sie noch zitterte. Ihre Hände umfassten das Lenkrad, krallten sich aber nicht daran fest. Hinter sich konnte er Emilys leises Schluchzen hören. Er drehte sich um. Nina hatte die Augen geschlossen und schien ein wenig zu dösen. Vielleicht das Beste, was sie machen konnte. Justin saß noch immer so da, wie bei ihrer Abfahrt und starrte auf seine Hände. Höchstwahrscheinlich hatte sein Sohn ebenfalls einen Schock erlitten. Lenny sehnte sich danach, ihn in die Arme nehmen zu können, aber damit würde er wohl noch eine Weile warten müssen.

Bettina stöhnte auf. »Sieh mal nach vorn.« Lenny drehte sich um. Auf der anderen Fahrbahnseite kamen ihnen unzählige Fahrzeuge entgegen. Die hellen Scheinwerfer blendeten ihn in den Augen. Blaulichter blitzen auf, zwei silberblaue Streifenwagen fuhren an ihnen vorbei, dahinter folgten grüne Mannschaftsbusse. Lenny schaute durch die vergitterten Fenster und konnte die Schatten der Beamten erkennen.

»Alle voll besetzt«, stellte er fest. Das Ende des Konvois bildeten wiederum zwei Streifenwagen. »Das waren mindestens fünfundzwanzig Busse«, sagte er erstaunt.

»Zweiunddreißig«, erwiderte Bettina kopfschüttelnd.

»Wahnsinn. Ob sie auf dem Weg ins Neubaugebiet sind?«

»Bestimmt. Wer auch immer diese ganze Schweinerei zu verantworten hat, er muss mächtige Freunde in der Politik haben. Jedenfalls glaube ich nicht, dass wir in nächster Zeit ungehindert zu eurem Haus fahren können.«

Als der Fiesta auf den Parkplatz in dem kleinen Hinterhof fuhr, schliefen auch Emily und Justin. Justin hatte seinen Kopf ebenfalls an Ninas Schulter gelehnt. Wäre die Situation nicht so grausam gewesen, hätte Lenny dieses Bild gern mit seinem Handy festgehalten, die drei sahen so friedlich aus.

Bettina stieg aus und atmete laut ein. »Die frische Luft tut gut.« Sie schaute auf die Rückbank. »Wollen wir die drei eine Weile schlafen lassen? Gebrauchen könnte deine Familie es.«

Lenny dachte einen Moment darüber nach. Es würde tatsächlich nichts schaden, wenn Emily und Justin zur Ruhe kämen. Und Nina sah mit ihrem geschundenen Gesicht auch alles andere als vital aus, aber es widerstrebte ihm, sie einfach hier im Auto zu lassen. Und er selbst hatte auch keine Lust, wie auf dem Präsentierteller neben dem Wagen zu stehen und zu warten, bis sie aufwachen würden. Er hatte erneut keine Passats gesehen, als sie eben auf den Hinterhof fuhren. Aber früher oder später würden die Gorillas kommen, da war er sich ganz sicher. »Mir ist wohler, wenn wir alle in deiner Wohnung sind.«

Bettina nickte und klappte ihren Sitz nach vorn. Vorsichtig berührte sie Ninas Gesicht.

Nina blinzelte. »Was ist?«, fragte sie, während sie über die Köpfe ihrer Kinder strich.

»Nichts«, sagte Bettina beruhigend. »Wir sind da.«

Nina nickte und flüsterte leise auf ihre Kinder ein. Sofort schlugen Emily und Justin die Augen auf.

Sein Fuß machte schon wieder Probleme, während er die Stufen hochging. Bisher war viel zu viel passiert, als dass er auch nur einen Gedanken an ihn hätte verschwenden können, aber jetzt waren die Schmerzen präsent. Bettina schloss wortlos auf und sie traten in die Wohnung. Emily klammerte sich fest an ihre Mutter, ihr behagte die fremde Umgebung nicht. Wie gern hätte Lenny sie in ihr eigenes Bett in ihrem eigenen Zimmer gebracht und sich zu ihr gelegt.

Bettina zog sämtliche Vorhänge zu. »Es ist sicher besser, wenn ihr euch nicht an den Fenstern blicken lasst«, sagte sie.

Sie setzten sich auf Bettinas terrakottafarbene Couch. Nina legte die Arme um ihre Kinder, die sich rechts und links von ihr platziert hatten. »Ich kann es immer noch nicht fassen«, flüsterte sie leise. »Warum vergiften diese Leute das Wasser einer ganzen Siedlung?«

»Ich glaube, dass Joachim mit seiner ursprünglichen Vermutung nicht so verkehrt gelegen hat«, sagte Bettina. »Am Telefon hatte er davon gesprochen, dass Blaualgen den Wirkstoff verunreinigt hätten. Daraus schließe ich, dass irgendeine ominöse Organisation irgendein Mittel ins Frischwasser gegeben hat, welches erst durch die Algen so eine fatale Wirkung erhalten hat. Die Frage ist, was der eigentliche Sinn dieses Zusatzes gewesen war.

Das Neubaugebiet war meiner Meinung nach nicht das Ziel dieser ganzen Aktion. Joachim hat von einem See im Wald gesprochen, an dem er sich gerade befand.«

Lenny schaute überrascht auf. »Warum hast du das nicht schon früher gesagt? Der See liegt ziemlich genau zwischen unserem Neubaugebiet und dem Schlosshotel. Wir hätten nach ihm suchen können.«

Bettina lächelte ihn mit traurigen Augen an. »Wann hätten wir das tun sollen?«, fragte sie sanft. »Es war ja nicht gerade so, als dass wir uns in den letzten Stunden tödlich gelangweilt hätten.« Sie strich sich mehrere Haarsträhnen hinter ihr Ohr und seufzte. »Wie dem auch sei, wenn eine Wasserleitung mitten durch den Wald führt und das Neubaugebiet mit Frischwasser versorgt, liefert sie mit Sicherheit auch das Wasser für das Schlosshotel. Und dort findet in zwei Wochen nun mal das mit Spannung erwartete Abendessen der G8-Regierungschefs statt.«

Lenny stand auf. »Wir müssen sofort mit Sawatzki sprechen. Er muss uns endlich erklären, was es mit dieser ganzen Sache auf sich hat. Wir dürfen keine Zeit mehr verlieren.«

Bettina verschränkte die Arme vor der Brust. »Sawatzki wird längst nicht mehr im Rathaus sein und seine Privatadresse kenne ich leider nicht. Bisher ist es ihm vortrefflich gelungen, sein Privatleben aus der Politik zu lassen.«

»Aber wir können doch nicht …«

»Sawatzki ist sowieso nicht mehr wichtig«, unterbrach Bettina. »Nach allem, was heute passiert ist, ist Sawatzki schlicht und einfach uninteressant für uns geworden. Bewaffnete Gorillas laufen in Reinbek herum. Auf irgendeine Weise kooperieren sie mit der Polizei, immerhin haben sie gemeinsam Joachims Labor ausgeräumt. Die Hundertschaften von Bereitschaftspolizei, die uns auf der Straße entgegengekommen sind, das alles übersteigt den Kompetenzbereich des Bürgermeisters einer Kleinstadt bei Weitem. Hier sind ganz andere Leute am Werk.«

Lenny ließ sich wieder auf die Couch plumpsen. »Und jetzt? Geben wir uns geschlagen und versuchen nur noch, unsere nackte Haut zu retten?«

Bettina schaute ihn mit einem ärgerlichen Blick an. »Ist das dein Ernst?«

»Entschuldigung«, sagte er schwach. »Die Ereignisse des Tages …«

Sie machte eine wegwerfende Handbewegung. »Schon gut, Lenny. Ich besitze aus meiner Zeit bei dem Hamburger Großverlag noch die eine oder andere Beziehung nach Berlin. Etwas eingerostet womöglich, aber gleich morgen früh werde ich alle meine Kontakte spielen lassen. Einige davon reichen bis in die Parteispitzen und das Kanzleramt. Wäre doch gelacht, wenn wir da nichts erfahren. Ein paar Männer in Schwarz können vielleicht unbemerkt durch die Gegend wuseln, aber ein Polizeigroßeinsatz, wie wir ihn vorhin gesehen haben, hinterlässt Spuren. Und die gilt es, zu suchen. Es wird jemanden geben, der die Aktion ins Rollen gebracht hat, und an den werden wir uns wenden.« Sie lächelte Lenny und Nina zuversichtlich an. Lenny lächelte zurück. Was für ein Segen es war, dass er diese Frau gefunden hatte. Und ausgerechnet bei einem Anzeigenblättchen. Zusammen würden sie diesen Skandal aufklären.

Nina dachte anscheinend ganz ähnlich, denn sie lehnte sich sichtlich entspannt zurück. »Hört sich prima an«, sagte sie und klang hoffnungsvoll.

Justin hustete. »Ich habe Hunger.« Lenny stellte erleichtert fest, dass sein Gesicht zumindest wieder etwas Farbe bekommen hatte.

Bettina stand auf. »Ich habe genug Brot und Aufschnitt im Kühlschrank. Ich werde uns etwas zum Abendbrot zaubern.«

Lenny schaute seine Frau an. »Wir sollten uns überlegen, wo wir diese Nacht schlafen.«

»In der Stadtmitte gibt es zwei Hotels«, schlug Nina vor.

Bettina drehte sich an der Türschwelle um. »Ich halte es nicht für klug, wenn ihr euch heute noch in der Öffentlichkeit zeigt. Habt ihr vergessen, dass diese Anzugtypen euch mit gezückter Pistole in ihren Wagen zwingen wollten? Ihr bleibt besser hier. Nina und die Kinder können in meinem großen Bett schlafen. Für dich, Lenny, bleibt die Couch. Ich werde nach oben ins Büro ziehen. Ich habe für solche Fälle extra eine Matratze dort deponiert.« Nina wollte offensichtlich zu einer Antwort ansetzen, aber Bettina wedelte ungeduldig mit der Hand. »Keine Diskussion. Es ist wirklich besser so. Und mir macht es überhaupt nichts aus.«

Lenny stand auf. »Wir nehmen deine Einladung gern an.« Ihm war ebenfalls nicht Wohl bei dem Gedanken, sich mit den Kindern nochmals auf der Straße zu zeigen.

Nina seufzte leise. »Das ist furchtbar nett von dir, Bettina.«

»Keine Ursache. Wirklich nicht. Ich werde das Abendbrot machen.«

Nina schob Emily behutsam zur Seite und stand auf. »Aber dabei helfe ich dir. Ob du willst oder nicht.«

Während sich Justin wie ein halb verhungerter Wüstenwolf auf das Brot stürzte, kaute Emily nur an einer Rinde herum und spielte mit dem Löffel in ihrem Kakao.

»Wird Zeit, dass die Kleinen ins Bett kommen«, sagte Nina.

Eine Viertelstunde später verschwand sie mit den beiden im Bad.

Bettina zog ihre Hausschuhe an. Sie hielt eine Waschtasche und ein langes T-Shirt in ihrem Arm. »Ich habe da oben sogar fließend Wasser«, sagte sie und lachte, als sie Lennys fragendes Gesicht sah.

Er brummte. »Und wenn das Wasser in der gesamten Stadt vergiftet, beziehungsweise behandelt wurde?«

»Das glaube ich nicht. Schau dich um. Hier ist es ruhig. Und die Polizei war eindeutig auf dem Weg zum Neubaugebiet. Hast du in der Innenstadt vorhin irgendwelche Einsatzfahrzeuge entdeckt?« Er schüttelte den Kopf. »Na siehst du.«

»Trotzdem werde ich wahrscheinlich immer ein komisches Gefühl haben, wenn ich zukünftig irgendwo einen Wasserhahn aufdrehe.« Er öffnete ihr die Wohnungstür. »Ich begleite dich nach oben.«

Sie trat auf den Flur und musterte ihn. »Das musst du nicht. Wie geht es überhaupt deinem Fuß?«

»Er zwickt bei jedem Schritt, aber es ist nicht schlimmer geworden.«

Sie gingen die Stufen nebeneinander her, und ab dem dritten Stockwerk spürte er seine Verletzung doch wieder stärker. Es pochte, als würde sein Knöchel jeden Moment aus irgendeiner Verankerung fliegen.

Bettina schloss die Tür ihres Büros auf. »Wir werden das durchstehen«, sagte sie, während sie Waschtasche und Shirt auf einen kleinen Stuhl legte. »Gleich morgen früh werde ich einige spannende Telefonate führen.«

Er lächelte. »Danke.«

Sie zog ihn an sich und schlang ihre Arme um seinen Hals. Trotz dieses Horrortages konnte er noch immer das unaufdringliche, aber herrlich duftende Parfüm an ihrer Haut riechen. »Ich mache das wirklich gern. Wir Journalisten haben eine Art Killerinstinkt. Wenn der erst mal geweckt wurde, hängen wir wie Bluthunde an einer guten Story.« Er gab ihr einen Kuss auf die Wange, und sie strich ihm einmal durchs Haar. Dann ließ sie ihn los und schloss die Tür.

*

Nina zog Emily bis auf Unterhemd und Unterhose aus. »Wird es heute Nacht ohne Windel gehen?«, fragte sie ihre Tochter. Im nächsten Moment kam ihr diese Frage furchtbar albern vor. Es kam zwar hin und wieder noch vor, dass Emily während des Schlafes ins Bett machte, aber nach allem, was ihre Tochter erlebt hatte, war es völlig unerheblich, ob sie sich heute nass machen würde oder nicht. Sie würde einfach auf einem großen Handtuch schlafen.

Emily nickte dennoch tapfer. »Kriege ich keinen Schlafanzug?«, fragte sie und klang sehr müde.

»Wir haben keinen mitgenommen. Wir mussten unser Haus doch so schnell verlassen. Am besten legst du dich schon mal ins Bett. Mummel dich ordentlich ein. Ich komme mit Justin gleich nach.«

»Ja, Mami.«

*

Emily öffnete die Tür und folgte dem Flur ins Schlafzimmer. Nina hatte das Bett bereits aufgeschlagen. Emily blieb einen Augenblick davor stehen und überlegte, auf welcher Seite sie schlafen wollte. Beim Fenster sah es kuschliger aus. Sie ging um das Bett herum und schaute auf den dunkelroten Vorhang, der hinunter bis zum Teppichboden ging. Was lag dahinter? Ohne lange zu überlegen, suchte sie den Spalt und steckte ihren Kopf hindurch. Da das Fenster bis zum Boden reichte, konnte sie bequem hinausschauen. Aber es war langweilig. Ihr Blick fiel auf die dunkel daliegende Straße. Sie hatte gehofft, sie würde auf einen Garten schauen. Sie hätte gern noch ein paar schöne Blumen gesehen, bevor es ins Bett ging. Ein Auto fuhr die Straße entlang, die Scheinwerfer blendeten einen Moment in ihren Augen. Seufzend drehte sich Emily um, legte sich auf das riesige Kopfkissen und schloss die Augen.

*

Das Gebläse des Wagens arbeitete auf Hochtouren. Er fror, wenn er die ganze Zeit nur stumpfsinnig auf seinem Sitz saß. Außerdem beschlugen die Scheiben. Und das war nicht gut, immerhin sollten sie das Haus im Auge behalten. Klaus gähnte herzhaft, und sein Hals knackte dabei. »Scheiße. Immer nach oben gucken ist Scheiße.« Sein Partner antwortete nicht. Aber diese bayerische Schnapsdrossel reagierte ja meistens nicht auf seine Äußerungen. Wieder gähnte er. Das würde ja eine lange Nacht werden. Der Abend hatte noch nicht mal richtig begonnen, und er war schon hundemüde. Wie sollte er die nächsten zehn Dienststunden nur überstehen? Klaus schloss für einen Moment die Augen. Sie konnten doch nicht ständig auf die Fenster der fünften Etage stieren. Außerdem war dort alles dunkel. Warum hockten die geile Reporterin und die Familie im Dunkeln?

»Schau mal«, sagte sein Kollege. »Das gibt es doch nicht.«

Er starrte wieder nach oben. Die Fenster waren noch immer dunkel. »Ich sehe nichts.«

»Nicht da oben. Im ersten Stock.« Sein Hals knackte erneut, als er den Kopf senkte. Klaus sah das Mädchen am Fenster. »Ist sie das?«, fragte sein Partner.

»Natürlich ist das die Kleine«, sagte er aufgeregt und beugte sich vor. »Wieso guckt die aus einem Fenster im ersten Stock?« Er öffnete das Handschuhfach und holte einen gefalteten Zettel heraus. »Die Wohnung der

Schlampe ist ganz oben unter dem Dach.« Er drehte das Stück Papier und schaute abwechselnd zum Fenster und auf die Wohnungsgrundrisse auf dem Zettel. »Da unten soll ein oder eine M. Swoboda wohnen«, stellte er fest.

»Vielleicht 'ne Freundin der Reporterin.«

»Möglich.« Ein Auto raste über die menschenleere Straße, und Sekunden später war das Gesicht des Mädchens verschwunden. Er schaute seinen bajuwarischen Genossen grinsend an und fummelte sein Handy aus der Tasche.

*

Lenny saß im Wohnzimmer und hatte den Fernseher eingeschaltet. Er hoffte, dass ihn die Flimmerkiste ein wenig beruhigen würde, aber das war nicht der Fall. Er zappte unaufhörlich durch die Programme.

Nina setzte sich neben ihn. »Endlich schläft Justin«, sagte sie mit müder Stimme.

»Hat er noch etwas gesagt?«

Sie schüttelte den Kopf. »Er brauchte einfach meine Nähe.«

»Und Emily?«

»Die schlief schon, als wir aus dem Badezimmer kamen. Sie war völlig erschöpft.«

»Der Schlaf wird ihnen guttun.«

»Hoffentlich.« Während sich Lenny wieder dem Fernsehprogramm zuwandte, griff Nina nach einer der Zeitschriften, die in einem Kasten neben dem Sofa lagen. Sie blätterte die Seiten der Illustrierten um. Das leicht knisternde Geräusch war so wohltuend normal. Eines der Tiere piepste in seinem Käfig, kurz danach raschelte es in einem anderen Käfig. Die Kleinen wurden anscheinend langsam aktiv. Plötzlich stieß Nina ein überrascht klingendes Brummen aus und legte die

Zeitschrift beiseite. Sie stand auf und ging zu den Käfigen.

»Achtung, die beißen«, sagte er leise. Es sollte lustig klingen, tat es aber nicht. Seine Witze wurden in letzter Zeit immer schlechter. Aber das war wohl kaum verwunderlich. Nina überhörte seine Bemerkung zum Glück und beugte sich vorsichtig über die Käfige, als würden diese auch beißen können.

»Ich denke, die dürfen nicht zusammenkommen«, stellte sie fest.

»Wer?«

»Die Mäuse.«

Lenny sprang auf. Als Erstes fiel ihm die Holztrennscheibe in der Mitte des Mäusekäfigs auf. Sie war mit zwei kleinen Drähten an den Stäben verankert worden. Die Drähte hatten sich gelöst und lagen mitten in der Streu, die Scheibe war ein wenig zur Seite gekippt. Der Spalt darunter war gerade so breit, dass sich eine Maus bequem hindurchquetschen konnte. »Die Trennwand muss verrutscht sein, als wir die Käfige transportierten. Oder als ich sie die Rampe runter zu Bettina warf.«

»Aber schau doch mal auf die Mäuse«, sagte Nina heiser. Zuerst konnte er die Nager überhaupt nicht finden. Er fragte sich, warum er die Schreie der Tiere nicht gehört hatte, als sie sich gegenseitig an die Gurgel gegangen waren. Nina zeigte auf einen Fellknäuel, das eng neben einem umgekippten Futternapf lag. Zuerst dachte Lenny, dass die eine Maus die andere einfach gefressen hatte und dadurch doppelt so groß geworden war. Als er die zwei nackten dünnen Schwänzchen entdeckte und eine Maus ihren Kopf hob und neugierig in seine Richtung schnupperte, erkannte er, dass sie lediglich eng zusammensaßen.

»Sieht so aus, als ob sie kuscheln würden«, stellte Nina fest.

Lenny nickte, konnte es jedoch noch immer nicht fassen. »Das gibt es doch nicht.« Vielleicht sah es auch nur so friedlich aus? Vielleicht hatte die eine Maus ihrem Artgenossen schon längst sämtliche Pfötchen abgebissen? Auf dem Tisch stand Ninas Teetasse, die sie vom Abendbrot mit hergebracht hatte. Er griff nach dem Löffel darin und steckte ihn durch die Gitterstäbe. Der Edelstahl kitzelte die Nager am Rücken, die Tiere quiekten auf und nahmen Reißaus. Eine Maus rannte in die hintere Ecke und schaute ihn mit ihren Knopfaugen sichtlich vorwurfsvoll an. Die andere Maus machte sich ganz klein und schlich unter der Trennscheibe hindurch. Auch sie betrachtete ihn aufmerksam. »Die sehen beide unversehrt aus«, sagte er mehr zu sich selbst als zu Nina.

»Gott sei Dank.« Nina atmete laut durch.

Er zog den Löffel wieder zurück und steckte ihn in die andere Käfigseite. Die Maus, die eben geflüchtet war, mochte anscheinend den Löffel nicht. Obwohl Lenny sie überhaupt nicht berühren konnte, rannte sie wieder zur Trennscheibe und zwängte sich ein weiteres Mal hindurch. Auf der anderen Seite traf sie auf die zweite Maus. Lenny hielt den Atem an. Die Mäuse beschnupperten sich kurz, dann drängten sie sich gemeinsam in die hintere linke Käfigecke und beobachteten ihn aufmerksam. Ihr Fell berührte sich und ihre Schnurrhaare rieben sich aneinander. Aber sie taten sich nichts. Im Gegenteil, es sah ganz so aus, als ob die Mäuse die beiderseitige Nähe genießen würden. »Sie sind wieder absolut friedlich«, sagte er erstaunt. »Das muss Bettina sehen.« Lenny rannte zur Tür und hechtete die Stufen hoch. Er achtete kaum auf das unangenehme Ziehen in seinem Fuß. Als er vor Bettinas Bürotür stand, klingelte er Sturm.

Sie riss die Tür auf und schaute ihn erschrocken an. »Was ist passiert?« Bettina hatte sich bereits umgezogen. Ein T-Shirt, welches auch einem Elefanten gepasst hätte, schlabberte um ihren Körper. Für einen kurzen Moment bedauerte er, dass sie ihre ärmellose Bluse nicht mehr trug.

»Die Mäuse sind zusammen«, sagte er atemlos. »Sie greifen sich nicht an. Komm mit.« Er drehte sich geschwind um und hörte, wie Bettina in ihre Schuhe schlüpfte.

Als sie ins Wohnzimmer kamen, hockte Nina noch immer vor den Käfigen. »Sie sind ganz lieb zueinander«, stellte sie fest.

Bettina schaute die Mäuse mit großen Augen an. »Das gibt es doch nicht.« Sie legte einen Arm um Nina. »Wisst ihr, was das bedeutet? Dieser Wirkstoff verliert seine Wirkung. Der Körper scheint ihn abbauen zu können.«

Lenny lachte leise. »Das wäre eine tolle Nachricht.«

Bettina sah zu den anderen Käfigen. »Was ist mit denen?«

Lenny zuckte mit den Achseln. »Bei den Kaninchen und Meerschweinchen sitzen die Trennscheiben noch fest.«

»Lass sie uns entfernen.«

Er presste skeptisch die Lippen aneinander. »Ich weiß nicht recht.«

»Wenn sich der Wirkstoff wirklich irgendwie abgebaut hat, kann das nicht nur bei den Mäusen geschehen sein«, erklärte Bettina. Sie stand auf und ging aus dem Raum. Keine halbe Minute später kam sie mit einer kleinen Zange zurück, öffnete den Kaninchenkäfig und durchtrennte die Drahthalterung. Dann nahm sie die Holzscheibe vorsichtig heraus. Zuerst schienen die Langohren überhaupt nicht zu bemerken, dass ihr Käfig größer geworden war und sich noch ein Artgenosse darin befand. Doch nach kurzer Zeit hoppelte eines der Kaninchen auf die andere Käfigseite. Es schnüffelte neugierig an dem Rest eines Löwenzahnblattes. Kurz darauf entdeckte es das andere Kaninchen. Einen Moment stand es wie hypnotisiert da, das Fell auf dem Rücken zuckte, als stände es unter Strom. Das andere Kaninchen schaute mit großen dunklen Augen zurück. Plötzlich liefen sie beide aufeinander zu. Lenny spürte Ninas Finger, die sich in seinen Arm drückten.

»Nein«, sagte sie schwach und wendete den Blick ab. »Ich kann keine Gewalt mehr sehen.« Lenny strich ihr beruhigend durch die Haare, als sich die Tiere trafen. Sie standen sich Kopf an Kopf gegenüber. Ihre Nasen berührten sich. Die dicken Schnurrhaare bewegten sich schnell vor und zurück, während sie schnüffelten. Eines der Kaninchen machte einen Schritt zur Seite und stellte sich auf seine Hinterbeine. Interessiert schnüffelte es am Ohr seines Artgenossen. Der hielt einen Moment still, hatte dann aber anscheinend keine Lust mehr, beschnuppert zu werden. Er setzte seinen Weg fort, indem er dicht an dem anderen Nager vorbeiging. Ihre Felle rieben sich aneinander, und kurz darauf war die Begegnung vorbei. Während das eine Kaninchen neugierig die hintere Seite des Käfigs beschnupperte, schaute ihm der zweite Nager einen Moment hinterher, ehe er nun seinerseits zum Löwenzahnblatt hoppelte und genüsslich zu mümmeln anfing.

Ninas Hand entspannte sich. »Ich dachte schon, die Kleinen greifen sich wieder an.«

Bettina drehte sich um und grinste über das ganze Gesicht. »Sie sind genauso friedlich wie die Mäuse«, stellte sie fest. »Ist das nicht wunderbar?« Sie öffnete den letzten Käfig. »Und jetzt die Meerschweinchen.« Während Bettina den Draht durchbrach, standen die Meerschweinchen auf beiden Seiten bereits dicht hinter der Trennwand und schauten neugierig zu.

»Die sind überhaupt nicht scheu«, stellte Nina fest. »Die Meerschweinchen, die ich als Kind hatte, haben sich meistens in ihrem Haus verkrochen.«

»Im Käfig ist kein Haus«, sagte Lenny knapp.

Sie schaute ihn böse an. »Du weißt doch, was ich meine. Scheue Meerschweinchen würden sich verschreckt ganz ans Ende des Käfigs zurückziehen.«

Bettina hielt einen Moment inne. »Ist das ein gutes oder ein schlechtes Zeichen?«

Nina zuckte mit den Achseln. »Keine Ahnung. Wahrscheinlich gibt es einfach scheue und nicht so scheue Meerschweinchen.«

Lenny lachte. »Wenn ich als Meerschweinchen in einem Kinderzimmer stehen müsste, würde ich mich auch den halben Tag lang verstecken. Wenn ich daran denke, wie wild Justin und Emily toben können. Der ganze Krach, muss furchtbar sein für so ein kleines Tier.«

Bettina brummte leise. »Ist doch auch egal.« Mit einer schnellen Bewegung hob sie die Trennwand aus dem Käfig und schloss ihn wieder. Beide Meerschweinchen schauten der Wand den Bruchteil einer Sekunde nach, ehe sie aufeinander zuliefen. Lenny hörte es quieken. Sie schnüffelten viel hektischer an ihrem Artgenossen als die Kaninchen. Sie liefen nebeneinander im Kreis und drückten ihre Köpfe ins Fell des jeweils anderen. Für einen kurzen Augenblick dachte Lenny, dass sie sich beißen wollten, aber die Meerschweinchen spielten anscheinend nur miteinander. Dann liefen sie zur anderen Seite des Käfigs und es raschelte, als sie ihre beiden kleinen Köpfe gemeinsam in die Streu gruben. Bettina stand auf und wirkte gelöst und fröhlich. Sie legte eine Hand auf Ninas Schulter und berührte Lenny am Arm. »Die Tiere sind wieder normal«, sagte sie freudig. »Die Substanz verliert ihre Wirkung.«

Nina seufzte. »Und dennoch haben alle Tiere in diesen Käfigen vorher im Labor ihre Artgenossen grausam getötet.« Sie machte eine kurze Pause. »Man kann nur hoffen, dass Menschen nicht genauso reagieren.«

»Denk an Sabine«, sagte Lenny behutsam. »Wer weiß, was sie mit dir angestellt hätte.«

»Vielleicht hätte sie mich nur zusammengeschlagen?«

Bettina drehte sich wieder zu den Käfigen um. »Und was war mit eurem Nachbarn, diesem Fred?«, fragte sie. »Der hatte einen der Gorillas schon umgebracht und einem Zweiten die Hand verstümmelt.«

Lenny nickte und zog Nina an sich. Sie schmiegte ihren Kopf an seine Brust. »Bettina hat recht. Menschen scheinen genauso zu reagieren, wie die Versuchstiere. Und die Leute, die dafür verantwortlich sind, wissen das. Daher das monströse Polizeiaufgebot.«

Nina zitterte in seinen Armen. »Diese Vorstellung ist furchtbar grausam.«

»Ja, das ist sie«, stimmte er zu. »Wir können nur hoffen, dass sich alle betroffenen Menschen schnell wieder beruhigen. So wie unsere Nager hier. Und dass sie bis dahin nicht allzu viel Unheil anrichten.«

# 20

Im Sitzungszimmer des Rathauses roch es nach chinesischem Essen. Zwei große weiße Tüten standen auf dem Tisch. Während Page sie sichtlich gierig auspackte und verteilte, beobachte Sawatzki den Konzernchef. Balke-Basdorf war guter Stimmung gewesen, als er ins Rathaus zurückgekehrt war. Er erzählte, dass sie mittlerweile nicht nur wüssten, warum der Wirkstoff plötzlich so ungeahnte Nebenwirkungen zeigte, sondern dass sie obendrein noch den ersten Schritt gemacht hätten, um die Sache nicht erst an die Öffentlichkeit gelangen zu lassen. Sawatzki wollte sich lieber nicht vorstellen, wie dieser Schritt ausgesehen hatte. Hatten Basdorfs Sicherheitsleute dem Wissenschaftler etwas angetan? Als Sawatzki ihn zuletzt gesehen hatte, hatte sich Münzer noch bester Gesundheit erfreut. Hoffentlich war es so geblieben. Er wusste, dass Joachim Münzer Familie hatte. Im Zuge der Feier einer Laborerweiterung hatte er sich vor etwa einem Jahr ziemlich lange mit Münzers Ehefrau unterhalten. Nette Person. Sawatzki ballte seine Hände zu Fäusten. Warum nur hatten sich Page und Basdorf ausgerechnet seine Stadt ausgesucht? Warum gab es ausgerechnet hier ein historisches Schlosshotel, dessen hervorragende Küche weit über die Grenzen hinweg bekannt war? Und warum würden diese verdammten G8-Staatsmänner unbedingt in diesem Hotel zu Abend speisen? Schließlich hatten die alle ihre eigenen Köche mit. Sollten die doch in ihrer abgeriegelten Küstenstadt bleiben. Manchmal war das Leben wirklich nicht fair. Er hörte Page und Basdorf genüsslich schmatzen. Ärgerlich riss er die zugeschweißte Folie auf und schaute auf sein Schweinefleisch süßsauer. Wie konnten diese beiden Esel nur mit so einem Appetit essen? Wieso aß Basdorf überhaupt diese einfache chinesische Take-Away-Küche? Er war bestimmt edlere Delikatessen gewohnt. Aber vielleicht schränkte er ja seine Ansprüche ein, wenn es ihn in die Provinz verschlug. Sawatzki sah ihn an und konnte nur mit Mühe das Verlangen niederkämpfen, aufzustehen und ihm die schmierige süßsaure Soße aus dem Topf auf die widerlich sitzenden Haare zu kippen. Glücklicherweise wurde in diesem Moment die Tür des Sitzungszimmers geöffnet und ein Polizist trat ein. Der Einsatzleiter, soweit er sich erinnerte. Page hatte es nicht für nötig gehalten, ihm die Leute vorzustellen, die am frühen Abend in einem der Zimmer ihr Lager aufgeschlagen hatten. Der Beamte ging zu Page und flüsterte ihm etwas ins Ohr. Page grunzte und tunkte das Stück einer Ente in eine dunkle Soße.

»Erzählen Sie es ruhig laut«, sagte er dann zu dem Polizisten. »Schließlich betrifft es auch Herrn Basdorf.«

Basdorf hörte auf zu kauen und schaute den Beamten durch seine völlig lächerlich wirkende Brille mit großen Augen an.

»Nun, ich habe gerade die Meldung bekommen, dass unsere Leute vier tote Männer gefunden haben«, sagte der Polizist. »Der Beschreibung nach handelt es sich um Ihre Sicherheitsleute, Herr Basdorf.«

»Wo?«, fragte Basdorf knapp.

»Vor dem Haus der Eggerts. Die Leichen sollen übel zugerichtet sein, bestehen größtenteils nur noch aus Matsch. Aber den Anzügen nach zu urteilen, sind es ihre Leute.« Der Beamte lachte. Sawatzki musste husten. In was für eine widerliche Geschichte war er da nur hineingeraten? Und mit was für widerlichen Leuten war er hier eigentlich zusammen? Der Polizist berichtete über den Vorfall, als würde er über eine Horde totgefahrener Nacktschnecken sprechen. Seine Stimme verriet Ekel, aber er hörte keine tief gehenden Gefühle bei ihm heraus. Ein echter Eisberg. Oder war er im Laufe der Jahre einfach nur immer härter geworden? Sawatzki schüttelte den Kopf. Wenigstens schien sich Basdorf aufzuregen, er haute mit Wucht auf den Tisch und sah aus, wie ein pubertierender Junge, der irgendetwas nicht bekommen hatte.

»So eine Schweinerei«, sagte Basdorf. »Das waren gute Leute. Wer ist dafür verantwortlich?«

Der Beamte kratzte sich an der Nase. »Keine Ahnung. Wahrscheinlich jemand, der Ihr behandeltes Wasser getrunken hat.«

»Was erlauben Sie sich?«, rief Basdorf sichtlich aufgebracht.

Page schob sein Essen zur Seite und tupfte sich mit einer Papierserviette den Mund ab. »Er hat doch recht«, sagte er langsam. »Ohne die Fehler, die Ihnen anscheinend bei der Herstellung des T200 passiert sind, wären wir heute nicht hier.«

»Halten Sie den Mund, Page«, sagte Basdorf. »Sonst sorge ich bei Ihrem Minister dafür, dass er Sie rausschmeißt.«

Page ging auf die Drohung nicht weiter ein. Wie Sawatzki aber überrascht feststellte, zuckten seine Augenlider einmal kurz. Hatte er Angst vor Basdorf? Reichten Basdorfs Kontakte wirklich bis in die Spitzen der Politik?

Page drehte sich zu dem Beamten um. »Wie ist die Lage im Augenblick?«

»Das gesamte Neubaugebiet und das Schlosshotel sind weiträumig abgesperrt.«

»Sind noch Beamten innerhalb der Gefahrenzone?«

»Nein. Die Kollegen, die zum Haus der Eggerts gefahren sind, waren die einzigen, die das Neubaugebiet betreten hatten. Und die sind auch längst wieder in Sicherheit.« Page nickte zufrieden.

»Ich möchte, dass es so bleibt. Egal, was hinter der Absperrung passiert, ihre Leute greifen nicht ein. Haben Sie mich verstanden?«

»Ja.«

»Wurde im Haus der Eggerts etwas gefunden?«

»Nein. Es war verlassen. Meine Männer haben in jeden Raum geschaut. Eine gründliche Hausdurchsuchung kam natürlich nicht infrage, aber die Familie war definitiv nicht da.«

Page nickte und zeigte mit der rechten Hand zur Tür. Der Polizist verstand die Aufforderung und verließ das Sitzungszimmer. Sawatzki musterte Balke-Basdorf, er schien über den Verlust seiner Männer schnell hinweggekommen zu sein. Jedenfalls grinste er schon wieder wie ein Haifisch in der Badeanstalt.

»Ich weiß, wo diese Halunken stecken«, sagte er sichtlich zufrieden. Page hob interessiert die Augenbrauen. »Sie sind alle bei dieser Reporterin. Oder zumindest in dem Haus, in dem auch die Matthiesen wohnt. Andere Wohnung. Einer meiner Leute hat die Kleine am Fenster gesehen.« Er schob seinen Stuhl zurück und stand schwerfällig auf. Durch das Fenster ging sein Blick in die Dunkelheit. »Ich werde diese Leute einkassieren. Meine Männer stehen bereit. Sie warten nur noch auf mich.«

»Sie wollen dabei sein?«, fragte Page.

»Natürlich. Das lasse ich mir doch nicht entgehen. Ich will sehen, wie wir diese Störenfriede endlich schnappen.«

»Ich weiß nicht, ob das eine gute Idee ist«, sagte Page. »Die Polizei wird Ihnen nicht beistehen können.«

Basdorf drehte sich um und lachte hämisch. »Die würden auch nur stören. Meine Männer wissen schon, was zu tun ist.« Er ging zum Garderobenhaken neben der Tür und griff nach seinem Mantel. »Meine Herren, wir sehen uns«, sagte er in fröhlichem Ton, als er hinaustrat.

Sawatzki warf einen letzten, angewiderten Blick auf sein Schweinefleisch. Der Hunger war ihm endgültig vergangen. »Sie können diesen Clown doch nicht einfach gewähren lassen«, sagte er aufgebracht zu Page. »Der ist zu allem fähig. Womöglich tötet er Bettina und die ganze Familie Eggert.« Sawatzki rechnete schon mit einer gehässigen Antwort, aber zu seiner Überraschung nickte Page langsam.

»Da stimmt«, sagte er lediglich und starrte nun seinerseits aus dem Fenster. »Das Projekt ist in der jetzigen Form sowieso nicht mehr zu retten. Wir werden ein Szenario entwickeln, dass die Polizeipräsenz und die möglichen Opfer erklären wird.«

Sawatzki runzelte seine Stirn. »An was denken Sie?«

»Chemieunfall«, antwortete Page knapp. Er stand auf und streckte sich. »Ich werde mich mit dem Ministerpräsidenten beratschlagen«, sagte er und holte sein Handy hervor. »Entschuldigen Sie mich.« Er öffnete die Tür und verließ das Sitzungszimmer.

# 21

Sandra Friese war überrascht, als sie die Augen aufschlug. Sie dachte zunächst nicht an ihre vielen Verletzungen, sie spürte nicht die unzähligen Schmerzen in und an ihrem Körper. Sie war im ersten Augenblick einfach nur überrascht, dass sie überhaupt noch am Leben war. Sie erinnerte sich daran, wie sie langsam das Bewusstsein verloren hatte, während Karls schmierige Hände immer stärker gegen ihren Kehlkopf drückten. Er musste im letzten Moment wieder von ihr abgelassen haben. Vielleicht dachte er, dass sie schon tot war? Das wäre gar nicht so schlecht, dann müsste sie wenigstens nicht befürchten, dass er noch einmal in den Keller kommen würde.

Sandra versuchte, sich zu bewegen, drehte ihren Kopf ein Stück zur Seite und probierte gleichzeitig, ihr rechtes Bein anzuwinkeln. Es war grausam. Ihr Hals knackte, als beständen ihre Knochen nur noch aus trockenem Holz. Sie bekam noch schlechter Luft als vorhin, ihre linke Gesichtshälfte fühlte sich vollkommen taub an. Es fiel ihr sogar schwer, zu blinzeln. Ihre Brust fühlte sich an, als lägen schwere Gewichte auf ihr. Ihr Bein kribbelte, als wäre es eingeschlafen. Sie lag halb an die Waschmaschine angelehnt. Etwas knallte auf den Boden. Sie schrie erschrocken auf. Wenigstens ihre Stimme funktionierte nach wie vor einwandfrei. Auf der gegenüberliegenden Seite entdeckte sie diverse Gartenwerkzeuge, die an der Wand lehnten. Eine spitze Harke lag davor und vibrierte leicht. Sie musste umgefallen sein. Warum um alles in der Welt hatte Karl einen Teil seiner Gartengeräte hier hereingebracht? Sandra musterte die schwere Astschere, die sogar armdicke Baumstämme wie Butter durchschnitt. Sie war eines von Karls Lieblingsspielzeugen. Daneben stand eine Spitzhacke. Der Boden hinter dem Haus war ziemlich fest, und Karl benutzte die Hacke immer, um die Erde aufzulockern. Die Werkzeuge sahen frisch geputzt aus und blitzten im kahlen Licht der Deckenlampe.

Auf einmal fühlte sich Sandra noch furchtbarer. Sie hätte nicht gedacht, dass so etwas überhaupt möglich wäre. Was hatte Karl mit der messerscharfen Edelstahlharke, der Spitzhacke und der Astschere, deren Klinge schärfer war als ihr bestes Messer, vor? Sie hatte eine Ahnung, aber ihr Gehirn weigerte sich, einen konkreten Gedanken darüber zuzulassen. Sie musste aus diesem verdammten Keller raus.

Sie versuchte, tief durchzuatmen. Ihre Brust brannte wie Feuer. Schnell atmete sie wieder flacher. Sie stemmte die Handflächen auf den Boden und drückte ihre Arme durch. Wenn es ihr nur gelänge, bis zur Tür zu kommen, vielleicht hatte Karl sie offen gelassen. In seiner Verfassung traute sie ihm alles Mögliche zu. Sandra schaffte es tatsächlich, ihren Oberkörper einen kurzen Moment vom Boden zu heben. Ihr Rücken fühlte sich feucht und klebrig an. Die Kraft in ihren Armen ließ schlagartig nach, sie knallte zurück auf die Fliesen, und kurz befürchtete sie, wieder in Ohnmacht zu fallen. Sie fing an zu wimmern. Keine Chance. Ihr fehlte die Energie, um sich zu bewegen. Selbst wenn die Tür sperrangelweit offen stände, würde ihr das nichts mehr nutzen. Ihre Augen füllten sich mit Tränen, und der Keller verschwamm. Bizarre Farben und Formen bildeten sich vor ihren Pupillen, und sie hatte das Gefühl, als wäre irgendwo dort der Zugang zu einer neuen, besseren Welt. Einer Welt ohne Schmerzen. Sie

musste einfach nur in dieses Meer aus Formen und
Farben eintauchen.

Ein bekanntes Geräusch ließ sie erzittern. Die Türklinke wurde nach unten gedrückt. Es war tatsächlich
nicht abgeschlossen. Ein Schatten kam in den Raum.
Sandra kniff die Augen zusammen, um wieder einen
besseren Blick zu bekommen. Karl schaute sie noch
immer nicht an. Er stand in der Mitte des Kellers und
betrachtete die Fliesen. Dann drehte er sich zielsicher zu
den Geräten an der Wand um und langte nach der Astschere. Seine Finger umklammerten die schwarzen
Gummigriffe so fest, dass die Knöchel in seinen ohnehin schon dünnen Händen wie Felsen hervorsprangen.
Er drehte sich wie in Zeitlupe um und kam langsam
näher. Als er die Astschere ganz gemächlich senkte und
sich die mächtigen Klingen an ihrem Oberarm schmieg-
ten, fing Sandra zu schreien an. Sie schrie, wie sie noch
nie zuvor in ihrem Leben geschrien hatte.

*

Sabine Iversen irrte durch die Straßen. Scheinbar wahl-
los schlug sie verschiedene Richtungen ein, Hauptsache,
ihre Beine blieben in Bewegung. Dabei hielt sie sich
stets in der Mitte des Fußweges auf. Ihre Augen waren
geöffnet, aber sie sah ihre Umgebung nicht wirklich.
Ihre Hände krallten sich um einen schweren Spaten. Er
drohte ihr immer wieder durch die Finger zu rutschen.
Das Holz des Stiels war durch das viele Blut, welches ihr
an den Händen und Armen klebte, ganz rutschig
geworden. Die Straße war eine Sackgasse und ging
schließlich in eine Kehre über. Hinter den Parkplätzen
lagen große Rasenflächen, auf denen tagsüber Kühe
grasten. Weiter entfernt begann der Wald. Sabine hielt
nur einen winzigen Moment inne, dann drängte sie sich
an zwei parkenden Autos vorbei zum Zaun, der die

242

Weide großräumig umgab. Sie kletterte über das altersschwache Holz. Dahinter gab es einen kleinen Graben. Im Frühjahr und Herbst befand sich immer Wasser darin, aber der warme Sommer hatte ihn ausgetrocknet. Mit kleinen Schritten tippelte sie in die Senke. Auf der anderen Seite, krabbelte sie auf allen vieren wieder hinauf, wobei ihre rechte Hand nie den Stiel des Spatens losließ. Sie ging einige Schritte auf die Weide und blickte sich um. Der Duft der Kühe drang in ihre Nase, diese Rindviecher verbrachten den halben Sommer auf der Weide.

Am anderen Ende der Fläche, direkt vor dem Wald, gab es einen hölzernen Unterschlupf. Von dort hörte Sabine Geräusche. Hektisch setzte sie sich in Bewegung und ging über das feuchte Gras. Ihre dünnen Stoffschuhe waren bereits nach kurzer Zeit durchnässt. Das Wasser in ihnen störte sie ebenso wenig, wie die Tatsache, dass sie mitten durch einen warmen, klebrigen Kuhfladen schritt. Als Sabine die Hälfte des Weges zurückgelegt hatte, wurden ihre Hände plötzlich zittrig. Nicht weit entfernt von ihr befand sich eine Kuh. Das Tier stand mutterseelenallein dort, ihre Artgenossen zwängten sich alle in den Holzverschlag. Sabine umfasste den Spaten noch fester und hob ihn hoch über ihren Kopf. Fast wäre sie gestürzt, als ihr Fuß an einem kleinen Erdhügel hängen blieb, geschickt behielt ihr Körper jedoch das Gleichgewicht. Die Kuh schien zu träumen. Jedenfalls bewegte sie sich nicht, als sich Sabine ihr von der Seite näherte.

Ihre Schuhe schlürften über besonders dicke Gräser. Es knackte leise. Jetzt gab das Tier einen unruhigen Laut von sich. Es drehte den Kopf und schaute hinüber zum Holzverschlag. Sabine rannte die letzten vier Schritte und stand neben dem mächtigen, schwarz-weiß gescheckten Körper des Tieres. Sie zögerte keine Sekunde. Sie ließ die Arme herabsausen, als wollte sie einen Rekordschlag im Hau-den-Lukas aufstellen. Die spitze Seite des Metallspatens traf die Kuh fast genau zwischen ihren Hörnern. Es gab ein dumpfes Knacken. Einen Moment schien die Kuh überhaupt nicht zu verstehen, was vor sich ging. Ihr Maul bewegte sich weiterhin und ihre Glotzaugen schauten Sabine an. Dann brach das Tier zusammen. Die Vorderbeine gaben nach, und mit einem ohrenbetäubenden Klagelaut sank der Oberkörper zu Boden.

Sabine hatte darauf nur gewartet. Blitzschnell trat sie einen Schritt zurück und hob ihren Spaten erneut. Sie schlug dem Tier ein zweites Mal auf den Kopf. Erstaunlicherweise traf sie fast die gleiche Stelle wie eben. Es knackte ein weiteres Mal, und der Spaten verfärbte sich. Während auch die Hinterbeine des Tieres einknickten und es wie in Zeitlupe auf die Seite zu fallen drohte, versuchte Sabine, ihren Spaten wieder nach oben zu heben. Es gelang ihr nicht. Die vordere Spitze des Gartenwerkzeuges schien sich tief in den Schädelknochen der Kuh gebohrt zu haben. Er ließ sich nicht herausziehen.

Als das Tier schließlich mit einem fast menschlich klingenden Grunzen auf der Flanke landete, rutschte ihr der Spaten aus den Händen. Der Stiel wippte wie ein Fahnenmast auf einem Schiff hin und her. Die Kuh wollte sich wieder aufrichten, aber ihre Beine zuckten nur noch. Ihr ganzer Schädel war mit einer dunklen klebrigen Masse überzogen. Sabine betrachtete das Schauspiel, ohne sich zu regen. Die Kuh bäumte sich ein letztes Mal auf und hob den Kopf. Sie zitterte, als hätte man sie an ein Starkstromkabel angeschlossen und öffnete mehrmals ihr schmutziges Maul. Dann erschlaffte das Tier. Sofort griff Sabine nach dem Stiel. Wieder versuchte sie, ihn herauszuziehen, aber es klappte nicht. Ohne zu zögern, stieg sie auf den geschundenen Schädel des Tieres. Zuerst fand sie keinen Halt. Ihre Schuhe rutschten auf der dunklen

Soße ab, und sie landete rückwärts auf dem Gras. Mit einem ärgerlichen Knurren erhob sie sich. Diesmal trampelte sie vorsichtiger auf den schlapp im Gras liegenden Kopf. Sabine klemmte den Stiel des Spatens zwischen ihre Beine, umfasste den Griff und ließ sich mit ihrem ganzen Gewicht langsam nach hinten fallen.

Einen Moment schaukelte der Stil hin und her, etwas knackte im Inneren des Kuhkopfes. Plötzlich gab der Knochen den Spaten frei, und Sabine flog im hohen Bogen auf die Wiese. Sie kam mit dem Rücken unsanft auf und japste heiser. Aber es war vollbracht. Sie hielt den Spaten umklammert und drückte ihn fest an ihren Bauch. Ihre Hand wanderte zum Metall und strich über die Stelle, die sich im Kopf der Kuh verankert hatte. Feine Knochensplitter, Blut sowie gelb- und weißlicher Schleim blieben an ihren Fingerkuppen hängen. Sabine erhob sich, kletterte auf den Rücken des Tieres und drückte den Spaten auf die Haut. Sie sah aus, als wollte sie etwas einpflanzen. Dann sprang sie mit ihren Füßen auf die Metallkante des Spatens wie ein Gärtner, der ein Loch in einen besonders festen Boden graben musste.

*

Nachdem Fred einen der Sicherheitsleute regelrecht filetiert hatte, verlor er das Interesse an den dampfenden Fleischstücken. Laut grunzend wankte er über die Straße. Er ging auf das gegenüberliegende Grundstück und folgte dem Verlauf eines kleinen Gartenweges. Irgendwann stand er vor einem hübsch angelegten Teich. Zwei Plastikenten schwammen auf dem Wasser, und ein kleiner Springbrunnen plätscherte vor sich hin. Fred zögerte keine Sekunde, als er den ersten Schritt in das Gewässer setzte. Fast wäre er auf der glitschigen Folie ausgerutscht, er ruderte mit den Armen, aber konnte sich halten. Er setzte den nächsten Schritt und versank bis zum Bauchnabel im Teich. Plötzlich hielt er inne und schaute konzentriert nach unten. Blitzschnell schoss sein Arm unter Wasser, Sekunden später zappelte ein Goldfisch in seiner rechten Faust. Fred musterte ihn fasziniert und umklammerte dann mit beiden Händen den glitschigen Körper. Als er den Fisch in zwei Teile riss, flogen ihm die Innereien ins Gesicht. Er griff nach einem schleimigen Fleischklops mit einer langen weißen Sehne, der ihm an die Stirn geklatscht war, und steckte ihn sich in den Mund. Dann verlor er schlagartig jedes Interesse an dem geteilten Fisch. Fred ließ die Hälften ins Wasser fallen und watete auf der anderen Seite ans Ufer. Er sprang über einen Zaun und befand sich in einem weiteren Garten, den er zielstrebig durchquerte, als wäre nur noch wenig Zeit übrig, um an einen ganz bestimmten Punkt zu kommen.

Fred ging an einer Doppelhaushälfte vorbei und erreichte den Vorgarten. Von dort ging es wieder auf die Straße. Nachdem er zweimal abgebogen war, schlürfte er auf einen spärlich besetzten Parkplatz zu. Im Hintergrund leuchtete die rote Schrift der Supermarktkette. Vor dem Eingang des Discounters stand ein Mann, der durch die Glastüren ins Innere des Geschäftes glotzte. Als der Mann Fred hörte, drehte er sich knurrend um. Plötzlich knallte eine Autotür. Eine Frau mit blonden Locken und einem geblümten Sommerkleid stakste ebenfalls auf den Eingang zu.

Die Frau erreichte den Eingang und sofort fiel der Mann über sie her. Er trug eine elegante Strickjacke und eine eckige, schmale Brille. Sein erster Schlag traf die Frau an der Brust. Sie schrie auf und stürzte zu Boden. Dann war Fred bei ihnen und griff ohne zu zögern an. Er umklammerte den um einiges schmächtigeren Mann wie bei einer innigen Umarmung und gab ihm eine Kopfnuss. Seine Nase knickte zur Seite weg, ein Blutschwall schoss aus den Nasenlöchern und traf Fred im

Gesicht. Fred blinzelte, da er etwas ins Auge bekommen hatte und ließ von ihm ab. In diesem Moment trat ihm jemand in die Weichteile, die Frau hatte sich wieder aufgerappelt und ihn mit ihren spitzen Stöckelschuhen angegriffen. Er drehte sich zu ihr um und fiel auf seinen Hintern. Während er sich mühsam aufrappelte, griff der Mann mit der Brille erneut die Frau an. Wieder schlug er auf ihren Körper ein, seine Rechte traf sie am Oberarm, während er mit der Linken gegen ihren Hals boxte. Die Frau gab ein röchelndes Geräusch von sich und beugte sich vornüber. Der Mann holte für den nächsten Schlag aus, wurde aber von Fred von den Beinen geholt. Fred klammerte sich an seine Unterschenkel und biss ihm herzhaft in die Wade. Der Mann stöhne laut auf und ging wie in Zeitlupe in die Knie. Im gleichen Moment hob die Frau erneut ihr Bein und trat Fred mit voller Wucht in den Rücken. Er ließ den Mann grunzend los.

*

Etwas rumste. Guido Dettmann schaute verstört hinüber zur Eingangstür. Draußen prügelten sich zwei Männer und eine Frau. Das war ungewöhnlich. Er drehte sich um die eigene Achse und betrachtete seine Hände. Was hier im Supermarkt geschehen war, war allerdings noch viel ungewöhnlicher. Obwohl ungewöhnlich kaum das richtige Wort für das Desaster war, welches sich offenbar abgespielt hatte. Guido fasste sich an die Schläfen und schielte hinter sich zur Kasse. Heikes schlaffer Oberkörper hing grotesk über dem Förderband. Vorhin hatte sie noch gelebt. Er erinnerte sich, wie sie eine Melodie gepfiffen hatte, während sie auf Kundschaft gewartet hatte. Er hatte zu der Zeit hinter der Fleischtheke gestanden. Irgendwann war diese dämliche Oma vorbeigekommen und ihm war plötzlich schwindlig geworden. Er betrachtete seine schmierigen Hände und musste sich schütteln. Es kam ihm vor, als würde er mit nassem Körper an einem windigen Strand stehen, er bibberte von Kopf bis Fuß. Irgendwie schaffte er es nicht, zurück zur Theke zu gehen. Was war geschehen? In seinen Gedanken blitzen Bilder auf. Guido sah, wie er mit einem schrumpeligen Arm durch die Gegend tanzte. Dann sah er den Arm zwischen Hack und Schweinebraten liegen. Die runzligen Finger waren in den Geleetopf gerutscht. Er versuchte, sich einzureden, dass er einen schlechten Traum gehabt hatte, aber gleichzeitig wusste er, dass diese Bilder real waren. Wo war die Oma? Warum hatte er Angst, zur Theke zu gehen und dahinter zu schauen?

Ein wütendes Gebrüll störte seine Gedanken. Er schaute erneut durch die Eingangstür und sah den breiten Typ mit Glatze auf den anderen Mann einschlagen. Die Frau half ihm und hatte ihre Hände ins Gesicht des Mannes gekrallt. Guido rieb sich über die Schläfen. Als er vorhin irgendwann zu Bewusstsein gekommen war, hatte er in der Kühltruhe zwischen den Milchschnitten und den Trinkjoghurts gelegen. Im ersten Moment hatte er total die Orientierung verloren. Auf allen vieren war er an den Truhen vorbeigekrochen, ehe ihm ein Gang bekannt vorgekommen war. Dort ging es auf direktem Weg zur Kasse. Er hatte sich mühsam aufgerichtet und das leuchtende Quadrat mit der Ziffer Zwei vor sich gesehen. Insgesamt verfügten sie über drei Kassen, aber heute war eben nur eine, die mittlere, geöffnet. Heike war gerade dabei gewesen, sich die Fingernägel zu lackieren. Sie hatte ihn gehört und schuldbewusst gelächelt. Er erinnerte sich, wie die Kleine sich gerechtfertigt hatte.

»Ist heute ja eh nichts los«, hatte sie mit Kaugummi im Mund genuschelt. Dann hatten sich ihre Augen geweitet. »Chef, wie sehen Sie denn aus?«, hatte sie gefragt. »Ich habe vorhin Schreie gehört. Haben Sie sich verletzt?« Guido hatte an sich runtergeschaut und all das geronnene Blut auf seinem Kittel gesehen. Und genau von da ab verließen ihn alle Erinnerungen ein zweites Mal.

Als er wieder zu sich gekommen war, hatte er hier an das Regal gelehnt gestanden. Das konnte noch nicht so lange her sein. Und obwohl er sich zu diesem Zeitpunkt nicht umgeschaut hatte, wusste er bereits, dass Heike tot war.

Warum wusste er das? Warum wusste er, wie der schrumpelige Arm der Oma aussah?

Guido wollte lieber nicht zu genau darüber nachdenken. Und als ob das alles nicht schon ungewöhnlich genug wäre, kämpften auf dem Parkplatz vor der Tür nun auch noch drei verwirrt wirkende Leute gegeneinander. Für den schmächtigen Mann mit der Brille und der feinen Strickjacke sah es nicht gut aus. Er lag auf dem Boden, die Frau hatte sich verkehrt herum auf sein Gesicht gesetzt und boxte auf seinen Magen ein. Der Typ mit der Glatze kauerte daneben und es schien, als wollte er dem Mann den Fuß abbeißen. Guido faltete die Hände zusammen. Sofort hatte er das Gefühl, als würden sie miteinander verschmelzen. Das ganze Zeugs, welches an seiner Haut klebte, schien besser zu haften als jeder Sekundenkleber. Nervös ging er einen Schritt zur Seite, es war langsam an der Zeit, etwas zu unternehmen. Er könnte die Polizei anrufen. Aber wäre das wirklich eine gute Idee? Natürlich könnten die Beamten die Streithähne vor der Tür vertreiben, aber was wäre, wenn sie anschließend im Supermarkt nach dem Rechten sehen würden? Wie würde er erklären können, was er selbst noch nicht mal richtig verstand? Die Müdigkeit kam vollkommen überraschend. Mit einmal fühlte er sich, als hätte er mehrere Tage am Stück durchgemacht. Er wollte sich dagegen wehren, aber seine Lider drückten mit einem Gewicht nach unten, als hätten die winzigen Muskeln in dem Hautlappen einen epileptischen Anfall.

Sein Körper erstarrte. Guido stand einen Moment völlig bewegungslos zwischen den Nudelregalen. Dann öffnete er die Augen wieder. Er drehte sich ruckartig um und schlurfte auf die Kasse zu. Aus Heikes Rücken ragte das Tranchiermesser wie ein Bohrturm aus einem stillen Gewässer. Seine Hand umklammerte den Griff und zog das Messer aus dem toten Fleisch. Die Klinge schrammte an einem Knochen vorbei, es gab ein Geräusch, als würde man ein dünnes Stück Holz ansägen. Es störte ihn nicht. Er hielt das Messer einen Augenblick in die Höhe und betrachtete die rote Spitze. Er drehte sich um und schlenderte ohne Hast auf den Eingang zu. Die Tür öffnete sich und er schwankte mit erhobenen Armen auf die drei kämpfenden Gestalten zu.

# 22

»Wir sind da«, sagte einer seiner Männer aufgeregt und stieg aus. Sekunden später wurde ihm die Tür geöffnet.

Balke-Basdorf sah zum Altbau hinüber. Hinter einigen Fenstern brannte Licht, aber im ersten Stock herrschte Dunkelheit. »Ob sie schon schlafen?«, fragte er einen seiner Leute.

»Wir werden es gleich erfahren«, antwortete der Mann und lachte. Basdorf nickte zufrieden. Innerhalb weniger Minuten war er umringt von sechs Sicherheitsleuten.

»Es kann nichts mehr schiefgehen«, sagte er laut. Er machte sich keine Sorgen, dass Matthiesen oder die Eggerts seine Leute entdecken würden. Und wenn schon, es war für sie sowieso zu spät. Es gab kein Entkommen mehr. »Wir werden die Wohnung auf die sanfte Art stürmen«, ermahnte er. »Ich habe noch ein paar Fragen an die Reporterin und an diesen Lenny Eggert, insofern möchte ich keine gezückten Knarren sehen, verstanden?« Die Männer murmelten zustimmend. »Wir werden alle zusammen in einen Raum treiben«, fuhr er fort. »Dort führe ich dann meine Befragungen durch und ihr haltet euch im Hintergrund.«

Die Haustür stand offen. Basdorf schüttelte den Kopf über so viel Leichtsinnigkeit. Sie schlichen in das Treppenhaus. Seine Männer hatten Erfahrung in solchen Sachen. Während Yogi, einer seiner jüngeren Leute, auf den Grundriss des Hauses schaute, öffnete ein anderer einen schwarzen Aktenkoffer. Sie hockten sich vor die Wohnungstür mit dem Namen M. Swoboda. Yogi nickte und steckte den Grundriss in seine Anzugtasche. Der andere holte eine Plastikampulle aus dem Koffer, schraubte einen Deckel auf und füllte den Inhalt in eine Einwegspritze. Sofort lag ein Geruch von verbrannter Milch in der Luft. Basdorf lächelte vergnügt. Dieses Mittel war ebenfalls von seiner Firma entwickelt worden, es war stark ätzend und brachte alle möglichen Metallarten regelrecht zum Schmelzen. Und das in Sekundenschnelle. Ein wahres Teufelszeug. Sein Mann hielt die Spritze an das Schloss und ließ die Flüssigkeit hineinträufeln. Es zischte, als würde man Öl ins Feuer gießen. Eine kleine weiße Wolke stieg aus dem Türschloss auf. Der Mann packte die Gegenstände zurück in den Koffer, zählte leise bis zehn und drückte vorsichtig gegen die Tür. Es gab ein Klacken, als wenn sich irgendwo eine Schraube gelöst hätte, und die Tür schwang auf. Während seine Männer wie ein Spezialkommando der Polizei in die Wohnung stürmten, blieb Basdorf neben dem Eingang stehen. Er griff nach seiner Schatulle und führte einen Zigarillo an seine Lippen. Gedämpfte Geräusche drangen aus dem Inneren an seine Ohren. Ein überrascht klingender Schrei von einer Frau ertönte. Kurz darauf fing ein Mädchen an zu weinen. Basdorf pustete den Qualm ins Treppenhaus, als Falko an der Haustür erschien und den Daumen in die Höhe streckte.

»Schwuchtel-Papi schlief im Wohnzimmer«, erklärte er gut gelaunt. »Der Rest der Schwuchtel-Familie war im Schlafzimmer. Jetzt sitzen alle Schwuchteln heulend im Wohnzimmer.«

Basdorf schaute ihn einen Moment lang mit großen Augen an. Falko war einer seiner willigsten Leute, der jeden Befehl kompromisslos erledigte. Hätte Falko seine eigenen Eltern umbringen sollen, hätte er den Auftrag ohne mit den Wimpern zu zucken ausgeführt. Aber irgendwie war er auch ein verdammter Assi, der hauptsächlich derbe Ausdrücke benutzte. Basdorf musste lachen und hätte sich fast an dem Rauch seines Zigarillos verschluckt. »Ist gut«, sagte er keuchend.

»Aber die Reporterin ist nicht hier.«

»Was?«

»Wir haben überall nachgeschaut. Bestimmt ist die Schlampe noch mal weggefahren.«

»Quatsch. Das hätten wir doch mitgekriegt.«

Yogi kam zu ihnen. »Was ist mit der Wohnung im Dachgeschoss?«, fragte er. »Vielleicht soll Matthiesen auf die Wohnung im ersten Stock nur aufpassen, weil die Mieter im Urlaub sind. Da bot es sich ja geradezu an, die Eggerts hier unterzubringen.«

Basdorf nickte. »Dann wäre im fünften Stock ihr eigentliches Domizil, genauso wie es auf den Plänen verzeichnet ist.« Er blickte das Treppenhaus hinauf. Hoffentlich hatten sie nicht schon zu viel Krach gemacht. Er zeigte auf Falko. »Schnapp dir einen Partner und schaut oben nach.«

Seine Männer arbeiteten effektiv, nach nicht einmal einer halben Minute drang ein wütend klingender Schrei zu ihm herunter, der sofort unterdrückt wurde. Es polterte auf den Stufen, als wäre eine Horde Nilpferde unterwegs. Dann sah er seine Männer. Sie hatten die Reporterin in ihre Mitte genommen. Während Falko seine Hand grob in ihr Gesicht presste, hielt sein Partner ihre Handgelenke fest. Matthiesen versuchte, sich aus der Umklammerung zu befreien, aber es gelang ihr nicht.

»Ins Wohnzimmer mit ihr«, sagte Basdorf und schaute ihnen zufrieden nach. Wie gut die Aktion klappte. Sollte alles doch noch ein einigermaßen glimpfliches Ende nehmen? Er gönnte sich einen letzten, ausgiebigen Zug und schnippte die Hälfte seines Zigarillos über das Treppengeländer. Leise summend betrat er die Wohnung. Es roch nach einem schwachen Parfüm, man wusste sofort, dass hier Frauen zugegen waren. Zwei seiner Leute standen vor der Wohnzimmertür. Aus den Augenwinkeln sah er, wie Falko etwas aus dem Kühlschrank nahm und es sich in den Mund stopfte. »Falko und Yogi bleiben vor der Tür. Alle anderen gehen zurück in ihre Autos, bis ich sie hole. Ich möchte niemanden im Treppenhaus herumlungern sehen. Ich werde mir die Leutchen mal ansehen.«

Falko kam kauend auf ihn zu. »Vielleicht sollte ich Sie begleiten«, bemerkte er schmatzend.

Basdorf winkte ab. »Das wird nicht nötig sein.« Er drückte die Klinke runter und trat ein.

*

Lenny stampfte ärgerlich auf den Fußboden. Wie hatten sie sich bloß so sicher fühlen können? Er spürte Justins Körper, der sich dicht an seinen schmiegte. Ob die Kinder diese schreckliche Geschichte je verkraften würden? Wenn er gewusst hätte, wie stark seine Familie involviert werden würde, hätte er alles noch einmal genauso gemacht? Oder hätte er einfach nur stillschweigend gewartet, bis sein Wasser wieder in Ordnung gebracht worden wäre? Mit dem Mineralwasser kamen sie im Grunde genommen ja ziemlich gut klar. Für die Kinder war es spannend, sich mit Sprudelwasser die Zähne zu putzen oder zu waschen. Das hätten sie doch bestimmt noch eine ganze Weile durchgehalten. Er seufzte. Egal. Es war müßig, darüber nachzudenken.

Nina hielt Emily in ihren Armen. »Was machen die mit uns?«, fragte sie mit ängstlicher Stimme. Er hätte ihr gern eine beruhigende Antwort gegeben, aber dieses ganze Spiel war einfach viel zu undurchsichtig geworden.

»Ich weiß es nicht.«

Die Tür wurde aufgestoßen, und Bettina wurde in den Raum geschubst. Sie stieß mit ihrem Bein gegen die Tischkante und schrie erstickt auf. Für einen kurzen Moment hatte Lenny gehofft, dass die Gorillas sie nicht finden würden. Aber diese Leute waren bestens informiert. Wie sonst hätten sie wissen können, dass er und seine Familie sich in dieser Wohnung aufhielten?

Nina japste auf. »Bettina, alles in Ordnung mit dir?«

Bettina hielt sich die Handgelenke, nickte aber. Sie setzte sich aufs Sofa neben Nina und strich einmal über Emilys Haare. »Verdammt«, zischte sie böse. »Wie konnten diese Typen wissen, in welcher Wohnung ihr euch versteckt habt?«

»Sie müssen uns gesehen haben«, vermutete Lenny.

»Aber wie? Ich habe sofort alle Vorhänge geschlossen.«

Vor der Tür hörten sie Stimmen, mehrere Leute schienen sich zu beratschlagen. Einen Augenblick später wurde die Tür geöffnet, und ein Mann in einem Anzug blieb an der Schwelle stehen und fuhr sich über seinen gewaltigen Seitenscheitel. Er wirkte auf Lenny wie ein Moderator einer längst vergangenen Schlagerrevue. Seine Augen sahen hinter den dicken Brillengläsern aus wie graue Fische in einem trüben Aquarium. Der Mann schloss die Tür sorgfältig und grinste noch breiter.

»Endlich lerne ich Sie kennen«, sagte er in gutmütigem Ton.

Bettina warf ihm einen finsteren Blick zu. »Balke-Basdorf, nehme ich an.«

Für einen Moment war die Haarpracht überrascht. »Sie haben eine schnelle Auffassungsgabe.«

»Sie haben also das Wasser vergiftet?«, fragte Lenny kopfschüttelnd. »Sind Sie noch bei Trost? Was für ein mieses Spiel treiben Sie hier?«

Basdorf hob abwehrend die Hände. »Ich kann verstehen, dass Sie ein wenig aufgeregt sind«, sagte er und setzte sich auf einen Hocker, der vor dem Fernseher stand. »Zunächst möchte ich jedoch festhalten, dass wir kein Wasser vergiftet haben. Meine Firma hat lediglich eine Substanz in das lokale Trinkwassersystem gegeben. Völlig harmlos.«

Bettina lachte böse. »Und dann kamen die Algen«, sagte sie.

Wieder schien Basdorf überrascht zu sein. »Sie wissen viel«, stellte er knapp fest. »Ja, es stimmt. Es gab ein Leck. Wie sich herausstellte, verändern Algen die Eigenschaften unserer Substanz.«

»Sie verwandelt Lebewesen in blutrünstige Monster«, stellte Bettina klar.

»Schon, ja. Das lässt sich wohl kaum leugnen.«

Nina drehte sich zur Seite und bettete Emilys Kopf auf ein Kissen. Die Kleine war wieder eingeschlafen. Lenny schaute seinem Sohn ins Gesicht. Justin saß mit halb geöffneten Lidern neben ihm und atmete gleichmäßig. Auch er schien jeden Moment einzuschlafen. Das war gut. Die Kinder mussten nicht unbedingt hören, was hier besprochen wurde.

»Was soll diese Substanz in unserem Trinkwasser? Geht es um das G8-Treffen? Planen Sie ein Attentat?«, fragte Lenny, während er Justin sanft am Nacken kraulte. Basdorf sah ihn mit großen Augen und runterhängenden Lippen an, wie ein Karpfen, den man gerade an Land gezogen hatte.

»Attentat?«, wiederholte er und lachte herzlich. Lenny wechselte einen schnellen Blick mit Nina. Lachend war dieser Kerl sogar noch unsympathischer als mit ernstem Gesicht. »Attentat! So ein Unsinn«, rief er und hielt sich die Hand vor dem Mund. »Das Gegenteil haben wir geplant.«

»Ich verstehe nicht.«

»Es ging uns um die Sicherheit des Gipfels. Wir wollen ihn schützen. Schützen vor gewaltbereiten

Demonstranten, die immer brutaler und unberechenbarer werden.« Basdorf stand auf. »Erinnern Sie sich noch an die letzten Treffen der Staats- und Regierungschefs in Heiligendamm oder Hamburg? Haben Sie noch die Ausschreitungen im Kopf, die damals von einer großen Zahl von Autonomen angezettelt wurden? Trotz bestens ausgestatteter und ausgebildeter Polizeikräfte konnten die Demonstranten nur mit äußerster Anstrengung im Zaun gehalten werden. Es war reines Glück, dass kein Beamter lebensgefährlich verletzt wurde.« Er ging zwei Schritte zur Tür und drehte sich um. »Die Angriffe auf die Polizeikräfte hatten eine ganz neue Dimension angenommen. Die Autonomen trugen Waffen, die wie Steinschleudern aussahen. Nur, dass die Gummibänder durch Fahrradschläuche ersetzt wurden und Billardkugeln satt Steine als Munition zum Einsatz kamen. So ein Geschoss kann den stabilsten Polizeihelm spalten. Und den Kopf, der darin steckt, natürlich gleich mit. Es grenzte an ein Wunder, dass keine der Kugeln getroffen hatte. Anfängerpech vielleicht. Inzwischen werden die Verbrecher fleißig geübt haben.« Er grunzte und durchschritt erneut das Wohnzimmer. »Man fand nicht gezündete Molotowcocktails, die eine besonders explosive, neue Mischung besaßen. Zusätzlich waren sie mit Nägeln, Klingen und Steinen gefüllt. Wären sie zwischen den Beamten explodiert, hätte das verheerende Verletzungen gegeben, trotz all der Schutzkleidung. Glücklicherweise gingen die meisten nicht los. Vielleicht hatte man die Lunte zu hastig angezündet, vielleicht war der Stoff, der als Lunte diente, auch schlicht und einfach nicht gut genug mit Benzin getränkt worden. Wie dem auch sei, es war reines Glück, dass es keine Opfer unter den Beamten zu beklagen gab. Eine solche massive Gewalt hatte man vorher noch nicht erlebt.«

Bettina ordnete ihre Haarsträhnen. »Ich verstehe nicht, was das alles mit dem Trinkwasser zu tun hat.«

Basdorf ruckelte an seiner Brille und tatschte mit zwei Fingern auf eines seiner Gläser. Lenny starrte auf die kleinen Abdrücke, die sie hinterlassen hatten. »Seit Heiligendamm weiß man, dass man eine absolut gewaltbereite Masse auch mit den besten Spezialkräften der Polizei nur eingeschränkt unter Kontrolle bekommt. Und aller Wahrscheinlichkeit nach wird der Preis, den die Beamten zahlen müssen, immer höher werden. Wenn die Entwicklung so weitergeht, könnte es bald auf jeder halbwegs großen Demo schwer verletzte oder sogar tote Polizisten geben.« Er machte eine Pause und hob den Zeigefinger. »Und hier kommt nun meine Substanz mit dem Arbeitstitel T200 zum Einsatz. Wie kann man dafür sorgen, dass weniger Leute auf eine Demonstration gehen? Indem man sie vorher bereits ruhigstellt.«

Lenny runzelte die Stirn. »Was heißt das?«

»Ich will es mal einfach ausdrücken«, sagte Basdorf und spazierte wieder hinüber zur geschlossenen Tür. »Ein Beispiel. In einem berüchtigten Stadtteil soll eine Demo stattfinden, bei der viele gewaltbereite Leute erwartet werden. Einige Tage vor der Demo geben wir T200 ins Trinkwasser. T200 könnte man auch als eine Art Beruhigungsmittel bezeichnen, es hat die Aufgabe, die Leute, nun ja, eben ruhigzustellen. Die Folge wäre, dass zur angemeldeten Demonstration wesentlich weniger Leute erscheinen würden. Die Arbeit der Polizei würde einfacher werden. Nach vier oder fünf Tagen hätte sich die Wirkung wieder abgebaut. T200 hinterlässt keinerlei gesundheitsschädliche Folgen.« Nina lachte kurz. »In seiner reinen Form ist es völlig ungefährlich.«

Bettina schlug mit den Händen auf ihre Oberschenkel. »Das gibt es doch nicht. Was für ein kranker Plan.«

»Die meisten Innenminister und Länderchefs sind da anderer Meinung.« Basdorf lächelte.

»Soweit ich weiß, soll es auch eine Kundgebung vor dem Schlosshotel geben«, sagte Bettina langsam. »Haben Sie deshalb das Wasser des Neubaugebietes präpariert? Haben Sie Angst, dass irgendwelche Familien aus ihren schmucken Einfamilienhäusern zur Demo kommen und mit Steinen oder noch schlimmeren Gegenständen werfen?«

»Natürlich nicht.« Basdorf faltete die Hände zusammen und sah sie durch halb zusammengekniffene Lider an. »Es wird zwar eine Demonstration geben, wenn sich die Staatschefs zum Abendessen im Schlosshotel treffen, aber laut meinen Informationen wird sie von zwei friedlichen Organisationen geplant und durchgeführt. Höchstwahrscheinlich wird man Leute in bunten Kostümen sehen und Kinder, die selbst gemalte Plakate in die Höhe halten.«

»Dann verstehe ich nicht, warum die Substanz ausgerechnet hier ins Wasser gegeben wurde.«

»Um sie zu testen«, sagte Basdorf, als würde er mit einem begriffsstutzigen Kind sprechen. »Dies ist sozusagen der erste Einsatz im Feldversuch. Bisher hatten wir T200 nur im Labor und an einzelnen Leuten getestet. Das Neubaugebiet eignete sich ideal, um einen ersten Versuch außerhalb unserer Firma durchzuführen. In jedem Gebiet gibt es Leute, die sich politisch engagieren. Man kann anhand von Daten wie Einkommen, Bildung, Mitgliedschaften, etc. sogar hochrechnen, wie viele Menschen sich wohl an einer Kundgebung zu einem bestimmten Thema beteiligen würden. Wir hätten bei der offiziellen Gegendemo am Waldrand sehr genau auf die Bewohner des Neubaugebietes geschaut. Wir hätten gezählt, wie viele von ihnen tatsächlich daran teilgenommen hätten. Und daraus hätte man einen Schluss ziehen können, wie wirksam unsere Substanz letztendlich gewesen ist.« Er räusperte sich. »Wahrscheinlich wäre niemand aus dem Neubaugebiet bei dieser Demonstration erschienen.«

Nina stieß ein lautes Stöhnen aus. »Was hätten wir denn während dieser Zeit gemacht?«, fragte sie aufgebracht. »Wie blöd die Wand angestarrt? Oder wie betrunken durch das Haus getorkelt?

Basdorf seufzte. »Unfug. Sie wären einfach nur furchtbar antriebslos gewesen und hätten zu nichts Lust gehabt. Weder um mit den Kleinen zu McDonald's zu gehen, noch um bei der Demo vorbeizuschauen.«

Lenny streckte den rechten Fuß und spürte die Schmerzen, die sein Gelenk verursachte. Aber es wurde besser, immerhin etwas. Er schaute in das Gesicht seines schlafenden Sohnes und ließ ihn vorsichtig gegen die Lehne fallen. Er wollte sich nicht vorstellen, wie Justin und Emily in der Ecke ihrer Zimmer saßen und wie hypnotisiert vor sich her starrten. Man konnte Kinder doch nicht so einfach ruhigstellen. In den Gesichtern von Bettina und seiner Frau sah er, wie sie sich anscheinend ähnlichen Horrorgedanken hingaben.

»Im Grunde genommen ist das eine prima Sache«, beendete Basdorf das Schweigen. »Wenn nur diese verflixten Algen nicht gewesen wären. Wer hätte denn auch ahnen können, dass T200 so sensibel auf diese kleinen Pflänzchen reagiert.« Wieder breitete sich eine unangenehme Pause aus. Basdorf blickte auf seine Armbanduhr. »Es wird Zeit …«

»Haben Sie eigentlich schon gesehen, was da passiert ist?« Bettina zeigte auf die Käfige.

Basdorf drehte sich stirnrunzelnd zu den Käfigen um.

Lenny musste unweigerlich grinsen. Die Tiere waren ihm anscheinend noch nicht aufgefallen. »Wo haben Sie die her?«, fragte er sichtlich überrascht. Sein Blick begutachtete die Mäuse und Kaninchen, die miteinander kuschelten, und die Meerschweinchen, die einträchtig

hintereinander saßen und an einer Wurzelschale müm-
melten.

»Sie benehmen sich nicht mehr wie blutrünstige
Monster«, stellte Bettina fest.

»Wie außergewöhnlich«, sagte Basdorf. Obwohl er
seinen neutralen Gesichtsausdruck beibehielt, konnte
Lenny seine Überraschung spüren. Also wusste Basdorf
wirklich noch nicht, dass sich die Tiere wieder beruhigt
hatten. Waren denn alle anderen Versuchstiere, die seine
Leute aus dem Labor gestohlen hatten, noch nicht
wieder zur Besinnung gekommen? Wahrscheinlich
hatten die Wissenschaftler diesen Umstand einfach noch
nicht in Betracht gezogen. Warum sollte man auch freiwillig das Trennholz zwischen zwei wild gewordenen
Nagern entfernen? Basdorf schaute mit stechendem
Blick in die Käfige. In diesem Moment wurde die Tür
geöffnet, ein breiter Schlägertyp stand an der Schwelle.

»Entschuldigen Sie die Störung. Können Sie mal
kurz rauskommen?«

Basdorf zeigte auf die Käfige. »Die Tiere gehen sich
gegenseitig nicht mehr an die Gurgel«, antwortete er
fasziniert, wandte den Blick aber schließlich ab. »Die
Käfige möchte ich unverzüglich im Lastwagen sehen.«

»Wird gemacht«, antwortete der Stiernacken und
schloss die Wohnzimmertür.

Dennoch konnte Lenny die Männer hören.

»Was gibt es denn?«, fragte Basdorf.

»Page und Sawatzki sind eben angekommen.«

»Scheiße. Was wollen die hier? Ich kann sie nicht
gebrauchen. Die haben Herzen aus Schokolade, besonders Sawatzki, diese Memme. Ich werde die Störenfriede
unten in Empfang nehmen.«

*

Sawatzki stand auf dem Bürgersteig und schaute auf die Fenster der Wohnung im ersten Stock. Die Vorhänge waren zugezogen und nur ein schwaches Licht war dahinter zu erkennen. Hier wohnte also Bettina Matthiesen. Wie schade, dass er ihre Wohnung nicht kannte, wie schade, dass er sie nicht näher kannte. Er hätte sich gut vorstellen können, nach einem anstrengenden Tag im Rathaus neben ihr einzuschlafen. Die Frau war ungeheuer attraktiv. Sicher spürte sie die Gefühle, die er ihr entgegenbrachte. Manchmal kam es ihm so vor, als würde sie mit ihm spielen. Er erinnerte sich daran, wie sie zuletzt in seinem Büro gesessen hatte, ihr kurzer Rock ziemlich weit nach oben gerutscht, ihre Arme hinter dem Kopf verschränkt. Wie sollte man da ruhig bleiben?

Bestimmt hatte sie seine gierigen Blicke bemerkt.

Warum sprang sie darauf nicht an?

Und wenn sie ihn nicht leiden konnte, warum verhielt sie sich dennoch so lasziv? Ob es sie störte, dass er verheiratet war? Sawatzki stöhnte leise und konzentrierte sich wieder auf die wichtigen Dinge. Hoffentlich kamen sie nicht zu spät. Ob Basdorf ihr schon etwas angetan hatte? Kaum dachte er an ihn, erschien der Konzernchef an der Haustür. Er hatte seine rechte Hand in der Hosentasche versenkt, in seinem Mundwinkel steckte einer dieser furchtbaren Zigarillos.

»Was machen Sie hier?«, fragte er ein wenig ärgerlich. »Was Sie nicht wissen, macht Sie nicht heiß.«

Sawatzki schüttelte sich leicht. Page ging nicht auf Basdorfs Frage ein, sondern zeigte hoch zu den Fenstern im ersten Stock. »Waren Sie erfolgreich?«

»Ja. Die Reporterin und die Familie sitzen zusammengetrieben im Wohnzimmer wie Vieh auf dem Weg zur Schlachtbank.«

Sawatzki ballte die Fäuste. Was zu viel war, war zu viel. »Wie reden Sie denn, verdammt noch mal«, schrie er die Brillenschlange an.

Basdorf hob sichtlich erstaunt die Augenbrauen. »Wie konnte so ein weiches Arschgesicht wie Sie nur je Bürgermeister werden?«, fragte er mit vollkommen ruhiger Stimme.

Sawatzki platzte fast vor Wut. Er wollte etwas erwidern, doch Page kam ihm zuvor.

»Ich habe mit dem Ministerpräsidenten gesprochen«, erklärte er. »Auch wenn die ganze Angelegenheit äußerst delikat ist, wünscht er keine weiteren Opfer mehr.«

Basdorf drehte den Kopf und pustete Page eine Ladung Rauch ins Gesicht. »Was?«, fragte er und zog hastig an seinem Glimmstängel. »Dieses fettleibige Insekt ist wohl verrückt geworden. Wer hat denn das Haus finanziert, in dem er wohnt?«

Page überhörte auch diese Frage und sprach ruhig weiter. »Tote Gören kommen nicht gut, wenn da irgendwas durchsickert. Nicht auszudenken.«

»Wenn alle Beteiligten tot sind, kann auch nichts durchsickern«, gab Basdorf zurück.

»Trotzdem. Es ist schon mehr als genug schiefgelaufen. Weitere Tote kommen nicht infrage. Wir müssen die Eggerts anders zum Schweigen bringen. Mundtot oder lächerlich machen, was weiß denn ich«, sagte Page.

Basdorf nahm seinen Zigarillo zwischen zwei Finger und schaute ihn mit nachdenklichem Blick an. »Ich habe der ganzen Bande von unserem Projekt erzählt. Konnte ja nicht ahnen, dass ihr fetter, bestechlicher Chef plötzlich Muffensausen bekommt.« Er schnippte die Hälfte des Glimmstängels auf die Straße. Sawatzki konnte sich ein Grinsen nicht verkneifen, da hatte es diesem Ekel doch tatsächlich den Appetit verdorben. Eine Weile standen sie schweigend nebeneinander, Basdorf hatte seine Brille abgenommen und die Augen geschlossen.

Page schaute unbehaglich zur Seite. »Wir sollten hier nicht so rumsteh…«

»Ruhe, ich denke nach«, unterbrach Basdorf. Sawatzki fragte sich nicht zum ersten Male, wie so ein cholerischer Mann erfolgreich ein großes Unternehmen leiten konnte. »Also gut. Wir werden die Bilderbuchfamilie verschonen«, sagte Basdorf schließlich. »Wir könnten drohen, ihren Kindern etwas anzutun, falls sie sich jemals zu den Ereignissen äußern sollten, das wirkt bei Eltern meistens ganz ausgezeichnet. Aber die Matthiesen mit ihren Kontakten bleibt verdammt gefährlich. Ich habe noch nie erlebt, dass sich ein guter Journalist so einfach einschüchtern lässt. Und mir sind schon eine Menge Schreiberlinge untergekommen. Sie wird so lange weitermachen, bis sie genug Beweise hat, um an die Öffentlichkeit gehen zu können.«

Sawatzki rieb unbehaglich die Hände aneinander. Er beobachtete Page, der ganz allmählich zu nicken anfing.

»Was schlagen Sie vor?«, fragte Page.

»Die Familie können wir verschonen. Aber die Reporterin bringen wir zum Schweigen. So ist es besser für uns alle.«

Sawatzki fuhr sich durch die Haare. »Das geht doch nicht«, erwiderte er. Seine Hand berührte Page an der Schulter. »Der Ministerpräsident wollte keine Toten mehr.«

Page lächelte breit. »Der Minister wird tun, was ich ihm vorschlage. Ich habe in dieser Sache weitgehend die Handlungsbefugnis.« Er wandte sich an Basdorf. »Ich denke, ich kann ihn davon überzeugen, dass ein einziges weiteres Opfer absolut notwendig war.«

»Sehr gut«, sagte Basdorf und ließ wieder sein hyänenhaftes Grinsen sehen. »Sehr gut. Dann rufen Sie ihn doch gleich an. Oder schläft der Fettsack schon?«

Ohne zu antworten, holte Page sein Handy hervor.
»Es wäre hilfreich, wenn es wie ein Unfall aussehen würde«, sagte er, während er auf das Display schaute.

Basdorf lachte. »Mir ist da auch schon etwas Hervorragendes eingefallen.«

Sawatzki wandte sich ab, ging einige Schritte den Fußweg hinauf und stierte auf einen geparkten Kleinwagen, dessen Hinterrad halb auf dem Kantstein stand. Sein Bauch zwickte, als hätte es zu viele Erdnussflips gegeben. Er musste etwas unternehmen. Er konnte Bettina nicht eiskalt ihrem Schicksal überlassen. Das würde er sich nie verzeihen.

*

Sie hingen ihren Gedanken nach.

Lenny fiel es nicht leicht, der unsympathischen Brillenschlange zu glauben. Eine Verschwörung im großen Stil, an der sogar Regierungsvertreter beteiligt waren? Oder wollte sie dieser Balke-Basdorf nur hinters Licht führen, um von den wahren Gründen abzulenken? Allerdings klangen seine Ausführungen geradezu erschreckend logisch. Er betrachtete Bettina, die auf den Tisch starrte. Nina hatte sich über Justin gebeugt und strich ihm durch die Haare. Die Wohnzimmertür wurde aufgerissen. Lenny dachte, dass Balke-Basdorf zurückkommen würde. Immerhin war er vorhin in seinem Redefluss unterbrochen worden. Herein kamen jedoch zwei seiner Männer und gingen geradewegs auf Bettina zu. Die Gorillas fassten Bettina grob an Schultern und Armen und rissen sie vom Sofa.

»Was soll das?«, rief sie und versuchte, einem der Typen gegen das Knie zu treten. Obwohl der Kerl furchtbar schwerfällig aussah, tänzelte er geschickt zurück und wich ihrer Bewegung aus. Dann schnellte er wie eine Muräne nach vorn und verpasste ihr einen

Schlag. Seine Handkante traf sie am Halsansatz. Sofort erschlaffte Bettina. Nina stieß einen Schrei aus. Glücklicherweise achteten die Männer nicht auf seine Frau, sie schienen sich nur für Bettina zu interessieren, griffen um ihre Taille und schleiften den trägen Körper durch das Wohnzimmer. Lenny schnaufte leise. Ein Glück, dass die Kinder schliefen.

»Was habt ihr mit ihr vor?«, fragte er.

»Maul halten«, knurrte die Handkante. Sie verließen den Raum und knallten die Tür zu.

»Ist sie tot?«, flüsterte Nina.

»Ich glaube nicht. Der Schlag sah ziemlich professionell aus.«

Bettinas Körper wurde aus der Wohnung getragen, das verrieten die Geräusche. Wo wollten sie mit ihr hin? Im nächsten Augenblick ging die Tür erneut auf. Wieder kamen zwei Gorillas herein, aber es waren andere. Beide waren schmächtiger und besaßen noch so etwas wie Frisuren auf ihren Köpfen. Der eine trug eine schwarze Aktentasche. »Haben Sie keine Angst«, sagte er, während er die Tasche öffnete.

Nina erkannte offenbar vor ihm, was der Mann plötzlich in seiner Hand hielt. »Nein«, rief sie. Jetzt sah auch Lenny die Spritze mit der ungewöhnlich langen Nadel. »Bleiben Sie weg«, schrie Nina.

»Es wird nicht wehtun«, sagte der Mann fast schon sanft. Er gab seinem Kollegen ein Zeichen, der daraufhin losstürmte und Ninas Arm festhielt. Sie wehrte sich, aber die Männer waren einfach zu schnell. Lenny sah, wie die Nadel durch ihre Haut stach und eine orange Flüssigkeit in ihre Vene floss. Sekunden später schloss seine Frau die Augen, seufzte und sackte in sich zusammen. Lenny stand mit einem Satz auf.

»Sie schläft nur«, beruhigte ihn der Spritzengeber.

Bevor Lenny antworten konnte, spürte er schwere Hände an seinem Arm. Wie aus dem Nichts stand der andere Typ plötzlich neben ihm und hielt ihn fest. Er wollte sich losreißen und nahm dabei erstaunt zur Kenntnis, dass der Pseudodoktor bereits eine zweite Spritze in seiner Hand hielt. Lenny schaute auf die Flüssigkeit, die ihn ein wenig an Multivitaminsaft erinnerte. Der Ärmel seines Hemdes wurde noch ein Stück weiter nach oben geschoben und er spürte den Einstich. Sekunden später verlor er das Bewusstsein.

Er lag mit Fieber im Bett. Draußen zwitscherten exotische Vögel. Sie hätten nicht die Eiswürfel lutschen sollen. Jeder wusste, dass das Wasser in solchen Ländern verunreinigt sein konnte. Das hatten sie jetzt davon. Die ganze Familie lag lang gestreckt auf den Betten und hatte mit kräftigen Magenbeschwerden zu kämpfen. Er zitterte. Ihm war heiß und kalt. Und das fast gleichzeitig. Dann berührte ihn etwas am Arm. Hier gab es Kakerlaken. Riesengroße Kakerlaken. Sie wollten ihn anknabbern. Lenny versuchte, den Arm wegzuziehen, aber er konnte ihn kaum bewegen. Er hörte eine Stimme. Eine ängstliche Stimme. War das Emily? Aber Emily schlief doch im anderen Zimmer. Die Kinder hatten besonders viel Eis geschleckt. Ihnen ging es richtig schlecht. Verschlafen öffnete er die Augen, bereit, sie sofort wieder zu schließen, falls die brennende Sonne ihn blenden würde. Aber es war keine Sonne da. Er schaute auf einen langen Vorhang, der ein Spalt geöffnet war. Die Morgendämmerung fiel durch ein eckiges Fenster hinein. Komisch, ihr Bungalow hatte doch nur runde Fenster. Jetzt nahm er den Schatten neben sich ganz deutlich wahr. Eine kleine Gestalt rüttelte an seinem Arm. »Emily?«, fragte er verschlafen. »Du solltest ins Bett gehen. Ich habe mit der Rezeption gesprochen. Wir bekommen ein leichtes Abendessen ins Zimmer gebracht.«

»Papi, aufwachen.« Mühsam erhob sich Lenny. Es war nicht leicht, die Augen nicht wieder zu schließen. Erst Emilys angsterfüllter Gesichtsausdruck gab ihm die Kraft, sich ganz zu erheben. Sofort warf Emily ihren kleinen Körper gegen seinen. Ihre Ärmchen griffen um seinen Hals. »Papi, was ist los? Du und Mami, ihr schlaft so doll. Wo sind die Leute?« Er streichelte ihr über den Rücken, schaute durch das fremde, aber stilvoll eingerichtete Schlafzimmer, und schlagartig kamen die Erinnerungen zurück.

Sie befanden sich nicht in ihrem Horrorurlaub, in dem sie alle mehr als die Hälfte der Tage krank gewesen waren. Sie befanden sich in Bettinas Wohnung. Hier war es allerdings nicht weniger gruslig. Lenny blickte auf die andere Bettseite. Nina befand sich neben ihm. Justin lag eng an sie gekuschelt, unmittelbar am Rand. Beide schliefen. Er beugte sich über seine Frau und hielt für einen Moment die Luft an. Als er Nina gleichmäßig atmen hörte, entspannten sich seine Muskeln.

»Was ist mit Mami?«, fragte Emily und hörte sich schrecklich besorgt an.

»Nichts. Sie schläft nur ganz fest.«

»Ich konnte sie nicht wecken.«

»Wir werden es gemeinsam versuchen.«

Eine halbe Stunde später war auch Nina ansprechbar. Während Justin sofort aufgewacht war, als Lenny ihn berührt hatte, hatte seine Frau erheblich länger gebraucht. Er hatte mit ihr gesprochen, sie gepikst und gekitzelt und ihren Körper ordentlich durchgeschüttelt. Sobald er allerdings damit aufgehört hatte, hatte sie ihre Augen sofort wieder geschlossen und war in einen dämmrigen Schlaf geglitten. Erst als Lenny ihr, unter dem Gelächter der Kinder, mehrmals den Mund auf dem Bauch gedrückt und geräuschvoll durch die Lippen gepustet hatte, war sie schließlich erwacht.

»Ich hasse Bauchkrauler«, sagte sie.

»Ich weiß«, antwortete er zufrieden. »Aber anders ging es nicht. Die Gorillas müssen uns eine Art Beruhigungsmittel verpasst haben. Wirkt ziemlich stark.«

Nina breitete die Arme aus, und ein sichtlich erschöpfter Justin sowie eine ziemlich ausgezehrte, aber offenbar glückliche Emily drückten sich an ihre Mutter.

Lenny schaute in alle Zimmer und ins Treppenhaus. Es waren keine Gorillas zu sehen, auch dieser widerliche Balke-Basdorf war verschwunden. Er zog die Vorhänge im Wohnzimmer zurück. Die Sonne ging auf und tauchte die gegenüberliegende Häuserfront in ein helles Rot. Bestimmt würde es heute furchtbar schwül werden. Er beobachtete die parkenden Wagen, konnte aber keinen Passat ausmachen. Auch sonst schien sich niemand in einem der Autos zu befinden und zu ihnen heraufzuschauen. Wurden sie nicht mehr überwacht? Eine warme Hand legte sich auf seiner Schulter. »Wie sieht es aus?«, fragte Nina. Sie wirkte erschöpft.

»Alle weg.«

Nina nickte und strich über zwei tiefe Falten an ihrer Bluse. Sie hatten alle in ihren Klamotten geschlafen. Er spürte ihre Hand an seiner Gesäßtasche. »Dir hängt da was raus.« Nina nestelte an ihm herum und hielt kurz darauf einen gefalteten Zettel in den Fingern.

»Wo kommt der her?«, fragte Lenny erstaunt.

»Da steht was drauf«, sagte Nina und faltete ihn auseinander. Ihre Lippen bewegten sich, als sie stumm die kraklige Schrift las.

»Was?«, fragte er neugierig.

»Eine Nachricht von Sawatzki.«

Lenny nahm ihr das Papier ab und las die Zeilen.

*Herr Eggert, Basdorfs Leute werden Bettina zu Ihnen nach Hause bringen. Sie wollen, dass die Nachbarn über Bettina her-*

*fallen. Es soll wie ein Unfall aussehen. Helfen Sie ihr! Arnold Sawatzki.*

»Was soll das denn?«, fragte er verwirrt. »Warum verrät uns der Bürgermeister, was Basdorfs Leute vorhaben?«

»Sieht wie eine Falle aus«, bemerkte Nina leise. »Wenn wir uns auf den Weg machen, um ihr zu helfen, kassieren sie uns ein.«

»Glaube ich nicht. Warum so umständlich? Sie hatten uns doch schon.« Lenny griff in seine rechte vordere Hosentasche. Sie war ebenso leer wie die linke. »Meine Hausschlüssel sind nicht mehr da. Bevor wir betäubt wurden, hatte ich den Schlüsselbund noch. Da bin ich mir ganz sicher.« Er schaute wieder auf die Nachricht, deren eckige und abgehackte Buchstaben so aussahen, als wäre der Schreiber in höchster Eile gewesen. »Und wenn die Gorillas ihn mir abgenommen haben? Vielleicht haben sie tatsächlich vor, Bettina zu uns zu bringen.«

Nina schauderte. »Ich muss ständig an Fred denken, wie er die Männer attackierte. Und an Sabine. Die Waffe, die sich plötzlich in ihrer Hand befand.« Sie brach ab und rieb sich über die Lider. Lenny nahm sie in die Arme. Wenn man jemanden loswerden wollte, war das Neubaugebiet momentan eine ziemlich gute Adresse. Insofern erschien die Aussage von Sawatzki glaubhaft.

»Aber warum hat er uns diesen Tipp gegeben?«, fragte Lenny.

Nina schaute ihn mit einem schwer zu deutenden Blick an. »Vielleicht mag er sie. Bettina ist attraktiv, oder?«

Lenny räusperte sich. »Ja, schon«, antworte er gedehnt.

In diesem Moment kamen die Kinder ins Zimmer. »Wir haben Hunger«, verkündete Justin und Emily nickte wild zustimmend.

»Im Kühlschrank ist noch genug«, sagte Nina. »Ich werde uns was machen.«

»Für mich nicht«, sagte er.

»Für dich hätte es auch nichts gegeben. Du musst so schnell wie möglich zu unserem Haus.« Sie griff in ihre Jeanstasche und hielt ihm kurze Zeit später einen einzelnen Schlüssel entgegen. »Meinen Hausschlüssel haben sie mir nicht abgenommen.«

»Dann ist es okay für dich, wenn …«

Sie gab ihm einen Klaps auf den Hintern. »Bettina hat so viel für uns getan. Wir können sie doch nicht einfach ihrem Schicksal überlassen. Aber wenn die Gute dich küssen will, weil du sie gerettet hast, wendest du deinen Mund ab. Versprichst du mir das?«

»Du kommst auf Gedanken«, sagte er und gab ihr einen Kuss auf die Wange. »Aber ich verspreche es.«

»Und wenn es zu gefährlich wird, drehst du auf der Stelle um. Denk an deine Familie. Wir brauchen dich.«

Er gab ihr einen zweiten Kuss. »Ich bin vorsichtig. Wirklich. Aber ich muss es einfach probieren. Das bin ich ihr schuldig.«

Als Lenny an der Wohnungstür stand, begutachtete er kopfschüttelnd die Reste des Türschlosses. Die ganzen metallischen Teile der Schließvorrichtung sahen aus, als wären sie geschmolzen. Die unförmigen Klumpen an Tür und Zarge erinnerten ihn ans Bleigießen zu Silvester. Wohl war ihm nicht bei dem Gedanken, seine Familie ungeschützt hier zurückzulassen. Ihm kam eine Idee. Er ging hinauf ins fünfte Stockwerk. Die Tür zu Bettinas Büro stand einen Spalt offen. Das Schloss war intakt. Wahrscheinlich hatte sie die Tür geöffnet, als die Typen bei ihr geklingelt hatten. Vielleicht hatte sie gedacht, es wären Nina oder er gewesen. Noch ein Grund mehr, ihr zu Hilfe zu eilen. Lenny blickte ins Zimmer. Jemand hatte es offenbar gründlich durchsucht, die Schubladen waren halb aufgerissen, und die Ordner in den Regalen waren teilweise umgefallen. Wenigstens hatten Basdorfs Leute keine Verwüstung hinterlassen. Es gab nichts, das einfach ausgekippt und auf den Boden geworfen worden war. So viel Feingefühl hätte Lenny den Männern nicht zugetraut. Bettinas Computer und ihre Kameraausrüstung waren nicht zu sehen. Wahrscheinlich fehlten auch noch andere Dinge, aber so genau hatte er gestern nicht auf die Einrichtung geachtet, als Bettina ihm das Büro kurz gezeigt hatte. Er rannte die Stufen hinunter und stellte dabei zufrieden fest, dass der Schlaf zumindest seinem Knöchel gutgetan hatte. Sein Fuß schmerzte kaum noch. Nina und die Kinder deckten gerade den Tisch, als er in die Küche stolperte. »Nehmt das Frühstück mit«, sagte er.

»Was ist denn los?«, fragte Nina.

»Bettinas Bürotür ist noch heil«, erklärte er. »Ihr könnt sie abschließen. Das wird die Bande zwar nicht lange aufhalten, aber immerhin können sie nicht einfach so in die Wohnung stürmen. Du hast genug Zeit, mir eine Nachricht zu hinterlassen.«

»Gute Idee«, sagte Nina, während sie einen Korb, der einige leere Plastikflaschen enthielt, auf den Tisch stellte. »Wir machen Picknick im Obergeschoss«, rief sie den Kindern zu. »Packt alles in den Korb.«

Lenny sah einen Augenblick lang zu, wie Emily eifrig den Aufschnitt in den Korb legte. »Bis nachher«, sagte er und lächelte.

»Lenny?« Er drehte sich um.

»Sei vorsichtig. Ich liebe dich.«

»Ich liebe dich auch.«

Bettinas Autoschlüssel hingen noch an dem kleinen Schlüsselbrett. Lenny setzte sich in den Fiesta und stellte überrascht fest, dass er den Sitz kaum nach hinten stellen musste. Als er auf die Straße fuhr, überkam ihm eine ungeheure Anspannung. Bis jetzt war ihm erstaunlich ruhig zumute gewesen, aber nun hämmerte sein Herz vor Aufregung. Hoffentlich war es nicht zu spät. Wann hatten die Gorillas Bettina mitgenommen? Er war gestern Abend nicht dazugekommen, auf die Uhr zu schauen. Dafür war die Geschichte, die ihnen Balke-Basdorf erzählt hatte, viel zu unglaublich gewesen. Aber es war sicher schon nach elf, als sie alle betäubt worden waren. Jetzt war es kurz nach sechs. Ein Schauder lief ihm über den Rücken, als er daran dachte, wie Bettina fast die ganze Nacht zwischen wild gewordenen Nachbarn zugebracht haben musste. Vielleicht hatte sie sich im Haus verbarrikadieren können. Jede Minute zählte. Er drückte aufs Gaspedal und fuhr auf die Landstraße, auf der der Berufsverkehr glücklicherweise noch nicht eingesetzt hatte.

Auf der Zufahrtsstraße zum Neubaugebiet fielen ihm die ersten Polizeifahrzeuge auf. Mehrere Mannschaftsbusse standen am Straßenrand dicht hintereinander geparkt. Lenny verlangsamte das Tempo und schaute durch die Scheiben. Die Busse waren leer. Einige Minuten später fuhr er an weiteren verlassenen Mannschaftsbussen vorbei. Ihn beschlich ein unangenehmes Gefühl. Eine alarmierte Stimme in seinem Kopf fragte sich gerade, wo die ganzen Beamten waren, als er vor sich zwei Polizeiwagen mit eingeschaltetem Blaulicht quer auf der Straße stehen sah. Vor den Autos stand ein Polizist und winkte mit einer Kelle. Er hielt den Fiesta an. Der Polizist kam auf ihn zu.

»Leider geht es ab hier nicht weiter«, sagte der Beamte bestimmt aber freundlich.

»Warum?«, fragte Lenny mit gespieltem Erstaunen. »Ich will meine Cousine im Neubaugebiet besuchen.«

Der Beamte beugte sich tief ins Fenster hinein. »Sie haben kein Radio an«, stellt er fest.

»Stimmt.«

»Hätten Sie heute Morgen schon Radio gehört, wüssten Sie, dass es einen Unfall im Neubaugebiet gegeben hat.«

»Einen Unfall?«

»Ein Transporter, der gefährliche Chemikalien geladen hatte, ist verunglückt.«

Lenny musste sich zusammenreißen, um nicht lauthals loszulachen. War das die Verschleierungstaktik der staatlichen Stellen? »Was hat denn ein Chemietransporter in einem reinen Wohngebiet zu suchen?«, fragte er.

Der Polizist zuckte mit den Schultern. »Wahrscheinlich hat er sich verfahren. Von der Hauptstraße zu früh abgebogen, oder so.« Er stellte sich wieder aufrecht hin und zeigte die Straße hinunter, an deren Ende hinter einer Kurve irgendwo das Neubaugebiet begann. »Jedenfalls sind einige der Chemikalienfässer beschädigt. Könnten auslaufen. Hochgiftige Gase würden entstehen. Keine schöne Sache.«

»Aber meine Cousine«, warf Lenny ein und versuchte so betroffen wie möglich zu klingen.

»Keine Angst. Alle Anwohner wurden aufgefordert, in ihren Häusern zu bleiben. Wenn Fenster und Türen geschlossen sind, besteht keine Gefahr.« Er tippte sich kurz an die Mütze. »Ich muss Sie bitten, wieder umzudrehen. Und machen Sie bitte das Fenster wieder zu. Und die Lüftung aus. Sicher ist sicher.« Langsam schlenderte er weiter und konnte sich ein herzhaftes Gähnen dabei offenbar nicht verkneifen. Ob er schon die ganze Nacht hier gestanden hatte? Aber wie waren Basdorfs Leute mit Bettina in die Siedlung gelangt? Oder waren sie ebenfalls abgewiesen worden?

Lenny setzte den Wagen zurück und wendete. Andererseits steckten die Basdorf-Gorillas und die Polizei bei diesem Spiel ja zumindest teilweise unter einer Decke. Vielleicht haben sie ein Papier vorweisen können, das ihnen ermöglicht hatte, die Sperre zu passieren. Er gab Gas und schaute dabei in den Rückspiegel. Der Polizist hatte seine Hände in die Jackentasche gesteckt und seine Kelle unter die Achselhöhle geklemmt. Der Mann sah müde aus. Vielleicht sollte er mit dem Fiesta einfach durch die Sperre brechen? Der Beamte stellte kein wirkliches Hindernis dar. Allerdings standen die beiden Autos so, dass man weder in der Mitte noch an den Seiten vorbeikam. Er hätte eines von ihnen rammen müssen. Und ob das mit dem Kleinwagen eine besonders gute Idee wäre?

Als Lenny zurückfuhr, dachte er über die Geschichte mit dem Chemikalienlaster nach. Im Grunde genommen war es eine hervorragende Idee. Auf diese Weise konnte man ein ganzes Gebiet absperren, ohne dass zu viele Fragen gestellt wurden. Und falls das verseuchte Wasser zu Opfern im Neubaugebiet führen würde, würde man bei der Bergung einfach eines der Fässer kaputtgehen lassen. Dann konnte man die Toten auf die giftigen Gase schieben, die unglücklicherweise in der Luft waren. Ob die Polizisten den wahren Grund der Absperrung kannten? Er schaltete das Radio ein.

»... wiederholen wir die dringende Warnung, dass Anwohner ihre Häuser unter keinen Umständen verlassen dürfen. Schließen Sie alle Fenster. Lassen Sie die Rollläden runter oder schließen Sie die Vorhänge. Das Gebiet ist weitläufig abgesperrt und derzeit nicht zu erreichen.«

Lenny lachte heiser. Das war wirklich gut. Die Leute im Neubaugebiet, die noch einigermaßen klar bei Verstand waren, würden die Warnung ebenfalls hören und die Fenster und Türen verrammeln. Das hatte gleich zwei Vorteile: Den durch das Wasser wild gewordenen Menschen gelang es nicht so leicht, in die Häuser einzudringen, und die, die in ihren Häusern saßen, konnten nicht sehen, was sich bei ihnen auf der Straße vielleicht abspielte. Und wenn sie es doch sahen, waren das eben schon die Auswirkungen der Chemikalien.

Das hatte dieser Mistkerl Balke-Basdorf gut hingekriegt. Hatte er ihn unterschätzt? Wer so einen großen Konzern leitete, musste ja über eine gewisse Intelligenz verfügen. Lenny schaltete das Radio wieder aus, um sich besser konzentrieren zu können. Gleich kam er zu dem holprigen Feldweg, der durch den Wald bis an den Rand des Neubaugebietes führte. An dieser Stelle hatten vorhin keine Polizeiwagen geparkt. Er trat auf die Bremse und wurde langsamer. Der sandige Weg ging links ab und verschwand nach kurzer Zeit zwischen den Bäumen in einer Kurve. Lenny fuhr hinein. Der Weg war zwar beschwerlich, würde ihn aber fast bis nach Hause führen. Der breite Grasstreifen in der Mitte der Fahrbahn kratzte an der Karosserie des Fiestas. Warum bloß fuhr Bettina keinen Geländewagen?

Einen Augenblick stellte er sich Bettina hinter dem Steuer eines mächtigen Q7 vor, dann wanderte seine Aufmerksamkeit wieder auf die Unebenheiten der Strecke. Vor ihm schlängelte sich der Weg mit einer weiteren Kurve durch den Wald. Zwischen den Tannen schien etwas hindurch. Als Lenny direkt darauf zufuhr, brummte er ärgerlich. Ein Polizeiwagen. Mitten auf dem Feldweg stand ein einsamer Polizeiwagen. Zu allem Überfluss auch noch ein Passat. Er hielt an und erwartete, dass sich jeden Moment die Türen öffnen würden, aber nichts geschah. Lenny stellte den Motor ab und stieg aus. Der Passat war verlassen. Entweder war der Beamte gerade pinkeln, oder er traf sich irgendwo anders mit seinen Kollegen. Lenny kam ein Gedanke.

Vielleicht war die einzige Aufgabe dieses Autos, den Waldweg abzusperren. Die Bäume ragten fast bis an den Weg heran. Es war unmöglich, an dem parkenden Wagen vorbeizukommen. Lenny drehte sich einmal im Kreis und horchte. Alles war still. Geradezu unheimlich still. »Hilft nichts«, sagte er aufmunternd zu sich selbst. »Dann muss ich wohl zu Fuß weiter.«

Lenny kannte den Wald nicht besonders gut. Nina und er hatten immer vorgehabt, die Umgebung ihres neuen Heimes ausgiebig zu erkunden, aber bisher waren sie erst auf einem der zahlreichen Wege spaziert. Er schloss den Fiesta ab und trat in den Wald. Der Moosboden war noch feucht, sofort wurden seine Schuhe nass. Die aufgehende Sonne hatte bisher erst die Baumspitzen erreicht, hier unten war es dämmrig. Sein Blick ging zurück zu dem silberblauen Passat und dem roten Fiesta, der direkt hinter dem Passat stand. Die Beamten würden sich ganz schön wundern, wenn sie zurückkamen. Wahrscheinlich würden sie unverzüglich eine Fahndung einleiten. Aber mit ein wenig Glück wäre er dann schon längst in seinem Haus. Bei Bettina. Hoffentlich lebte sie noch. Der Gedanke an sie trieb ihn an, und seine Schritte beschleunigten sich beinahe wie von selbst. Er achtete darauf, nicht zu tief in den Wald zu kommen, sondern den Weg stets im Auge zu behalten. Jeden Schlenker musste er auf diese Weise mitgehen und kleine Umwege in Kauf nehmen, aber dafür würde er wohlbehalten ans Ziel kommen. Die Strecke geradewegs durch den Wald war zwar erheblich kürzer, aber er war fast sicher, dass er sich verlaufen würde. Und das war das Letzte, was ihm widerfahren durfte. Bettina wartete.

Er achtete auf seine Schritte. Glücklicherweise hielt man den Wald gut in Schuss, es gab keine umgeknickten Stämme, keine halbhohen Büsche oder sonstige Widrigkeiten, denen er ausweichen musste. Der Boden stieg leicht an. Plötzlich kam ihm die Umgebung bekannt vor. Gleich würde er zu der Lichtung kommen, einer Fläche so groß wie ein halbes Fußballfeld, auf der nur vereinzelt Bäume wuchsen. Der Wanderweg, den er damals mit Nina eingeschlagen hatte, führte ebenfalls über diese Lichtung. Er konnte bereits das dunkelgrüne Gras durch die Äste scheinen sehen.

Etwas bewegte sich dort oben.

Lenny blieb abrupt stehen, aber von seinem Standpunkt aus war nichts Genaues zu erkennen. Vorsichtig ging er näher und nutze einen dicken Kiefernstamm als Sichtschutz. Zwei Männer standen im Gras, sie hatten grüne Overalls an. Zweifellos Polizisten. War das die Besatzung des Streifenwagens? Einer von ihnen schaute durch ein Fernglas in die entgegengesetzte Richtung. Beide trugen schwere Maschinenpistolen. Überdimensionale Funkgeräte hingen an ihren Gürteln. Der zweite Beamte sah gelangweilt aus, er hatte den Kopf gesenkt und betrachtete seine Stiefel. Lenny brummte leise. Sollte die Polizei tatsächlich den gesamten Wald abgeriegelt haben? Daher auch die Unmengen von Einsatzfahrzeugen. Aber war das überhaupt möglich? Der Wald war weitläufig. Das ganze Neubaugebiet war ja praktisch von Bäumen umgeben. Hier vorn, neben der Zufahrtsstraße, gab es mehrere kleinere Wäldchen und hinten, zum Schlosshotel raus, ein großes zusammenhängendes Waldgebiet. Das konnte man unmöglich lückenlos überwachen.

Lenny ging behutsam ein Stück zurück. Es brachte nichts, sich darüber den Kopf zu zerbrechen. Es war völlig unerheblich, wie viele Beamte sich in den Wäldern herumtrieben, er musste weitergehen. Zähneknirschend wandte er sich nach links. Eigentlich hatte er vorgehabt, über die Lichtung zu gehen. Die kleine Straße machte eine Biegung nach rechts und führte hinter der Kuppel wieder gerade in den Wald hinein. Aber er hielt es für keine gute Idee mehr, in Sichtweite der Straße zu bleiben. Wenn hier noch weitere Polizisten herumstrolchten, dann bestimmt nahe der Straße.

Lenny trat auf einen abgebrochenen Zweig, und ihm stockte der Atem. Die Polizisten waren nicht zu sehen, dafür versperrten zu viele Bäume die Sicht. Hatten sie ihn trotzdem bemerkt? Er blieb einen Augenblick wie angewurzelt stehen. Nein, es waren nirgendwo Geräusche zu hören. »Mach dich nicht verrückt«, zischte er leise und setzte sich in Bewegung.

Es kam ihm wie eine Ewigkeit vor, bis er diese verdammte Lichtung endlich umgangen hatte. Kurz bevor er die andere Seite erreichte, fiel sein Blick wieder auf die Beamten. Die Bäume standen hier in größeren Abständen, und er konnte ungehindert hinauf zur Wiese schauen. Die Polizisten befanden sich noch immer am gleichen Fleck. Es sah aus, als wären sie auf irgendeine Weise mit dem Boden verwachsen. Aber jetzt unterhielten sie sich miteinander. Das Fernrohr hing dem einen Beamten locker um den Hals, während er über eine Bemerkung seines Kollegen lachte. Fast hätte Lenny mitgelacht. Es war vollbracht. Er war unbemerkt an ihnen vorbeigeschlichen.

Für einen Moment dachte Lenny an Sabine und Fred. Sie hatten so furchtbar abwesend gewirkt, als sie auf die anderen Leute losgegangen waren. Ob sie in der Lage waren, ebenso behutsam zu schleichen? Wahrscheinlich nicht, aber dennoch breitete sich eine Gänsehaut auf seinen Armen aus. Was wäre, wenn eine Horde der Wasserverseuchten unentdeckt durch den Wald spazierte? Wo würden sie sich im Augenblick befinden? Er drehte sich suchend um. Sicher nicht mehr hier. Sie wären bestimmt schon fast bis an die große Hauptstraße gekommen.

Der holprige Waldweg kam auf der rechten Seite immer näher. Diesmal vergrößerte Lenny den Abstand zwischen sich und der Straße. Seine Gedanken sprangen von seiner Familie hin zu Bettina und wieder zurück. Hätte er Nina und die Kinder doch in eines der kleinen Hotels fahren sollen? Wären sie dort besser aufgehoben gewesen? Nein, wahrscheinlich nicht. Basdorfs Leute hätten seine Familie auch dort gefunden. Und eine Rezeption mit einem oder mehreren Mitarbeitern hätte kein ernst zu nehmendes Hindernis für sie dargestellt. Aber wie es schien, hatte Basdorf schlagartig das Interesse an ihnen verloren. Aus welchem Grund auch immer.

Der Himmel, der zwischen den Baumwipfeln hindurchschien, war strahlend blau. Die Sonne stieg höher. War das gut oder schlecht für Bettina? Wie verhielten sich die kranken Menschen bei Tageslicht? Gingen sie wie Vampire in dunklen Ecken in Deckung? Seine Gedanken wanderten zu den Versuchstieren, die er zur Rampe transportiert hatte. Sie hatten zwar gequiekt, als das plötzliche Tageslicht ihre Augen geblendet hatte, aber besonders schlapp oder ängstlich hatten sie dabei nicht ausgesehen. Nein, er fürchtete, dass es den Infizierten egal war, welche Tageszeit herrschte. Hoffentlich hatte sich Bettina in Sicherheit bringen können.

Überrascht sah Lenny den Graben, der vor ihm auftauchte. Verwirrt drehte er sich um. Vor lauter Nachdenken war ihm nicht bewusst geworden, dass er den Waldrand erreicht hatte. Vor ihm lag eine weitläufige Wiese. Er brauchte einige Sekunden, um sich zurechtzufinden. Die Wiese gehörte dem letzten verbliebenen Bauern in dieser Gegend. Im Sommer ließ er seine Kühe darauf weiden. Am anderen Ende grenzte sie bis fast an die erste Häuserzeile des Neubaugebietes heran.

Bevor Lenny den Wald verließ, schaute er in alle Richtungen. Gern trat er nicht auf die Weide. Fremde Augen würden seine Gestalt schnell ausfindig machen. Aber ihm blieb keine andere Wahl. Außerdem waren nirgendwo Polizisten zu entdecken. Und herumtorkelnde Leute auch nicht. Die Senke des Grabens war trocken, welch Glück, dass es lange nicht geregnet hatte. Er achtete auf jeden seiner Schritte. Klebrig-matschige Kuhfladen waren einfach nur eklig. Und diese Weide schien voll davon zu sein. Aus einiger Entfernung beäugte ihn eine der Milchlieferanten. Ihm fiel ein Bericht ein, den er in einer Zeitung gelesen hatte. In Österreich hatten sich Scharen von Kühen auf harmlose Wanderer gestürzt und sie mit ihren Hörnern zum Teil erheblich verletzt. Würde ihm das hier auch passieren? Wenn die Kühe ebenfalls von dem verseuchten Wasser getrunken hatten, war das durchaus möglich. Er lachte hektisch. Es gab momentan dennoch Dinge, über die man sich mehr Sorgen machen musste, als über wild gewordene Kühe. Zumal die Kuh keine Anzeichen machte, auf ihn loszustürmen. Im Gegenteil. Sie achtete penibel darauf, dass sich der Abstand zwischen ihr und ihm nicht verringerte. Auch die anderen Kühe wichen ihm aus.

Lenny war schon gut die Hälfte der Strecke gegangen, als er vor sich eine Kuh sah, die zu schlafen schien. Jedenfalls lag sie auf der Seite und bewegte sich nicht. Ein eigentümlicher Geruch wehte zu ihm herüber. Seine Füße wollten stehen bleiben, und nur mühsam konnte er sie zum Weitergehen bewegen. Die Kuh schlief nicht. Er näherte sich ihr von hinten, sah ihren Rücken und die Hinterbeine, die wie umgeknickte Bäume in der Luft hingen. Er sah den Haufen, der neben der Kuh lag. Im gleichen Augenblick drang ein Summen an seine Ohren. Abertausende von Fliegen stoben auseinander. Jemand hatte die Kuh ausgenommen wie eine fette Weihnachtsgans. Ihr Bauch war aufgeschlitzt worden, die Eingeweide lagen aufgestapelt daneben. Die oberste Schicht schimmerte schwarz. Unzählige Fliegenkörper rieben sich aneinander und legten vermutlich den Nachwuchs einer ganzen Generation in das verrottende Fleisch. Würgend wandte er sich ab. Die Kuh erinnerte ihn an die zerfleischten Nager in den Käfigen bei Joachim. Auf einmal verspürte er nicht mehr die geringste Lust, die Siedlung zu betreten. Sehnsüchtig wanderte sein Blick zurück zum Wald, der wie eine schwarze Wand hinter ihm aufragte. Noch war Zeit umzukehren. Aber natürlich war das keine Option, nun war er so weit gekommen, da würde er nicht einfach umkehren. Ewig würde ihn Bettinas vorwurfsvolles Gesicht verfolgen. Sie schien ihn schon zu fragen, wo er denn nur bliebe. Mit starrem Blick rannte Lenny an der gemeuchelten Kuh vorbei und trat dabei mitten in einen Kuhfladen. In dem Moment war es ihm egal. Er hörte auch nicht auf zu rennen, als die Kuh schon längst hinter ihm war. Die ersten Häuser und die Straße tauchten vor ihm auf. Er überwand einen weiteren Graben und einen windschiefen Zaun, dann stand er auf den roten Pflastersteinen, die typisch für die Bürgersteige des Neubaugebietes waren. Lenny lehnte sich an ein geparktes Auto und verschnaufte. Seine Lunge rasselte. Bewegte er sich beim Volleyball zu wenig? Es kam ihm vor, als ob das letzte Training schon Jahre her gewesen wäre. Wie konnte sein Leben innerhalb von wenigen Tagen nur derart aus den Fugen geraten? Er ging die Straße hinunter. Ab sofort musste er noch wachsamer sein. Es waren sicher keine Polizisten mehr, die ihn aufhalten würden, sondern kranke, äußerst gewaltbereite Menschen.

Es war gruslig. Lenny fühlte sich wie in einen apokalyptischen Film versetzt. Inzwischen war es ein wunderschöner wolkenloser Morgen geworden, aber die Straßen, Bürgersteige und Gärten lagen verlassen da, als ob eine Naturkatastrophe über die Bewohner hereingebrochen wäre. Im gewissen Sinne war es ja auch so. Bei einem Haus stand die Eingangstür weit offen. Bei diesem Anblick, der viel Raum für Spekulationen gab, schauderte er. Bestimmt waren die Vergifteten hinausgetorkelt, ohne einen Gedanken an die Haustür zu verschwenden. Oder befanden sie sich nach durchwandelter Nacht wieder im Inneren des Gebäudes? Vielleicht warteten sie nur darauf, dass jemand verrückt genug war, an der Tür vorbeizugehen. Er versuchte, einen Blick ins Innere zu werfen, aber der Flur war dunkel. Lenny konnte einen Spiegel erkennen, der an der Seitenwand hing. Immerhin war das Glas nicht zerbrochen. Allein das stimmte ihn ein wenig mutiger, und als er zurück auf die Straße schaute, fühlte er sich etwas beruhigter. Sein Atem ging normal, und sein Körper war bei Kräften, sollte tatsächlich jemand aus einem der Häuser stürmen, würde er halt die Beine in die Hand nehmen müssen.

Vor ihm kreuzte eine andere Straße. Etwas bewegte sich. Direkt in der Mitte der Kreuzung stand ein Mann. Er ließ die Schultern hängen, hatte den Kopf gesenkt und starrte auf den Asphalt. Seine linke Hand umklammerte einen unförmigen Stein. Als Lenny näher kam, erkannte er, dass der Stein in Wirklichkeit ein Hundekopf war. Die halb geöffnete, spitze Schnauze entblößte hellrot verfärbte Zähne. Die bernsteinfarbenen Augen schauten ihn gleichgültig an. Über der Hundestirn ragten spitze Knochen aus der Haut. Trotzdem glaubte Lenny, in diesem Chaos aus Matsch und Knochen die Form eines Schäferhundekopfes sehen zu können.

Das Kinn des Mannes war blutverkrustet. Er trug ein gestreiftes schickes Oberhemd. Sah teuer aus. Nur war es an etlichen Stellen durchtränkt mit rostbrauner Farbe. Schon seit Längerem lief er offenbar darin herum. Das Blut an seinem Gesicht und der Kleidung war alt. Lenny schnaufte leise. Sollte ihn diese Erkenntnis beängstigen oder beruhigen? Zum ersten Mal wurde ihm deutlich bewusst, dass er überhaupt keine Waffe dabei hatte.

Wieso in aller Welt hatte er nicht daran gedacht, wenigstens ein Küchenmesser mitzunehmen? Wie hatte er sich bloß völlig unbewaffnet in diese Hölle begeben können? Lenny schüttelte den Kopf. Nun war es zu spät.

Er ließ den Mann nicht aus den Augen, während er an ihm vorbeiging. Aber der Typ bewegte sich nicht, sah aus, als wäre er im Stehen eingeschlafen. Wenn nur die offenen Augen nicht wären.

Die nächsten Häuser, an denen er vorbeiging, waren völlig verrammelt. Schwere Jalousien waren runtergelassen. An die Schwelle einer geschlossenen Haustür hatte jemand eine Wolldecke gelegt. Vielleicht zog es und die Bewohner wollten sichergehen, dass keine giftigen Gase hineinkamen. Es schien, als ob hier Leute wohnen würden, die die Warnungen im Radio gehört hatten und nun ängstlich in ihren Wohnzimmern ausharrten. Ob er an einem der Häuser klingeln und nach einem Messer oder etwas Ähnlichem verlangen sollte? Nein, man würde ihm bestimmt nicht öffnen.

Lenny spürte ein Stechen in der Seite. Vor Aufregung war er wieder schneller gegangen, rannte fast schon, und konnte sich nur mühsam zwingen, seine Geschwindigkeit zu reduzieren. Ein Reihenhaus kam in sein Blickfeld. Vier schmale Treppen führten zu vier verschiedenen Wohneinheiten. Die zweite Tür von rechts stand offen. Ein Mann lag davor, halb auf der Treppe, halb im Flur. Sein Rücken war aufgeschlitzt. Gelbliche Knochen schimmerten durch eine geronnene Schicht aus Blut und Haut. Die Wirbelsäule. Lenny wollte sich angewidert abwenden, sah dann aber den Gegenstand, dessen Stiel der Mann noch immer in seiner rechten Hand hielt. Es war eine Heugabel. Lenny schaute auf die drei spitzen Enden aus Edelstahl. Damit würde er einen Angreifer eine Weile auf Distanz halten können. Er betrat den kleinen Vorgarten und bückte sich. Insgeheim hatte er befürchtet, dass die Hand des

Mannes den Stiel eisern umklammert halten würde, aber er konnte sie ohne große Probleme abstreifen. Die Finger des Unglücklichen ließen sich sogar noch bewegen.

Lenny trat zurück auf den Fußweg und schaute sich suchend um. Für einen Moment überkam ihn ein schlechtes Gewissen. Er erwartete fast, dass jemand nach ihm rufen und fragend auf die Heugabel zeigen würde. Aber natürlich interessierte es niemanden, dass er fremdes Eigentum an sich genommen hatte.

Aus den Augenwinkeln sah er etwas gemächlich hin und her schaukeln. Vor ihm an der Straßenlaterne hing ein Körper. Schaudernd ging er näher heran. Ein junger Mann baumelte am Laternenpfahl, war ganz offensichtlich aufgehängt worden. Ein schweres Seil schlang sich am oberen Ende um den Mast. Es sah aus wie eines der stabilen Teile, mit denen man Autos abschleppen konnte. In einer Schlinge etwa einen Meter darunter hing der Kopf des Opfers. Sein Gesicht sah übel zugerichtet aus, trotzdem erkannte Lenny, dass es sich um ihren Postboten handelte. Seine Arbeitskleidung hatte er entweder auf der Flucht verloren, oder sie war ihm ausgezogen worden. Jedenfalls hing der junge Mann nur mit einem rosa T-Shirt und langen Bermudashorts bekleidet am Mast. Seine dünnen Arme schlackerten im sanften Morgenwind. Mit einem lauten Seufzer wandte sich Lenny ab, erreichte die nächste Kreuzung und bog ab. Bald war er zu Hause.

Ein kehliges Geräusch aus einem der Gärten ließ ihn zusammenzucken. Lenny hob die Heugabel und schaute aufmerksam in einen nett angelegten Vorgarten. Für einen Moment kam er sich lächerlich vor. Bestimmt gab er mit seiner waagerecht gehaltenen Heugabel ein ziemlich albernes Bild ab. Dann sah er die zwei Frauen, die auf dem kurz geschnittenen Rasen miteinander kämpften. Eine von ihnen war Sabine. Ihr Anblick versetzte ihn in Erstaunen. Ihr T-Shirt war blutbesudelt, und ihre Haare hingen ihr verklebt über die Stirn. Trotzdem strahlte sie eine geradezu animalische Schönheit aus. Mit ihren drahtigen Armen drückte sie den Kopf eines jugendlichen Mädchens auf den Boden. Sie hatte die Hände in ihr Gesicht gepresst und hielt ihr Nase und Mund zu. Das Mädchen japste kläglich. Das bauchfreie Shirt war Sabine ein wenig nach oben gerutscht, es war am Rücken aufgerissen. Dennoch leuchteten Teile des Stoffes noch immer in dem unvergleichlichen grün-gelben Muster. Die Blutspritzer auf ihrem braun gebrannten Körper wirkten, als würden sie dorthin gehören. Lenny konnte die Ansätze ihrer wohlgeform-ten Brust sehen und stellte verwirrt fest, dass ihn dieser Anblick erregte. Er schaute auf Sabines durchtrainierten Körper und auf ihre angespannten Armmuskeln, als sie ihre Hände noch kräftiger in das Gesicht ihrer Gegnerin grub. Erst als der Teenager unter ihr ein würgendes Geräusch von sich gab und mit den Augen zu rollen begann, löste sich seine Starre. Er warf die Heugabel zur Seite, sprang über den niedrigen Gartenzaun, packte Sabine an ihren Schultern und zerrte sie von dem Mäd-chen runter. Er hätte mit Gegenwehr gerechnet, aber Sabine ließ es einfach geschehen. Sie fiel auf die Knie, und ihre Hände krallten sich in den Rasen. Der Teen-ager sprang wie von zwei Erdwespen gebissen auf. Ohne weiter auf Sabine oder ihn zu achten, sprintete sie einen kleinen Weg entlang, der hinter das Haus führte. Bereits nach wenigen Sekunden verlor er sie aus den Augen. Sabine kniete noch immer auf dem Rasen. Einen Moment überlegte Lenny, ob er ihr aufhelfen sollte. Dann verzog er ärgerlich den Mund. Was war bloß mit ihm los? Immerhin hatte diese Bestie fast seine Frau umgebracht. Und mindestens einen der Gorillas vor dem Haus. Er nahm die Heugabel wieder auf und setzte seinen Weg fort.

Als Lenny endlich in seine Straße abbog, fühlte er sich gehetzt und konnte es kaum noch erwarten, zu seinem Haus zu kommen. Zumal er verfolgt wurde. Er schaute sich ein weiteres Mal flüchtig um. Ja, es bestand kein Zweifel, der Mann mit dem Hundekopf kam ihm nach. Der Kerl behielt zwar einen konstanten Abstand von etwa fünfzig Metern bei, lief aber hinter ihm her, seit sich ihre Wege gekreuzt hatten. Und er starrte auch nicht mehr auf den Boden, sondern genau in seine Richtung. Lenny hatte ihn bemerkt, als er zurück über den Zaun gesprungen war, hinter dem kurz vorher noch ein intensiver Kampf unter Frauen ausgetragen worden war. Und das war nicht einmal das Schlimmste.

Auch Sabine folgte ihm. Sie hielt wesentlich weniger Abstand, und ihre Augen sahen noch genauso tot aus wie vorhin, als er Nina von ihr befreit hatte. Obwohl er inzwischen beinahe joggte, verringerte sich der Abstand zu ihr kontinuierlich. Aber es war nicht mehr weit. Das Haus der Iversens war bereits zu sehen, ebenso wie die grotesk zugerichteten und verrenkt daliegenden Körper der Gorillas. Einen Augenblick wünschte Lenny, nicht an den Leichen vorbeizumüssen. Wenn er gleich am Anfang auf das Grundstück der Iversens springen würde und von dort an der Terrasse vorbei in seinen Hintergarten kroch, konnte er sich den Anblick ersparen. Aber so viel Zeit stand ihm nicht zur Verfügung. Sabine würde ihn auf dem Fußweg überholen und vor ihm an seiner Haustür stehen.

Sein Hals wurde eng. Er sah den Mann, der noch genauso schlaff über dem Zaun hing wie gestern. Ihm zu Füßen lag sein übel zugerichteter Kollege. Lenny vermied es, auf Details zu achten und erreichte keuchend die Gartenpforte seines Hauses. Direkt davor lagen die anderen beiden Männer. Lenny erkannte den Typ mit der Narbe. Dieser Gorilla hatte seine Familie mit einer Waffe bedroht. Jetzt schauten seine blutunterlaufenen, starren Augen in den Himmel. Mitten in seiner Stirn befand sich ein daumengroßes kreisrundes Loch. Den vierten Handlanger hatte es am schlimmsten erwischt. Obwohl Lenny nicht sehr genau hinschaute, sah er, dass einer seiner Arme abgetrennt war und neben ihm auf dem Bürgersteig lag. Sein linkes Bein hing an einem schlaffen lilafarbenen und schlauchartigen Gebilde. Sein Kopf war nur noch ansatzweise zu erkennen und glich dem verrotteten Kürbis, den Nina im letzten Jahr drei Wochen nach Halloween endlich entsorgt hatte. Seine Bauchdecke war geöffnet, es sah so aus, als hätte jemand verschiedene Gedärme herausgerupft. Lenny machte zwei große Schritte und stieg über Basdorfs Leute hinweg. Endlich war er auf seinem Grundstück. Sein Blick wanderte zur Haustür, und sein Herz machte den nächsten Sprung. Die Tür stand offen. Bettina befand sich im Flur. Sie lehnte mit dem Rücken an der Wand, ihre Augen waren geschlossen, und ihr Kopf war zur Seite gefallen. Immerhin hatte Bettina sich offenbar noch umziehen dürfen, bevor die Gorillas sie hierher verschleppt hatten. Sie trug eine weiße halblange Jeans, Sportschuhe und ein schwarzes Poloshirt.

»Bettina«, schrie Lenny, warf die Heugabel ins Gras und beugte sich über sie. Erleichtert stellte er fest, dass sich ihr Brustkorb hob und senkte. Behutsam legten sich seine Hände um ihren Kopf. Ihr Hals war feuerrot, wahrscheinlich von dem Schlag, den sie im Wohnzimmer verpasst bekommen hatte. Er begutachtete ihren Arm. Kurz unterhalb der Armbeuge gab es eine kleine, blutverschmierte Stelle. Man hatte ihr wohl ebenfalls eine Spritze gegeben. Vielleicht das gleiche Beruhigungsmittel, das auch Nina und ihm verabreicht worden war. Aber warum hatte man sie ohnmächtig in seinem Flur zurückgelassen?

Ein Brummen hinter seinem Rücken ließ ihn aufschrecken. Der Mann mit dem Hundekopf stand vor

Iversens Bürgersteig. Er torkelte und hielt sich mit der freien Hand an einem der Zaunelemente fest. Fast hätte es ihn von den Beinen geholt. Anscheinend war er in die inzwischen schleimig und halbfest gewordene Blutlache getreten, die sich vor den ersten beiden Gorillas ausgebreitet hatte. Der Kerl machte einen weiteren Schritt, rutsche aber wieder aus. Diesmal fiel er hin. Und dem matschigen Geräusch nach zu urteilen, mitten in die Lache. Lenny löste sich aus seiner Starre. Wie konnte der Typ so schnell hier auftauchen? Und wo war Sabine, die sich eben noch wesentlich weiter vor dem Mann befunden hatte? Lenny konnte sie nirgends entdecken.

Mit einem Satz sprang er auf, schloss die Haustür und schleifte Bettina ins Wohnzimmer. Für einen kurzen Moment erschrak er, als ihm die Unordnung auffiel. War in der Zwischenzeit jemand eingedrungen und hatte das Zimmer verwüstet? Dann erinnerte er sich wieder an den Kampf zwischen Nina und Sabine. Vielleicht hätten sie noch aufräumen sollen, bevor sie das Haus Hals über Kopf verließen. Heiser lachte er über diesen dämlichen Gedanken und legte Bettina auf das Sofa. Einer ihrer Arme fiel zur Seite und baumelten über den Rand. Andererseits, warum waren die Schrankschubladen im Wohnzimmer halb geöffnet? Das war ihm gestern nicht aufgefallen. Etwas kratzte an dem Fenster der Gästetoilette, direkt neben der Haustür. Glücklicherweise war dieses Fenster durch ein Gitter vor Einbrechern oder anderen Monstern geschützt. Er legte Bettina eine Hand auf die Stirn. War es das, was Basdorf vorhatte? Wollte er Bettina den Infizierten zum Fraß vorwerfen? Hatte er darauf spekuliert, dass einer dieser Verrückten sie sehen, und sich auf sie stürzen würde? Das hätte tatsächlich wie ein tragischer Unfall wirken können. Auf einmal war Lenny froh, dass Bettina in der Nacht entführt worden war. Er wusste, dass seine Haustür bei Dunkelheit schlecht einzusehen war.

Das Licht der Straßenlaterne auf der anderen Seite wurde durch zwei Robinien zuverlässig abgeschirmt. Falls sich in den letzten Stunden Kranke auf der Straße herumgetrieben hatten, hatten sie Bettina wahrscheinlich schlicht und einfach nicht entdeckt. Aber nun war der Tag angebrochen und sie war vom Fußweg aus bestens zu erkennen gewesen. Keine Minute zu früh war er gekommen.

Wie zur Bestätigung klingelte es an der Tür.

Ihm lief ein kalter Schauder über den Rücken. Klingelten die Kranken jetzt schon? Lenny stürmte aus dem Wohnzimmer und rannte die Treppen hinauf in den ersten Stock. Justins Zimmer ging nach vorn raus, von dort aus konnte man den gesamten Vorgarten einsehen. Er trat an das Fenster und zog die Gardine zurück. Als erstes fiel sein Blick auf Sabine. Sie musste gerade über die zwei toten Typen gestiegen sein, denn sie scheuerte ihre Fußsohle am Rasen ab. Ihre Bewegungen waren grob und mechanisch und erinnerten ihn an eine Tipp-Kick-Figur, die man ununterbrochen drückte und deren Bein immer wieder zum Schuss ausholte.

Hinter Sabine tauchte plötzlich ein weiterer Mann auf. Er war klein und dick und trug eine grüne Arbeitshose. Der Kerl stand mitten auf der Straße und schien Sabine interessiert zu beobachten. Beim näheren Hinsehen konnte Lenny jedoch erkennen, dass er nur einen imaginären Punkt auf dem Bürgersteig anstarrte. Trotzdem machte er keine Anstalten, weiterzugehen. Um den Bereich der Haustür einsehen zu können, musste sich Lenny aus dem Fenster lehnen. Er öffnete den Griff und beugte sich vor. Der Hundemann stand tatsächlich vor dem Hauseingang. Allerdings hatte er der Tür den Rücken zugewandt. Während sein Blick auf seinen Schuhen ruhte, hatte er die Arme weit ausgestreckt und zeigte mit ihnen abwechselnd zu Sabine und dem Dicken. Der Hundekopf in seiner Hand bewegte sich wie eine Laterne bei Sturm hin und her. Wie auf Kommando kamen Sabine und die Grünhose auf ihn zu. Lenny hatte genug gesehen, schloss das Fenster und rannte zurück ins Wohnzimmer. Bettina hatte sich nicht bewegt. Behutsam griff er nach ihrer Hand, die sich geradezu warm anfühlte. Wie lange würden sie im Haus sicher sein? Konnten sie sich ausreichend verbarrikadieren? Aber stellte das überhaupt eine Option dar? Was war mit seiner Familie? Er wollte Nina und die Kinder nicht länger als nötig allein lassen. So schnell wie möglich musste er mit Bettina wieder zurück. Aber wie sollten sie hier bloß wieder rauskommen?

Die Schale mit dem kalten Wasser stand auf dem Laminatboden. Lenny wrang einen Waschlappen aus und legte ihn Bettina auf die Stirn. Ihm war noch bewusst, wie schwer er Nina heute Morgen wach bekommen hatte. Bettina brummte und versuchte, den Waschlappen mit einer Handbewegung wegzuschieben. Er hielt ihre Arme fest und wischte mit dem Lappen einmal über ihr Gesicht. Gleichzeitig gab er ihr mehrere sanfte Klapse auf die Wangen.

»Bettina«, flüsterte er. »Bettina. Hörst du mich?«

Sie nuschelte etwas Unverständliches, aber ihre Lider zuckten. Als Lenny den Waschlappen zum vierten Mal in die Schüssel tauchte, erwachte Bettina mit einem heiseren Schrei. Sie schnellte in die Höhe und wäre dabei fast vom Sofa gerutscht. »Lenny? Was ist passiert?«, fragte sie.

Er strich ihr langsam über die Arme. »Beruhige dich. Es ist alles in Ordnung. Wir sind bei mir zu Hause.«

»In deinem Haus?«, wiederholte sie ungläubig und ihr Blick wanderte von einer Seite zur anderen. »Was machen wir hier?«

Lenny stand seufzend auf. »Ich bin so froh, dass ich dich rechtzeitig gefunden habe.« Er erzählte von den Ereignissen der letzten Stunden. »Basdorfs Leute hatten dich im Flur abgelegt. Bei offener Haustür. Wie eine Weihnachtsgans auf einem Tablett.«

Bettina kniff die Augen zusammen. »Wir haben ja schon einiges miteinander erlebt, aber das ist noch lange kein Grund mich mit einer Weihnachtsgans zu vergleichen.«

Er lächelte. »Dir geht es ja schon wieder besser.«

»Das täuscht. Ich kann meinen Hals kaum bewegen. Außerdem habe ich höllische Kopfschmerzen. Und ich habe das Gefühl, als würde ich jeden Augenblick einschlafen.« Sie runzelte die Stirn. »Sawatzki hat die Nachricht geschrieben?«, fragte sie zusammenhanglos. »Ich kann es immer noch nicht glauben.«

»Doch, doch.« Lenny lachte. »Ich kann dir den Zettel zeigen. Liegt sicher auf deinem Wohnzimmertisch. Du scheinst einen heimlichen Verehrer zu haben.«

»Ich weiß«, sagte sie und lächelte ein wenig.

»Versuch, aufzustehen.« Lenny griff nach ihren Händen, als ein dumpfer Schlag ertönte. Jemand trommelte auf die Haustür ein. Versuchten Sabine und der Hundemann, ins Haus zu kommen? Kurz darauf erscholl ein heller Schrei.

»Was war das?«, rief Bettina.

»Die Taktik von Basdorf wäre fast aufgegangen. Da draußen lauern Sabine und zwei Männer. Alle total weggetreten, aber jederzeit bereit, dich zu Hackfleisch zu verarbeiten.«

Erneut rumste es an der Tür. Lenny half Bettina auf die Beine. Sie stützte sich an der Sofalehne ab und nickte. »Es geht schon. Die Leute werden die Haustür doch nicht aufbekommen?«

»Kann ich mir nicht vorstellen. Kein Mensch kriegt moderne Haustüren so einfach auf. Schon gar nicht mit Gewalt. Dazu benötigt man Fingerspitzengefühl. Das Verständnis der Schließvorrichtung und so weiter.«

»Dann ist ja gut.«

»Nein, eben nicht.« Sie durchquerten das Wohnzimmer. »Ich kann hier nicht bleiben. Nach allem, was passiert ist, will ich bei Nina und den Kindern sein.« Ein weiterer Schrei ertönte. Diesmal klang es, als ob sich jemand wirklich wehgetan hatte.

Bettina schielte zur Haustür. »Was geht da bloß vor sich?«

»Wir können es uns ansehen.« Er zeigte die Treppe hoch. »Schaffst du das?« Bettina nickte tapfer.

Als sie in Justins Zimmer aus dem Fenster schauten, sahen sie eine wüste Prügelei. Mitten auf dem Weg zum Hauseingang lag der kleine dicke Mann auf den Gehwegplatten. Der Hundemann kniete neben ihm und schlug mit seinen Fäusten immer wieder auf seinen Schädel ein. Dafür hatte er sogar seinen Hundekopf fallen lassen. Der lag achtlos auf dem Rasen. Bei jedem Schlag schrie der Dicke lauthals auf. Sabine stand hinter den Männern. Einen Augenblick lang sah es nicht so aus, als ob sie sich an der Schlägerei beteiligen würde, doch dann holte sie knurrend aus und trat dem Dicken mit Wucht in den Unterleib. Der Dicke quietschte. Das schien Sabine nur noch wütender zu machen. Sie holte ein weiteres Mal aus. Während Bettina leise aufstöhnte, griff Lenny nach ihrer Hand.

»Das ist unsere Chance«, sagte er und zog sie mit sich.

»Was?«

»Um hier raus zu kommen. Solange sich die da unten gegenseitig zerfleischen, achten sie nicht auf uns.«

»Was schwebt dir vor?«, fragte Bettina, während sie die Treppe wieder hinuntergingen.

»Wir flüchten über die Terrasse. Vielleicht können wir uns durch einige Gärten schlagen. Dann werden wir nicht sofort entdeckt.«

»Dein Auto steht mitten im Wald?«

»Ja.« Er sah sie von der Seite an, als sie das Wohnzimmer betraten. Obwohl sich auf ihrer Stirn zwei tiefe Falten zeigten und Bettina nicht gerade begeistert von seinem Vorschlag zu sein schien, sagte sie nichts. Das rechnete er ihr hoch an. Als die Reporterin seinen Blick bemerkte, nickte sie ihm energisch zu.

»Dann nichts wie los. Nina und die Kinder warten schon.«

Lenny öffnete die Terrassentür. Die Luft hatte sich schnell aufgewärmt, eine trockene Hitze schlug ihnen entgegen. Was für ein Glück, dass es noch früh am Tag war. Bevor er seinen Fuß ins Freie setzen konnte, wurde er zurückgehalten. Bettina hatte ihre Arme um seinen Hals geschlungen.

»Vielen Dank, dass du mich gerettet hast«, flüsterte sie, und er spürte ihre Lippen an seiner Wange. Kurz darauf bekam auch seine andere Wange ein Küsschen. »Falls wir nachher nicht mehr dazu kommen«, sagte sie leise.

Die Terrasse ging nahtlos in eine sanft abfallende Rasenfläche über. Lenny hatte vorgehabt, die beiden Bereiche stärker voneinander abzutrennen, etwa durch eine Pergola, Mauer oder niedrige Büsche, aber bisher war er einfach noch nicht dazu gekommen. Als sie das Grün betraten, hörten sie den nächsten Schrei. Der Dicke fiepte so durchdringend, als ginge es um sein Leben. Aber genau das war wahrscheinlich auch der Fall. Lenny stellte sich vor, wie Sabine und der Hundemörder auf ihm saßen und ihn langsam zu Tode quälten. Bettina schaute nach vorn.

»Und jetzt?«, fragte sie, als das Ende des Grundstückes erreicht war.

»Über den Zaun. Da ist ein kleiner Fußweg. Auf der anderen Seite geht's in den nächsten Garten.«

Sie zwängten sich durch eine Lebensbaumhecke und liefen über eine von der Sonne verbrannte Rasenfläche.

Ein rot geklinkertes Haus kam näher. Lenny dachte daran, dass er die Nachbarn auf dieser Seite nur vom Sehen kannte. Er wusste nicht, wie sie hießen, und hatte auch sonst keinen Kontakt mit ihnen. Komisch, dass so ein kleiner Weg zwischen zwei Grundstücken derart trennen konnte. Das Haus besaß einen riesigen Wintergarten. Weiße Jalousien waren bis auf den Boden runtergelassen. Hatten sich die Bewohner in ihrem Haus verschanzt?

Sie liefen einen asphaltierten Weg entlang, der am Haus vorbeiführte. Auf der Einfahrt parkten zwei Autos, die Leute waren offenbar wirklich zu Hause. Geradezu bildlich konnte er sich vorstellen, wie die Familie zitternd in ihrem dunklen Wohnzimmer saß und die Warnmeldungen im Radio verfolgte.

Als sie das Grundstück verließen, standen sie auf der nächsten Querstraße. Lenny zögerte einen Moment. Wenn sie nach links abbiegen würden, würde ihr Weg wieder auf die Kreuzung führen, in deren Mitte der Hundemann gestanden hatte. Oder sollten sie sich weiter geradeaus halten und sich durch die nächsten Grundstücke schlagen? Dann kämen sie an die größere Ringstraße, die einmal um das ganze Gebiet herumführte. Direkt dahinter fing der Wald an.

»Was ist?«, fragte Bettina, als er sich grübelnd umsah. Ihre Stimme klang erstaunlich ruhig, sie hatte sich wieder voll unter Kontrolle. »Jetzt lächelst du auch noch«, sagte sie kopfschüttelnd.

»Es freut mich, dass es dir besser geht.«

»Täusch dich nicht. Ich bin müde und könnte jeden Moment einschlafen. Wahrscheinlich tu ich es sogar, wenn wir nicht gleich weitergehen.«

Lenny zeigte nach vorn. »Weiter geradeaus. Durch die nächsten Gärten.«

Der Witzbold, der im letzten Haus wohnte, das sie durchqueren mussten, schien nicht viel von Garten-

pflege zu halten. Als Bettina und er über einen wasch-
echten grünen Maschendrahtzaun stiegen, dachte Lenny
einen Augenblick, sie hätten die Zivilisation hinter sich
gelassen und ständen nun in irgendeinem finsteren
Dschungel. Mächtige Bäume der verschiedensten Sorten
wuchsen dicht an dicht, und dazwischen wucherten
deren Ableger, die teilweise schon über einen Meter
hoch waren.

»Ich hoffe, du hast einen Kompass dabei«, bemerkte
Bettina. Es wurde ein beschwerlicher Weg. Obwohl das
Grundstück kaum größer als alle anderen war, brauchten sie mindestens das Dreifache der Zeit. Zumindest
kam es Lenny so vor. Selbst der Vorgarten sah aus, als
hätte man vor Jahren sämtliche kleinen Bäume aus dem
Sortiment eines Baumarktes nebeneinander gepflanzt
und dabei vergessen, dass sie nach und nach größer und
breiter werden würden. Als sie endlich auf dem Bürgersteig standen, wurde sich Lenny wieder der gespensti-
schen Ruhe bewusst. Die Ringstraße war eigentlich
immer frequentiert, nicht stark, aber irgendein Auto
fuhr stets vorbei. Jetzt herrschte gähnende Leere.

Bettina schaute in beide Richtungen. »Man kann uns
weithin sehen«, stellte sie fest.

Lenny nickte und dachte über das Wort weithin
nach. »Aber wir müssen der Straße folgen, um uns nachher querfeldein in den Wald schlagen zu können«, sagte
er anschließend und wandte sich nach links.

»Warte einen Moment«, rief sie und zeigte in die
andere Richtung. »Was ist das?«

In einiger Entfernung stand ein Lkw auf der Straße.
Es sah aus, als hätte man ihn mitten auf der Fahrbahn
einfach angehalten. Aber etwas störte an diesem Bild.
»Lass uns mal hingehen«, sagte er.

Bettina brummte. »Ich hoffe, der Fahrer konnte sich
rechtzeitig in Sicherheit bringen.«

»Mir kommt das komisch vor«, stellte Lenny fest. »Es sieht aus, als hätte der Lastwagen dort geparkt.«

Bettina seufzte. »Womöglich kauert der arme Fahrer noch immer in seiner Kabine und traut sich nicht auszusteigen.«

Nach wenigen Minuten hatten sie den Lastwagen erreicht. Es handelte sich um einen silberfarbigen Tankzug ohne jegliche Aufschrift.

»Scheint leer zu sein«, sagte Lenny und stieg auf die Trittbretter unter der Tür, um einen Blick in die Kabine erhaschen zu können. Es befand sich tatsächlich niemand darin, das Fahrerhäuschen sah ausgesprochen aufgeräumt aus. Nichts lag herum und deutete darauf hin, dass hier jemand in höchster Not geflüchtet war. Er konnte keine Papiere oder sonstige Dokumente sehen. Gab es nicht in jedem Lkw zumindest irgendwelche Lieferscheine oder so? Lenny zog am Türgriff, vielleicht lag irgendetwas in der Fußablage. Die Tür ließ sich nicht öffnen. Überrascht versuchte er es ein weiteres Mal. »Abgeschlossen«, stellte er verwundert fest und sprang zurück auf die Straße. »Der Fahrer ist vor den Kranken davongelaufen, hat aber vorher ordnungsgemäß abgeschlossen. Da stimmt doch was nicht.«

Bettina brummte ein weiteres Mal und nahm den Anhänger näher in Augenschein. »Was haben solche Transporter eigentlich geladen?«

Er schaute auf den runden Tankaufbau und auf die drei schweren Achsen am Ende des Gefährts. »Kommt ganz darauf an. Ungefährliche Dinge wie Milch oder Zucker ebenso wie Öl, Schmierstoffe, Chemikalien.« Lenny stockte und fuhr sich durch seine verschwitzten Haare. Warum war er nicht schon viel früher darauf gekommen? »Das ist es. Ich habe dir doch von dem Polizisten erzählt. Es heißt, dass ein Tanklastzug mit hochgiftigen Chemikalien verunglückt sei. Daher die weiträumige Sperrung.«

Bettina zeigte mit ihrem Daumen auf den Lkw. »Du meinst ...«

»Genau. Das ist deren Alibi. Hier steht der Lastwagen, der die ganzen Lügen glaubhaft erscheinen lassen soll.«

»Aber besonders verunglückt sieht der nicht aus.«

»Das kommt bestimmt noch. Ich könnte wetten, das ist einer von Basdorfs Lkws. Vielleicht haben sie ihn zunächst einfach nur hergebracht. Entsprechend bearbeiten können sie ihn auch noch, wenn es hier nicht mehr so gefährlich ist.«

»Du meinst, dann wird er dermaßen in seine Einzelteile zerlegt, dass es wie ein Unfall aussieht?«

»So in etwa.«

Bettina nickte anerkennend. »An dir ist ein guter Reporter verloren gegangen. Aber da haben Basdorfs Leute noch eine ganze Menge Arbeit vor sich.«

»Sie werden es schaffen.« Er drehte sich um. »Lass uns weitergehen.«

Es war kein angenehmes Gefühl, den Fußweg entlangzugehen. Die Straße beschrieb weiter vorn eine sanfte Kurve, aber bis dahin konnte man bestimmt einen halben Kilometer weit sehen. Und man konnte gesehen werden. Instinktiv beschleunigte Lenny seine Schritte. Auf der linken Seite befand sich die letzte Häuserreihe des Neubaugebietes rechts lagen feuchte Wiesen, die später in die Weideflächen übergingen. Dahinter war der Wald zu erahnen, der an dieser Stelle nicht so dicht war, wie weiter oben. Während Bettina anfangs noch gut mithielt, fiel sie nach wenigen Minuten immer mehr zurück.

»Nicht so schnell«, keuchte sie. »Ich merke dieses blöde Mittel. Ich kann bald nicht mehr.« Er hatte sich gerade umgedreht, um ihr die Hand zu geben, als sie einen leisen Schrei ausstieß und an ihm vorbei nach vorn starrte. »Da sind Leute.« Lenny wirbelte herum und sah zwei Gestalten, die auf ihrer Bürgersteigseite auf sie zukamen. Sie mussten gerade erst hinter der Kurve aufgetaucht sein. »Was machen wir?«, fragte Bettina. Ihre Stimme klang besorgt. »Zurück in die Gärten fliehen?«

»Nicht unsere Richtung«, gab er zurück und dachte an seine Begegnung mit dem Hundekopfmann. Obwohl der Infizierte ihn anscheinend doch wahrgenommen hatte, hatte er ihn nicht attackiert. Stellte das eine Ausnahme dar? Vielleicht brauchten die Kranken eine Weile, bis sie auf ihre Opfer losgingen? Auch Sabine hatte ihn zumindest nicht postwendend wieder angegriffen, als er sie von dem Mädchen gezogen hatte. Aber konnte man sich darauf verlassen?

»Was ist mit den Wiesen?«, fragte Bettina hinter ihm.

»Zu sumpfig. Selbst bei so einem Bombensommer wie in diesem Jahr dürften einige Bereiche gut und gern knietief im Wasser stehen.«

»Scheiße.«

Lenny blieb stehen und legte einen Arm und ihre Schulter. »Wir werden einfach die Straßenseite wechseln und an ihnen vorbeigehen.«

»Aber …«

»Das hat bei dem einem Typ auch geklappt. Vielleicht bemerken die uns nicht. Sie wirken ja alle wie weggetreten.« Er versuchte, die beiden Gestalten besser zu erkennen. Es waren zwei Männer, einer von ihnen war breit, und seine Glatze leuchtete in der Sonne wie frisch geölt.

»Das ist dein Nachbar«, stellte Bettina im gleichen Augenblick fest. »Wenn ich daran denke, wie er Basdorfs Leute zugerichtet hat.«

»Nicht daran denken«, sagte Lenny kurz angebunden und überquerte mit ihr die Straße. Obwohl mit Sicherheit kein Auto kommen würde, schaute er nach hinten, bevor er seinen Fuß auf den schwarzen Asphalt setzte.

Manche Dinge waren einem eben so in Fleisch und Blut übergegangen, dass man sie nicht mehr abstellen konnte. Auf der anderen Seite war der Fußweg wesentlich schmaler. Es war nur möglich, zu zweit nebeneinander herzugehen, weil Lenny mit jedem zweiten Schritt auf die Straße trat. Fred und sein Partner reagierten nicht auf ihren Richtungswechsel. Sie schlenderten weiter stur geradeaus.

»Die Kerle tragen Waffen«, flüsterte Bettina leise. »O Gott, wie ihre Klamotten aussehen.«

Lenny schaute auf das blutbesudelte, ehemals weiße T-Shirt von Fred. Es sah aus, als wäre es komplett in einen Topf rostroter Farbe gefallen. Aber sein Nebenmann stand ihm in nichts nach. Lenny erkannte, dass er einen Kittel trug. Vor seiner Brust baumelte eine schlaffe Schürze. Beide Kleidungsstücke machten den Eindruck, als hätte man sie schlampig rot färben wollen. Lenny kannte den Mann, gehörte ihm nicht der kleine Supermarkt? Dettmann war sein Name. Er hielt ein langes spitzes Messer in seiner rechten Hand, Fred hatte eine Spitzhacke geschultert. Sie waren keine zwanzig Meter voneinander entfernt. Auf einmal fand Lenny seine eigene Idee nicht mehr so gut. Welche Chance hatten sie gegen zwei bewaffnete Männer? Zumal er die Heugabel vergessen hatte. Der Dreizack lag irgendwo in seinem Vorgarten herum und diente inzwischen wahrscheinlich Sabine oder dem Hundemann als Waffe. Aber er bezweifelte, dass sie ihm viel genützt hätte. Nicht gegen diese beiden Gestalten.

»Nicht so doll«, flüsterte Bettina neben ihm. Er drehte den Kopf und schaute sie fragend an. »Meine Hand.« Erst jetzt merkte Lenny, dass er vor lauter Anspannung fest gegen ihre Finger drückte. Er konnte den Griff nur mit Mühe lockern. Einen Augenblick später hatten die Männer sie erreicht. Lenny schaute auf die andere Straßenseite, aber weder Fred noch Dettmann schienen Notiz von ihnen zu nehmen, sie staksten weiter geradeaus, als hätten sie einen wichtigen Termin, der nicht versäumt werden durfte.

»Gott sei Dank«, stellte Bettina zitternd fest. Er wollte gerade nicken, als hinter ihnen ein schleifendes Geräusch ertönte. Es klang, als würde man etwas Schweres über den Boden ziehen. Bettina und er drehten sich fast gleichzeitig um. Diesmal war sie es, die seine Hand zusammendrückte.

Fred und Dettmann hatten sich umgedreht. Während Dettmann wie in Zeitlupe den Arm mit dem Messer hob, hatte Fred bereits die Straße betreten und kam direkt auf sie zu. Die Hacke umklammerte er mit beiden Händen und hielt sie nun schräg vor seinem Körper. Die Spitze des Werkzeuges berührte den Asphalt und erzeugte den schleifenden Ton. Einen Augenblick lang sah es so aus, als ob ihm die Hacke zu schwer geworden war und er sie nicht mehr halten konnte, doch dann ließ Fred die Waffe mit einem gewaltigen Schrei in der Luft kreisen, während er sich einmal um die eigene Achse drehte. Dieses Manöver war völlig unsinnig. Bettina und Lenny waren noch viel zu weit weg. Stattdessen hätte Fred beinahe Dettmanns Beine durchlöchert. Da Dettmann überhaupt nicht auf die schwingende Waffe zu achten schien und langsam weiter nach vorn schlürfte, war es reines Glück, dass die Hacke ihm nicht das Knie zertrümmerte. Sie hatte es nur um wenige Millimeter verfehlt.

Lenny schnaufte erschrocken. »Schnell weglaufen«, rief er. »Ich glaube nicht, dass die beiden besonders gut rennen können. So schwerfällig, wie sie sich bewegen.«

Bettina stöhnte. »Warum bringen sich die Typen nicht gegenseitig um?«

»Weiß nicht. Vielleicht haben sie so eine Art Allianz gebildet.« Gemeinsam hetzten sie den schmalen Bürgersteig hinauf. Lenny ließ Bettina vor, da er mit Sicherheit schneller und ausdauernder laufen konnte. Sollte sie das Tempo bestimmen. Mit ihren Sportschuhen legte Bettina eine beachtliche Geschwindigkeit vor. Sie erreichten die Kurve, hinter der Fred und Dettmann vorhin plötzlich aufgetaucht waren. Ob sich hier noch mehr Kranke herumtrieben? Hundert Meter vor ihnen lag eine Kreuzung, die verlassen aussah. Bettina schaute sich um. Sie sah ihm direkt ins Gesicht und brachte ein dünnes Lächeln zustande. Dann ging ihr Blick an ihm vorbei nach hinten. Bevor sie etwas sagte, erkannte er ihren bestürzten Gesichtsausdruck. »Verdammt. Du hattest unrecht. Die Infizierten können rennen«, sagte sie.

Lenny schaute über die Schulter zurück. Wäre die Lage nicht so ernst gewesen, hätte er über das skurrile Bild durchaus lächeln können. Fred wirkte wie ein mächtiger Schimpanse, der sein Lieblingsspielzeug nicht loslassen wollte. Sein Oberkörper war weit nach vorn gebeugt, seine Arme baumelten vor seiner Brust umher. In einer Hand hielt er noch immer die Spitzhacke, die zwischen seinen Beinen auf dem Boden kratzte und ihn immer wieder fast zum Stürzen brachte. Dettmann dagegen lief, als hätte er ein Brett verschluckt. Er hatte sich gerade aufgerichtet und seine Arme in die Höhe gerissen. Sein Kopf schaute in den Himmel. Einen Moment musste Lenny an einen jubelnden Fußballer denken, der eben das entscheidende Tor geschossen hatte und sich gleich feiern lassen würde. Wäre da nicht das Messer in seiner Hand gewesen.

»Kommen sie näher?«, fragte Bettina. Sie keuchte.

»Nein, aber wir hängen sie auch nicht ab«, antwortete er gepresst. Das Schlimme war, dass er nun auch wieder seinen Knöchel merkte, dies war eindeutig zu viel Belastung für seinen angeknacksten Fuß. Vor ihnen in Sichtweite befand sich die Kreuzung. Eigentlich handelte es sich nur um eine halbe Kreuzung, der Weg, der rechts abging, bestand aus Sand und Schotter und war für Autos gesperrt. Von dort würden sie zu den Weiden gelangen. Aber konnten sie es bis dahin schaffen? Lenny schätzte die Strecke auf gut einen halben Kilometer. Wenn sie in der Geschwindigkeit wie eben weiterlaufen würden, hatten sie vielleicht eine Chance. Aber er merkte, dass Bettina langsamer wurde. Sie hatte ihre Arme an die Hüften gepresst und konzentrierte sich auf ihre Atmung. Er schaute sich ein weiteres Mal um. Die zwei Gestalten, die aussahen, als wären sie einem Gruselcomic entsprungen, kamen näher. Und er glaubte nicht, dass sie in nächster Zeit schlappmachen würden. Noch vor der Kreuzung hätten sie Bettina und ihn eingeholt.

Lenny blickte auf die feuchten Wiesen neben sich. Ihre einzige Chance war, dort hineinzurennen, vielleicht würden Fred und Dettmann nicht folgen. Er beschleunigte seinen Schritt und zog an Bettina vorbei. »Wir biegen ab. In die Wiese. Bleib dicht hinter mir.« Sie keuchte zustimmend. Neben dem Fußweg befand sich auf der gesamten Länge der Straße eine Leitplanke. Die Wiese lag etwa zwei bis drei Meter unterhalb der Straße, das Gelände hinter der Planke fiel daher ziemlich steil ab. Mit einem kraftvollen Sprung überwand Lenny die metallische Schranke und achtete darauf, auf dem heilen Fuß aufzukommen. Bettina blieb keuchend davor stehen und setzte mühsam ein Bein nach dem anderen über das Geländer. »Versuch, rückwärts auf allen vieren den Abhang hinunterzuklettern«, sagte er und machte es ihr vor, indem er sich auf seine Hände fallen ließ. Unglaublich, wie durchgeweicht der Boden bereits hier oben war. Während Bettina neben ihm hinunterkraxelte, warf er einen weiteren Blick auf seine Verfolger. Fred und Dettmann liefen noch immer den Bürgersteig entlang, als hätten sie nicht bemerkt, dass die Gejagten längst über die Leitplanke gesprungen waren. Aber

Lenny glaubte dennoch nicht, dass sie einfach stumpfsinnig weiterrennen würden.

Als Bettina und Lenny die Senke erreichten, sahen
sie bereits aus, als hätten sie ein Schlammbad
genommen. Bettinas vormals weiße Hose triefte vor
Dreck, und an seinen Knien klebte matschige Erde.
Direkt vor ihnen lag eine etwa drei Meter lange und
ebenso breite Pfütze, die zum Glück nicht sonderlich
tief war. Lenny konnte den aufgeweichten Boden unter
einer schillernden Ölschicht auf dem Wasser erkennen.
Er bemerkte Bettinas fragenden Blick.

»Hilft nichts«, sagte er achselzuckend. »Wir müssen
da durch. Das wird nicht die einzige Pfütze bleiben.«
Bettina nickte mit zusammengepressten Lippen und
ging mit zügigen Schritten voran. Einen Moment benei-
dete er sie um ihre halblange Hose. Bis zum Knie nasse
Hosen, die bei jedem Schritt gegen die Unterschenkel
schlackerten, waren furchtbar. In der nächsten Sekunde
musste er über seine Gedanken grinsen. Als ob es
momentan keine anderen Probleme geben würde. Er
folgte ihr, und seine Schuhe füllten sich mit Wasser.

»Du scheinst dich zu amüsieren«, sagte Bettina, als
sie wieder einigermaßen festen Boden unter den Füßen
hatte.

»Nicht so wichtig«, wiegelte er ab und hakte sich bei
ihr ein. »Wir müssen schräg rüber zum Wald.«

Von der Straße her kam ein gefährliches Knurren.
Fred hatte einen Fuß über die Leitplanke gesetzt. Dettmann stand neben ihm. Er hatte die Arme wieder
runtergenommen und blickte auf den Boden.

»Sie folgen uns nicht«, sagte Bettina.

Lenny nickte nur. Das konnte sich schnell ändern.
Sie mussten schleunigst mehr Abstand gewinnen.

Die nächsten einhundert Meter war die Wiese
geradezu unheimlich trocken. Dann kamen weitere
Pfützen. Die ersten hatten die gleichen Ausmaße wie die

an der Straße. Aber sie wurden stetig breiter und tiefer. Als er bis zu den Oberschenkeln im modrig riechenden Wasser eines tennisplatzgroßen Teiches stand, fragte er sich, ob er vorhin die richtige Entscheidung getroffen hatte. Vielleicht hätte Bettina nicht schlappgemacht und sie wären trocknen Fußes bis zu den Weiden gekommen. Egal. Es war müßig, sich darüber Gedanken zu machen.

»Das ist so ziemlich das Ekligste, was ich bisher gemacht habe«, sagte Bettina schnaufend, als sie das andere Ufer des Minigewässers erreicht hatte. »Ausgenommen mein Survival-Training in den Alpen.« Bis zum Bauchnabel war Bettina im Wasser versunken, da half eine kürzere Hose natürlich auch nichts mehr. Bettina klopfte sich den Schlamm von ihrem Poloshirt und zeigte Richtung Straße. »Zumindest sind unsere Verfolger weg. Sie sind tatsächlich nicht hinter uns hergekommen.«

»Nein«, bestätigte Lenny und wusste nicht so recht, ob das ein Grund zur Freude war. Es wäre auf eine bestimmte Weise ganz beruhigend gewesen, Fred und Dettmann hinter sich zu sehen. So wusste man wenigstens, wo sie steckten. Lenny hatte keine Ahnung mehr, was die beiden Infizierten trieben. Er glaubte nicht, dass sie so einfach aufgegeben hatten. Womöglich waren sie an einer anderen Stelle in den Morast gegangen und lauerten ihnen irgendwo auf, oder sie waren so schlau gewesen, der Ringstraße noch ein Stück weiter zu folgen. An der übernächsten Kreuzung hatte der Hundemann gestanden, von dort ging die Straße ab, die auf den Wendekreis führte, der direkt an der Weide lag. Über die Weide kam man wesentlich schneller voran. Vielleicht warteten Fred und Dettmann schon im Wald auf Bettina und ihn. Auf alle Fälle würden sie den gesamten Rückweg über höchst aufmerksam sein müssen.

Bettina schien seine Überlegungen aufzufangen. »Du glaubst, die Clowns verfolgen uns doch noch.«

»Ich könnte es mir vorstellen.«

Sie wischte sich ihre schmutzigen Hände an ihrer noch schmutzigeren Hose ab und ging weiter. »Dann lass uns sehen, dass wir zügig vorankommen.«

Eine halbe Stunde später wurde der Boden spürbar trockener. Kurz darauf versperrte ein windschiefer Stacheldrahtzaun den Weg.

»Hier beginnt die Weide«, bemerkte Lenny erleichtert. Weiter vorn war einer der Holzpfähle des Zaunes gebrochen und ließ sich mit dem Fuß bis auf den Boden drücken. Bettina und er konnten ohne Probleme über den Stacheldraht springen. In der Ferne grasten Kühe, die hin und wieder zu ihnen hinüberschauten. Irgendwo dort lag auch das übel zugerichtete, halb ausgenommene Tier. Glücklicherweise musste er mit Bettina nicht daran vorbeigehen. Sie konnten sich auch weiter rechts halten und von dort in den Wald stoßen.

Als sie nach weiteren zwanzig Minuten die ersten Bäume erreicht hatten, ließ sich Bettina seufzend gegen einen der mächtigen Kiefernstämme fallen. »Was für ein Weg«, sagte sie und schaute auf ihre Schuhe, die triefend vor Schmutz und Nässe waren und deren Form man kaum mehr ausmachen konnte.

»Es ist noch nicht zu Ende«, sagte Lenny vorsichtig. »Auch im Wald müssen wir auf der Hut sein. Ich denke nicht nur an Fred und seinen Kollegen. Auch Polizisten streifen durchs Gelände. Am Ende arbeiten die mit Basdorfs Leuten zusammen, und alles beginnt wieder von vorn.«

Lenny hatte Schwierigkeiten, sich zurechtzufinden. Und es lag nicht nur daran, dass sie an einer anderen Stelle den Wald betreten hatten. Während es ihm auf dem Hinweg ziemlich egal gewesen war, wo er den

Wald verlassen würde, musste er nun exakt den Weg zu Bettinas Auto finden. Nach Gefühl schlug er einen Weg ein, der schräg zwischen den Bäumen hindurchführte. Äste knackten, und Bettina fluchte leise. Auch für ihn wurde jeder Schritt zur Qual. Seine völlig durchnässten Schuhe rutschten weg, jede noch so kleine Bodenwurzel stellte eine ernste Gefahr dar, sich lang hinzulegen. Außerdem federten die Sohlen kaum noch, das feste Auftreten verursachte ein unangenehmes Ziehen in seinen Beinen. Als der Boden vor ihnen leicht anzusteigen begann, wusste Lenny, dass sie sich auf dem richtigen Weg befanden. Hier ging es zur Lichtung und dahinter würden sie auf den Waldweg stoßen. Er erzählte Bettina von den Polizisten und war fast ein wenig enttäuscht, als die Beamten auf der Kuppe nicht zu sehen waren. Die Wiese inmitten der Lichtung lag ruhig und verlassen da. Hatten die Uniformierten ihren Beobachtungsposten aufgegeben? Hoffentlich hatten sie nicht Dienstschluss und waren unterwegs zu ihrem Auto. Der Fiesta stand doch direkt dahinter. Wenn die Beamten das Kennzeichen überprüfen würden und sich herausstellen würde, dass der Wagen Bettina gehörte, würde es hier in Kürze von Polizisten nur so wimmeln. Und sicher wären auch die schwarz gekleideten Schläger mit von der Partie. Basdorf würde nur eins und eins zusammenzählen müssen, um festzustellen, wer wohl mit dem Fiesta in den Wald gefahren war. Und aus welchem Grund.

Sie umrundeten die Lichtung dennoch sehr vorsichtig. Vielleicht hatten sich die Polizisten auch nur einen besser geschützten Aussichtspunkt gesucht. Als sie auf der anderen Seite unbehelligt auf den Weg stießen, klatschte er in Gedanken glücklich in die Hände. »Wir sollten ein wenig abseits der Straße gehen«, schlug Lenny vor. »So habe ich es vorhin auch gemacht.«

Bettina nickte, als hinter ihr plötzlich eine Gestalt aus dem Wald stolperte.

Bettina hatte gerade noch Zeit sich umzudrehen, dann wurde sie von dem heraneilenden Körper auch schon umgeworfen. Beide landeten auf der schmutzigen Straße und blieben benommen nebeneinander liegen. Zuerst dachte Lenny an einen der Polizisten, der sie trotz aller Vorsicht doch aufgespürt hatte, dann erkannte er gewelltes, schulterlanges Haar und einen zierlichen Körper. Anabell Steiner, Justins Klassenlehrerin.

Während Bettina mit einem Satz wieder auf die Beine kam, blieb Anabell auf ihrem Hosenboden sitzen. Lenny eilte auf Bettina zu und zog sie ein Stück von Anabell weg. »Vorsicht«, sagte er laut. Wenigstens trug Anabell keine Waffe.

Bettina schüttelte seine Hand ab. »Warte mal«, sagte sie. »Schau dir ihre Augen an.« Lenny blickte in Anabells Gesicht. Anabell wischte sich mit der Handfläche über die Wange, dicke runde Tränen liefen ihr über die Haut. Und ihre Augen sahen irgendwie anders aus. »Ihr Blick ist klar«, flüsterte Bettina neben ihm. »Sie nimmt ihre Umgebung wahr.« Tatsächlich hatte Anabell ein Stöckchen in die Hand genommen, welches irgendwo auf dem Weg gelegen hatte, drehte es und beobachtete es dabei. Noch ehe Lenny etwas erwidern konnte, war Bettina einen Schritt nach vorn gegangen. »Frau Steiner?«, fragte sie behutsam. »Anabell? Kannst du mich hören?« Erstaunt sah Lenny, dass Anabell den Kopf in ihre Richtung drehte. »Anabell, hörst du mich?«, fragte Bettina noch einmal.

Anabell nickte leicht. »Ja.« Sie schluchzte. Bettina schritt weiter auf sie zu und ging vor ihr in die Knie. Anabell sah ihr direkt in die Augen. »Wo bin ich hier?«, fragte sie schwach.

»Mitten im Wald«, antwortete Bettina. »Komm mit uns.« Sie reichte ihr die Hand. Zu Lennys Überraschung griff Anabell danach und ließ sich von Bettina hochziehen. Bettina legte den Arm um Justins Klassenlehrerin und zeigte auf Lenny. »Wir bringen dich gemeinsam zu unserem Auto.«

Anabell nickte fahrig. »Herr Eggert«, sagte sie. »Sie auch im Wald?«

Lenny winkte ab. »Das ist eine lange Geschichte.«

Die kleine Gruppe kam nur langsam voran. Anabell stolperte immer wieder und wirkte erschöpft und krank. Nach einer halben Stunde sah Lenny den Polizeiwagen durch die Äste scheinen. Das Fahrzeug stand noch genau an derselben Stelle wie vorhin und war nach wie vor verlassen. Also waren die Beamten von ihrem Beobachtungsposten auf der Lichtung doch nicht zurückgekehrt. Oder der Wagen gehörte anderen Beamten. Müßig, sich darüber den Kopf zu zerbrechen. Lenny ging schneller und schloss den Fiesta auf.

»Bevor du dich reinsetzt, mach bitte deine Schuhe sauber«, bemerkte Bettina mit strenger Stimme. Er schaute sie groß an. Dann begannen sie fast gleichzeitig, zu lachen. Bettina klappte den Beifahrersitz nach vorn und schob Anabell behutsam auf die Rückbank. »Alles in Ordnung mit dir?«, fragte Bettina. Lenny beobachtete die Frauen von seinem Sitz aus. Anabell sah kreidebleich aus, aber sie nickte. Ihr Top war schmutzig, aber immerhin nicht blutdurchtränkt. Ein gutes Zeichen. Bettina ließ sich auf den Beifahrersitz fallen und knallte die Tür zu. »Lass uns verschwinden.«

Der Motor sprang an und Lenny legte den Rückwärtsgang ein. Es war mühselig, den ganzen Waldweg rückwärtszufahren, die Strecke kam ihm endlos lang vor. Endlich erschien hinter ihm die Hauptstraße.

»Was machen wir mit ihr?«, fragte Bettina.

»Anabell wohnt in einem der Blocks am Rande des Neubaugebietes«, sagte Lenny. »Bis dahin werden wir aber nicht kommen. Die Polizeisperre ist sicher noch vorhanden.«

»Ich werde sie mitnehmen«, sagte Bettina.

»In deine Wohnung?«

»Nein. Ich glaube, es ist keine gute Idee, zurück in meine Wohnung zu fahren. Basdorf scheint mich aus dem Weg haben zu wollen. Eine Freundin von mir wohnt zwei Orte weiter. Bringst du uns dorthin?«

»Natürlich.«

Als der Fiesta von der Zufahrtsstraße endlich auf die Landstraße kam, merkte Lenny, dass sich sein Körper langsam entspannte. Er hatte es wirklich geschafft. Er hatte Bettina aus dem Neubaugebiet herausgebracht. Wenn das keine grandiose Leistung war.

Anabell schluchzte. »Es war so schrecklich«, presste sie hervor.

Bettina drehte sich zu ihr um. »An was erinnerst du dich?«

»An einzelne Szenen. Fragmente. Es ist, als wäre ich aus einem Albtraum erwacht. Ich habe Bilder im Kopf, die immer weiter verblassen. Ich war wütend. Wollte Blut sehen. Habe jemanden geschlagen. Wurde selbst verfolgt.« Sie brach ab und schüttelte den Kopf.

Lenny berührte Bettina an der Schulter. »Es geht langsam vorbei«, bemerkte er leise. »Es ist wie bei unseren Versuchstieren. Die Leute kommen wieder zu sich.«

Bettinas Freundin wohnte in einer windschiefen Scheune, die von außen schneeweiß glänzte. Große, quadratische Fenster mit schwarzen Rahmen gaben dem Gebäude eine elegante Note.

»Hat meine Freundin alles selbst renoviert«, erzählte Bettina, als sie seinen prüfenden Blick sah. »Der Bauer brauchte die Scheune nicht mehr und wollte das alte

Ding schon abreißen. Da hat Kim sie kurzerhand gekauft.«

Lenny stellte den Motor ab und nickte anerkennend. »Das war bestimmt viel Arbeit.«

Bettina brummte zustimmend, während die Tür aufflog. »Jahrelange Arbeit. Aber jetzt erinnert im Haus nichts mehr daran, dass hier früher mal Tiere gewohnt haben.« Sie verzog kurz ihren Mund und klappte die Lehne des Beifahrersitzes vor. »Fast nichts jedenfalls.«

Er hob die Augenbrauen. »Das heißt?«

Bettina hielt Anabells Arm, während sich die Lehrerin bedächtig von der Rückbank erhob. »Es wimmelt dort drinnen von Ungeziefer. Viele Spinnen«, sagte sie und machte ein angewidertes Gesicht.

»Spinnen?«

»Ja. Weißt du, was man sagt?«

»Nein.«

»Man sagt, dass man Spinnen in einer Scheune nicht loswerden kann. Dort, wo früher Tiere wohnten, Stroh und Unrat herumlagen, werden immer wieder Scharen von Spinnen auftauchen. Egal, wie gut man ein Gebäude auch gedämmt oder gereinigt hat.«

»Und das stimmt?«

»Ich habe in den letzten Jahren drei- oder viermal bei ihr übernachtet. Jedes Mal liefen mindestens ein halbes Dutzend Spinnen über den Teppich oder die Bettdecke oder hingen über mir an der Wand.« Lenny schaute auf die halbrunde Eingangstür.

»Und du bist dir sicher, dass du dort die nächsten Nächte verbringen willst?«

Bettina lachte. »Im Augenblick sind mir Spinnen lieber als Basdorfs Leute.«

»Auch wieder wahr.«

Sie ging dicht an ihn heran und legte die Arme um seinen Hals. Bevor Lenny reagieren konnte, waren ihre Lippen an seinem Mund, und er bekam zwei dicke

Schmatzer. »Leute, die mir das Leben retten, muss ich einfach küssen«, sagte sie leise.

»So ein ganz richtiger Kuss war das aber nicht«, stellte er fest, obwohl er eigentlich froh darüber war. Hatte Nina ihm nicht ein Versprechen abverlangt?

Bettina lächelte und ließ ihn wieder los. »Na ja, verheiratete Männer, die mich retten, bekommen einen Kuss ohne Zunge.«

Lenny nickte und strich ihr über die Schulter. »Ich würde dich trotzdem immer wieder retten«, sagte er ernst. Sie schauten sich einige Sekunden in die Augen, ehe sie beide zu lachen anfingen. Wie gut es tat, einfach mal wieder herumzualbern und fröhlich zu sein.

Bettina hakte sich bei Anabell ein. »Alles in Ordnung mit dir?«, fragte die Reporterin sanft.

Anabell nickte. »Ich bin kaputt. Ich muss mich ausruhen.«

»Wir werden uns gleich einen schönen Tee machen.« Die beiden Frauen schlenderten zur halbrunden Tür und Bettina betätigte einen fast tellergroßen Klingelknopf, bevor sie sich noch einmal zu ihm umdrehte. »Lenny, wir bleiben bitte ständig in Kontakt. Ich rufe dich heute Abend und morgen früh an. Geh bitte ran, sonst mache ich mir furchtbare Sorgen. Wer weiß, was Basdorf als Nächstes ausheckt.«

Er versprach es ihr und öffnete die Tür des Fiestas. »Darf ich mir übrigens noch mal deinen Wagen ausleihen?«

»Nur zu. Meine Freundin hat auch ein Auto. Darf ich bestimmt mal mit fahren.«

Als Lenny auf Bettinas angemieteten Parkplatz fuhr, schnaufte er erleichtert aus.

Während der Rückfahrt hatten seine Füße angefangen zu jucken. Vielleicht trocknete der ganze Moder und Matsch, der sich auf und in seinen Schuhen befand. Die

Beine seiner Hose waren steif vor Schmutz geworden. Auch seine Haut darunter fing an zu kribbeln. Er brauchte dringend ein warmes Duschbad.

Lenny stieg aus und schaute auf den Fahrersitz. Man hätte denken können, sie hätten den halben Wald mit ins Auto genommen. Die Sitze waren fast ebenso schmutzverkrustet wie seine Hose. Im Fußraum lagen Matschklumpen neben Tannennadeln und Blättern, es roch ein bisschen so, als befände man sich mitten in einer sumpfigen Pfütze. Er musste den Wagen unbedingt reinigen, ehe Bettina ihn zurückbekam.

Als er die Stufen erklommen hatte und ganz oben in dem kleinen Flur stand, wurde ihm für einen kurzen Moment mulmig. Es waren keine Geräusche aus Bettinas Büro zu hören. Sein Herz schlug schneller, während sein Daumen den Klingelknopf drückte. Es dauerte nur wenige Sekunden, ehe die Tür aufgerissen wurde.

Justin und Emily stürzten auf ihn zu und umklammerten jeweils eines seiner Beine. »Hurra! Papi ist wieder da!«

Nina machte ein erschrockenes Gesicht, als sie ihn sah, und kam auf ihn zugestürzt. »Du siehst furchtbar aus. Schön, dass du wieder da bist.«

Behutsam versuchte er, sich von seiner Familie zu lösen und ging einen Schritt zurück. »Ich habe Bettina gefunden und in Sicherheit gebracht«, sagte er. »Ich erzähle euch gern alles. Aber zunächst mal will ich ein Bad.«

»Wir kommen mit nach unten«, sagte Nina. »Wir brauchen sowieso noch was aus dem Kühlschrank.«

»Wir machen heute Abend nämlich schon wieder ein Picknick«, verkündete Emily.

»Ein Picknick?«, fragte er überrascht. »Wo?«

»Na, hier«, sagte Emily und zeigte auf die Fläche zwischen Bettinas Schreibtisch und einem Regal.

»Irgendwie müssen wir uns ja die Zeit vertreiben«, flüsterte Nina und grinste.

»Ich finde die Idee ausgezeichnet«, sagte er und drehte sich um. »Also dann, alle nach unten.«

Das warme Wasser tat unheimlich gut, obwohl ihm nun erst bewusst wurde, wie oft er sich im Wald und in den Gärten an spitzen Ästen geschrammt hatte. Jedes Mal, wenn das Wasser auf eine gerötete Stelle lief, brannte es wie Feuer. Trotzdem war die Dusche entspannend. Er mummelte sich in zwei dicke Handtücher ein und verließ das Bad fröhlich pfeifend.

Nina hatte seine schmutzige Kleidung bereits im Waschbecken eingeweicht. »Vielleicht kriege ich die Wäsche bis morgen einigermaßen sauber und trocken«, sagte sie, während ihr Blick den Kühlschrank fixierte. »Sag mal, hast du Geld dabei?«

»Ja, in meiner Brieftasche dürfte noch ein Fünfziger herumschwirren.«

»Dann gibt es nachher Pizza zum Picknick. Hier ist nichts Anständiges mehr drin.«

Während Nina beim Pizzaservice eine extragroße Familienpizza mit fünf zusätzlichen Belägen bestellte, ging Lenny, in seine Handtücher gehüllt, das Treppenhaus hinauf. Er ließ sich in Bettinas Arbeitswohnung auf einen gemütlich aussehenden Stuhl fallen und schloss die Augen. Nina hatte das Transistorradio angelassen, das auf Bettinas Schreibtisch stand. Nach zwei schnulzigen Musikstücken gab ein Sprecher bekannt, dass man heute Abend den Tanklastzug und seinen gefährlichen Inhalt bergen wollte. In Gedanken sah Lenny das silberfarbene Fahrzeug wieder vor sich, schaute erneut in die aufgeräumte Kabine und umrundete den Lkw auf der Suche nach irgendwelchen Unfallspuren. Würden Basdorfs Leute also heute Abend aus dem völlig intakten Lkw eine Schrottlaube machen, die in einen schweren

Unfall verwickelt worden war? Er musste zugeben, dass der Plan schon recht genial war. Er war gespannt auf das Ergebnis. Bestimmt würden Bilder des verunglückten Lastwagens in Zeitungen erscheinen.

Die Tür wurde aufgestoßen und Justin balancierte einen Pappkarton in Übergröße in die Wohnung. Emily folgte ihm und ließ dabei die Pizza nicht aus den Augen, als fürchtete sie, dass Justin sämtliche Beläge schnell allein verputzen würde. Sie setzten sich alle zusammen auf eine Wolldecke, die Nina irgendwo gefunden hatte, und begannen mit ihrem köstlichen Mahl. Lenny lachte seine Frau an und strich alle paar Minuten durch die Haare seiner Kinder. Er konnte nicht sagen, wann er zuletzt ein gemeinsames Essen derart genossen hatte.

Sie hatten Bettinas Schlafzimmer im Erdgeschoss geplündert und die Decken und Kopfkissen ins Arbeitszimmer gebracht. Zusammen mit den kleinen Kissen von der Wohnzimmercouch hatten sie sich ein kuschliges Nest zwischen den Möbelstücken auf der Wolldecke gebaut. Nina hatte vorgeschlagen, die Nacht trotz des defekten Türschlosses in der unteren Wohnung zu verbringen. Lenny war dagegen gewesen. Momentan war es erstaunlich ruhig, aber sie durften nicht allzu sorglos werden. Basdorf war zuzutrauen, dass er jederzeit wieder etwas aushecken würde. Sie hatten sich zu viert nebeneinander in ihr provisorisches Nest gelegt. Anfangs hatte Lenny nicht geglaubt, dass er überhaupt ein Auge zumachen würde. Emily und ganz besonders Justin warfen sich alle paar Minuten unruhig hin und her, stöhnten und husteten. Aber die Aufregung des Tages, vielleicht auch die Angst um ihren Papi, hatte die Kinder doch müde gemacht. Nach knapp einer Stunde schnarchten sie friedlich und gleichmäßig neben ihm. Und dann merkte auch Lenny urplötzlich, wie ausgelaugt sein Körper war.

Etwas hatte ihn aufgeweckt. Seine Armbanduhr verkündete, dass es halb drei in der Nacht war. Nina und die Kinder schliefen. Lenny setzte sich auf und blickte bestürzt zur Wohnungstür. Hatte sich wieder jemand Zutritt verschafft? Aber sie war geschlossen. Da war ein Brummen, es klang tief und drohend und kam von draußen. Es war, als ob ein paar durchgeknallte Leute mitten in der Nacht ein Rasenmäherwettrennen veranstalten würden. Vorsichtig stand Lenny auf. Um keinen Preis der Welt wollte er seine Kinder wecken.

Vom Giebelfenster aus hatte man einen wunderbaren Blick über die gesamte Innenstadt. Das Brummen wurde lauter und er sah die vielen Scheinwerfer, obwohl er von hier nur einen Teil der Landstraße einsehen konnte. Ein mächtiger Konvoi quälte sich über den Asphalt. Ab und zu blinkten blaue Lichter auf. Eine Kreuzung wurde offensichtlich von zwei Polizeiwagen freigehalten. Anscheinend wurden die Einsatzkräfte zurückgezogen.

Ein sanfter Kuss weckte ihn aus einem diffusen Traum, in dem er auf einem unendlich großen Feld Unkraut jätete. Er öffnete die Augen. Nina beugte sich über ihn und lächelte ihn an. Ihre Haare kitzelten in seinem Gesicht. »Guten Morgen«, sagte sie sanft, drehte sich um und stellte das Transistorradio neben seinen Kopf. »Das solltest du dir anhören. Sie bringen die Meldung schon, seit ich aufgewacht bin.«

Verschlafen drehte Lenny den Kopf. Der Radiosprecher erzählte, dass bei der Bergung des Lkws festgestellt worden war, dass große Mengen der gefährlichen Chemikalie ausgetreten waren. Inzwischen wurden die Reste des Stoffes abgesaugt und sicher entsorgt. Anschließend wurde ein Interview mit dem Leiter des Einsatzkommandos, Staatsrat Günther Page, gesendet.

Lenny setzte sich interessiert auf. Page erzählte, dass der Stoff zwar unangenehm sei, aber keine bleibenden Schäden hinterlassen würde.

»Wundern Sie sich nicht, wenn Sie das Gefühl haben, als wären Sie gerade aus einem schlechten Traum erwacht«, sagte Page. »Das ist normal. Dieser Stoff schlägt ein wenig aufs Gemüt, aber es ist nichts Ernstes.« Er versprach unbürokratische Hilfe der Landesregierung. »Wir werden mit ausgebildeten Ärzten allen Bürgern des Neubaugebietes einen Besuch abstatten und sie durchchecken.«

Nina pfiff leise durch die Zähne. »Wie plausibel das alles klingt. Werden sie damit durchkommen?«

Lenny zuckte mit den Schultern. »Das hängt von uns und Bettina ab«, antwortete er langsam.

Der Radiosprecher verkündete, dass das Neubaugebiet ab sofort wieder zugänglich sei, und machte im Anschluss irgendeinen dussligen Witz über Halluzinationen auslösende Drogen.

Nina und Lenny wollten so schnell wie möglich zurück in ihr Haus. Dort konnten sie sich auch besser verschanzen, falls Basdorfs Leute noch mal auftauchen würden. Nina bereitete ein eiliges Frühstück aus den Resten vor, von dem nur Emily und Justin aßen. Nina und Lenny waren viel zu aufgeregt, um auch nur einen Bissen runterzukriegen.

Justin verzog den Mund, als er in den Fiesta einsteigen sollte. »Das stinkt hier drin.«

Nina schaute auf die Vordersitze. »Ich hätte deine Klamotten nicht waschen müssen. Werden ja eh gleich wieder schmutzig.« Lenny winkte ab. »Ist doch fast alles schon getrocknet. Außerdem können wir uns umziehen, wenn wir erst mal zu Hause sind.«

Sie öffneten alle Fenster und fuhren los. Als der Fiesta auf die Landstraße einbog, rief Nina auf Bettinas

Handy an und berichtete von den neuesten Radiomeldungen. Sie vereinbarten, sich in zwanzig Minuten vor dem Haus zu treffen. Als Lenny auf die Zufahrtsstraße bog, rumorte es tief in seinem Bauch. Er schaute den Waldweg entlang, dem er gestern gefolgt war. Ob sich der herrenlose Polizeiwagen noch immer dort befand? Kurz darauf kamen sie zu der Polizeisperre. Hier parkten noch ein halbes Dutzend Mannschaftswagen auf dem Seitenstreifen. Also waren noch längst nicht alle Einsatzkräfte abgezogen worden. Vor ihnen stand ein Polizist auf der Straße, aber die Streifenwagen waren verschwunden. Die Straße war nicht länger zugestellt. Lenny bremste und grinste den Beamten an. Der grüßte kurz, indem er mit seinem Finger gegen seine Mütze tippte.

»Sie wissen, dass es noch gefährlich sein kann, das Gebiet zu betreten?«, fragte er. »Es ist nicht auszuschließen, dass Reste der Chemikalie in der Luft sind, die zu Übelkeit und Kopfschmerzen führen könnten.«

»Übelkeit und Kopfschmerzen«, wiederholte Lenny belustigt. Was für ein Unsinn. »Wir werden so wenig atmen wie möglich«, sagte er gut gelaunt und gab Gas. Die Straße wurde schmaler, gleich mussten sie abbiegen. Allerdings konnten sie genauso gut weiter geradeaus fahren. Die Zufahrtsstraße zum Neubaugebiet wurde automatisch zu der Ringstraße, die um das Gebiet herumführte. Als Lenny nicht abbog, stöhnte Nina leise auf.

»Was ist los?«, fragte sie.

Im selben Moment schimpfte Emily. »Ich will nach Hause.«

»Wir fahren nur einmal um den Pudding«, antwortete Lenny. »Ich möchte mir etwas ansehen.« Die Straße machte eine steile Kurve und führte geradewegs auf den Wald zu. Hinter der nächsten Kurve würde bereits der Tanklastwagen stehen. Vor ihm fuhr ein anderes Auto und bremste ab. Auf der Straße ging ein Mann mit Fotoapparat und einem langen Objektiv. Dann wurde es plötzlich voll. Lenny sah den Lastzug, er befand sich nun nicht mehr ordentlich auf der Straße, sondern fast quer. Der Anhänger versperrte die halbe Fahrbahn. Die Zugmaschine stand in einem Vorgarten. Als sie näher kamen, erkannte Lenny, dass der Lkw in das Haus gefahren worden war. Die Kabine war total zerstört und die Wand des Einfamilienhauses halb eingerissen. Welcher arme Teufel hatte sich hinter das Steuer des Lkws setzen müssen? Hoffentlich ein Stuntman. Lenny erkannte den viel zu eng bepflanzten Garten wieder. Genau von dort hatten sich Bettina und er gestern durch die Büsche geschlagen und waren auf die Ringstraße getreten. Jetzt sah es hier aus, als hätte eine Bombe eingeschlagen. Der Lkw hatte den Boden aufgerissen und mehrere Dutzend Bäume umgesäbelt. Unzählige Feuerwehrwagen hatten sich am Straßenrand vor und hinter dem Lkw platziert. Andere Autos und Kleintransporter standen in zweiter Reihe. Einige hatten Antennen und Satellitenschüsseln auf ihren Dächern, die Embleme der großen Fernsehstationen prangten an den Türen. Überall wuselten Menschen umher. Die meisten waren mit Kameras und Fotoapparaten bewaffnet. Lenny sah jedoch auch einige Fußgänger, die bleich und kopfschüttelnd auf den Laster starrten. Sicherlich Bewohner des Gebietes. Er fuhr vorsichtig an dem Tankwagen vorbei und musste hupen, als eine Horde Kabelträger ihm nicht Platz machte. Dann hatten sie den Schauplatz hinter sich gelassen.

»Klasse Arbeit«, murmelte Lenny. »Das muss man ihnen wirklich lassen.« Den Rest der Ringstraße fuhr er zügiger. Es kamen ihnen immer wieder Fußgänger entgegen, die in Richtung des Lkws schlenderten. Aber sie alle sahen ordentlich und gepflegt aus. Niemand lief mit zerrissener Kleidung und blutverschmierten Gesichtern herum. Wo waren die Kranken hin? Schliefen sie ihren Rausch aus? Er bog von der anderen Seite in die Seitenstraße ein, von der es auch zu ihrem Haus ging. Sein Herz machte einen Sprung, als er an die toten Gorillas dachte. Wie sollte er Emily und Justin an den zermarterten Körpern vorbeiführen? Sie durften diese übel zugerichteten Menschen unter keinen Umständen zu Gesicht bekommen. Sie hatte eh schon viel zu viel mitbekommen. Doch als ihr Haus in Sichtweite kam, bemerkte Lenny schon die Veränderungen. Es lagen keine Leichen mehr herum, der Bürgersteig sah sauber und ordentlich aus. Sein Blick fiel auf den Zaun der Iversens. An dieser Stelle hatte der eine Gorilla leblos über dem Geländer gehangen. Nun war der Kerl ebenso verschwunden wie sein Kollege, der dicht neben ihm gestorben war. In Schrittgeschwindigkeit fuhren sie in den Carport. Lenny öffnete flink die Tür, ging auf den Bürgersteig und drehte sich verwundert im Kreis. Sogar die Blutspuren waren verschwunden. Genau hier vor seiner Gartenpforte hatte es gestern noch eine schleimige Lache aus Blut und fein zerhackten Körperteilen gegeben, die dunkelrot und gelblich zugleich geschimmert hatte. Sie war nicht mehr da. Die roten Steine des Bürgersteiges glänzten in der Sonne, als wären sie nie besudelt gewesen. Auch der hellrote Ozean unter dem Kopf des Mannes, der über dem Zaun gehangen hatte, war vollständig verschwunden. Hier war jemand in der Nacht offenbar verdammt fleißig gewesen. Sämtliche Spuren der Gräueltaten waren beseitigt worden.

# 23

Sawatzki saß auf seinem Platz im Besprechungszimmer und schaute auf den verwaisten Stuhl ihm direkt gegenüber. Was für ein Glück, dass Basdorf und seine schmierigen Handlanger wieder abgezogen waren. Er hatte noch nie in seinem Leben einen so verabscheuungswürdigen Menschen getroffen wie diesen Konzernboss. Die Pferde gingen mit ihm durch, wenn er daran dachte, dass dieser Ganove ungeschoren davonkommen würde. Aber Basdorf verfügte einfach über zu gute Kontakte in die Politikerelite. Seine Lobbyarbeit war ganz hervorragend, es gab offenbar kaum einen führenden Politiker, der nicht schon einmal Geld oder andere Zuwendungen oder Geschenke von Basdorf bekommen hatte. Und das zog sich durch alle Parteien. Sawatzki seufzte. Deshalb würde er sich auch nicht trauen, seinen eigenen Parteivorgesetzten von den konkreten Ereignissen der letzten Tage zu berichten. Mindestens einer von ihnen steckte doch bestimmt mit Basdorf unter einer Decke. Seine Gedanken wanderten zu Bettina Matthiesen. War es ausreichend gewesen, Lenny Eggert die Nachricht zuzustecken? Hätte er sich nicht lieber selbst auf die Suche nach ihr machen sollen? Bestimmt wäre es ihm gelungen, durch die Polizeikontrollen zu kommen. Aber Page und Basdorf hätten sofort Lunte gerochen. Außerdem war es ihm nicht möglich, Bettina sicher zu verstecken. Man beobachtete ihn. Die Tür des Konferenzzimmers wurde aufgestoßen, und er schaute erschrocken hoch. Warum fühlte er sich immer ertappt, wenn seine Gedanken zu Bettina wanderten? Page und einer seiner Polizisten kamen in den Raum gestürzt.

»Die Eggerts sind ausgeschwärmt«, rief Page geschäftig und kramte in seinen Unterlagen. »Höchstwahrscheinlich auf dem Weg zu ihrem Haus. Kommen Sie.« Page steckte mehrere Papiere in eine Aktentasche und winkte ihm ungeduldig zu. Sawatzki stand seufzend auf. Konnte Page die Familie nicht endlich in Ruhe lassen? Was wollte er von ihnen? Oder hatte der Ministerpräsident zwischenzeitlich doch entschieden, dass sie zu viel wussten und zum Schweigen gebracht werden sollten? Er rannte hinter den Männern her und fragte sich, warum man ihn nicht auf dem Laufenden hielt. Sicher, er war nur ein kleiner popliger Bürgermeister, aber immerhin handelte es sich hier um seine Stadt, und seine Bürger hatten für die Großen und Mächtigen die Versuchskaninchen gespielt.

»Ist was?«, fragte Page, als sie im Fond eines Polizeiwagens Platz genommen hatten. »Sie ziehen vielleicht 'ne Flappe.«

»Nach allem, was passiert ist.«

Page nickte und faltete die Hände auf dem Schoss. »Wissen Sie das Neueste?«, fragte er und sprach sofort weiter, da er ja bestimmt wusste, dass ihm niemand etwas erzählt hatte. »Das ganze Projekt wird zunächst auf Eis gelegt. Ist den Oberen doch zu heiß geworden.«

»Wird Basdorf zur Verantwortung gezogen?«

Page schaute ihn mit hochgezogenen Augenbrauen an, als hätte er etwas furchtbar Dummes gesagt. »Nein. An ihn traut sich niemand heran. Dieser Mann ist praktisch unantastbar. Eine Menge Leute stehen auf seiner Gehaltsliste.«

»Sie auch?«, fragte Sawatzki schneidend.

Anstelle einer Antwort grinste Page nur. »Außerdem wird Basdorf noch gebraucht«, erklärte er. »Nur weil das

Projekt vorläufig auf Eis gelegt ist, heißt das ja nicht, dass es gänzlich aufgegeben wird. Die Forschungen für eine verbesserte, weniger anfällige Variante des T200-Wirkstoffes sollen bereits in den nächsten Tagen beginnen.«

Sawatzki schaute aus dem Fenster und beobachtete zwei Greifvögel, die hoch über den Feldern nach Beute Ausschau hielten. »Und wo wird dieses Wundermittel erprobt? Welche deutsche Stadt darf sich dann über den Ausnahmezustand freuen?«

»Seien Sie nicht so zynisch«, mahnte Page. »Die Welt wird immer unberechenbarer und brutaler. Wenn die Länder ihre rechtschaffenen Bürger auch zukünftig vor terroristischen Gefahren schützen wollen, wird sich kein Staat der Welt vor solch helfenden Mitteln wie dem T200 verschließen können.«

»Sie klingen wie eine Werbebotschaft von Basdorf.«

»Und doch ist es so. Glauben Sie etwa, nur in Deutschland wird mit ruhigstellenden Mitteln experimentiert? In Frankreich arbeiten sie an einer gasförmigen Variante. Die Polizei dort kriegt die Vorstädte kaum noch unter Kontrolle. Immer wieder kommt es zu spontanen Ausschreitungen. Der kleinste Anlass genügt, um die Situation anzuheizen. Der Plan ist, das Mittel großflächig in solche betroffene Gebiete zu bringen, wenn der Radau erst einmal angefangen hat. Etwa mit Hubschraubern, die so eine Art Gaskanone an Bord haben.«

»Verrückt«, sagte Sawatzki kopfschüttelnd. Der Beamte vor ihm setzte den Blinker, und sie bogen von der Landstraße ab.

»Nicht verrückt. Notwendig«, konterte Page. »In der heutigen Zeit absolut notwendig. Aber ich kann Sie beruhigen. Nach dem, was sich hier abgespielt hat, wird ein neuerlicher Versuch sicher nicht mehr in Deutschland oder Europa stattfinden.« Page lehnte sich nach hinten. »Basdorf hat allerbeste Kontakte nach Afrika. Ich denke, die verbesserte T200-Version wird in irgendeinem dieser Dritte-Welt-Länder getestet. Da fällt es auch nicht so auf, wenn wieder was schiefgeht.«

## 24

Nina und die Kinder stiegen ebenfalls aus. Lenny konnte sehen, wie behutsam Emily und Justin sich bewegten. Es war, als würden sie hinter jedem Gebüsch eine unsichtbare Gefahr fürchten. Würden die Kleinen sich hier je wieder zu Hause fühlen können?

Nina umfasste seine Taille. »Sie haben aufgeräumt«, stellte sie mit leiser Stimme fest. Er nickte und schaute die Straße hinauf. Alles sah geradezu langweilig ordentlich aus. So richtig spießig. Weiter oben unterhielten sich ein paar Leute angeregt mit drei Polizisten in grünen Overalls. Auch in der anderen Richtung sah er Polizisten. Zwei Beamte schlenderten den Bürgersteig entlang. Am Ende der Straße stand ein Polizeiwagen in einer Parklücke.

»Hier wimmelt es von Polizei«, raunte er Nina zu. »Vielleicht trauen sie dem Frieden noch nicht.«

Sie brummte leise. »Dann sind die anderen womöglich auch nicht weit. Hast du schon einen der Gorillas gesehen?«

»Nein. Ich habe die ganze Zeit Ausschau nach Basdorfs Leuten gehalten, aber sie scheinen nicht hier zu sein.«

»Gott sei Dank.« Nina blickte über die Schulter zurück und nahm Emilys Hand. »Wir gehen rein.«

»Ich komme gleich nach.« Lenny drehte sich um und sah zu, wie Nina die Tür öffnete und die Kinder ins Haus ließ. Ihr Blick fiel auf die Heugabel, die inzwischen, aus welchen Gründen auch immer, an der Hauswand lehnte. Obwohl Nina mit dem Rücken zu ihm stand, konnte er ihren verwirrten Gesichtsausdruck förmlich spüren.

»Ich lasse den Schlüssel stecken«, rief sie ihm zu und war kurz darauf ebenfalls im Flur verschwunden. Er ging einige Schritte den Fußweg entlang. Die roten Steine glänzten in der Sonne. Es fiel ihm jetzt schon schwer, sich vorzustellen, dass an dieser Stelle, vor nicht einmal vierundzwanzig Stunden, noch ganz andere Dinge rot in der Sonne geglänzt hatten. Hinter ihm wurde eine Tür geöffnet. Was wollte Nina? Lenny drehte sich um und bemerkte dann erst, dass er sich nicht mehr vor seinem Haus befand. Natürlich nicht, er war ja langsam den Weg entlanggegangen und stand direkt vor Iversens Gartenpforte. Die Haustür war offen, irgendjemand wartete im Flur. Lennys Herz pochte wie wild. Eine Gestalt wankte in den Vorgarten. Es war Fred. Sein Nachbar presste beide Hände gegen den Kopf und wirkte völlig verkatert. Sein Oberkörper war entblößt. Er trug lediglich eine graue Jogginghose. Als er Lenny sah, stieß Fred ein tiefes Brummen aus.

»Hallo Nachbar«, krächzte Fred.

»Hallo Nachbar«, grüßte Lenny zurück. »Wie geht es dir?«

»Beschissen. Ich fühle mich völlig fertig.« Er wankte auf ihn zu. »Der Chemieunfall ist schuld. Sagen jedenfalls die Bullen.«

»Erinnerst du dich an überhaupt nichts mehr?«

Fred machte eine Grimasse und schüttelte den Kopf. »Totaler Filmriss. Alles dunkel. Ich weiß nur, dass ich vollkommen nass und verdreckt auf der sumpfigen Wiese da hinten vorm Wald zu mir gekommen bin. Kannst du es glauben, ich lag mitten in so einer stinkenden Brühe.«

»Ach«, sagte Lenny und versuchte, sich seine Überraschung nicht allzu sehr anmerken zu lassen. Fred und

Dettmann waren ihnen also tatsächlich bis auf die Wiese gefolgt. Wer wusste, wo sie sich auf die Lauer gelegt hatten. Vielleicht hatten sie sich nur durch Zufall verpasst. Er bekam weiche Knie bei dem Gedanken.

»Und wie ich aussah«, berichtete Fred weiter. »Nicht nur matschig und nass. Da klebten noch andere Sachen an meinem Shirt. Und die Hose …« Neben sich nahm Lenny plötzlich eine Bewegung wahr. Die Polizeibeamten waren zu ihnen gekommen und hörten der Unterhaltung zu.

»Machen Sie sich mal keine Sorgen«, unterbrach einer der Beamten Fred. »Die Chemikalie, die der Tankwagen geladen hatte, war ganz schön starker Tobak. Zumindest für Textilien«, erklärte er sachlich. Lenny schaute ihn verdutzt an. Was war denn das wieder für ein Unsinn?

Auch Fred musterte ihn einen Moment mit gekräuselter Stirn. »Sie sagen, dass dieses Zeugs aus dem Tankwagen meine Kleider ruiniert hat?«, fragte er.

Der Beamte nickte. Ihm war anzumerken, dass er diese Diskussion heute schon ein Dutzend Mal geführt hatte. »Glauben Sie mir ruhig. Die Dämpfe verursachen dunkle, merkwürdig riechende Flecken auf der Kleidung.«

»Aber meine Hose war nicht nur einfach fleckig«, antwortete Fred.

Der Polizist lächelte. »Na ja, Sie haben halt die Besinnung verloren. Wenn man unglücklich stürzt, kann man sich schon mal verletzten. Zusammen mit Dreck und Staub ergibt das eine eigenwillige Mischung. Wichtig ist doch nur, dass es Ihnen gut geht. Glücklicherweise verhielt sich die Chemikalie unserem Organismus gegenüber nicht so aggressiv.«

»Ich weiß nicht«, sagte Fred und blickte nachdenklich zu dem Polizisten. Ein weiterer Mann trat zu ihnen. Lenny war froh, in das zerfurchte Gesicht von Karl

Friese zu schauen. Er klopfte Karl auf die rechte Schulter. Karl lächelte ihn müde an.

»Sie brauchen sich wirklich keine Sorgen zu machen«, sagte der Polizist unterdessen zu Fred. »Der Spuk ist vorbei und Sie alle haben keinen Schaden genommen.« Er nickte einmal kurz und ging dann mit schnellen Schritten weiter, um seinen Kollegen wieder einzuholen, der schon ein Stück vorausgeeilt war. Lenny starrte den Beamten staunend hinterher. Wussten die eigentlich, was für einen Mist sie da verzapften? Wahrscheinlich nicht. Bestimmt hatten die Polizisten genaueste Anweisungen bekommen, was sie den Bürgern aus dem Neubaugebiet erzählen sollten. Aber wer würde diese absolut verrückte Geschichte glauben?

Als hätte Fred seine Gedanken gelesen, streckte er sich seufzend. »Ich muss sagen, ich bin schon etwas beruhigter. Ich habe mich auch gefragt, warum ich total schmierig aufgewacht bin.« Er lachte. »Erst hatte ich geglaubt, ich wäre voller Blut. Aber wo soll das alles hergekommen sein? So wie ich getrieft habe, hätte ich ein ganzes Schwein abgeschlachtet haben müssen. Mindestens.«

»Du denkst wirklich, dass dieses Gasgemisch deine Kleidung schmierig gemacht hat?«, fragte Karl.

»Hast du eine bessere Erklärung?« Fred kratzte sich über den Bauch.

Karl dachte einen Augenblick nach. »Nein«, sagte er schließlich leise. Lenny seufzte. Es war erstaunlich, wie leicht Menschen manchmal zu beeinflussen waren. Sie klammerten sich an eine Erklärung, auch wenn sie noch so weit hergeholt war. Anscheinend war es wesentlich schwerer, mit der Ungewissheit fertig zu werden. Einen Augenblick standen die drei Männer schweigend zusammen. Dann gähnte Karl. »Ich bin fix und fertig«, sagte er schließlich. »Ich glaube, ich werde geradewegs ins Bett wanken.« Er schaute abwechselnd in die

Gesichter von Lenny und Fred und seufzte. »Aber vorher muss ich noch einen Blick in meinen Keller werfen. Irgendetwas ist da unten. Etwas Wichtiges. Ich weiß bloß nicht mehr was.«

Fred grinste. »Klar ist da was Wichtiges. Dein Biervorrat nämlich.«

Karl drehte sich um und hob grüßend die Hand. »Ja, wahrscheinlich«, sagte er, während er sich entfernte. Aber seine Stimme klang nicht besonders glücklich. Sie schauten ihm nach. Lenny fand, dass Karl alt und gebrechlich aussah. Viel älter jedenfalls, als noch vor ein paar Tagen. Dann fiel ihm plötzlich etwas ein.

»Wie geht es eigentlich Sabine?«, fragte er und bemühte sich um einen beiläufigen Tonfall.

»Ich glaube, ganz gut.«

»Ist sie zu Hause? Hast du sie gesehen?«

Fred grinste. »O ja, das habe ich. Sie liegt auf dem alten Bett im Gästezimmer und pennt. Zum Glück.«

Lenny atmete erleichtert aus. »Ja, gut, dass ihr nichts passiert ist.«

»Das meine ich nicht«, sagte Fred und kratzte sich wieder am Bauch. Erst jetzt bemerkte Lenny die längliche Wunde, die sich oberhalb von Freds Bauchnabel fast über die gesamte Vorderseite zog. Sah aus wie eine oberflächliche Schnittverletzung. Was immer Fred da getroffen hatte, er konnte heilfroh sein, dass nicht mehr geschehen war. »Zum Glück hat sich Sabine nicht auf unser Bett im Schlafzimmer gelegt. Oder auf die Couch. So wie die aussah«, berichtete er weiter. »Völlig besudelt.« Er wurde ernst. »Lenny?«

»Ja?«

»Wenn das Zeugs aus dem Tankwagen nur die Kleider anfällt, warum sind auch Sabines Arme und ihr Gesicht über und über mit was auch immer beschmiert?«

Lenny seufzte und sah seine Nachbarin in Gedanken vor sich, wie sie auf dem Teenager gesessen und immer wieder auf den wehrlosen Körper unter ihr eingeschlagen hatte. »Ich weiß es nicht«, sagte er schließlich mit belegter Stimme.

Fred nickte nur und ging zwei Schritte zurück in den Flur. »Na, ich will mal nach ihr sehen«, sagte er und schloss die Tür.

Als Lenny zurück zu seinem Haus schlenderte und am Carport vorbeiging, kam ein rostiger Opel Corsa die Straße hinauf. Der Wagen hielt direkt vor ihm an. Obwohl Bettina eine irrsinnig große Sonnenbrille und einen Strohhut trug, erkannte er seine Mitstreiterin sofort.

»Euer Anruf hat mich mitten aus einem erholsamen Sonnenbad gerissen«, sagte sie und stieg aus.

»Du hättest ja nicht kommen brauchen.«

Bettina grinste. »Euren Wiedereinzug kann ich mir doch nicht entgehen lassen.« Dann wurden ihre Gesichtszüge schlagartig ernst. »Hier wimmelt es von Polizisten.«

»Aber Basdorfs Leute sind nicht da.« Lenny gab ihr einen kurzen Lagebericht, erzählte von dem neuen Standort des Lkws und den Nachbarn, die wieder ansprechbar sind. Ein weiterer Wagen fuhr die Straße entlang. Ein Polizeiwagen. Die Streifen schienen ständig im Kreis zu patrouillieren. Wie lange sollte das so weitergehen? Kurz hinter ihnen blieb das Auto jedoch stehen, direkt vor der Einfahrt der Iversens. Wie gut, dass Fred gerade andere Probleme hatte, als auf den Bürgersteig vor seinem Haus zu achten. Alle vier Türen wurden geöffnet. Zwei uniformierte Beamte schauten sich wachsam um. Die Herren von der Rückbank trugen Hemden und Krawatten. Einer von ihnen war Sawatzki. Lenny war ihm zwar noch nie persönlich begegnet, aber er kannte das eckige Gesicht von unzähligen Werbeplakaten. Der zweite Typ sah aus wie ein in die Jahre gekommener Playboy. Sawatzki strahlte wie ein Kind zu Weihnachten, als er Bettina entdeckte, sein Begleiter wirkte eher überrascht. Wusste der Typ, dass man sie hier ausgesetzt hatte?

»Herr Eggert«, sagte der Playboy und kam auf ihn zugeeilt. »Endlich treffen wir uns persönlich.« Er streckte die Hand aus. Lenny zögerte einen Moment, ergriff sie aber schließlich. »Page ist mein Name. Ich leite diese ganze Aktion hier.« Lenny verzog den Mund. Das Wort Aktion hörte sich ja geradezu friedlich und nett an. Aus den Augenwinkeln beobachtete er, wie sich Sawatzki neben Bettina stellte und sie wie zufällig leicht am Arm berührte. Bettina zwinkerte ihm zu. »Ich wollte Sie unbedingt sprechen, bevor wieder die Normalität einkehrt«, sagte Page unterdessen.

»Normalität?« Lenny konnte sich nur schwer vorstellen, was dieses Wort bedeutete.

»Ich möchte Sie nicht lange aufhalten«, sprach Page ungerührt weiter. »Ihnen dürfte hoffentlich klar sein, dass wir sämtliche Beweismittel sorgfältig vernichtet haben. Die Versuchstiere und alle Aufzeichnungen von Dr. Münzer und seinen Kollegen existieren nicht mehr.«

Lenny schluckte. An Joachim hatte er in den letzten Stunden überhaupt nicht mehr gedacht. »Was ist mit Herrn Münzer?«

Page blinzelte. »Ich weiß es nicht. Da müssen Sie Balke-Basdorf fragen. Vielleicht hat der Konzernchef ihm einen Job angeboten.«

Bettina meldete sich zu Wort. »Das glauben Sie ja wohl selbst nicht. Münzer hat mir auf die Mailbox gesprochen, kurz bevor er … zum Schweigen gebracht wurde. Ist alles noch gespeichert, ich bin sicher, die Aufzeichnung würde die Staatsanwaltschaft interessieren.«

Page zuckte nur mit den Schultern. Lenny konnte keinerlei Gefühlsregungen bei ihm erkennen. »Von mir aus führen Sie ihren privaten Kleinkrieg mit Balke-Basdorf. Sie werden einen langen Atem brauchen. Aber das ist mir im Grunde völlig egal.« Sein Blick wanderte in Lennys Vorgarten. »Ich möchte Sie hiermit nur eindringlich davor warnen, mit ihrer Geschichte an die Öffentlichkeit zu gehen. Kein Mensch wird diesen Hokuspokus glauben. Erst recht nicht ohne jegliche Beweise.«

»Das Wasser …«, bemerkte Bettina.

»Ist längst wieder rein. Selbst die besten Wissenschaftler werden keine Rückstände mehr in den Rohrleitungen ausmachen können.« Er lachte leise. »Sehen Sie, dass Sie sich nur selbst schaden würden, wenn Sie ihr Wissen an die große Glocke hängen?«

»Sie meinen, wir sollen einfach alles vergessen und unsere Mäuler halten?«, fragte Lenny ärgerlich.

»Sie haben es erraten. Noch kann diese ganze alberne Geschichte für Sie ein glimpfliches Ende nehmen.« Er taxierte Bettina mit einem langen Blick. »Das gilt auch für Sie, wenn Sie sich kooperativ verhalten.« Seine Hand vollführte eine wegwerfende Bewegung. »So schlimm war das alles ja auch nicht. Sie haben doch keine Verluste zu beklagen, Herr Eggert. Alle Menschen, die ihnen nahestehen, leben.« Er drehte sich abrupt um und ging auf den Polizeiwagen zu. Einer der Polizisten öffnete ihm die Tür. Page lehnte sich mit einem Ellenbogen aufs Dach und seufzte. »Und wir wollen, dass es auch so bleibt, oder? Am besten, Sie denken ganz doll an ihre Kinder, falls Sie oder die Reporterin später einmal das Bedürfnis verspüren, diese abstruse Sache doch noch ans Licht zu bringen, in welcher Weise auch immer.« Er winkte ihnen beim Einsteigen zu, als wären sie die besten Freunde überhaupt, und der Wagen brauste davon.

Lenny schaute skeptisch hinterher. »Kann das wirklich klappen, das alles zu vertuschen?«

Bettina lächelte säuerlich, aber sie nickte. »Natürlich werden die Leute das hinterfragen. Wir haben gesehen, wie es aussah. Die Infizierten haben sich gegenseitig gemeuchelt, es wurde mit Innereien geradezu herumgeschmissen, egal ob von Tieren oder von Menschen, da bleiben immer Spuren. Manche werden wie Fred auf ihre geschundenen Körper und Klamotten schauen und schnell feststellen, dass die glibberigen Massen, die nach Haut, Fleisch, Knochen oder Gehirn anmuten, nichts mit den Chemikalien zu tun haben können, sondern genau das sind, wonach sie aussehen. Andere wiederum werden selbst verletzt worden sein oder Freunde oder Nachbarn vermissen, es gab bestimmt etliche Todesopfer. Aber das macht alles nichts.«

»Ist das nicht gefährlich für Page und alle, die mit drinstecken?«

»Kaum. Keiner außer uns weiß, was genau geschehen ist. Es werden die wildesten Vermutungen aufgestellt werden, die Leute werden Geschichten erfinden, sich Wahrheiten zurechtlegen und wenn nur sechs, sieben Leute im Internet ihre eigenen Ansichten veröffentlichen, dann haben Page und Co. nichts mehr zu befürchten, denn dann zeigt man auf all die unterschiedlichen Interpretationen und sagt nur, was für Spinner das doch alles sind. Und für die Leute, die tatsächlich getötet und beseitigt wurden, findet sich sicher auch eine Erklärung.«

»Damit werden sich die Leute hier im Neubaugebiet nicht begnügen.«

»Da stimme ich dir zu, deine Nachbarn wird das alles nicht zufriedenstellen. Und vielleicht kommen sie sogar hinter den Verschwörungsplan. Gerade diejenigen, die Angehörige oder Freunde verloren haben, werden weiter bohren. Aber es geht doch nicht darum, was deine Nachbarn glauben und vielleicht sogar herausbekommen, sondern darum, was die breite Öffentlichkeit denkt. Und da haben Page und seine Handlanger prima vorgearbeitet.«

Lenny ließ resigniert die Schultern hängen. »Das kannst du wohl sagen.«

»Auch ich habe mich gerade dazu entschieden, für das Anzeigenblatt nur oberflächlich zu berichten. Und dabei geht es mir nicht um mich, ich lasse mich von den Drahtziehern nicht einschüchtern. Aber ich möchte dich und deine Familie schützen.«

Obwohl sie kaum etwas machten, ging der Tag schnell vorüber. Bettina verabschiedete sich nach kurzer Zeit bereits wieder, Justin und Emily hielten sich die gesamte Zeit über vor dem Fernseher im Wohnzimmer auf und schauten DVDs und Netflix. Er und Nina saßen auf der Couch daneben und blätterten in Illustrierten. Da ihr Kühlschrank nicht mehr allzu viel hergab, beschlossen sie, Fast Food zum Abendbrot zu essen. Lenny kannte einen vorzüglichen Imbiss, der auf einem verlassenen Parkplatz am Rande eines Gewerbegebietes stand. Es handelte sich um einen Industriepark zwei Orte weiter, nicht um das Gebiet beim Labor. Lenny wusste nicht, ob er dort jemals wieder unbeschwert würde vorbeifahren können, zumal von Joachim noch immer jede Spur fehlte. Seine Frau würde sich melden, sobald die Polizei mit Neuigkeiten auftauchte.

Das knallige Zitronengelb des Imbissverkaufswagens leuchtete schon von Weitem. Hinter der Theke stand ein Mann, der ebenso viele rote wie graue Haare auf dem Kopf hatte. Seine buschigen Augenbrauen wiesen weitestgehend rote Farbe auf. Emily und Justin tat die Abwechslung sichtlich gut, und sie aßen ihre Pommes, als hätten sie seit drei Wochen nichts mehr gegessen. Nina verputzte zwei Schaschlikstäbe, und selbst Lenny aß seinen Cheeseburger mit Beilage komplett auf. Als Lenny nach einer Extraportion Mayonnaise verlangte, reichte der Mann ihm eine ganze Flasche und nickte ihm aufmunternd zu. »Nehmen Sie sich so viel, wie Sie wollen.«

Am Abend gingen sie zeitig zu Bett. Obwohl das Wasser angeblich wieder rein war, kochten und wuschen sie sich ausschließlich mit Mineralwasser. Sie trauten dem Frieden einfach noch nicht und das würde die nächsten Tage mit Sicherheit auch noch so bleiben. Sie kuschelten sich alle zusammen ins große Elternbett, und Nina las Justins und Emilys Lieblingsbücher vor. Beide Kinder dösten während der Geschichten ein, und Lenny trug die Zwerge nacheinander in ihre Kinderzimmer.

»Werden wir je wieder ruhig schlafen können?«, fragte Nina, als Lenny das Licht ausgeschaltet hatte und sich dicht an sie schmiegte.

»Ich weiß es nicht. Man sagt ja, die Zeit heilt alle Wunden.«

»Wenn wir eines unserer Kinder verlieren würden, würde sich diese Wunde mit Sicherheit nie wieder schließen.«

»Da gebe ich dir recht.«

»Also werden wir die Geschichte nicht an die große Glocke hängen?«

Lenny lächelte matt in die Dunkelheit, während das schmierige Gesicht des Staatsrates in seinen Gedanken auftauchte. »Nein, ich denke, wir sollten die Sache auf sich beruhen lassen.« Lenny spürte Ninas Wärme, als sie die Arme um ihn schlang und ihm einen Kuss gab. Er war sich nicht sicher, ob er mit dem Wissen, was tatsächlich geschehen war, in Zukunft glücklich werden würde, doch ohne seine Kinder würde das Leben erst recht nicht mehr lebenswert sein. Seufzend schloss er die Augen und hoffte auf einen traumlosen tiefen Schlaf.

## Das Echo der Zukunft — Martin S. Burkhardt

Lars Kleidenau geht es doppelt schlecht: Seine Nahrungsmittelallergie löst immer schwerwiegendere Schockzustände aus, und seine Firma steht am Abgrund. Sein langjähriger Freund Carl beschließt, Lars zu helfen und in ein Geheimnis einzuweihen.

So erfährt Lars von einer Parallelwelt, die unserer Welt abgesehen von zwei Ausnahmen exakt gleicht: Man ist unserer Zeit um mehrere Stunden voraus, und die Charaktereigenschaften der Personen sind gegensätzlich.

Anfangs sind die Besuche in dieser anderen Realität harmlos, doch nach und nach gerät Lars in Verstrickungen, erfährt erschreckende Details über seine Frau und bringt sich und andere Menschen in Lebensgefahr. ...

ISBN Print: 978-3-384-30215-1, E-Book: 978-3-384-30216-8

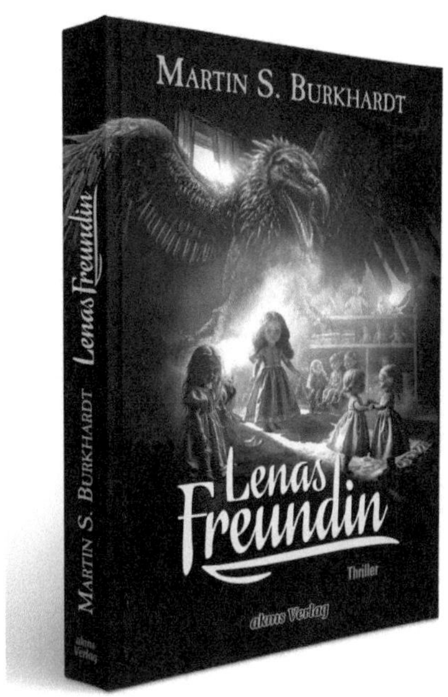

## Lenas Freundin        Martin S. Burkhardt

Die vierjährige Maria kommt durch einen Autounfall ums Leben. Für ihre Eltern Lena und Robert bricht eine Welt zusammen. Lena sucht Trost bei ihrer besten Freundin Theresa, die ihr Fotos des Mannes beschafft, der Maria überfahren hat.
Gemeinsam schmieden sie dunkle Pläne. Robert ist zunehmend besorgt.

Lena verändert sich stark und findet Gefallen an Vergeltungsfantasien. Als er niedergeschlagen wird und gefesselt im Keller seines eigenen Hauses aufwacht, weiß er, Lena und Theresa sind zu allem fähig ...

ISBN Print: 978-3-384-51547-6, E-Book: 978-3-384-51548-3

Der Autor:

Martin S. Burkhardt, Jahrgang 1970, lebt mit seiner Familie bei Hamburg und ist Geschäftsführer der Online Schreibschule »Akademie Modernes Schreiben«. Mit Leidenschaft sorgt er für Gänsehaut bei seinen Lesern.
Mehr auf seiner Webseite: www.martin-s-burkhardt.de

Weitere Romanveröffentlichungen:

Titel: Deja Vu - Sie sind überall
Genre: Mystery-Horror
Verlag: Luzifer Verlag
ISBN: 9783958358171

Titel: Auf Leben und Tod
Genre: Horror
Verlag: Luzifer Verlag
ISBN: 9783958351141

Titel: Ausradiert
Genre: Mystery-Horror
Verlag: Luzifer Verlag
ISBN: 9783958351103

Titel: Hinter dem Tor
Genre: Fantasy
Verlag: akms Verlag
ISBN: 978338434011

Titel: Seelentausch
Genre: Horror
Verlag: Aufbau Digital
EAN: 9783841221018

# Der mysteriöse Mann im Imbisswagen

Er zieht sich wie ein unauffälliges Band durch die Romane von Martin S. Burkhardt, der Mann hinter dem Tresen des zitronengelben Imbisswagens.

Bei „Seelentausch" taucht er auf, bevor Maren und ihre Mitstreiter die Fähre in den Norden erreichen, bei „Ruhiggestellt" erscheint er erst am Ende der Story und lächelt gelöst. Bei „Ausradiert" bleibt er eine Randnotiz, Moritz und seine Freunde beachten ihn kaum, im Gegensatz zu „Auf Leben und Tod", wo extra eine Entführung für einen Snack unterbrochen wird. Bei „Das Echo der Zukunft" ist Hauptprotagonist Lars regelrecht erschrocken, als ihn die Mayonnaise verweigert wird, bei „Lenas Freundin" ist der Aufenthalt dort beschwingt und voller Freude.

Der Mann hinter dem Tresen verhält sich stets ähnlich, aber nie gleich.
Ich glaube, bei fiesen Charakteren spart er mit Ketchup, Protagonisten, die ihren Kampf noch vor sich haben, schenkt er ein aufmunterndes Lächeln. Doch nicht jeder „Gute" bekommt automatisch auch eine Portion Mayonnaise.

Was steckt hinter diesem Mann, welche Absicht verfolgt er? Will er die Protagonisten warnen, ihnen Vorhaltungen machen? Kennt er ihre Schicksale?

Martin S. Burkhardt selbst sagt: „Ich glaube, es handelt sich bei diesem Mann um ein unglaublich mächtiges Wesen, eine Art Gottheit womöglich. Es zieht alle Hauptprotagonisten magisch an, aber WARUM es das macht, erschließt sich mir noch nicht ganz. Ich hoffe, das wird von Roman zu Roman deutlicher ..."

Ich bin jedenfalls zum Bersten gespannt auf jeden neuen Roman, denn ich möchte unbedingt wissen, wie es mit diesem Wesen weitergeht!

Tanja Sturm
Lektorin